JESS WALTER

Ruínas do tempo

Tradução
Ivar Panazzolo Junior

1ª edição

Rio de Janeiro-RJ / Campinas-SP, 2013

Editora: Raïssa Castro
Coordenadora editorial: Ana Paula Gomes
Copidesque: Diogo Ferreira Gomes
Revisão: Maria Lúcia A. Maier
Capa: André S. Tavares da Silva
Projeto gráfico: André S. Tavares da Silva e DPG Editora Ltda.
Diagramação: DPG Editora Ltda.
Fotos da capa: Ilina Simeonova/Trevillion Images (mulher)
StevanZZ/Shutterstock (Ligúria, Itália)
Mapa: Shawn E. Davis

Título original: *Beautiful Ruins*

ISBN: 978-85-7686-214-7

Copyright © Jess Walter, 2012
Todos os direitos reservados.
Edição publicada mediante acordo com HarperCollins Publishers.

Tradução © Verus Editora, 2013
Direitos reservados em língua portuguesa, no Brasil, por Verus Editora. Nenhuma parte desta obra pode ser reproduzida ou transmitida por qualquer forma e/ou quaisquer meios (eletrônico ou mecânico, incluindo fotocópia e gravação) ou arquivada em qualquer sistema ou banco de dados sem permissão escrita da editora.

Verus Editora Ltda.
Rua Benedicto Aristides Ribeiro, 55, Jd. Santa Genebra II, Campinas/SP, 13084-753,
Fone/Fax: (19) 3249-0001 | www.veruseditora.com.br

CIP-BRASIL. CATALOGAÇÃO NA FONTE
SINDICATO NACIONAL DOS EDITORES DE LIVROS, RJ

W192r

Walter, Jess, 1965-
  Ruínas do tempo / Jess Walter ; tradução Ivar Panazzolo Junior. - 1. ed. -
Campinas, SP : Verus, 2013.
  23 cm.

Tradução de: Beautiful Ruins
ISBN 978-85-7686-214-7

1. Romance americano. I. Panazzolo Junior, Ivar. II. Título.

| 13-01068 | CDD: 813 |
| | CDU: 821.111(73)-3 |

Revisado conforme o novo acordo ortográfico

Impresso no Brasil pelo Sistema Cameron da Divisão Gráfica da
DISTRIBUIDORA RECORD DE SERVIÇOS DE IMPRENSA S.A.

Para Anne, Brooklyn, Ava e Alec

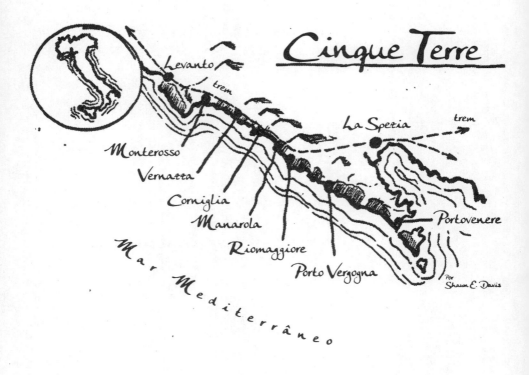

Os romanos antigos construíram suas maiores obras-primas
da arquitetura para que bestas selvagens lutassem ali.

— Voltaire, *The Complete Letters*

Cleópatra: "Não terei o amor como meu senhor".
Marco Antônio: "Então não terá amor".

— Do filme *Cleópatra* (1963)

Quatro grandes entrevistas foram feitas por Dick Cavett com
Richard Burton em 1980. [...] Burton, com cinquenta e quatro
anos na época e já uma bela ruína, era hipnotizante.

— Louis Menand, "Talk Story", *The New Yorker*, 22 de novembro de 2010

1
A atriz moribunda

ABRIL DE 1962
PORTO VERGOGNA, ITÁLIA

A atriz moribunda chegou ao vilarejo da única forma que alguém poderia alcançá-lo diretamente — em um barco a motor que se aproximou da enseada, passando pelo atracadouro de pedra, e bateu com um solavanco na parede do píer. Ela hesitou um pouco na proa do barco e estendeu uma mão elegante para segurar o corrimão de mogno; com a outra, pressionou o chapéu de abas largas contra a cabeça. À sua volta, os raios da luz do sol se refletiam nas ondas.

A vinte metros do atracadouro, Pasquale Tursi acompanhava a chegada da mulher, como se estivesse num sonho. Ou, mais especificamente, como ele viria a pensar mais tarde, o oposto de um sonho: uma explosão de claridade após passar uma eternidade adormecido. Pasquale se endireitou e parou o que estava fazendo, o projeto que executava naquela primavera, tentando construir uma praia abaixo da *pensione* vazia da sua família. Imerso até o peito na água fria do mar Ligúrio, Pasquale estava arremessando rochas do tamanho de gatos em uma tentativa de aumentar o quebra-mar para impedir que as ondas levassem embora seu pequeno monte de areia de construção. A "praia" de Pasquale tinha a largura de dois barcos de pesca, e o chão sob a camada de areia era composto por pedras escarpadas; mesmo assim, era o que mais se aproximava de uma superfície plana na orla marítima em toda a ilha: um rumor de cidade que fora, ironicamente — ou, talvez, afortunadamente — chamada de *Porto* a despeito do fato de que as únicas embarcações que vinham e voltavam regularmente pertenciam a um punhado de pescadores de sardinhas e anchovas que moravam na vila. O resto do nome, *Vergogna*, a palavra italiana para "vergonha", era uma reminiscência da fundação da vila no século XVII, um lugar para marinheiros e pescadores encontrarem mulheres com... certa flexibilidade moral e comercial.

No dia em que viu a bela americana pela primeira vez, Pasquale também estava imerso até a altura do peito em seus próprios devaneios, imaginando a pequena e suja Porto Vergogna transformando-se em uma bela cidade turística e a si mesmo como um sofisticado empresário da década de 1960, um homem de possibilidades infinitas no alvorecer de uma modernidade gloriosa. Por toda parte ele via sinais de prosperidade — o aumento da riqueza e das taxas de alfabetização que estavam transformando a Itália. Por que não aproveitar tudo isso aqui também? Ele voltou ao lar da família após passar quatro anos na movimentada Florença, retornando à pequena e atrasada vila de sua juventude imaginando trazer notícias vitais sobre o mundo lá fora — uma era resplandecente de *macchine*, de televisores e telefones, de martínis duplos e mulheres de calças justas —, o tipo de mundo que, antigamente, parecia existir somente no cinema.

Porto Vergogna era um amontoado de uma dúzia de casas velhas e caiadas de branco, uma capela abandonada e o único interesse comercial da cidade — a pequena combinação de hotel e cafeteria que pertencia à família de Pasquale — aglutinados como um rebanho de cabras adormecidas em uma fenda entre paredões de pedra. Atrás da vila, a terra se erguia por cerca de duzentos metros até um paredão de montanhas negras e estriadas. Do outro lado, o mar se acomodava em uma enseada rochosa e recurvada, de onde os pescadores saíam e voltavam todos os dias. Isolada pelos penhascos de um lado e o mar do outro, nunca foi possível chegar à vila usando carros ou carroças; assim, as ruas, tal como tinham sido construídas, consistiam em alguns caminhos estreitos entre as casas — vielas pavimentadas com tijolos, mais estreitas do que as calçadas comuns; becos escuros e escadarias tão estreitas que, a menos que se estivesse na Piazza San Pietro, no centro da vila, em qualquer lugar era possível estender as duas mãos e tocar nas fachadas nos dois lados.

Assim, a remota Porto Vergogna não era tão diferente das bucólicas cidades ao pé das escarpas da região de Cinque Terre mais ao norte, exceto pelo fato de ser menor, mais remota e menos pitoresca. Na verdade, proprietários de hotéis e restaurantes tinham seu próprio apelido para a pequena vila encravada no meio daqueles paredões — *baldracca culo*, ou bunda da prostituta. Mesmo assim, apesar do desdém dos vizinhos, Pasquale acreditava, assim como fizera seu pai, que Porto Vergogna, algum dia, poderia florescer como o restante do Levante, a região litorânea ao sul de Gênova que incluía Cinque Terre, ou até mesmo como as maiores cidades turísticas no Ponente — Portofino e a sofisticada Riviera italiana. Os raros turistas estrangeiros que chegavam a Porto Vergogna de barco ou após caminhar pelas montanhas eram, na maioria, franceses ou suíços perdidos, mas Pasquale tinha esperança de que a década de 1960 trouxesse uma enxurrada de americanos, liderados pelo *bravissimo* presidente dos Estados Unidos, John Kennedy, e sua esposa, Jacqueline. Ainda assim, mesmo se sua pequena vila tivesse a mínima chance de se tornar a *destinazione turistica primaria* dos seus sonhos, Pasquale sabia que o lugar precisaria atrair esses visitantes, e, para isso, precisaria — em primeiro lugar — de uma praia.

Assim, Pasquale estava quase submerso, segurando uma enorme pedra sob o queixo quando o barco cor de mogno se aproximou de sua enseada. Seu velho amigo Orenzio o conduzia para Gualfredo, um velho comerciante de vinhos e dono de hotéis que dominava o turismo ao sul de Gênova, mas cuja lancha elegante de dez metros raramente vinha a Porto Vergogna. Pasquale observou o barco enquanto ele se aproximava do local de atracação, e não conseguiu pensar em nada melhor do que gritar:

— Orenzio!

Seu amigo ficou confuso com a saudação; os dois eram amigos desde os doze anos de idade, mas não eram o tipo de pessoa habituada a gritar. Ele e Pasquale faziam o tipo discreto, que se comunica com pequenos movimentos dos lábios e sobrancelhas. Orenzio acenou de volta com a cabeça, com uma expressão sisuda. Ele agia com seriedade quando tinha turistas em seu barco, especialmente americanos.

— São pessoas sérias, esses americanos — explicara Orenzio a Pasquale certa vez. — Ainda mais desconfiados que os alemães. Se você sorrir demais, os americanos pensarão que você está tentando lhes roubar.

Hoje, Orenzio estava com uma expressão decididamente azeda, dando uma olhada para a mulher que trazia em seu barco, com um longo casaco cáqui abotoado ao redor da cintura esguia e com um chapéu que lhe cobria a maior parte do rosto.

A mulher disse algo discretamente a Orenzio, e o som das palavras chegou a seus ouvidos sobre a água. Nada importante, pensou Pasquale primeiramente, até que reconheceu que ela falava inglês — com sotaque americano, na verdade.

— Com licença. O que aquele homem está fazendo?

Pasquale sabia que seu amigo se sentia inseguro em razão do pouco domínio do inglês, e tinha a tendência de responder a perguntas naquele idioma horrível da maneira mais breve possível. Orenzio olhou para Pasquale, que segurava uma pedra enorme para o quebra-mar que estava construindo, e tentou pronunciar a palavra em inglês para *spiaggia* (praia) — "beach" —, dizendo-a com um toque de impaciência:

— Bitch.*

A mulher inclinou a cabeça como se não houvesse compreendido direito. Pasquale tentou ajudar, murmurando que a "bitch" era para os turistas, *"per i turisti"*. Mas a bela americana pareceu não ouvir.

Os sonhos de Pasquale com o turismo eram uma herança de seu pai. Carlo Tursi passou a última década de vida tentando fazer com que as cinco maiores vilas de Cinque Terre aceitassem Porto Vergogna como a sexta em sua confederação. ("Seria muito melhor se fosse *Sei Terre*, as seis terras. Cinque Terre é difícil demais para a língua dos turistas", dizia ele). Mas a pequena Porto Vergogna não tinha o mesmo charme ou poder político das cinco vizinhas maiores. Assim, enquanto as cinco estavam conectadas por linhas telefônicas e, após algum tempo, por um túnel ferroviário e inchavam com os turistas que vinham gastar seu dinheiro, a sexta se atrofiava como um dedo a mais em uma mão. A outra ambição infrutífera de Carlo fora fazer com que aquele túnel ferroviário vital se estendesse por mais um quilômetro, para conectar Porto Vergogna às outras cidades que margeavam as encostas. Mas isso nunca aconteceu, e, como

---

* Em inglês, as palavras *beach* e *bitch* têm pronúncia similar, embora o significado seja distinto. *Beach* significa praia, enquanto *bitch* é um insulto. (N. do T.)

a estrada mais próxima se estendia por trás dos vinhedos que cobriam o outro lado dos penhascos de Cinque Terre, Porto Vergogna permanecia isolada, sozinha em seu abrigo no meio dos rochedos negros e estriados, apenas com o mar à sua frente e as trilhas que desciam das montanhas por trás.

No dia em que a americana resplandecente chegou, fazia oito meses que o pai de Pasquale havia falecido. A morte de Carlo foi rápida e indolor, uma artéria no cérebro se rompeu enquanto ele lia um de seus amados jornais. Por várias vezes Pasquale rememorou os últimos dez minutos da vida de seu pai: ele tomou um café expresso, fumou um cigarro, riu de alguma coisa que estava no jornal de Milão (a mãe de Pasquale guardou a página, mas nunca encontrou nada de engraçado nela) e se debruçou sobre a mesa como se estivesse dormindo. Pasquale estava na Universidade de Florença quando recebeu a notícia da morte do pai. Após o enterro, ele implorou à mãe idosa que se mudasse para Florença, mas aquela ideia a escandalizava.

— Que tipo de esposa eu seria se abandonasse seu pai simplesmente porque ele morreu?

Aquele argumento não deixou nenhuma dúvida — pelo menos na mente de Pasquale — de que deveria voltar para casa e cuidar da saúde frágil de sua mãe.

Assim, Pasquale voltou a morar em seu velho quarto no hotel. E talvez fosse o efeito da culpa por não ter acreditado nas ideias de seu pai quando era mais novo, mas, de repente, Pasquale foi capaz de enxergar o pequeno hotel de sua família através de olhos recém-herdados. Sim, este vilarejo podia se tornar um novo tipo de resort italiano — um refúgio para os americanos, com guarda-sóis na orla rochosa, câmeras fotográficas disparando, Kennedys por toda parte! E, mesmo que houvesse segundas intenções em transformar aquela *pensione* vazia em um hotel de nível internacional, não havia problemas: o velho hotel era a sua única herança, a única vantagem que sua família lhe dava em uma cultura que a exigia.

O hotel era composto por uma *trattoria* — uma cafeteria com três mesas —, uma cozinha e dois apartamentos pequenos no primeiro andar, e os seis quartos do velho prostíbulo acima. Com o hotel vinha a responsabilidade de cuidar de seus únicos hóspedes regulares, *le due streghe*, ou as duas bruxas, como os pescadores as chamavam: Antonia, a mãe doente de Pasquale, e Valeria, irmã dela, uma troglodita de cabelos desgrenhados que cuidava da cozinha quando não estava gritando com os pescadores preguiçosos ou os raros hóspedes que chegavam ao local.

Pasquale era bastante tolerante e aguentava as excentricidades de sua *mamma* melodramática e de sua *zia* louca da mesma maneira que suportava os pescadores rudes — que todas as manhãs arrastavam seus *pescherecci* até a orla e de lá para o mar, com seus pequenos cascos de madeira balançando sobre as ondas como vasilhas sujas de salada, resfolegando com o *bup-bup* dos motores fumegantes. Todos os dias, os pescadores apanhavam somente uma quantidade mínima de anchovas, sardinhas e badejos para vender nos mercados e restaurantes ao sul antes de voltar para beber grapa e fumar os cigarros malcheirosos que eles mesmos produziam. Seu pai sempre se esforçou muito para separar a si mesmo e seu filho — como o próprio Carlo dizia, descendentes de uma estimada classe de mercadores florentinos — daqueles pescadores toscos.

— Olhe só para eles — dizia Carlo a Pasquale por trás dos vários jornais que chegavam no barco do correio toda semana. — Em uma época mais civilizada, eles seriam nossos criados.

Depois de perder dois filhos na guerra, Carlo não estava disposto a deixar que seu filho mais novo trabalhasse nos barcos de pesca, nas fábricas de enlatados de La Spezia, nos vinhedos, nas pedreiras de mármore na região dos Apeninos, ou em nenhum outro lugar em que um jovem rapaz pudesse aprender algum ofício valioso e livrar-se da sensação de que era frágil e deslocado em um mundo cruel. Em vez disso, Carlo e Antonia — que já passavam dos quarenta anos quando Pasquale nasceu — criaram o filho como se fosse um segredo guardado entre os dois, e foi somente depois de implorar por um bom tempo que seus pais idosos cogitaram a possibilidade de permitir que ele fosse estudar na universidade em Florença.

Quando Pasquale voltou, após a morte de seu pai, os pescadores não sabiam o que pensar a seu respeito. No início, atribuíram o comportamento estranho do rapaz — sempre lendo, falando sozinho, medindo coisas, despejando sacos de areia de construção sobre as rochas e alisando-a como um homem vaidoso que penteava seus últimos fios de cabe-lo — ao luto. Penduravam suas redes e observavam o rapaz esguio de vinte e um anos reposicionar as pedras, na esperança de impedir que as tempestades destruíssem sua praia, e seus olhos ficavam marejados com as lembranças dos sonhos vazios de seus próprios pais, já falecidos. Mesmo assim, depois de pouco tempo, os pescadores começaram a sentir falta das zombarias bem-humoradas que faziam com o velho Carlo Tursi.

Finalmente, depois de observar Pasquale trabalhando em sua praia por algumas semanas, os pescadores não conseguiram mais aguentar. Certo dia, Tomasso, o Velho, jogou uma caixa de fósforos na direção do rapaz e bradou:

— Aqui está uma cadeira para a sua praia minúscula, Pasquale!

Após semanas de uma gentileza artificial, aqueles gracejos foram um alívio, como se as nuvens de uma tempestade se abrissem sobre a vila. A vida voltara ao normal.

— Pasquale, eu vi um pedaço da sua praia ontem, em Lerici. Quer que eu leve o resto da areia até lá, ou prefere esperar que a corrente marítima faça o serviço?

Mesmo assim, uma praia era algo que os pescadores tinham condições de compreender, pelo menos; afinal de contas, havia praias em Monterosso al Mare e nas cidades da Riviera ao norte, onde os pescadores da cidade vendiam a maior parte dos seus peixes. Quando Pasquale declarou sua intenção de abrir espaço entre os rochedos para construir uma quadra de tênis, entretanto, os pescadores declararam que Pasquale era ainda mais biruta do que seu pai.

— O garoto perdeu a razão — diziam eles na pequena *piazza* enquanto enrolavam o cigarro e observavam Pasquale caminhar entre os rochedos, delimitando a sua futura quadra de tênis com barbante. — É uma família de *pazzi*. Não vai demorar muito até começar a conversar com os gatos.

Sem nada além de paredões rochosos ao seu redor, Pasquale sabia que um campo de golfe estava fora de cogitação. Mas havia um afloramento natural com três enormes rochedos perto do seu hotel, e, se ele conseguisse aplainar a superfície e escorar as laterais, pensava que conseguiria construir moldes e despejar uma boa quantidade de concreto para conectar os rochedos e transformá-los em um retângulo, criando — como uma miragem que surgia por entre os rochedos — uma quadra de tênis, anunciando aos visitantes que vinham pelo mar que haviam chegado a um resort de primeira classe. Conseguia visualizar aquilo se fechasse os olhos: homens em calças brancas limpas rebatendo bolinhas de um lado para o outro, em uma quadra incrível que se projetava entre os penhascos numa plataforma gloriosa a vinte metros acima da praia; mulheres usando vestidos e chapéus de veraneio, bebericando drinques sob guarda-sóis nas proximidades. Assim, ele talhava as pedras com uma picareta, formões e martelos, esperando poder preparar um espaço grande o suficiente para uma quadra de tênis. Alisava sua camada de areia com um ancinho. Jogava pedras ao mar. Aguentava as piadas dos pescadores. Cuidava da mãe doente, às portas da morte. E esperava — como sempre fizera — que a vida viesse encontrá-lo. Durante oito meses após a morte de seu pai, isso resumia a vida de Pasquale Tursi. E, mesmo que não estivesse inteiramente feliz, ele também não se sentia infeliz. Em vez disso, ele se apanhava habitando a região vasta e vazia onde a maioria das pessoas vivem, entre o tédio e o contentamento.

E talvez esse fosse o lugar onde ele viveria para sempre, se aquela bela americana não chegasse naquela tarde fria e ensolarada. Pasquale, imerso na água até o peito a vinte metros do ancoradouro, observando o barco cor de mogno se aproximando dos postes de amarração do atracadouro, com a mulher em pé na proa, e uma brisa gentil encapelando o mar à sua volta.

A bela americana tinha um corpo incrivelmente magro e, mesmo assim, bastante formoso. Do lugar onde Pasquale estava — com o sol brilhando por trás da mulher, o vento agitando seus cabelos cor de trigo —, era como se ela pertencesse a outra espécie, mais alta e mais etérea do que qualquer mulher que ele já havia visto. Orenzio lhe ofereceu a mão, e, após um momento de hesitação, ela a segurou. Ele a ajudou a desembarcar no atracadouro.

— Obrigada — disse ela com uma voz vacilante por baixo do chapéu e, em seguida: — *Grazie* — a palavra italiana, suspirada e com pouca prática. Ela deu o primeiro passo em direção ao vilarejo, pareceu cambalear por um momento e, em seguida, recuperou o equilíbrio. Foi então que ela removeu o chapéu para observar a vila, e Pasquale viu suas feições por completo, ficando razoavelmente surpreso ao perceber que a bela americana não era... bem... mais bonita.

Ah, ela era impressionante, claro, mas não da maneira que ele esperava. Primeiramente, era tão alta quanto Pasquale, com quase um metro e oitenta. E, observando-a do lugar onde ele estava, será que suas feições não eram fortes demais para um rosto tão estreito — a linha do queixo muito pronunciada, os lábios bastante carnudos, os olhos tão grandes e redondos que ela parecia estar assustada? Além de tudo, seria possível que uma mulher fosse magra demais, a ponto de suas curvas parecerem bruscas, alarmantes? Seus cabelos longos estavam presos em um rabo de cavalo e ela tinha um leve bronzeado na pele, cobrindo feições que, de algum modo, eram ao mesmo tempo fortes e suaves — um nariz muito delicado em comparação ao queixo, às maçãs do rosto e aos olhos grandes e escuros. Não, pensou Pasquale; embora ela fosse atraente, não tinha grande beleza.

Mas, em seguida, ela se virou diretamente para ele, e as feições díspares daquele rosto estranho se mesclaram em algo único e perfeito, e Pasquale se lembrou de seus estudos que descreviam como alguns prédios em Florença podiam decepcionar os admiradores que os observavam a partir de certos ângulos, mas que sempre se apresentavam bem em ilustrações e davam ótimas fotografias; que as várias perspectivas foram projetadas para ser vistas em conjunto; e, assim, ele pensou que o mesmo poderia ocorrer com algumas pessoas. Ela sorriu, e naquele instante, se tal coisa fosse possível, Pasquale se apaixonou, e continuaria apaixonado pelo resto da vida — não tanto pela mulher, que ele nem mesmo conhecia, mas pelo momento.

Ele soltou a pedra que estava segurando.

Ela desviou o olhar — para a direita, depois para a esquerda, e depois para a direita novamente —, como se estivesse observando o restante da vila. Pasquale ficou constrangido ao pensar no que ela estaria vendo: pouco mais de uma dúzia de velhas casas de pedra, algumas delas abandonadas, encravadas na fenda entre os rochedos como se fossem cracas. Gatos selvagens perambulavam pela pequena *piazza*, mas, exceto por esses detalhes, tudo estava em silêncio; os pescadores já haviam saído para o mar. Pasquale percebia aquela decepção quando as pessoas chegavam acidentalmente pelas trilhas nas montanhas, ou de barco após algum erro nas cartas náuticas ou dificuldades com a linguagem — pessoas que acreditavam que estavam sendo levadas às encantadoras cidades turísticas de Porto*venere* ou Porto*fino*, mas se encontravam na *brutta* vila de pescadores de Porto Vergogna.

— Lamento — disse a bela americana em inglês, virando-se na direção de Orenzio. — Preciso pegar as malas? Ou faz parte do... Digo... Não sei o que está incluído no preço e o que não está.

Farto do inglês infernal após a confusão com a pronúncia de "beach", Orenzio simplesmente deu de ombros. Baixo, com orelhas de abano e olhos mortiços, ele se portava de uma maneira que frequentemente sugeria retardo mental aos turistas. Por sua vez, estes ficavam bastante impressionados com a capacidade daquele nativo de olhar perdido de pilotar um barco a motor e lhe davam gorjetas generosas. Orenzio, por sua vez, acreditava que, quanto mais se comportasse daquela forma obtusa e menos dominasse o inglês, maiores seriam seus rendimentos. Assim, ele simplesmente olhou para ela e piscou, fingindo não compreender.

— Devo carregar minha própria bagagem, então? — perguntou a mulher outra vez, pacientemente, sentindo-se um pouco perdida.

— *Bagagli*, Orenzio — disse Pasquale ao amigo, até que se deu conta: aquela mulher se hospedaria no *seu* hotel! Pasquale andou pela água até o atracadouro, lambendo os lábios e preparando-se para falar um inglês destreinado.

— Por favor — disse ele à mulher, sentindo que a língua se transformara em um enorme pedaço de cartilagem em sua boca. — Tenho honra e Orenzio para carregar as suas malas. Vai até o Hotel Vista A-de-qua-da.

O comentário pareceu deixar a americana confusa, mas Pasquale não percebeu. Queria terminar a frase com um floreio e tentou pensar em uma palavra apropriada para se dirigir a ela ("Madame?"), mas desejava encontrar um termo melhor. Nunca chegou realmente a dominar o inglês, mas estudou o bastante para temer a severidade aleatória daquela linguagem, a brutalidade insensível das suas conjugações verbais; era imprevisível, assim como um cão vira-lata. Seus primeiros aprendizados da linguagem vieram do único americano a se hospedar no hotel desde que seu pai abrira o negócio, um escritor que vinha à Itália a cada primavera para lapidar a obra de sua vida — um romance épico sobre suas experiências na Segunda Guerra Mundial. Pasquale tentou imaginar o que o escritor alto e charmoso diria àquela mulher, mas não conseguia pensar nas palavras adequadas, e imaginou se haveria um equivalente em inglês para a palavra italiana *bella*, tão comumente usada: bonita. Arriscou:

— Por favor. Vem. América bonita.

Ela o encarou por um momento — o momento mais longo de sua vida até ali — e então sorriu e baixou os olhos, modestamente.

— Obrigada. Aquele é o seu hotel?

Pasquale terminou de avançar pela água até chegar ao píer. Ele se ergueu, sacudindo a água que lhe encharcava as calças, e tentou ficar apresentável, como se fosse um elegante proprietário hoteleiro.

— Sim. É o meu hotel — disse Pasquale, apontando a placa pequena e pintada à mão no lado esquerdo da *piazza*. — Por favor.

— E... tem um quarto reservado para nós?

— Oh, sim. Muito quarto. Todo quarto para você. Sim.

Ela olhou para a placa, e depois para Pasquale outra vez. A brisa quente retornara, agitando-lhe os cabelos que escapavam do rabo de cavalo como se fossem fitas esvoaçantes ao redor de seu rosto. Ela sorriu ao perceber a poça que se formava ao redor do corpo magro de Pasquale e depois encarou seus olhos azuis.

— Você tem belos olhos — disse ela. Em seguida, voltou a cobrir a cabeça com o chapéu e começou a andar em direção à pequena *piazza* e ao centro do vilarejo que se estendia à sua frente.

Porto Vergogna nunca teve um *liceo* — uma escola de ensino médio — e, sendo assim, Pasquale fazia o trajeto de barco até La Spezia para estudar. Foi lá que conheceu Orenzio, que se tornou seu primeiro amigo de verdade. Foi natural que os dois se aproximassem: o filho introspectivo do dono do hotel e o garoto baixo e de orelhas de abano que ficava nos atracadouros. Pasquale chegara até mesmo a ficar com a família de Orenzio durante as semanas de inverno, quando a travessia era perigosa. No inverno anterior à mudança de Pasquale para Florença, ele e Orenzio inventaram um jogo que disputavam entre copos de cerveja suíça. Eles se sentavam frente a frente nas docas de La Spezia e trocavam insultos alternadamente, até que houvessem esgotado as palavras ou que começassem a repetir termos já utilizados — e, nessa hora, o perdedor tinha que esvaziar o copo à sua frente. Agora, enquanto carregava as bolsas da americana, Orenzio se inclinou na direção de Pasquale para disputar a versão sóbria do jogo:

— O que foi que ela disse, cheira-saco?

— Ela adorou meus olhos — disse Pasquale, sem perceber a deixa.

— Pare com isso, seu bunda-suja — disse Orenzio. — Ela não disse nada disso.

— Disse sim. Ela está apaixonada pelos meus olhos.

— Pasqo, você é um mentiroso e um lambedor de pentelhos de homem.

— É verdade.

— Que você lambe pentelhos de homem?

— Não. Que ela disse isso a respeito dos meus olhos.

— Você é um chupador de bodes. Aquela mulher é uma estrela de cinema.

— Eu também acho — disse Pasquale.

— Não, seu idiota, ela é atriz de verdade. Veio com a empresa americana que está trabalhando em um filme em Roma.

— Que filme?

— *Cleópatra*. Não lê mais os jornais, fumador de merda?

Pasquale voltou a olhar para a atriz americana, que estava subindo as escadas que levavam ao vilarejo.

— Mas ela é branca demais para fazer o papel de Cleópatra.

— Quem vai interpretar Cleópatra é a prostituta e ladra de maridos, Elizabeth Taylor — disse Orenzio. — Ela tem outro papel no filme. Você realmente não lê os jornais, lambedor de rabo?

— Qual é o papel dela?

— Como é que eu vou saber? Deve haver vários papéis.

— E qual é o nome dela?

Orenzio entregou as instruções datilografadas que recebera. O papel incluía o nome da mulher, dizia que ela devia ser levada até o hotel em Porto Vergogna e pedia que a conta fosse enviada ao homem que tinha cuidado dos preparativos da viagem, Michael Deane, no Grand Hotel de Roma. A folha dizia que Michael Deane era "assistente de produção especial" para a "20th Century Fox Pictures". E o nome da mulher...

— Dee... Moray — leu Pasquale em voz alta. Não era familiar, mas havia tantos astros de cinema americanos — Rock Hudsons, Marilyn Monroes, John Waynes — e, logo que ele achava que conhecia todos, outra estrela era alçada à fama, quase como se houvesse uma fábrica na América produzindo aqueles incríveis rostos e projetando-os nas telas. Pasquale voltou a olhar para a mulher, que já estava chegando ao topo da escadaria da encosta e se dirigindo para a cidade que a aguardava. — Dee Moray — disse ele outra vez.

Orenzio observou o papel por cima do ombro de Pasquale.

— Dee Moray — disse. Havia algo intrigante naquele nome, e nenhum dos dois conseguia parar de pronunciá-lo. — Dee Moray — Orenzio repetiu. — Ela está doente — ele disse a Pasquale.

— E o que ela tem?

— Como é que eu vou saber? O homem só disse que ela estava doente.

— É sério?

— Também não sei — emendou ele. E então, como se perdesse o fôlego, como se até mesmo ele estivesse perdendo interesse na velha brincadeira entre os dois amigos, acrescentou mais um insulto, *uno che mangia culo* — "lambedor de bunda".

Pasquale observou enquanto Dee Moray se dirigia ao seu hotel, avançando pelo caminho de pedra a passos curtos.

— Ela não pode estar tão doente — disse ele. — Ela é linda.

— Mas não tanto quanto a Sophia Loren — disse Orenzio. — Ou a Marylin Monroe.

Aquele foi o passatempo de ambos no inverno anterior: ir ao cinema e avaliar as mulheres que viam.

— Não, eu acho que ela tem uma beleza mais inteligente... como Anouk Aimée.

— Ela é muito magra — comentou Orenzio. — E não é uma Claudia Cardinale.

— Não mesmo — Pasquale teve que concordar. Claudia Cardinale era a perfeição. — Mesmo assim, não acho que seu rosto seja tão comum.

A discussão havia se tornado enfadonha demais para Orenzio.

— Eu poderia trazer um cachorro de três pernas a essa cidade, Pasqo, e você se apaixonaria por ele.

Foi naquele momento que Pasquale começou a se preocupar.

— Orenzio, ela realmente quis vir até aqui?

Orenzio deu um tapa na página que estava nas mãos de Pasquale.

— Sabe esse americano, Deane, que a trouxe até La Spezia? Eu expliquei a ele que ninguém vem até aqui. Perguntei se ele queria dizer Portofino ou Portovenere. Ele perguntou como Porto Vergogna era, e eu disse que não havia nada aqui além de um hotel. Ele perguntou se a cidade era pacata. Eu disse a ele que somente a morte poderia ser mais pacata, e ele respondeu: "Então é o lugar certo".

Pasquale sorriu para o amigo.

— Obrigado, Orenzio.

— Lambedor de rabo — disse Orenzio discretamente.

— Você já disse isso — retrucou Pasquale.

Orenzio fez um gesto imitando o ato de terminar de beber uma caneca de cerveja.

Em seguida, os dois olharam para o penhasco, quarenta metros acima, onde a primeira hóspede americana desde a morte de seu pai estava em pé, observando a porta de entrada de seu hotel. *Aqui está o futuro*, pensou Pasquale.

Dee Moray parou e olhou para trás, na direção dos dois. Ela balançou o rabo de cavalo e os cabelos clareados pelo sol se agitaram e dançaram ao redor do rosto, conforme ela admirava o mar a partir da praça do vilarejo. Em seguida, olhou para a placa e inclinou a cabeça, como se estivesse tentando compreender as palavras:

HOTEL VISTA ADEQUADA

E então o futuro colocou o chapéu debaixo do braço, abriu a porta, abaixou-se para passar sob o batente e entrou.

Depois que ela desapareceu dentro do hotel, Pasquale se deixou entreter pela ideia desconfortável de que ele a havia atraído; a possibilidade de que, após anos vivendo naquele lugar, após meses de tristeza, solidão e expectativa pela chegada de turistas americanos, ele criara aquela mulher a partir de velhos fragmentos de filmes e livros, dos artefatos perdidos e das ruínas de seus sonhos, de sua solidão épica e persistente. Olhou para Orenzio, que estava carregando as malas de *alguém*, e o mundo inteiro pareceu muito improvável, nosso tempo nele tão breve e etéreo. Nunca sentira algo tão existencial e distante, uma liberdade tão aterradora — como se estivesse flutuando sobre o vilarejo, acima do seu próprio corpo —, e isso o emocionou de uma maneira que nunca poderia ser explicada.

— Dee Moray — disse Pasquale Tursi de repente, em voz alta, quebrando o feitiço que dominava seus pensamentos. Orenzio o encarou. Em seguida, Pasquale lhe deu as costas e disse o nome novamente, para si mesmo desta vez, com a voz num tom ainda mais sutil do que um sussurro, constrangido pelo tom esperançoso com o qual formou aquelas palavras. A vida, pensou ele, era um ato flagrante de imaginação.

2
A última proposta

DIAS ATUAIS
HOLLYWOOD, CALIFÓRNIA

*A*ntes do nascer do sol — antes que os jardineiros guatemaltecos cheguem em suas caminhonetes sujas, antes que os caribenhos cheguem para cozinhar, lavar e passar, antes do método Montessori, da aula de pilates e da cafeteria da moda, antes que os Mercedes-Benz e os BMWs naveguem pelas ruas ladeadas por palmeiras e os agiotas com seus *smartphones* recomecem sua atividade infindável: *a remoção do que há de velho e decadente para a chegada do novo na mente americana* —, há os borrifadores de jardim: eles se levantam do chão para cuspir sua água na região noroeste da Grande Los Angeles, do aeroporto até as colinas, do centro até a praia, os restos entorpecidos da indústria do entretenimento.

Em Santa Monica, eles saúdam Claire Silver no silêncio que antecede o amanhecer em seu condomínio — *psst ei* —, seus cabelos ruivos e cacheados espalhados sobre o travesseiro como uma cena de suicídio. Eles sussurram novamente — *psst ei* —, e as pálpebras de Claire estremecem; ela inala o ar, orienta-se no tempo e no espaço e olha para o ombro pálido do namorado, ocupando mais da metade da cama king size. Daryl frequentemente abre a janela sobre a cama quando chega tarde, e é assim que Claire acorda — *psst ei* —, com o som da água batendo no jardim de pedras do lado de fora. Ela perguntou ao síndico do condomínio por que era necessário aguar um arranjo de pedras diariamente às cinco da manhã (ou a qualquer horário, aliás), mas, é claro, os borrifadores não são o verdadeiro problema.

Claire acorda precisando de informação; ela tateia o abarrotado criado-mudo ao lado da cama em busca do BlackBerry e toma sua dose matinal. Catorze e-mails, seis tuítes, cinco solicitações de amizade, três mensagens de texto e sua agenda — a vida na palma da mão. Coisas mais gerais, também: sexta-feira, dezoito graus que vão subir até a máxima prevista de vinte e três. Cinco telefonemas agendados para hoje. Seis reuniões em que alguém vai tentar lhe vender uma ideia para um filme. Em seguida, em meio ao vagalhão de informações, ela percebe um e-mail que vai mudar sua vida, vindo de affinity@arc.net. Ela o abre.

> Prezada Claire,
> Mais uma vez, agradeço sua paciência no decorrer deste longo processo. Bryan e eu ficamos muito impressionados com as suas credenciais e com a sua entrevista e gostaríamos de encontrá-la para conversar mais. Poderia tomar um café conosco hoje de manhã?
> Sinceramente,
> James Pierce
> Museu da Cultura Cinematográfica Americana

Claire se senta. Minha nossa. Eles vão lhe oferecer o emprego. Será que vão mesmo? *Conversar mais?* Já a entrevistaram duas vezes; sobre o que mais eles podem querer falar? Será que hoje é o dia em que ela conseguirá pedir demissão do emprego dos seus sonhos?

Claire é a assistente-chefe de desenvolvimento do lendário produtor cinematográfico Michael Deane. O título é fajuto — seu trabalho envolve apenas dar assistência e nada de desenvolvimento, e ela não é chefe de ninguém. Ela cuida dos caprichos de Michael. Responde a seus telefonemas e e-mails, vai buscar seus sanduíches e cafés. E, acima de tudo, ela lê para ele: grandes quantidades de roteiros e sinopses, pôsteres e esboços — uma imensidão de material que nunca chega a lugar nenhum.

Ela esperava algo muito melhor quando desistiu do doutorado em estudos cinematográficos e foi trabalhar para o homem que, durante as décadas de 70 e 80, foi conhecido como o "Decano de Hollywood". Ela queria fazer filmes — que fossem inteligentes e intrigantes. Mas, quando chegou à cidade, há três anos, Michael Deane estava no ponto mais baixo de sua carreira, sem nenhum crédito em produções recentes, com exceção da bomba *indie* sobre zumbis intitulada *Devastadores da noite*. Nos três anos em que estava com ele, a Deane Produções não criou nenhum outro filme; na verdade, sua única produção foi um programa de televisão: *Hookbook*, um *reality show* campeão de audiência e o website correspondente (Hookbook.net).

E, com o sucesso monstruoso daquela abominação multimídia, filmes haviam se tornado apenas uma memória distante na Deane Produções. Em vez disso, Claire passava seus dias escutando propostas para novos programas, algumas tão ofensivas que ela temia ser responsável pela aproximação do apocalipse: *Vida de modelo* ("Pegamos sete modelos e as colocamos em uma república de estudantes!"), *Noites ninfomaníacas* ("Filmamos encontros de pessoas viciadas em sexo!") e *Casa dos anões bêbados* ("Veja, é uma casa... cheia de anões bêbados!").

Michael lhe dizia constantemente para ajustar suas expectativas, deixar de lado suas pretensões idealistas, aceitar a cultura como ela é e expandir suas noções sobre o que é *bom*.

— Se você quiser trabalhar com arte, tente arrumar um emprego no Louvre — dizia ele.

Portanto, foi isso que ela fez. Há um mês, Claire se candidatou para uma vaga que viu anunciada em um website, intitulada "curador(a) de um novo museu cinematográfico privado". E agora, quase três semanas após a entrevista, os elegantes executivos do quadro de diretores do museu parecem estar perto de lhe oferecer um contrato.

A decisão é óbvia, na melhor das hipóteses: a proposta de estabelecer o Museu da Cultura Cinematográfica Americana (MCCA) vai lhe dar um salário melhor, seus horários serão melhores, e ela certamente fará melhor uso de seu mestrado em estudos em arquivos de cinema e vídeo pela Universidade da Califórnia. Além disso, ela acha que o emprego lhe permitirá sentir que realmente está utilizando o cérebro de novo.

Michael despreza o descontentamento intelectual de Claire, insistindo que ela está simplesmente fazendo o seu trabalho, que todo produtor passa alguns anos em meio ao caos, que — em sua definição breve e inimitável — ela deve "peneirar a merda para encontrar o milho" e conseguir alguns sucessos de apelo comercial para que, posteriormente, possa trabalhar nos projetos que ama de verdade. E é exatamente neste ponto que ela se encontra, na grande encruzilhada da vida: aguentar essa carreira desprezível e alimentar o sonho distante de fazer um filme excelente algum dia, ou assumir um emprego tranquilo catalogando as relíquias de um tempo em que os filmes realmente tinham importância?

Quando tinha que tomar esse tipo de decisão (em relação à faculdade, namorados, pós-graduação), Claire sempre pesou os prós e os contras, procurou os sinais e tentou buscar o melhor acordo — e ela faz um acordo consigo mesma agora, ou com o Destino: *Se nenhuma ideia para um filme bom e viável entrar pela porta hoje, vou pedir demissão.*

Esse acordo, é claro, não é totalmente justo. Convencido de que todo o dinheiro está na TV hoje em dia, Michael não gostou de nenhuma proposta, roteiro ou sinopse nos últimos dois anos. E tudo de que *ela* gosta, ele dispensa por ser caro demais, sombrio demais, antiquado demais, ou por não ter apelo comercial suficiente. Como se tudo isso não bastasse para desequilibrar o acordo, hoje é a Sexta-Feira das Propostas Malucas: a última sexta-feira do mês, dedicada à análise de propostas vindas de velhos colegas e conhecidos de Michael, de todos os diretores esgotados, todos que já foram famosos e os que nunca o foram naquela cidade. E, nessa Sexta-Feira das Propostas Malucas em particular, tanto Michael quanto seu parceiro de produção, Danny Roth, estão de folga. Hoje — *psst ei* — ela ficará encarregada de analisar todas aquelas propostas de merda.

Claire olha para Daryl, dormindo ao seu lado na cama. Afasta a culpa por não lhe falar sobre o emprego no museu; isso acontece em parte porque ele tem chegado tarde quase todas as noites, em parte porque eles não têm conversado muito nos últimos tempos, e em parte porque ela está pensando em terminar o relacionamento com ele também.

— E então? — diz ela em voz baixa. Daryl emite um ruído típico de quem está dormindo profundamente, algo entre um resmungo e um grunhido. — É — diz ela —, foi o que eu pensei.

Ela se levanta e se espreguiça, e vai ao banheiro. Mas, no caminho, para ao lado do jeans de Daryl, jogado no chão como uma dançarina esparramada, exatamente no lugar onde ele se despiu — *psst não*, avisam os borrifadores. Mas que escolha ela tem, realmente? Uma mulher jovem em uma encruzilhada, buscando por sinais? Ela se agacha, pega a calça e examina os bolsos: seis notas de um dólar, moedas, uma caixa de fósforos e... ah, aqui está:

Um cartão de fidelidade de um lugar com o encantador nome de Espeta-Cu-Lar: A Melhor Casa Noturna em Southland para Nudez ao Vivo. A distração de Daryl. Ela não conhece todos os detalhes dos tipos diferentes de estabelecimento na indústria do entretenimento adulto, mas imagina que o uso de cartões de fidelidade não transforma o Espeta-Cu--Lar no mais refinado bar de striptease da cidade. Ah, e veja só: com mais dois carimbos, Daryl terá direito a se sentar em uma cadeira enquanto uma das garotas se esfrega e rebola em seu colo. Que ótimo para ele! Ela deixa o cartão ao lado de Daryl, que ainda ronca, sobre o travesseiro, exatamente na depressão deixada por sua cabeça.

Em seguida, Claire vai ao banheiro, acrescentando oficialmente Daryl ao seu acordo com o Destino, como se fosse um refém (*Traga-me uma ótima ideia para um filme hoje, ou o namorado que gosta de ir a bares de striptease vai sofrer as consequências!*). Ela visualiza os nomes na sua agenda e imagina se alguma ideia vai surgir magicamente. Ela os imagina como pontos fixos em um mapa: o cara das nove e meia comendo uma omelete de claras enquanto revisa sua proposta em Culver City; o das dez e quinze fazendo tai chi em Manhattan Beach; o das onze se masturbando no chuveiro em Silver Lake. É libertador fingir que sua decisão depende deles agora, que ela já fez tudo o que podia. Claire quase se sente livre, entregando-se abertamente, nua, aos braços caprichosos do Destino — ou, pelo menos, a uma ducha quente.

E é nesse momento que um único devaneio escapa da sua mente, que já estava praticamente decidida sobre o que fazer: um desejo, ou talvez uma prece, de que, em meio a toda a porcaria de hoje, ela consiga ouvir pelo menos uma proposta... *decente* — uma ideia para um *ótimo filme* —, de modo que ela não precise largar o único emprego que desejou ter em toda a sua vida.

Do lado de fora, os borrifadores cospem gargalhadas sobre o jardim de pedras.

A mil e trezentos quilômetros de distância, em Beaverton, no estado do Oregon, o último homem com quem Claire vai conversar hoje, às quatro da tarde, também está nu e não consegue escolher o que vestir. Sem ter chegado aos trinta, Shane Wheeler é alto, magro e tem uma aparência levemente animalesca, com um rosto estreito emoldurado por cabelos castanhos e duas costeletas grossas. Durante vinte minutos, Shane tenta montar um traje a partir da sua pilha de roupas descartadas: camisas polo amarrotadas, camisetas engraçadas compradas em brechós, camisas em estilo caubói, jeans de boca larga, jeans justos, jeans rasgados, calças sociais, calças cáqui, calças de veludo — nada disso parece se encaixar no visual "talentoso demais para se importar com a aparência" que ele imagina ser adequado para sua primeira reunião com uma produtora de cinema em Hollywood, em que apresentará sua proposta para um filme.

Shane esfrega distraidamente a tatuagem no antebraço esquerdo, a palavra AJA desenhada numa caligrafia típica das gangues urbanas, referência ao trecho bíblico favorito de seu pai e, até recentemente, o lema de vida do próprio Shane: "Aja como se tivesse fé e receberá as graças do Senhor".

Sua perspectiva de vida fora alimentada por anos de séries de TV, por professores e conselheiros que o estimulavam, por prêmios em feiras de ciências, medalhas de honra ao mérito e troféus conquistados em campeonatos de basquete e futebol — e, acima de tudo, por pais carinhosos e esforçados, que criaram seus cinco filhos perfeitos com a crença, ou melhor, com a convicção ferrenha de que, se tivessem fé em si mesmos, poderiam ser o que bem quisessem.

Assim, durante o ensino médio, Shane agiu como se fosse um corredor de longa distância e conseguiu entrar em duas equipes esportivas; agiu como se fosse um estudante nota 10 e conseguiu várias delas; agiu como se certa animadora de torcida estivesse a fim dele, e *ela o convidou* para o baile dos alunos; agiu como se fosse aluno da Universidade de Berkeley, na Califórnia, e eles o aceitaram, e candidato à fraternidade Sigma Nu, que o convidou para ser membro; agiu como se fosse capaz de falar italiano e estudou no exterior por um ano; agiu como se fosse escritor e foi aceito em um programa de mestrado em redação criativa na Universidade do Arizona; agiu como se estivesse apaixonado e se casou.

Mas, recentemente, surgiram algumas fissuras nessa filosofia — ele estava descobrindo que simplesmente ter fé não era o suficiente — e, nos meses que antecederam seu divórcio, sua futura ex-esposa ("Estou tão cansada das suas merdas, Shane...") soltou a bomba: a frase bíblica que seu pai citava incansavelmente, "Aja como se tivesse fé...", não aparece *realmente* na Bíblia. Na verdade, até onde ela sabia, vinha do argumento final do personagem de Paul Newman no filme *O veredicto*.

Essa revelação não chegou a *causar* problemas a Shane, mas a notícia parecia explicá-los, de alguma forma. É isso que acontece quando a sua vida não é guiada por Deus, e sim por David Mamet: é impossível encontrar um emprego de professor, e o seu casamento termina quando chega a hora de pagar os empréstimos feitos para financiar seus estudos, e o projeto no qual você trabalhou durante seis anos, sua dissertação de mestrado — um livro de contos interconectados chamado *Interconexões* —, é rejeitado pelo agente literário que você contratou. (Agente: "Este livro não funciona". Shane: "Na sua opinião". Agente: "Na língua escrita".)

Divorciado, desempregado e falido, com suas ambições literárias estraçalhadas, Shane viu sua decisão de se tornar escritor como um percurso de seis anos que não levara a lugar nenhum. Estava passando pela primeira situação difícil em sua vida, incapaz sequer de se levantar da cama sem que a palavra AJA o estimulasse. Arrancá-lo dali coube à sua mãe, que o convenceu a tomar antidepressivos e, de algum modo, a tentar resgatar o rapaz incrivelmente autoconfiante que ela e o pai dele haviam criado.

— Bem, não somos uma família particularmente religiosa, de qualquer maneira. Só íamos à igreja no Natal e na Páscoa. Seu pai pegou aquela frase de um filme feito há trinta anos em vez de um livro escrito há dois mil anos, mas e daí? Isso não significa que não seja verdade, não é? Aliás, talvez isso torne a frase ainda *mais* verdadeira.

Inspirado pela fé profunda de sua mãe nele mesmo e pela baixa dosagem do inibidor seletivo de recaptação de serotonina que começara a tomar recentemente, Shane teve o que só pode ser descrito como uma epifania.

Os filmes não são de fato a fé da sua geração — sua verdadeira religião? O cinema não é o nosso templo, o lugar onde entramos separadamente, mas de onde saímos duas horas mais tarde unidos pela mesma experiência, as mesmas emoções coordenadas, a mesma moral? Um milhão de escolas ensinam dez milhões de cursos, um milhão de igrejas se dividem em dez mil doutrinas com um bilhão de sermões — mas o mesmo filme é exibido em todos os shopping centers do país. E todos nós o vemos! Naquele verão, o verão que você nunca vai esquecer, todos os cinemas projetaram o mesmo conjunto de imagens temáticas e narrativas — o mesmo *Avatar*, o mesmo *Harry Potter*, o mesmo *Velozes e furiosos*, fotogramas em movimento unidos em nossa mente que substituem memórias, narrativas arquetípicas que se tornaram nossa história compartilhada, que nos ensinaram o que devemos esperar da vida, que definiram nossos valores. O que isso poderia ser além de uma religião?

Além disso, filmes davam mais dinheiro do que livros.

E assim, Shane decidiu levar seus talentos a Hollywood. Decidiu começar entrando em contato com seu velho professor de redação, Gene Pergo, que havia se cansado de ser professor e um ensaísta ignorado e escreveu um *thriller* chamado *Devastadores da noite* (zumbis pilotando carros esportivos em meio a uma Los Angeles pós-apocalíptica procuram sobreviventes humanos para escravizar), vendeu os direitos por uma quantia maior do que ganhou em uma década de pesquisa acadêmica e de publicação de textos por pequenas editoras e largou seu emprego de professor no meio do semestre. Na época, Shane estava no segundo ano do mestrado, e a deserção de Gene foi o escândalo do curso — docentes e alunos igualmente irritados pelo modo como Gene defecou por toda a catedral de literatura.

Shane descobriu o paradeiro do professor Pergo em Los Angeles, onde ele estava adaptando o segundo livro do que agora era uma trilogia — *Devastadores da noite 2: ruas em guerra (3D)*. Gene disse que, nos últimos dois anos, ouvira notícias de "praticamente todo aluno e colega com quem já trabalhei"; os mais escandalizados pela sua abdicação literária foram os primeiros a telefonar. Gene deu a Shane o nome de um agente cinematográfico, Andrew Dunne, e os títulos de livros sobre a arte de escrever roteiros, de autoria de Syd Field e Robert McKee; além disso, indicou o capítulo sobre como promovê-los, da inspiradora autobiografia do produtor Michael Deane, *À maneira de Deane: como eu promovi a Hollywood moderna na América e como você também pode promover o su-*

cesso em sua vida. Foi uma frase no livro de Deane — "Na sala, a única coisa em que você precisa acreditar é si mesmo. VOCÊ é a sua história" — que fez com que Shane recuperasse sua velha autoconfiança no AJA inscrito em seu braço, aprimorando seu discurso, procurando por apartamentos em Los Angeles e até mesmo telefonando para o seu antigo agente literário. (Shane: "Achei que você deveria saber que estou oficialmente parando de escrever livros". Agente: "Vou informar ao comitê do Prêmio Nobel".)

E, no dia de hoje, tudo vai finalmente render frutos, com a primeira apresentação que Shane fará a um produtor de Hollywood. E não um produtor qualquer, mas o próprio Michael Deane — ou pelo menos a assistente dele, Claire Qualquer Coisa. Hoje, com a ajuda de Claire Qualquer Coisa, Shane Wheeler dará o primeiro passo para sair do armário frio e úmido da literatura para entrar no salão de baile luminoso do cinema...

Assim que conseguir decidir o que vestir.

Naquele exato momento, a mãe de Shane o chama, no andar de baixo da casa:

— Seu pai está pronto para levar você ao aeroporto.

Como ele não responde, ela tenta novamente:

— É melhor não se atrasar, querido.

Em seguida:

— Fiz rabanada.

E finalmente:

— Ainda está escolhendo o que vestir?

— Só um minuto! — exclama Shane, e, em meio a um forte sentimento de frustração, predominantemente consigo mesmo, chuta a pilha de roupas. Na chuva de tecido que vem a seguir, o traje perfeito parece flutuar: jeans de boca larga com efeitos desbotados nas coxas e uma camisa de pala dupla e botões de pressão. Combinam perfeitamente com as botas de motociclista com fivelas duplas. Shane se veste rapidamente, olha-se no espelho e arregaça a manga para que consiga ver a ponta direita da segunda letra A em sua tatuagem.

— Agora — diz Shane Wheeler a si mesmo — vamos vender um filme.

A cafeteria Coffee Bean preferida de Claire está abarrotada de gente às sete e meia da manhã, cada mesa exibindo um escritor branco e carrancudo de óculos, cada par de óculos encarando um laptop Mac Pro, e cada Mac Pro contendo a versão final de um roteiro aberta na tela — todas as mesas exceto a pequena ao fundo, em que dois jovens empresários de terno cinza estão sentados defronte a uma cadeira vazia, reservada para ela.

Claire atravessa o salão. Sua saia atrai os olhares dos roteiristas. Ela odeia sapatos de salto, sente-se como um cavalo com ferraduras. Ela chega e sorri quando eles se levantam.

— Olá, James. Olá, Bryan.

Eles se sentam e pedem desculpas por demorar tanto a entrar em contato com ela, mas o resto é exatamente como ela imaginava — *ótimo currículo, referências maravilhosas, entrevista impressionante*. Fizeram uma reunião com toda a diretoria de planejamento do museu e, após muitas discussões (ofereceram o cargo a alguém que o recusou, ela deduz), decidiram lhe oferecer o cargo. Com isso, James faz um sinal com a cabeça para Bryan, que empurra um envelope pardo por cima da mesa. Claire pega o envelope e o abre discretamente, apenas o bastante para ler as palavras "Termo de confidencialidade". Antes que ela possa prosseguir, James estende uma mão em sinal de cautela.

— Tem algo que você precisa saber antes de examinar nossa oferta — diz ele, e, pela primeira vez, um dos dois desvia o olhar: Bryan, que olha ao redor para ver se alguém está tentando ouvir a conversa.

Merda. Claire vislumbra as piores possibilidades: *O pagamento será feito em cocaína; ela tem que matar o curador interino primeiro; é um museu de filmes pornôs...*

Em vez disso, James diz:

— Claire, o que você sabe sobre a cientologia?

Dez minutos depois — após implorar que lhe deixassem pensar em sua generosa oferta durante o fim de semana — Claire está a caminho do trabalho, pensando: Isso não muda nada, não é? Tudo bem, o museu cinematográfico dos seus sonhos é fachada para uma seita. Espere, isso não é justo — ela conhece os cientologistas, e eles não são mais estranhos do que os luteranos empertigados da família da sua mãe ou os judeus seculares da família do seu pai. Mas não é isso que as pessoas vão pensar? Que ela está administrando um museu cheio das porcarias de que Tom Cruise não conseguiu se livrar quando resolveu vender suas coisas usadas?

James insistiu que o museu não teria nenhuma conexão com a igreja, exceto para receber investimentos iniciais; que o acervo começaria com as doações de alguns dos membros da igreja, mas que ampliar o restante do museu estaria sob sua responsabilidade e ficaria a seu critério.

— É a maneira que a igreja tem de retribuir a uma indústria que nutriu e sustentou nossos membros durante vários anos — disse Bryan. E eles amaram as ideias que ela apresentou: exibições interativas em computação gráfica para crianças, uma ala para o cinema mudo, exibições semanais de filmes variados e um festival temático de cinema a cada ano. Ela suspira. Entre todas as coisas que eles poderiam ser, por que tinham de ser cientologistas?

Claire rumina os pensamentos enquanto dirige, como um zumbi — apenas reflexos animais básicos. O trajeto até o estúdio já está automatizado em sua mente, um labirinto de atalhos, mudanças de faixa de trânsito, acostamentos, faixas expressas, ruas residenciais, becos, ciclovias e estacionamentos, tudo planejado para levá-la ao estúdio todos os dias precisamente dezoito minutos depois de sair do seu apartamento.

Com um aceno de cabeça para o segurança, ela passa pelo portão do estúdio e estaciona. Pega a bolsa e anda em direção ao escritório, e até mesmo o barulho de seus passos parece pensar na decisão (*sair, ficar, sair, ficar*). A Michael Deane Produções está alojada em uma velha casa para escritores no terreno da Universal Pictures, enfiada entre estúdios de som, escritórios e cenários de filmes. Michael não trabalha mais para o estúdio, mas ele trouxe tanto dinheiro para a Universal nas décadas de 1980 e 1990 que os diretores concordaram em mantê-lo por perto, como uma foice na parede de uma fábrica de tratores. O escritório é parte de um acordo de produção que Michael assinou há alguns anos, quando precisava de dinheiro. O contrato rezava que a Universal seria o primeiro estúdio a quem ele ofereceria qualquer filme que decidisse produzir (o que, como se notou depois, não foi muito).

Dentro do escritório, Claire acende as luzes, senta-se à mesa e liga o computador. Vai direto para os números das bilheterias da noite de quinta-feira, as pré-estreias e os filmes que continuarão a ser exibidos naquele fim de semana, buscando por algum sinal de esperança que possa ter deixado passar despercebido, uma quebra inesperada nas expectativas — mas os números mostram aquilo que vêm mostrando há anos: há somente coisas para crianças, ingressos esgotados na pré-venda para alguma adaptação de história em quadrinhos feita em computação gráfica e em 3D, tudo dentro das projeções algorítmicas de bilheteria baseadas nas reações de grupos de teste, mercados estrangeiros, pôsteres, trailers e desempenho anterior. Filmes não são nada além de uma vitrine de exposição atualmente, veículo de propaganda para o lançamento de novos brinquedos e videogames. Adultos estão dispostos a esperar três semanas para assistir a um filme decente no conforto de suas casas, ou assistem à TV a cabo — e, assim, aquilo que passa por lançamento nos cinemas são apenas videogames fantasiosos e bem-feitos para garotos de testículos inchados e suas namoradas bulímicas. Os filmes — o primeiro amor de Claire — estão mortos.

Ela sabe exatamente o dia em que se apaixonou: 14 de maio de 1992, à uma da manhã, dois dias antes de seu décimo aniversário, quando ouviu algo parecido com risos na sala de estar. Ela saiu do quarto e encontrou seu pai na sala, chorando e bebendo um líquido escuro que enchia um copo, assistindo a um velho filme na TV — "Venha aqui, docinho". Claire ficou sentada ao seu lado enquanto assistiam aos dois terços finais de *Bonequinha de luxo*. Ela ficou maravilhada com a vida que estava vendo naquela pequena tela, como se a houvesse imaginado sem saber. Esse era o poder do cinema: era como sonhar em *déjà-vu*. Três semanas depois, seu pai abandonou a família para se casar com a peituda Leslie, uma moça de vinte e quatro anos, filha do seu ex-sócio no escritório de advocacia. Mas, na mente de Claire, a mulher que roubou seu pai seria sempre Holly Golightly.

Não pertencemos a ninguém, e ninguém nos pertence.

Ela estudou cinema em uma pequena escola de *design* e depois fez mestrado na Universidade da Califórnia. Estava indo direto para o programa de doutorado na mesma universidade quando duas coisas se revelaram em uma rápida sucessão. Em primeiro lugar, seu pai sofreu um AVC de baixa gravidade, dando a Claire uma noção da mortalidade dele e, por conseguinte, da própria mortalidade dela. E, posteriormente, ela teve uma visão de si mesma trinta anos à frente: uma bibliotecária solteirona morando em um apartamento cheio de gatos batizados com o nome de diretores da *nouvelle vague* ("Godard, largue os brinquedos de Rivette...").

Lembrando-se de sua ambição com *Bonequinha de luxo*, Claire desistiu do doutorado e se aventurou fora da clausura do mundo acadêmico para tentar *fazer* filmes, em vez de simplesmente estudá-los.

Começou se candidatando a uma das grandes agências de talento. O agente que a entrevistou mal olhou para as três páginas de seu currículo antes de dizer:

— Claire, você sabe o que é um parecer?

O agente falava como se Claire tivesse seis anos de idade, explicando que Hollywood era um "lugar muito movimentado", com pessoas assistidas por agentes, empresários, contadores e advogados. Profissionais de relações públicas trabalhavam com imagens, assistentes cuidavam de tarefas corriqueiras, jardineiros cortavam grama, empregadas limpavam casas, *au pairs* cuidavam das crianças, passeadores de cachorros passeavam com os cachorros. E, a cada dia, essas pessoas ocupadas recebiam pilhas de roteiros, livros e sinopses; não fazia sentido precisarem de ajuda para lidar com esses materiais também?

— Claire — disse o agente —, vou lhe contar um segredo: *Ninguém aqui lê nada.*

Após assistir a uma boa quantidade de filmes recentes, Claire não achava que aquilo era um segredo.

Mas ela manteve aquela resposta para si mesma e se tornou parecerista, escrevendo resumos de livros, roteiros e sinopses, comparando-os com filmes de sucesso, avaliando os personagens, os diálogos e o potencial comercial, dando a impressão de que os agentes e seus clientes não apenas haviam lido o material, mas assistido a um seminário acadêmico sobre a obra.

Título: SEGUNDA AULA: MORTE

Gênero: HORROR PARA JOVENS ADULTOS

Resumo: O clube dos cinco *se mistura a* A hora do pesadelo *em SEGUNDA AULA: MORTE, a história de um grupo de estudantes que deve lutar contra um professor substituto ensandecido, que na verdade pode ser um vampiro...*

Depois de apenas três meses no emprego, Claire estava lendo um best-seller de apelo popular, um calhamaço gótico de sentimentalismo, e chegou até o final ridículo ao estilo *deus ex machina* (um vendaval arranca um poste de luz e o cabo de eletricidade atinge o rosto do vilão), e simplesmente... mudou tudo. Era tão simples quanto estar em uma loja de roupas, ver uma pilha desorganizada de blusas em uma prateleira e endireitá-la. Em sua sinopse, ela deu uma função à heroína da história em seu próprio resgate e não pensou mais a respeito.

Mas, dois dias depois, ela recebeu uma ligação.

— Aqui é Michael Deane — disse a voz do outro lado do telefone. — Você sabe quem eu sou?

É claro que ela sabia, embora tenha ficado surpresa ao saber que ele ainda estava vivo. O homem que era chamado de "O Decano de Hollywood", que esteve envolvido com alguns dos maiores filmes do final do século XX — todos aqueles mafiosos, monstros e encontros românticos —, um ex-executivo de grandes estúdios e *Produtor* com P maiúsculo, originário de uma era em que esse título indicava alguém influente que costumava ter chiliques, transformar carreiras, transar com atrizes e cheirar cocaína.

— E você — disse ele — é a parecerista que acabou de consertar esse calhamaço de merda encadernada pelo qual paguei cem mil dólares.

E foi assim que ela conseguiu um emprego dentro das dependências de um grande estúdio para trabalhar justamente com Michael Deane, como assistente-chefe de desenvolvimento, designada especialmente para ajudar Michael a "levar o traseiro de volta para o jogo".

No início, ela adorou o novo trabalho. Depois da modorra da vida acadêmica, era algo emocionante — as reuniões, o agito. Todo dia chegavam roteiros, sinopses e livros. E as propostas! Ela adorava ouvir as propostas — "Bem, temos um cara que acorda e descobre que a sua esposa é uma vampira" —, escritores e produtores entrando no escritório (água mineral para todos!) para compartilhar suas visões — "Durante os créditos iniciais, vemos uma nave espacial, depois cortamos para um cara sentado em frente a um computador" — e, mesmo depois de perceber que essas propostas não iriam a lugar nenhum, Claire ainda gostava delas. Tentar vender uma proposta era algo com características próprias, um tipo de arte performática existencial executada no presente do indicativo. Não importava quanto a história fosse antiga — a proposta de um filme sobre Napoleão era sempre feita no presente do indicativo, assim como de um filme sobre homens das cavernas e até mesmo sobre a Bíblia: "Bem, temos um cara, Jesus, e um dia ele se levanta dos mortos... tipo um zumbi..."

Ali estava ela, aos vinte e oito anos, trabalhando nas dependências de um grande estúdio cinematográfico, sem fazer exatamente aquilo com que sonhara, mas fazendo o que as pessoas faziam nessa indústria: participando de reuniões, lendo roteiros e ouvindo propostas — fingindo gostar de tudo enquanto encontrava várias razões para não levar nada adiante. E então, a pior coisa de todas aconteceu: o sucesso.

Ela ainda conseguia ouvir a proposta: "Chama-se Hookbook. É tipo o Facebook, mas em vídeo, para promover relacionamentos. Qualquer pessoa que publique um vídeo no site também está se candidatando a participar do nosso programa de TV. Pegamos os mais atraentes e carentes, filmamos seus encontros e acompanhamos o que acontece depois: transas, brigas, casamentos. O melhor de tudo é que o próprio site funciona como ferramenta de seleção de elenco. Não precisamos pagar um centavo a ninguém!"

Michael colocou o programa em um canal secundário da TV a cabo e, simples assim, teve seu primeiro sucesso em uma década, numa enorme sincronicidade entre TV e internet a que Claire não suporta assistir. Michael Deane estava de volta! E Claire percebeu por que as pessoas trabalhavam tanto para *evitar* que as coisas fossem feitas — afinal, quando você faz alguma coisa, aquela coisa se torna sua, a única coisa que você é capaz de fazer. Agora, Claire passa o dia escutando propostas para programas como *Coma!* (pessoas obesas correndo para comer refeições enormes) e *Coroa rica, coroa pobre* (encontros entre mulheres de meia-idade carentes de sexo e rapazes também carentes de sexo).

As coisas ficaram tão ruins que ela começou até mesmo a ansiar pelas Sextas-Feiras das Propostas Malucas, o único dia em que ela ainda tem a possibilidade de ouvir uma proposta aleatória para a produção de um *filme*. Infelizmente, a maioria dessas propostas das sextas-feiras vem do passado de Michael: pessoas que ele conheceu em reuniões dos Alcoólicos Anônimos, pessoas a quem deve favores ou que devem favores a ele, pessoas que ele conhece do clube, velhos parceiros de golfe, antigos fornecedores de cocaína, mulheres com quem dormiu nos anos 60 e 70, homens com quem dormiu nos anos 80, amigos de ex-esposas e de seus três filhos legítimos, ou de seus três filhos mais velhos e não tão legítimos, o filho do seu médico, o filho do seu jardineiro, o filho do seu limpador de piscina e o limpador de piscina do seu filho.

Vejamos, por exemplo, a reunião que Claire tem às nove e meia: um roteirista de TV com manchas de idade na pele, que jogava squash com Michael durante os anos do governo Reagan e que agora quer fazer um *reality show* a respeito de seus netos (mostrando orgulhosamente suas fotos na mesa de reuniões).

— Que fofos — diz Claire, e também "Oh", e "Que meigo", e até mesmo "Sim, parece que estão fazendo um número excessivo de diagnósticos de autismo hoje em dia".

Mas Claire não pode reclamar de reuniões como essa, a menos que esteja disposta a ouvir o Sermão de Lealdade de Michael Deane — como, nesta cidade fria, Michael Deane é um homem que nunca esquece seus amigos, segurando-os com firmeza e olhando em seus olhos: "Você sabe que sempre adorei seu trabalho, (NOME DO INTERLOCUTOR AQUI). Venha aqui na próxima sexta-feira e converse com a minha assistente, Claire". Em seguida, Michael pega um cartão de visita, assina-o e pressiona-o contra a mão da pessoa. Isso basta para que fiquem encantados. Pessoas com um cartão de visita assinado por Michael Deane podem querer ingressos para a noite de estreia de um filme, ou o telefone de determinado ator, ou o pôster autografado de algum filme, mas, geralmente, o que querem é a mesma coisa que todos os outros: *apresentar uma proposta, promover*.

Aqui, promover é viver. As pessoas promovem seus filhos para que entrem em boas escolas, fazem propostas de compra de casas que não têm condições de pagar e, quando são pegos nos braços da pessoa errada, apresentam explicações improváveis. Hospitais promovem suas maternidades, creches promovem o amor, escolas promovem o sucesso... Lojas de carro promovem o luxo; conselheiros, a autoestima; massagistas, finais felizes; cemitérios, o descanso eterno... A promoção é infinita — infinita, estonteante, sugadora de almas e tão implacável quanto a morte. Tão comum quanto borrifadores de jardim durante as manhãs.

Um cartão de visita autografado por Michael Deane é como se fosse dinheiro neste mundo — quanto mais velho melhor, de acordo com as estimativas de Claire. Quando a pessoa que vem para a reunião das dez e quinze mostra um cartão dos dias em que Michael era um executivo de estúdio, ela espera que o homem apresente a proposta de um filme, mas ele começa a discorrer sobre um *reality show* tão patético que chega a ser brilhante:

— *O palácio da paranoia*: juntamos pacientes psiquiátricos, paramos de lhes dar remédio, colocamos todos em uma casa com câmeras escondidas e começamos a mexer com a mente deles: acenda uma lâmpada e uma música começa a tocar; abra a geladeira e a descarga do vaso sanitário é acionada...

E, por falar em medicamentos, o cara da reunião das onze e meia aparentemente parou de tomar os seus. O filho do vizinho de Michael Deane irrompe no escritório usando uma capa e barba postiça, e não a olha nos olhos enquanto apresenta a proposta de uma minissérie na televisão sobre um mundo de fantasia que ele criou em sua cabeça ("Se eu colocar as ideias no papel, alguém vai roubá-las"), chamado *A quatrologia de Veraglim* — sendo *Veraglim* um universo alternativo na oitava dimensão, e *quatrologia* "tipo uma trilogia, mas com quatro histórias em vez de três". Conforme ele divaga sobre as leis da física do seu mundo de fantasia (em Veraglim existe um rei invisível, uma rebelião de centauros ocorre há algum tempo e os pênis ficam eretos por uma semana todo ano), Claire dá uma olhada para o telefone vibrando em seu colo. Se ainda estivesse buscando por sinais, este seria excelente: seu namorado com problemas de carreira e viciado em bares de striptease acabou de se levantar — vinte minutos antes do meio-dia — e lhe enviou uma mensagem de texto, uma pergunta com uma só palavra sem nenhuma pontuação: *leite*. Ela imagina Daryl de cueca em frente à geladeira, sem conseguir encontrar o leite e lhe enviando aquela mensagem fútil. Onde ele acha que o leite pode estar? Ela digita *máquina de lavar roupa* em resposta, e, enquanto o cara de Veraglim continua a explicar sua fantasia esquizofrênica, Claire não consegue evitar imaginar se o Destino não está tirando um sarro da sua cara, lhe dando a pior Sexta-Feira das Propostas Malucas de todos os tempos — talvez o pior dia de qualquer tipo desde a oitava série, quando uma menstruação particularmente intensa chegou durante um jogo de futebol na aula de educação física e Marshall Aiken, cabeça de vento como sempre, apontou para a mancha vermelha que surgia em seu shorts e gritou para o professor: "Claire está tendo uma hemorragia", porque agora é o cérebro dela que está tendo uma hemorragia, esvaindo-se em sangue por toda a mesa de reuniões enquanto esse lunático começa a descrever o segundo volume de *A quatrologia de Veraglim* ("Flandor brande seu sabre de sombras!") e outra mensagem de Daryl pisca em seu Black-Berry: *cereal*.

Os pneus do avião guincham, abraçam a pista, e Shane Wheeler acorda com um sobressalto, verificando o relógio. Ainda está dentro do horário. Sim, seu voo está uma hora atrasado, mas ainda faltam três horas até a reunião, e ele está a apenas vinte e dois quilômetros de distância. Quanto tempo pode levar percorrer esses vinte e dois quilômetros? No portão de desembarque ele se espreguiça, pisa em terra firme e segue andando, como num sonho, pelo piso de ladrilhos do longo túnel do aeroporto, passando pela área de recolhimento de bagagens e uma porta giratória até chegar a uma calçada iluminada, onde entra em um ônibus que o leva até a central de aluguel de carros. Entra numa fila com pessoas sorridentes que estão indo para a Disneylândia (que provavelmente viram o mesmo cupom na internet para alugar um carro por vinte e quatro dólares) e, quando chega a vez dele, entrega a carteira de motorista e o cartão de crédito para a balconista. Ela pronuncia seu nome com tanta imponência ("Shane *Wheeler*?") que, em um momento de devaneio, ele imagina que viajou para um futuro no qual é famoso, e que ela, de alguma forma, já ouviu falar nele — mas é claro que ela só está contente por encontrar a reserva que ele fez. Vivemos num mundo de milagres banais.

— Veio a passeio ou a negócios, sr. Wheeler?

— Em busca de redenção — diz Shane.

— Vai contratar o seguro?

Com o seguro rejeitado, upgrade recusado, GPS caro e opções de reabastecimento não aceitas, Shane se afasta do balcão com um contrato de aluguel, um molho de chaves e um mapa que parece haver sido desenhado por uma criança de dez anos após tomar algumas doses de metanfetaminas. Enfurnado em um Kia vermelho alugado, Shane ajusta o assento do motorista, dá partida no carro e ensaia as primeiras palavras de sua primeira apresentação de proposta cinematográfica: "Bem, temos um cara..."

Uma hora mais tarde, ele está de algum modo ainda mais *distante* da reunião. O Kia de Shane está preso em um engarrafamento e provavelmente deve estar indo na direção errada (o GPS agora lhe parece uma barganha irrecusável). Shane se livra do mapa inútil que pegou no balcão da empresa de aluguel de carros e tenta ligar para o celular de Gene Pergo: cai no correio de voz. Tenta o agente que arranjou a reunião, mas a assistente dele diz:

— Desculpe, Andrew não está comigo — seja lá o que isso signifique. Relutantemente, tenta ligar para o celular da sua mãe, depois o do seu pai, até finalmente tentar o número fixo de casa. *Mas que merda, onde eles estão?* O próximo número que surge em sua cabeça é o da ex-mulher. Saundra é a última pessoa para quem ele deseja telefonar agora, mas isso é apenas um sinal do desespero que está sentindo.

O nome dele provavelmente ainda está registrado no telefone de Saundra, porque as primeiras palavras que ela lhe diz são:

— Diga que você está ligando porque conseguiu o resto do dinheiro que me deve.

Era isso que ele queria evitar — todo o papo sobre quem-acabou-com-o-crédito-de-quem e quem-roubou-o-carro-de-quem que tingiu todas as suas conversas durante um ano. Ele suspira.

— Na verdade, neste momento, estou prestes a conseguir o seu dinheiro, Saundra.

— Não está vendendo seu sangue outra vez?

— Não. Estou em Los Angeles, apresentando a proposta de um filme.

Ela ri, até perceber que ele está falando sério.

— Espere. Você está escrevendo um *filme* agora?

— Não, estou *apresentando a proposta* de um filme. Primeiro você apresenta a proposta, depois escreve.

— Deve ser por isso que os filmes de hoje são horríveis — diz ela. Esta é a Saundra clássica: uma garçonete com pretensões poéticas. Eles se conheceram em Tucson, onde ela trabalhava na Cup of Heaven, a cafeteria aonde Shane ia todas as manhãs para escrever. Ele se apaixonou por ela nesta ordem: pernas, riso e a maneira como ela idealizava escritores e estava disposta a apoiar o trabalho dele.

Por sua vez — ela disse isso no fim do casamento —, ela se apaixonou pelas besteiras que ele dizia.

— Escute — diz ele —, você pode dar um tempo na crítica cultural e procurar o caminho para a Universal City no MapQuest para mim?

— Está falando sério? Você realmente tem uma reunião em Hollywood?

— Sim — ele responde. — Com um grande produtor, em um escritório dentro do estúdio.

— O que você está vestindo?

Ele suspira e repete o que Gene Pergo lhe disse: não importa o que a pessoa veste na reunião de apresentação da proposta ("A menos que você tenha um terno à prova de lenga-lenga").

— Aposto que sei o que você está vestindo — diz Saundra, e começa a descrever exatamente os trajes de Shane, inclusive as meias.

Shane começa a se arrepender da ligação.

— Basta me ajudar a descobrir para onde estou indo.

— Qual é o nome do filme?

Ele suspira. Precisa se lembrar de que não são mais casados; a ironia cortante dela não tem mais nenhum poder sobre ele.

— *Donner!*

Saundra fica em silêncio por um momento. Mas ela conhece os interesses de Shane e suas obsessões de leitura.

— Você está escrevendo um filme sobre canibais?

— Eu já disse, estou *apresentando a proposta* de um filme, e não é sobre canibais.

Claramente, a Expedição Donner seria um assunto difícil para um filme. Mas as propostas dependem muito da *abordagem*, como Michael Deane escreveu no capítulo catorze, frequentemente citado e copiado, de seu clássico livro de memórias e autoajuda, *À maneira de Deane*:

Ideias são como esfíncteres: todo bundão tem uma. O que conta é a abordagem. Eu posso entrar no escritório da Fox hoje e vender um filme sobre um restaurante que serve testículos de macaco assados, se eu chegar com a abordagem certa.

E Shane tem a "abordagem" perfeita. *Donner!* não será um filme sobre a clássica história da Expedição Donner — todas aquelas pessoas presas num acampamento horrível, congelando e morrendo de fome, até finalmente comerem umas às outras —, mas sobre a história de um marceneiro no grupo, chamado William Eddy, que conduz um grupo, composto na maioria de jovens mulheres, em uma jornada heroica e dramática pelas montanhas até ficar em segurança, e então — *atenção, terceiro ato!* — recupera suas forças e volta para resgatar a esposa e os filhos! Quando Shane apresentou a ideia por telefone ao agente Andrew Dunne, começou a se sentir animado pelo seu poder: "É uma história sobre triunfo", ele disse ao agente, "uma história épica sobre força e garra! Coragem! Determinação! Amor!" Naquela mesma tarde, o agente conseguiu agendar uma reunião com Claire Silver, a assistente de desenvolvimento de... atenção... *Michael Deane!*

— Hum — diz Saundra depois de ouvir toda a história. — Você realmente acha que vai conseguir vender isso?

— Sim, eu acho — diz Shane, e ele realmente acredita no que está dizendo. É um subdogma fundamental da fé em si mesmo, do "AJA-como-se" inspirado por um filme: a crença profunda da sua geração na *providência divina episódica secular*, a ideia — aprimorada no decorrer de décadas de entretenimento — de que, depois de trinta, sessenta ou cento e vinte minutos de complicações, as coisas geralmente dão certo no final.

— Tudo bem — responde Saundra, ainda não totalmente imune ao encanto inegável da crença fantasiosa de Shane em si mesmo, e lhe passa as instruções do MapQuest. Quando ele agradece, ela diz:

— Boa sorte hoje, Shane.

— Obrigado.

E, como sempre, a boa vontade despojada e inteiramente genuína de sua ex-mulher faz com que ele se sinta a pessoa mais solitária do planeta.

Acabou. Que ideia estúpida: um dia para encontrar uma ótima ideia para um filme? Quantas vezes Michael já lhe disse: "Não estamos na indústria de filmes, estamos na indústria daquilo que é popular". Sim, o dia ainda não acabou realmente, mas o cara das duas e quarenta e cinco está cutucando uma ferida aberta na testa enquanto apresenta a proposta de uma série de TV ("Bem, temos um policial" — cutucada —, "um policial zumbi"), e Claire sente que perdeu algo vital dentro de si, a morte de algum tipo de otimismo. O cara das quatro horas aparentemente não vai chegar (alguém chamado Shawn Weller...) e, quando ela verifica o relógio — quatro e dez —, o faz com olhos pesados e sonolentos. Bem, é isso. Terminou. Ela não vai dizer nada a Michael sobre sua desilusão. Por que faria isso? Cumprirá suas duas semanas de aviso-prévio, encaixotará suas coisas e sairá deste escritório para um emprego onde passará os dias catalogando suvenires para os cientologistas.

E Daryl? Ela termina o namoro com ele hoje também? Ela é capaz? Já tentou terminar outras vezes, mas nunca deu certo. É como tentar cortar sopa — não há nada que ofereça resistência. Ela dirá: "Daryl, precisamos conversar", e ele vai sorrir da maneira habitual, e eles vão acabar fazendo sexo. Ela até suspeita que isso o excita um pouco. Ela dirá: "Não tenho certeza de que isso está dando certo", e ele vai começar a tirar a camisa. Ela vai reclamar sobre os bares de striptease e ele vai se divertir com o comentário. (Ela: "Promete que não vai voltar lá?" Ele: "Prometo que não vou obrigar *você* a ir".) Ele não briga, não mente, não se importa; o homem come, respira e fode. Como é possível se desapegar de alguém que já é tão profundamente desapegado?

Ela o conheceu durante o que agora parece ser o único filme no qual ela vai trabalhar — *Devastadores da noite*. Claire sempre teve uma queda por tatuagens, e Daryl, que fazia uma ponta em que andava pelo cenário (cambaleava? arrastava-se?) como o zumbi número 14, tinha belos braços definidos e tatuados. Ela sempre namorou tipos inteligentes e sensíveis (que faziam sua sensibilidade inteligente parecer redundante) e um ou dois executivos espertos (cuja ambição era como um segundo pênis). Ainda não havia tentado o tipo ator desempregado — e não era isso o que ela tinha em mente quando deixou o casulo da escola de cinema pela primeira vez: sentir o gosto do visceral, do mundano? E, à primeira vista, o visceral-mundano era tão bom quanto o anunciado (ela se lembra de pensar consigo mesma: *Será que já cheguei a ser tocada antes disso?*). Trinta e seis horas depois, deitada na cama após uma transa com o homem mais bonito com quem já dormira (às vezes ela gosta de simplesmente *olhar* para ele), Daryl casualmente admitiu que havia acabado de ser expulso da casa de sua ex-namorada e não tinha onde morar. Quase três anos depois, *Devastadores da noite* continua a ser o melhor filme no qual Daryl já trabalhou, e o zumbi número 14 permanece como um belo calombo em sua cama.

Não, ela não vai terminar o namoro com Daryl. Não hoje. Não depois dos cientologistas, dos avós orgulhosos, dos lunáticos, dos policiais zumbis e dos cutucadores de feridas. Ela vai dar mais uma chance a Daryl, vai para casa, vai lhe trazer uma cerveja, se acomodar em seus braços fortes e tatuados; juntos eles vão ver TV (ele gosta daquele programa com os caminhões que viajam no gelo no Discovery Channel) e ela vai encontrar aquela tênue conexão com a vida, pelo menos. Não, não é algo do qual sonhos são feitos, mas é uma coisa perfeitamente americana para se fazer, uma nação inteira de zumbis iguais aos de *Devastadores da noite* correndo contra o horizonte, queimando gasolina para chegar em casa e se sentar com o olhar perdido, assistindo a *Estradas mortais: Alasca* e *Hookbook* na tela plana de cinquenta e cinco polegadas.

Claire pega o casaco e vai em direção à porta. Ela para, olha por cima do ombro para o escritório onde pensou que poderia fazer algo grandioso — *um sonho tolo à moda de Holly Golightly* — e verifica o relógio mais uma vez: 16h17, e o tempo continua a correr. Ao sair pela porta, ela a fecha atrás de si, respira fundo e vai embora.

O relógio no painel do Kia alugado de Shane também mostra 16h17 — ele está mais de quinze minutos atrasado, e está morrendo.

— Merda, merda, merda! — ele soca o volante. Mesmo depois de finalmente conseguir colocar o carro no rumo certo, ele acabou preso em vários congestionamentos e pegou a saída errada. Quando consegue entrar pelo portão do estúdio e o guarda dá de ombros e o informa que seu destino fica do *outro* lado, ele está vinte e quatro minutos atrasado, suando e encharcando todo o traje cuidadosamente escolhido, apesar de a roupa não ser importante. Quando chega ao portão certo, está vinte e oito minutos atrasado — trinta quando finalmente recebe sua identidade de volta das mãos do segundo guarda, coloca um passe de estacionamento com as mãos trêmulas sobre o painel e estaciona o carro.

Shane está a apenas sessenta metros do escritório de Michael Deane, mas sai do carro cambaleando e vai no sentido oposto, perdendo-se entre os enormes estúdios de som — é a zona de barracões mais limpa do mundo —, e finalmente percebe que está andando em círculo, indo em direção a um grupo de casas e um veículo cheio de turistas com pochetes na cintura fazendo um passeio pelo estúdio, empunhando câmeras e telefones celulares, escutando enquanto um guia conta histórias apócrifas sobre a magia do passado em um microfone. As pessoas com as câmeras escutam atentamente, sem respirar, esperando por algum tipo de conexão com o próprio passado (*Eu adorava esse programa!*), e, quando Shane se aproxima do veículo, os turistas, sempre alertas à presença de astros, analisam seu cabelo desgrenhado, suas costeletas largas e feições finas e frenéticas, comparando-as com milhares de rostos de celebridades que mantêm armazenados na mente — *Será um dos Sheens? Um Baldwin? Uma celebridade que acabou de sair da clínica de reabilitação?* —, e, embora não consigam associar as feições estranhamente agradáveis de Shane com ninguém famoso, eles tiram fotos assim mesmo, só para garantir.

O guia turístico continua a tagarelar no microfone, contando às pessoas, em uma língua parecida com o inglês, que uma famosa cena de separação de um certo programa de televisão bastante famoso foi famosamente filmada "logo ali", e, quando Shane se aproxima, o guia ergue um dedo para que possa terminar a história. Suando, quase em prantos, com um desprezo enorme por si mesmo turbinado pelo calor e lutando com todas as forças contra o desejo de ligar para seus pais — a determinação descrita pela tatuagem AJA, agora, não passa de uma lembrança distante —, Shane percebe que está olhando fixamente para o nome no crachá do guia turístico: ANGEL.

— Com licença — ele diz.

Angel cobre o microfone com a mão e diz, num sotaque bastante carregado:

— Que porra você quer?

Angel tem mais ou menos a sua idade, então Shane tenta uma abordagem amistosa.

— Cara, estou totalmente atrasado. Pode me ajudar a encontrar o escritório de Michael Deane?

Alguma coisa na pergunta faz com que outro turista tire uma foto de Shane. Mas Angel simplesmente faz um movimento brusco com o polegar e afasta o veículo, revelando a placa escondida pela lataria do carro, a qual apontava para uma das casas: MICHAEL DEANE PRODUÇÕES.

Shane olha para o relógio. Trinta e seis minutos atrasado. *Merda, merda, merda.* Corre e vira uma esquina, e lá está — mas, na frente da porta que leva ao escritório, há um velho com uma bengala. Por um segundo, Shane acha que aquele pode ser o próprio Michael Deane, mesmo que o agente tenha dito que Deane não estaria na reunião e que ele conversaria somente com a assistente de desenvolvimento, Claire Qualquer Coisa. De qualquer forma, não é Michael Deane. É apenas um velho, talvez com uns setenta anos, usando um terno grafite e um chapéu preto de gângster, com o castão da bengala sobre o braço e um cartão de visita na mão. Quando os pés de Shane batem contra a calçada, o velho se vira e tira o chapéu, revelando uma cabeleira prateada e olhos de um estranho tom azul-esverdeado.

Shane pigarreia.

— O senhor vai entrar? Porque eu... estou muito atrasado.

O homem estende o cartão: muito antigo, amassado e manchado, com a tipografia desbotada. É de outro estúdio, 20th Century Fox, mas o nome está correto: Michael Deane.

— Você está no lugar certo — diz Shane. Ele mostra seu próprio cartão de visita de Michael Deane, o modelo novo. — Está vendo? Ele está *neste* estúdio agora.

— Sim, vou nesse — diz o homem, com um forte sotaque italiano, que Shane reconhece do tempo em que estudou em Florença. Ele aponta para o cartão da 20th Century Fox. — Eles disseram, vá neste — diz ele, apontando para a casa. — Mas... está trancado.

Shane não consegue acreditar. Ele passa pelo homem e tenta abrir a porta. Sim, trancada. Então está tudo terminado.

— Pasquale Tursi — diz o homem, estendendo a mão.

Shane a aperta.

— Grande Fracassado — diz.

Claire enviou uma mensagem de texto a Daryl para perguntar o que ele queria para o jantar. A resposta, *kfc*, é seguida de outra mensagem: *hookbook sem censura*. Ela contou a Daryl que sua empresa está prestes a transmitir uma versão sem censura e mais apelativa, com toda a nudez e a estupidez sórdida que não podiam transmitir na TV aberta. Tudo bem, Claire pensa. Ela vai voltar para buscar o programa apocalíptico, passar pelo drive-thru do KFC, se aconchegar nos braços de Daryl e deixar para segunda-feira a decisão de o que fazer com sua vida. Ela volta com o carro, recebe o sinal para passar pela cancela de segurança e volta a parar no estacionamento próximo ao escritório de Michael. Vai na direção do escritório para pegar os DVDs com as cenas picantes, mas, quando vira a esquina, Claire Silver vê, em frente à porta do escritório, não somente uma causa perdida da Sexta-Feira das Propostas Malucas... mas duas. Ela para e considera a possibilidade de dar meia-volta e ir embora.

Às vezes ela tenta adivinhar quem são as pessoas que vêm apresentar suas propostas nas Sextas-Feiras das Propostas Malucas, e faz isso agora: o descabelado de costeletas usando calça jeans desbotada na fábrica e camisa de caubói fajuta? *O filho do cara que vendia cocaína para Michael.* O velho de cabelo prateado, olhos azuis e terno escuro? Esse é mais difícil. *Um cara que Michael conheceu em 1965 enquanto alguém lhe lambia a bunda durante uma orgia na casa de Tony Curtis?*

O homem mais jovem, agitado, percebe que ela se aproxima.

— Você é Claire Silver?

Não, ela pensa.

— Sim — ela diz.

— Eu sou Shane Wheeler e lamento *muito* pelo atraso. O trânsito estava horrível, e eu acabei me perdendo, e... Será que ainda podemos fazer a nossa reunião?

Sem conseguir esboçar uma reação, ela olha para o homem mais velho, que tira o chapéu e estende o cartão de visita.

— Pasquale Tursi — diz ele. — Eu estou... procuro por... senhor Deane.

Que maravilha: duas causas perdidas. Um garoto que não sabe dirigir em Los Angeles e um italiano que viajou no tempo. Os dois homens a encaram e estendem os cartões de visita de Michael Deane. Ela os pega. O cartão do homem mais jovem, previsivelmente, é mais novo também. Ela o vira para ver o verso. Abaixo da assinatura de Michael há uma nota escrita pelo agente Andrew Dunne. Ela recentemente fodeu com Andrew — não no sentido de que fez sexo com ele, isso seria perdoável; ela pediu que ele parasse de apresentar o vídeo promocional do programa de moda de um de seus clientes, *Se o sapato servir*, enquanto Michael o considerava. Em vez desse programa, Michael decidiu contratar o concorrente, *Fetiche por sapatos*, o que efetivamente matou a ideia do cliente de Andrew. A nota do agente é simples: "Espero que goste!" Uma pequena vingança. Ah, a proposta deve ser horrível.

O outro cartão é um mistério; é o cartão de Michael Deane mais antigo que ela já viu, desbotado e amarrotado, do *primeiro* estúdio onde Michael trabalhou, 20th Century Fox. O que chama sua atenção é o cargo — divulgação? Michael começou sua carreira trabalhando com divulgação? Quantos anos tem esse cartão?

Honestamente, depois do dia que teve, se Daryl tivesse enviado qualquer mensagem além de *kfc* e *hookbook sem censura*, ela teria simplesmente dito a esses dois caras que não havia nada ali para eles — que eles haviam perdido a carroça da caridade. Mas ela pensa novamente sobre o Destino e as condições que estabeleceu. Quem sabe? Talvez um desses caras... certo. Ela destranca a porta e pergunta novamente o nome deles. O cara das costeletas = Shane. O dos olhos saltados = Pasquale.

— Por que vocês dois não vêm até a sala de reuniões? — diz ela.

No escritório, eles se sentam sob pôsteres de alguns dos filmes clássicos de Michael (*Atordoado*, *O gatuno do amor*). Não há tempo para formalidades; é a primeira reunião de apresentação de proposta na história do cinema em que não se oferece água aos participantes.

— Sr. Tursi, gostaria de começar?

Ele olha ao redor, confuso.

— Sr. Deane... não está aqui? — Ele tem um sotaque forte, como se mastigasse cada palavra.

— Receio que ele não esteja aqui hoje. Você é amigo dele?

— Eu o conheço... — Ele olha para o teto. — Ah, *nel sessantadue.*

— Mil novecentos e sessenta e dois — diz o rapaz. Quando Claire o olha com certa curiosidade, Shane dá de ombros. — Passei um ano na Itália, estudando.

Claire imagina Michael e aquele senhor, nos velhos tempos, passeando por Roma em um conversível, transando com atrizes italianas e bebendo grapa. Agora, Pasquale Tursi parece desorientado.

— Ele diz... *você... se precisar de qualquer coisa...*

— É claro — diz Claire. — Prometo que vou falar ao Michael sobre a sua proposta. Por que não começa pelo começo?

Pasquale aperta os olhos, como se não compreendesse.

— Meu inglês... faz muito tempo...

— O começo — Shane diz a Pasquale. — *L'inizio.*

— Temos um cara... — começa Claire.

— Uma mulher — diz Pasquale Tursi. — Ela vem à minha vila, Porto Vergogna... em... — ele olha para Shane, pedindo ajuda.

— Mil novecentos e sessenta e dois? — diz Shane novamente.

— Sim. Ela é... bonita. E eu estou construir... há... uma praia, sim? E tênis? — Ele esfrega a testa, e a história já parece lhe fugir. — Ela está... no cinema?

— Uma atriz? — pergunta Shane Wheeler.

— Sim — assente Pasquale, deixando seu olhar se perder no espaço.

Claire dá uma olhada no relógio e faz o melhor que pode para ajudá-lo a andar logo com sua proposta.

— Então... uma atriz vai para essa cidade e se apaixona por um rapaz que está construindo uma praia?

Pasquale volta a olhar para ela.

— Não. Por mim... talvez, sim. E... *l'attimo,* sim? — Ele olha para Shane em busca de ajuda. — *L'attimo che dura per sempre.*

— O momento que dura para sempre — diz Shane em voz baixa.

— Sim — diz Pasquale, concordando com um movimento de cabeça. — Para sempre.

Claire se sente prensada por aquelas duas expressões colocadas tão próximas uma da outra, *momento* e *para sempre*. Um pouco diferente de KFC e Hookbook. Subitamente, ela fica irritada — com sua ambição e romantismo tolos, com o tipo de homem que a atrai, com os cientologistas malucos, com seu pai por assistir àquele filme idiota e depois abandonar a família, e consigo mesma por voltar ao escritório — consigo mesma por insistir em esperar pelo melhor. E com Michael: *Maldito Michael com seu maldito emprego, seus malditos cartões, seus malditos amigos aproveitadores de antigamente e os malditos favores que ele deve às malditas pessoas com quem fodeu na época em que fodia com tudo que podia foder.*

Pasquale Tursi suspira.

— Ela estava doente.

A impaciência faz com que Claire enrubesça.

— O que ela tem? Lúpus? Psoríase? Câncer?

Ao ouvir a palavra *câncer*, Pasquale levanta os olhos subitamente e murmura em italiano:

— *Sì. Ma non è così semplice...*

E é nesse momento que o garoto Shane interrompe.

— Hum, sra. Silver? Eu não acho que este homem esteja apresentando uma proposta de filme. — E ele pergunta para o homem, num italiano compassado: — *Questo è realmente accaduto? Non in un film?*

Pasquale assente.

— *Sì. Sono qui per trovarla.*

— Sim, isso aconteceu de verdade — diz Shane a Claire. Ele volta a encarar Pasquale. — *Non l'ha più vista da allora?*

Pasquale balança a cabeça negativamente, e Shane volta a olhar para Claire.

— Ele não vê essa atriz há quase cinquenta anos. Veio até aqui para encontrá-la.

— *Come si chiama?* — pergunta Shane Wheeler.

O italiano olha para Claire, depois para Shane, e finalmente volta a encarar a moça.

— Dee Moray — diz ele.

Claire sente uma pontada no peito, uma mudança mais profunda, uma rachadura em seu cinismo construído a duras penas, na tensão e na ansiedade contra as quais vem lutando. O nome da atriz não significa nada para ela, mas o velho parece estar totalmente transformado após dizê-lo em voz alta, como se não houvesse mencionado o nome em vários anos. Alguma coisa naquele nome a afeta também — um choque de reconhecimento do romantismo, aquelas duas expressões, *momento* e *para sempre*, como se ela quase fosse capaz de *sentir* os cinquenta anos de saudades que existem naquele nome, cinquenta anos de uma dor que está dormente dentro dela também, e que talvez esteja dormente dentro de todo mundo até que sua carapaça seja quebrada dessa maneira —, e o momento é tão marcante que ela tem de olhar para o chão ou então sentir as lágrimas arderem em seus olhos, e naquele instante Claire olha para Shane e percebe que ele está sentindo a mesma coisa, o nome pairando no ar apenas por um instante... entre eles três... e depois flutuando até o chão como uma folha que cai da árvore, o italiano acompanhando a queda, Claire tentando descobrir, esperando, rezando para que o velho italiano diga o nome dela novamente, mais baixo desta vez — para sublinhar sua importância, como frequentemente acontece nos roteiros —, mas ele não o faz. Ele simplesmente olha para o chão, onde o nome caiu, e Claire percebe que viu uma quantidade excessiva de malditos filmes.

3

O Hotel Vista Adequada

ABRIL DE 1962
PORTO VERGOGNA, ITÁLIA

Durante todo o dia, ele esperou que Dee Moray descesse para o térreo, mas ela passou aquela primeira tarde e a noite sozinha em seu quarto, no terceiro andar. Então, Pasquale continuou cuidando de suas coisas, que não pareciam exatamente muito equilibradas, mas comportamento aleatório de um lunático. Ainda assim, ele não sabia mais o que fazer, portanto jogava pedras no quebra-mar na enseada, escavava sua quadra de tênis entre os rochedos e ocasionalmente olhava para as venezianas pintadas de branco que cobriam as janelas do quarto dela. No fim da tarde, quando os gatos selvagens estavam deitados sobre as rochas aproveitando o sol, um vento frio de primavera encrespou a superfície do mar e Pasquale voltou à *piazza* para fumar sozinho, antes que os pescadores chegassem para beber. No Vista Adequada não havia barulho vindo dos andares superiores, nenhum indício de que a bela americana estava hospedada ali, e Pasquale se preocupou novamente com a possibilidade de ter imaginado tudo aquilo — o barco de Orenzio chegando lentamente à enseada, a alta e esguia americana subindo a escadaria e hospedando-se no melhor quarto do hotel, no terceiro andar, abrindo as venezianas, respirando o ar salgado, dizendo "Adorável", e Pasquale lhe dizendo que bastava lhe informar se houvesse qualquer coisa "que ficasse feliz em ter", e ela agradecendo com "Obrigada" e fechando a porta, deixando-o para descer a estreita e escura escadaria sozinho.

Pasquale ficou horrorizado ao descobrir que, para o jantar, sua tia Valeria estava preparando sua especialidade, o *ciuppin*, um ensopado de peixe, tomates, vinho branco e azeite de oliva.

— Você espera que eu sirva esse ensopado de cabeça de peixe podre para uma atriz de cinema americana?

— Se não gostar, ela pode ir embora — disse Valeria. Assim, ao cair da tarde, quando os pescadores arrastavam seus barcos para a enseada, Pasquale subiu pela escadaria estreita construída contra o paredão de rocha. Ele bateu discretamente à porta do quarto do terceiro andar.

— Sim? — perguntou a americana por trás da porta. Ele ouviu a cama ranger.

Pasquale limpou a garganta.

— Desculpe incomodar. Você come antepasto e sapo, sim?

— Sapo?

Pasquale sentiu-se irritado por não ter convencido sua tia a preparar outra coisa além do *ciuppin* para o jantar.

— Sim. É um sapo. Com peixe e *vino*. Um sapo de peixe?

— Ah, *sopa*. Não. Não, obrigada. Acho que ainda não estou em condições de comer — disse ela, com a voz abafada por trás da porta. — Não estou me sentindo bem.

— Sim — disse ele. — Compreendo.

Pasquale desceu a escada, repetindo a palavra *sopa* várias e várias vezes em sua mente. Comeu o jantar da americana em seu próprio quarto no segundo andar. O *ciuppin* estava excelente. Ele ainda recebia os jornais de seu pai pelo correio marítimo uma vez por semana, e, embora não os lesse como seu pai fazia, Pasquale os folheou, procurando por notícias sobre a produção americana de *Cleópatra*. Mas não encontrou nada.

Mais tarde, ouviu passos pesados na *trattoria* e saiu do quarto, mas sabia que não seria Dee Moray; ela não parecia ser o tipo de pessoa que tinha passos pesados. Em vez disso, as duas mesas estavam cheias de pescadores locais que esperavam conseguir um vislumbre da americana gloriosa, com os chapéus pousados sobre a mesa, cabelos sujos emplastados e penteados rente ao crânio. Valeria lhes servia o ensopado, mas os pescadores estavam esperando somente para conversar com Pasquale, já que estavam pescando nos barcos quando a americana chegou.

— Ouvi dizer que ela tem dois metros e meio de altura — disse Lugo, o Herói de Guerra Promíscuo, famoso pela alegação duvidosa de que havia matado pelo menos um soldado de cada país importante que participou do teatro europeu da Segunda Guerra Mundial. — Ela é gigante.

— Não seja idiota — disse Pasquale enquanto enchia os copos com vinho.

— Qual é a forma dos seios dela? — perguntou Lugo, seriamente. — Gigantes arredondados? Ou montanhas pontudas?

— Deixe-me lhe contar uma coisa sobre as mulheres americanas — disse Tomasso, o Velho, cujo primo se casara com uma americana, fazendo com que ele se tornasse um especialista em mulheres americanas, assim como em todos os outros assuntos. — Mulheres americanas preparam somente uma refeição por semana, mas, antes de casarem, fazem sexo oral. Assim, como acontece com tudo na vida, há um lado bom e um lado ruim.

— Vocês deviam comer em um cocho, como porcos! — vociferou Valeria, da cozinha.

— Casa comigo, Valeria! — respondeu Tomasso, o Velho. — Estou velho demais para fazer sexo e em breve devo perder o que me resta da audição. Fomos feitos um para o outro!

O pescador de que Pasquale mais gostava, o pensativo Tomasso, o Comunista, estava mascando seu cachimbo. Ele o tirou da boca para dar sua opinião sobre o assunto. Considerava a si mesmo um entusiasta do cinema e era fã do neorrealismo italiano; portanto, desprezava os filmes americanos, os quais ele culpava pela explosão do terrível movimento *commedia all'italiana*, as farsas exageradas que tomaram o lugar do cinema existencial sério do final da década de 1950.

— Escute aqui, Lugo — disse ele. — Se essa americana é atriz, significa que ela usa um corpete em filmes de faroeste e que seu único talento é gritar.

— Tudo bem. Vamos ver aqueles peitos enormes se incharem de ar quando ela gritar — disse Lugo.

— Talvez ela se deite para tomar sol sem roupa na praia de Pasquale amanhã — disse Tomasso, o Velho. — Aí poderemos ver aqueles peitos enormes com nossos próprios olhos.

Durante trezentos anos, os pescadores na cidade se originavam a partir de um pequeno grupo de rapazes que cresceram ali. Os pais davam seus esquifes e, após algum tempo, sua casa para os filhos preferidos, geralmente os mais velhos, que se casavam com as filhas de outros pescadoras do litoral, e às vezes as traziam de volta a Porto Vergogna. Os outros filhos se mudavam para outra cidade, mas o *villagio* sempre mantinha um tipo de equilíbrio, e as vinte e poucas casas permaneciam cheias. Mas, depois da guerra, quando a pesca, como todas as outras atividades, transformou-se em uma indústria, os pescadores locais não conseguiam mais competir com os barcos pesqueiros motorizados e suas redes de arrastão que saíam de Gênova toda semana. Os restaurantes ainda compravam peixe de alguns velhos pescadores porque os turistas gostavam de ver os velhos trazendo sua carga, mas era como trabalhar em um parque de diversões: não era pescaria de verdade, e não havia nenhum futuro naquilo. Uma geração inteira de garotos de Porto Vergogna teve que sair do vilarejo para procurar trabalho, indo para lugares como La Spezia e Gênova e até mesmo mais longe, buscando empregos em fábricas, empresas de enlatados e outros ofícios. O filho preferido não queria mais o barco de pesca; seis das casas da vila já estavam vazias, com as portas e janelas cobertas por tapumes, ou foram demolidas. Provavelmente mais algumas teriam o mesmo destino. Em fevereiro, a última filha de Tomasso, o Comunista — Illena, que teve a infelicidade de nascer vesga —, casou-se com um jovem professor e se mudou para La Spezia, e Tomasso passou vários dias resmungando. Naquelas manhãs frias de primavera, enquanto Pasquale observava os velhos pescadores reclamarem da vida e resmungarem ao se dirigirem para os barcos, percebeu algo inusitado: ele era a única pessoa com menos de quarenta anos que restava na cidade.

Pasquale deixou os pescadores na *trattoria* para visitar sua mãe, que estava em um dos seus períodos mais obscuros e se recusara a deixar a cama nas últimas duas semanas. Quando ele abriu a porta, viu-a olhando do fixamente para o teto, com seus cabelos grisalhos espalhados sobre o travesseiro atrás de si, braços cruzados sobre o peito e a boca centrada na plácida careta cadavérica que ela gostava de exibir.

— Você precisa levantar, mamma. Venha jantar conosco.

— Hoje não, Pasqo — disse ela, com a voz rouca. — Hoje eu espero morrer.

Ela respirou fundo e abriu um olho.

— Valeria me disse que há uma americana no hotel.

— Sim, mamma.

Pasquale verificou as escaras da mãe, mas sua tia já havia lhe aplicado o talco.

— Uma mulher?

— Sim, mamma.

— Então os americanos do seu pai finalmente chegaram. — Ela olhou na direção da janela escura. — Ele disse que um dia eles chegariam, e aqui estão. Você devia se casar com essa mulher e construir uma quadra de tênis.

— Não, mamma. Você sabe que eu não posso...

— Vá embora antes que esse lugar o mate, como matou seu pai.

— Nunca vou abandoná-la.

— Não se preocupe comigo. Vou morrer em breve e me juntarei a seu pai e seus pobres irmãos.

— Você não vai morrer — disse Pasquale.

— Já estou morta por dentro — disse ela. — Você devia me jogar ao mar e me afogar, como aconteceu com aquele gato velho e doente que você tinha.

Pasquale se endireitou.

— Você disse que o meu gato fugiu enquanto eu estava na universidade.

Ela o observou pelo canto do olho.

— É só um ditado.

— Não. Não é um ditado. Não existe nenhum ditado como esse. Você e papa afogaram meu gato enquanto eu estava em Florença?

— Estou doente, Pasqo! Por que você me atormenta assim?

Pasquale voltou ao seu quarto. Naquela noite, ouviu passos no terceiro andar quando a americana foi ao banheiro, mas, na manhã seguinte, ela ainda não havia saído do quarto, e ele foi trabalhar na sua praia. Quando voltou ao hotel para almoçar, sua tia Valeria disse que Dee Moray havia descido para tomar um café expresso, comer um pedaço de torta e uma laranja.

— O que ela disse? — perguntou Pasquale.

— Como vou saber? Com aquele idioma horrível. Parece que tem um osso entalado na garganta.

Pasquale subiu as escadas silenciosamente e tentou escutar atrás da porta, mas Dee Moray estava em silêncio.

Ele saiu novamente do hotel e desceu até a sua praia, mas era difícil dizer se as correntes haviam levado mais uma porção da sua areia embora. Subiu de volta à cidade, passando pelo hotel até chegar aos rochedos onde delimitou sua quadra de tênis. O sol já estava alto sobre o litoral e escondido por nuvens suaves, que achatavam o céu e faziam-no sentir-se como se estivesse dentro de uma redoma. Olhou para as estacas que marcavam sua futura quadra de tênis e sentiu-se envergonhado. Mesmo se fosse capaz de construir moldes altos o bastante para conter o concreto necessário para nivelar a quadra — um metro e oitenta de altura nos limites dos rochedos — e conseguisse construir vigas fortes o bastante para apoiar uma parte da quadra de modo que ela se projetasse a partir do penhasco, ele ainda teria de explodir uma parte com dinamite para aplainar um dos cantos. Perguntou a si mesmo se seria possível fazer uma quadra de tênis menor. Talvez se usassem raquetes menores?

Havia acabado de acender um cigarro para pensar no caso quando viu a lancha cor de mogno de Orenzio passar ao largo do cabo ao norte da costa, perto de Vernazza. Ele o observou enquanto o barco se afastava dos rochedos ao longo da orla, e prendeu a respiração quando ele passou por Riomaggiore. Conforme a embarcação se aproximava, Pasquale viu que havia duas pessoas com Orenzio. Seriam mais americanos vindo para o seu hotel? Era quase inacreditável. É claro, o barco provavelmente passaria por ele e iria na direção da adorável Portovenere, ou ao redor do cabo para La Spezia. Entretanto, o barco diminuiu a velocidade e girou para entrar em sua estreita enseada.

Pasquale começou a descer os penhascos de sua quadra de tênis, saltando de um rochedo a outro. Finalmente, caminhou ao longo da trilha estreita que o levaria ao mar, parando quando viu que as pessoas no barco com Orenzio não eram turistas, mas dois homens: Gualfredo, o hoteleiro maldito, e um homem enorme que Pasquale nunca vira antes. Orenzio amarrou o barco no cais e Gualfredo e o homem enorme desembarcaram.

Gualfredo tinha uma papada imensa, era calvo e tinha um enorme bigode que parecia um escovão. O outro homem, o gigante, parecia ter sido esculpido em granito. No barco, Orenzio baixou os olhos, como se não pudesse suportar ter que cruzar seu olhar com o de Pasquale.

Quando Pasquale se aproximou, Gualfredo estendeu as mãos.

— Então é verdade. O filho de Carlo Tursi retorna como um homem para cuidar da bunda da prostituta.

Pasquale assentiu de maneira taciturna e formal.

— Bom dia, *signor* Gualfredo.

Ele nunca vira o maldito Gualfredo em Porto Vergogna antes, mas o histórico do homem era bem conhecido no litoral: a mãe tivera um longo caso com um rico banqueiro de Milão, e, para comprar o silêncio dela, o homem deu ao bandido pé de chinelo que era o filho dela uma participação em hotéis instalados em Portovenere, Chiavari e Monterosso al Mare.

Gualfredo sorriu.

— Tem uma atriz americana hospedada no seu velho bordel?

— Sim — disse Pasquale. — Às vezes recebemos hóspedes americanos.

Gualfredo franziu o cenho. Seu bigode parecia pesar-lhe no rosto e no pescoço que mais parecia um tronco de árvore. Ele olhou para Orenzio, que fingia estar examinando o motor do barco.

— Eu disse a Orenzio que deve haver um engano. Essa mulher, com certeza, devia ter sido enviada ao meu hotel em Portovenere. Mas ele alega que ela quis mesmo vir a esta... — ele olhou ao redor — vila.

— Sim — disse Pasquale. — Ela prefere a tranquilidade.

Gualfredo se aproximou.

— Não é uma fazendeira suíça que está tirando férias, Pasquale. Esses americanos esperam um nível de serviços que você não pode oferecer. Especialmente as pessoas envolvidas com o cinema americano. Ouça o que eu digo: estou no ramo há muito tempo. Seria uma pena deixar o Levante com uma má reputação.

— Estamos cuidando bem dela — disse Pasquale.

— Então você não vai se importar se eu conversar com ela, para ter certeza de que não houve nenhum engano.

— Você não pode fazer isso agora — disse Pasquale, rápido demais. — Ela está dormindo.

Gualfredo voltou a olhar para Orenzio no barco e depois voltou a encarar Pasquale com seu olhar mortiço.

— Ou talvez você não queira me deixar falar com ela porque ela foi enganada por dois velhos amigos que se aproveitaram do fato de que a mulher não fala italiano para convencê-la a vir a Porto Vergogna em vez de Porto*venere*, como ela desejava.

Orenzio abriu a boca para protestar, mas Pasquale foi mais rápido.

— É claro que não. Olha, você será muito bem-vindo se quiser voltar mais tarde, quando ela não estiver descansando, e perguntar tudo o que quiser, mas não vou deixar que a perturbe agora. Ela está doente.

Um sorriso empurrou os cantos do bigode de Gualfredo para cima, e ele indicou o gigante que estava ao seu lado.

— Você conhece o *signor* Pelle, do sindicato de turismo?

— Não — disse Pasquale, tentando olhar nos olhos do grandalhão, mas estes eram apenas dois pequenos pontos em seu rosto carnudo. O paletó cinza que ele vestia estava justo.

— Por uma pequena taxa anual e algumas tarifas razoáveis, o sindicato oferece benefícios para todos os hotéis legitimamente estabelecidos: transporte, publicidade, representação política...

— *Sicurezza* — acrescentou o *signor* Pelle, com uma voz parecida com o coaxar de um sapo-boi.

— Ah, sim, obrigado, *signor Pelle*. Segurança — disse Gualfredo, com metade do bigode volumoso se erguendo em um sorriso torto. — Proteção.

Pasquale sabia que não devia perguntar "Proteção contra o quê?". Estava claro que o *signor* Pelle oferecia proteção contra o *signor* Pelle.

— Meu pai nunca falou nada sobre essas tarifas — disse Pasquale, e Orenzio lhe lançou um rápido olhar de advertência. Era algo que Pasquale estava tentando compreender, um aspecto endêmico nos negócios que eram fechados na Itália: determinar quais das muitas intimidações e corrupções precisavam ser pagas e quais poderiam ser ignoradas com segurança.

Gualfredo sorriu.

— Ah, seu pai pagava. Uma taxa anual e uma pequena contribuição por cada noite de hospedagem para estrangeiros... a qual nós nem sempre viemos coletar porque, francamente, não achamos que havia hóspedes estrangeiros na bunda da prostituta — disse ele, dando de ombros.

— Dez por cento. Uma ninharia. A maioria dos hotéis repassa a taxa para os hóspedes.

Pasquale limpou a garganta.

— E se eu não pagar?

Dessa vez, Gualfredo não sorriu. Orenzio olhou para Pasquale, com outro olhar de advertência no rosto. Pasquale cruzou os braços para impedir que eles tremessem.

— Se puder me mostrar alguma documentação sobre essa taxa, eu pagarei.

Gualfredo ficou em silêncio por um longo momento. Finalmente, ele riu e olhou à sua volta. Disse a Pelle:

— O *signor* Tursi quer a documentação.

Pelle começou a avançar lentamente.

— Tudo bem — disse Pasquale, irritado consigo mesmo por ceder tão rapidamente. — Não preciso de documentação.

Mesmo assim, desejou poder fazer com que o bruto Pelle desse mais um passo. Ele olhou por cima do ombro para ter certeza de que as venezianas do quarto da mulher estavam fechadas e de que ela não testemunhara sua covardia.

— Volto em alguns minutos.

E voltou para o hotel com o rosto ardendo. Não conseguia se lembrar de uma ocasião em que se sentira mais envergonhado do que naquele momento. Sua tia Valeria estava na cozinha, observando.

— Zia — disse Pasquale. — Meu pai pagava essa taxa a Gualfredo?

Valeria, que nunca gostou do pai de Pasquale, riu da pergunta.

— É claro que sim.

Pasquale contou o dinheiro em seu quarto e começou a caminhar de volta para a marina, tentando controlar sua raiva. Pelle e Gualfredo olhavam para o mar quando ele retornou. Orenzio estava sentado no barco com os braços cruzados.

Pasquale balançou a cabeça quando entregou o dinheiro. Gualfredo deu um tapinha amistoso no rosto de Pasquale, como se ele fosse uma criança fofa.

— Voltaremos mais tarde para conversar com ela. Aí poderemos calcular as taxas e as tarifas atrasadas.

O rosto de Pasquale enrubesceu outra vez, mas ele não disse nada. Gualfredo e Pelle subiram no barco cor de mogno e Orenzio o empurrou para a água sem olhar para Pasquale. O barco balançou sobre as ondas por um momento; em seguida, o motor tossiu até conseguir encontrar o ritmo e os homens seguiram pelo litoral.

Pasquale estava de mau humor na varanda de seu hotel. Era noite de lua cheia e os pescadores estavam no mar, usando a luz extra da lua para encontrar mais alguns cardumes. Pasquale se apoiou no corrimão de madeira que construíra, fumando e relembrando a cena desagradável com Gualfredo e o gigante Pelle, imaginando respostas corajosas (*Pegue a sua tarifa e use sua língua de cobra para enfiá-la no fundo do rabo ensebado do seu amigo grandalhão, Gualfredo*), quando ouviu as dobradiças da porta abrindo e fechando. Ele olhou por cima do ombro e ali estava ela — a bela americana. Ela usava calças pretas justas e suéter branco. Os cabelos, com mechas loiras e castanhas, estavam soltos, indo até abaixo da linha dos ombros. Ela tinha algo em uma das mãos. Páginas datilografadas.

— Posso ficar aqui? — perguntou ela em inglês.

— Sim. É minha honra — disse Pasquale. — Você se sente bom, não?

— Bem, obrigada. Só precisava dormir um pouco. Posso?

Ela estendeu a mão, e Pasquale a princípio não compreendeu o que aquilo significava. Por fim, ele enfiou a mão no bolso para pegar a cigarreira. Ele a abriu e ela pegou um cigarro. Pasquale agradeceu às próprias mãos a obediência resoluta enquanto acendia um fósforo e o estendia.

— Obrigada por falar inglês — disse ela. — Meu italiano é terrível.

Ela se apoiou no corrimão, deu uma longa tragada e exalou a fumaça com um suspiro.

— *Humm*. Eu precisava disso — disse, observando o cigarro na mão. — É forte.

— São espanhóis — respondeu Pasquale, e então não havia mais nada a dizer. — Preciso perguntar: você escolheu vir para cá, sim, para Porto Vergogna? — perguntou, finalmente. — Não ia a Porto*venere* ou Porto-*fino*?

— Não, este é o lugar certo — disse ela. — Vou me encontrar com uma pessoa aqui. Foi ideia dele. Chegará amanhã, eu espero. Creio que essa cidade é tranquila e... discreta, não?

Pasquale assentiu com a cabeça e disse:

— Ah, sim — ao mesmo tempo em que fez uma nota mental para tentar encontrar a palavra *discreta* no dicionário inglês-italiano de seu pai. Esperava que significasse romântica.

— Ah. Encontrei isto no meu quarto. Na escrivaninha.

Ela entregou a Pasquale uma pilha organizada de papéis: *O sorriso dos céus*. Era o primeiro capítulo do livro escrito pelo único outro americano que já viera ao hotel, o escritor Alvis Bender, que todo ano trazia até ali sua pequena máquina de escrever e uma pilha de papel-carbono sem uso para passar duas semanas bebendo e, ocasionalmente, escrevendo. Ele deixara uma cópia em carbono do primeiro capítulo para que Pasquale e seu pai a examinassem.

— São as páginas de um livro — disse Pasquale. — De um americano, sim? Um escritor. Ele vem ao hotel. Todo ano.

— Você acha que ele se importaria? Eu não trouxe nada para ler, e parece que todos os livros que vocês têm aqui estão em italiano.

— Sem problemas, eu acho.

Ela pegou as páginas, folheou-as e colocou-as sobre o corrimão. Durante alguns minutos, os dois ficaram em silêncio, observando os lampiões, cujos reflexos balançavam na superfície do mar.

— É bonito — disse ela.

— Hum — disse Pasquale, mas lembrou-se de quando Gualfredo disse que a mulher não deveria estar ali. — Por favor — disse ele, lembrando-se de um velho livro de frases em inglês. — Pergunto sobre sua acomodação?

Uma vez que ela não disse nada, ele acrescentou:

— Você tem satisfação, sim?

— Eu tenho... desculpe-me, o quê?

Ele umedeceu os lábios para tentar reelaborar a frase.

— Estou tento dizer...

Ela o salvou do constrangimento.

— Ah! Satisfação — disse ela. — As acomodações. Sim. Tudo é muito bom, sr. Tursi.

— Por favor... eu sou, para você, Pasquale.

Ela sorriu.

— Ok. Pasquale. E, para você, eu sou Dee.

— Dee — disse Pasquale, balançando afirmativamente a cabeça e sorrindo. Dizer a ela seu próprio nome parecia ser algo proibido e estonteante, e a palavra escapou da boca de Pasquale mais uma vez.

— Dee.

E, nesse momento, ele soube que tinha de pensar em alguma outra coisa para dizer, ou acabaria por passar a noite inteira ali, dizendo *Dee* várias e várias vezes.

— Seu quarto é perto de um toalete, sim, Dee?

— É muito conveniente — disse ela. — Obrigada, Pasquale.

— Quanto tempo vai ficar?

— Eu... não sei. Meu amigo ainda precisa terminar algumas coisas. Espero que ele chegue amanhã, e nós decidiremos. Precisa passar o quarto para outra pessoa?

E, mesmo que Alvis Bender não demorasse muito a chegar, Pasquale rapidamente disse:

— Ah, não. Ninguém mais. Todo para você.

A noite estava tranquila. Fria. A água fazia barulho ao bater contra os rochedos.

— O que exatamente estão fazendo lá? — perguntou ela, apontando com o cigarro para as luzes que dançavam por cima da água. Mais adiante, além do quebra-mar, os pescadores seguravam lampiões sobre a amurada dos esquifes, enganando os peixes que buscavam alimento na alvorada criada artificialmente, e depois enfiavam as redes em meio aos cardumes que se agitavam na água.

— Estão pescando — disse Pasquale.

— Eles pescam à noite?

— Às vezes pescam à noite. Mas mais durante o dia.

Pasquale cometeu o erro de encarar aqueles imensos olhos. Nunca vira um rosto como aquele, que parecia tão diferente dependendo do ângulo pelo qual fosse observado — longo e equino de perfil, franco e delicado de frente. Imaginou se essa era a razão pela qual ela se tornara atriz de cinema, a capacidade de ter mais de um rosto. Pasquale percebeu que a estava encarando fixamente, e teve de limpar a garganta e desviar o olhar.

— E as luzes? — perguntou ela.

Pasquale olhou para a água. Agora que ela mencionava o assunto, a vista era realmente impressionante, a maneira que os lampiões dos pescadores flutuavam sobre os seus reflexos no mar escuro.

— Para... — ele procurou as palavras certas. — Faz os peixes... eles... ah...

Pasquale bateu contra um muro em sua mente e recorreu à mímica para imitar um peixe que nadava até a superfície com a mão.

— Subir.

— A luz atrai os peixes para a superfície?

— Sim — disse Pasquale, bastante aliviado. — A superfície. Sim.

— Bem, é lindo — disse ela outra vez. Por trás deles, Pasquale ouviu algumas palavras curtas e depois um "Shhhh" da janela ao lado da varanda, onde sua mãe e sua tia estariam escondidas no escuro, escutando o diálogo que nenhuma das duas era capaz de entender.

Um gato preto selvagem, irritado e com um olho só, espreguiçou-se ao lado de Dee Moray. Ele sibilou quando ela estendeu a mão para acariciá-lo, e Dee recuou. Ela olhou para o cigarro na outra mão e riu com alguma coisa que estava longe.

Pasquale achou que ela estava rindo dos cigarros.

— São caros — disse ele, defensivo. — Espanhóis.

Ela jogou o cabelo para trás.

—Ah, não. Eu estava pensando em como as pessoas passam anos sentadas esperando que a vida comece, não é? Como num filme. Entende o que quero dizer?

— Sim — disse Pasquale, que não conseguiu compreender nada além do momento em que ela disse *passam anos sentadas*. Ficou tão maravilhado com o movimento daquela cabeleira loira e seu tom de confidência que concordaria até mesmo em ter as unhas arrancadas e entregues de volta para que ele as comesse.

Ela sorriu.

— Eu também acho. Sei que me sinto assim. Há vários anos. É como se eu fosse uma personagem em um filme e a ação estivesse a ponto de começar a qualquer momento. Mas eu acho que algumas pessoas esperam para sempre, e somente no fim da vida percebem que a vida já aconteceu enquanto estavam esperando que ela começasse. Entende o que eu quero dizer, Pasquale?

Ele sabia o que ela queria dizer! Era exatamente como ele se sentia — como alguém sentado no cinema, esperando que o filme começasse.

— Sim! — disse ele.

— Não é verdade? — perguntou ela, e riu. — E quando é que a nossa vida *realmente* começa? Digo... a parte interessante, a ação? Tudo é rápido demais.

Os olhos dela correram pelo rosto de Pasquale, e ele enrubesceu.

— Talvez você nem mesmo acredite no que está acontecendo... talvez perceba que está do lado de fora, olhando para dentro, como se estivesse observando estranhos comendo em um bom restaurante?

Agora ele estava perdido novamente em meio às palavras dela.

— Sim, sim — disse ele, de qualquer maneira.

Ela riu.

— Estou tão feliz por você compreender o que eu quero dizer. Imagine, por exemplo, ser uma atriz que veio de uma cidade pequena. Ela sai para procurar um papel no cinema e é escalada para o seu primeiro papel em *Cleópatra*. Consegue acreditar?

— Sim — respondeu Pasquale, mais seguro de si, identificando a palavra *Cleópatra*.

— Sério? — disse ela, rindo. — Bem, eu certamente não conseguiria.

Pasquale fez uma careta. Respondera algo errado.

— Não — tentou ele.

— Eu vim de uma pequena cidade em Washington — disse ela, gesticulando novamente com o cigarro. — Não tão pequena quanto este lugar, obviamente. Mas pequena o bastante para que eu virasse um dos principais assuntos da cidade. Hoje em dia isso é constrangedor. Fui líder de torcida na escola. Princesa do baile da primavera — riu-se, antes de prosseguir. — Mudei-me para Seattle depois de terminar o ensino médio para ser atriz. A vida parecia inevitável, como algo que surgia por entre as águas. Ter algum tipo de fama, felicidade, ou... não sei... — Ela baixou os olhos. — Alguma coisa assim.

Mas a atenção de Pasquale estava voltada para uma palavra que não tinha certeza de haver ouvido direito: *princesa?* Ele achava que americanos não tinham títulos de nobreza ou realeza, mas, se tivessem... o que isso significaria para o seu hotel? Ter uma princesa hospedada?

— Todo mundo sempre me dizia: "Vá para Hollywood... você devia estar fazendo filmes". Eu estava atuando em peças comunitárias e as pessoas angariaram dinheiro para que eu pudesse ir. Não é ótimo? — disse ela, dando outra tragada no cigarro. — Talvez quisessem se livrar de mim. — Ela se inclinou para frente, baixando a voz. — Tive um... caso com outro ator. Ele era casado. Foi uma estupidez.

Ela olhou para um ponto ao longe e depois riu.

— Nunca contei isso a ninguém, mas sou dois anos mais velha do que pensam. O diretor de elenco de *Cleópatra*? Eu disse a ele que tinha vinte anos. Mas, na verdade, tenho vinte e dois.

Em seguida, ela folheou as páginas do livro de Alvis Bender como se a história da sua própria vida estivesse contida naquelas páginas.

— Eu estava usando um nome novo, então pensei: por que não assumir também uma idade diferente? Se você lhes der sua idade real, eles ficam sentados à sua frente fazendo cálculos horríveis, tentando descobrir quanto tempo você ainda vai durar na indústria do cinema. Eu não aguentaria — disse ela, dando de ombros e deixando o livro sobre o corrimão outra vez. — Você acha que eu agi errado?

Pasquale tinha cinquenta por cento de chance de acertar dessa vez.

— Sim?

Ela pareceu decepcionada com aquela resposta.

— Bem, acho que você tem razão. É o tipo de coisa que sempre volta para nos assombrar no futuro. É o que mais detesto em mim mesma, a minha vaidade. Talvez seja por isso que...

Ela não concluiu o pensamento. Em vez disso, deu uma última tragada no cigarro, largou a bituca sobre o piso de madeira e a esmagou com o sapato.

— É muito agradável conversar com você, Pasquale.

— Sim, tenho prazer em conversar com você — disse ele.

— Eu também. Tenho prazer, também.

Ela se afastou do corrimão, cruzou os braços ao redor dos ombros e observou as luzes dos pescadores outra vez. Com os braços ao redor de si, ela parecia ainda mais alta e magra. Parecia estar contemplando alguma coisa. Em seguida, disse algo em voz baixa.

— Eles lhe disseram que estou doente?

— Sim. Meu amigo Orenzio, ele diz isso a mim.

— Ele lhe disse o que eu tenho?

— Não.

Ela levou a mão à barriga.

— Conhece a palavra *câncer*?

— Sim. — Infelizmente, ele conhecia essa palavra. *Cancro,* em italiano. Observou seu cigarro, que queimava. — Está bem, não? Os médicos. Eles podem...

— Acho que não — respondeu ela. — É de um tipo muito ruim. Eles dizem que podem, mas acho que estão tentando diminuir o impacto para mim. Quero lhe contar para explicar que aquilo que eu digo pode parecer um pouco... franco. Conhece esta palavra? *Franco?*

— Sinatra? — perguntou Pasquale, imaginando se aquele era o homem que ela estava esperando.

Dee riu.

— Não. Bem, sim, mas também significa algo... direto, honesto. Honesto Sinatra.

— Quando descobri o quanto isso era grave... bem, decidi que, daquele momento em diante, iria dizer exatamente o que penso. Decidi parar de me preocupar em demonstrar cortesia ou imaginar o que as pessoas pensavam a meu respeito. Recusar-se a viver aos olhos dos outros é algo muito importante para uma atriz. Mas é importante que eu não perca mais tempo dizendo coisas que não são sinceras. Espero que você não se importe com isso.

— Sim — disse Pasquale, em voz baixa, aliviado ao perceber, pela reação dela, que essa era a resposta certa outra vez.

— Ótimo. Então vamos fazer um acordo, nós dois. Faremos e diremos exatamente o que pensamos. E, se alguém pensar qualquer coisa a respeito, que vá para o inferno. Se quisermos fumar, vamos fumar. Se quisermos falar palavrões, vamos falar palavrões. Que tal?

— Gosto muito — disse Pasquale.

— Ótimo.

Ela se inclinou e o beijou no rosto, e, quando seus lábios roçaram a barba por fazer em sua bochecha, ele sentiu que sua respiração ficou descompassada, e percebeu que estava tremendo, exatamente como quando Gualfredo o ameaçou.

— Boa noite, Pasquale — disse Dee Moray. Ela pegou as páginas esquecidas do livro de Alvis Bender e foi em direção à porta, mas parou para observar a placa: HOTEL VISTA ADEQUADA.

— Como vocês escolheram este nome para o hotel?

Ainda abalado pelo beijo e sem saber como explicar, Pasquale apenas apontou para o manuscrito que ela tinha nas mãos.

— Foi ele.

Ela assentiu e olhou outra vez para o pequeno vilarejo, para os rochedos e penhascos à sua volta.

— Posso lhe perguntar uma coisa, Pasquale? Como é viver aqui?

E, dessa vez, ele não sentiu nenhuma hesitação ao responder com a palavra adequada em inglês.

— Solitário — disse Pasquale.

O pai de Pasquale, Carlo, vinha de uma longa linhagem de donos de restaurantes em Florença e sempre presumiu que seus filhos seguiriam sua profissão. Entretanto, seu filho mais velho, o audacioso Roberto, de cabelos negros, tinha o sonho de ser aviador e, durante o período que antecedeu a Segunda Guerra Mundial, saiu de casa para se alistar na *Regia Aeronautica*. Roberto realmente chegou a voar — três vezes antes que o motor do seu frágil Saetta falhasse sobre o norte da África e ele caísse como um pássaro alvejado. Jurando vingança, Guido, outro filho dos Tursi, alistou-se como voluntário na infantaria, causando uma fúria desesperada em Carlo:

— Se realmente quiser vingança, esqueça os britânicos e vá matar o mecânico que deixou seu irmão pilotar aquele balde enferrujado de merda.

Mas Guido insistiu e embarcou em um caminhão com o restante da força expedicionária de elite do Oitavo Exército, enviada por Mussolini como prova de que a Itália faria sua parte e ajudaria os nazistas a invadir a Rússia. (*Coelhos enviados para comer um urso negro*, dizia Carlo.)

Foi enquanto reconfortava sua esposa pela morte de Roberto. Carlo, aos quarenta e um anos de idade, de algum modo conseguiu produzir um último espermatozoide saudável e o passou para Antonia, na época com trinta e nove anos. No início ela não acreditou que estava grávida; depois, pensou que seria temporário (fora assolada por uma série de abortos após os dois primeiros filhos). Mais tarde, conforme sua barriga crescia, Antonia acreditava que a gravidez em tempo de guerra seria um sinal de Deus indicando que Guido sobreviveria. Ela batizou o *bambino miracolo* de olhos azuis com o nome de Pasquale, o nome italiano para a Páscoa, para honrar aquele acordo com Deus, desejando que a praga da violência que varria o mundo não afetasse o resto da sua família.

Mas Guido morreu, também, atingido por um tiro na garganta em meio à carnificina dos campos de batalha ao redor de Stalingrado no inverno de 1942. Seus pais, agora arruinados pelo luto, queriam apenas se esconder do mundo e proteger o milagre em forma de menino daquele tipo de insanidade. Assim, Carlo vendeu sua parte nos negócios da família para alguns primos e comprou a pequena Pensione di San Pietro no lugar mais remoto que conseguiu encontrar, Porto Vergogna. E foi ali que eles se esconderam do mundo.

Por sorte, os Tursi haviam economizado a maior parte do dinheiro que conseguiram com a venda de seu patrimônio em Florença, porque o hotel não tinha muito movimento. Italianos e outros europeus confusos às vezes chegavam até a vila, e a pequena *trattoria* de três andares era um lugar de reunião para as famílias de pescadores de Porto Vergogna que diminuíam de tamanho pouco a pouco, mas, às vezes, passavam-se meses antes que os verdadeiros hóspedes chegassem ali. Até que, na primavera de 1952, um táxi aquático veio até a enseada, e um rapaz americano alto e bonito, com um bigode estreito, desembarcou. O homem claramente estivera bebendo, e fumava um charuto fino quando pisou o atracadouro com uma mala de roupas e uma máquina de escrever portátil. Ele deu uma olhada no vilarejo, coçou a cabeça e disse, em um italiano surpreendentemente fluente: "*Qualcuno sembra aver rubato la tua città*" — parece que alguém roubou a sua cidade. Ele se apresentou aos Tursi como "Alvis Bender, *scrittore fallito ma ubriacone di successo*" — escritor fracassado, mas bêbado de sucesso — e se estabeleceu na varanda durante seis horas, bebendo vinho e falando sobre política e história e, finalmente, sobre o livro que não estava escrevendo.

Pasquale tinha onze anos, e, com exceção de uma ou outra viagem ocasional para visitar familiares em Florença, tudo o que conhecia sobre o mundo vinha dos livros. Encontrar um verdadeiro escritor era algo inacreditável. Passara a vida toda sob os olhos de seus pais naquele vilarejo minúsculo, e ficou encantado com o americano alto e risonho que parecia ter estado em todos os lugares e saber tudo. Pasquale sentava-se aos pés do escritor e lhe fazia perguntas.

— Como é a América? Qual é o melhor tipo de carro? Como é voar de avião?

E, certo dia:

— Sobre o que é o seu livro?

Alvis Bender entregou o cálice de vinho ao garoto.

— Encha isso aqui e eu lhe contarei.

Quando Pasquale voltou com mais vinho, Alvis se reclinou e dedilhou o fino bigode.

— Meu livro fala sobre como toda a história e os avanços da humanidade nos trouxeram somente a percepção de que a morte é o objetivo primordial da vida, seu propósito mais profundo.

Pasquale ouvira Alvis e seu pai conversarem sobre aquilo.

— Não — disse ele. — Sobre o que é o livro? O que *acontece* nele?

— Ah, sim. O mercado exige que haja uma história — disse Alvis, tomando outro gole de vinho. — Tudo bem. Meu livro é sobre um americano que luta na Itália durante a guerra, perde seu melhor amigo e se desencanta com a vida. O homem retorna à América, onde espera poder ensinar inglês e escrever um livro sobre a sua desilusão. Mas tudo que ele faz é beber, remoer o passado e perseguir mulheres. Não consegue escrever. Talvez seja a culpa de estar vivo, embora seu amigo tenha morrido. E a culpa, às vezes, é um tipo de inveja. Seu amigo deixou um filho jovem, e, quando o homem vai visitar o filho do amigo, sente, posteriormente, o desejo de se tornar uma lembrança nobre, em vez do desastre obsceno no qual se transformou. O homem perde o emprego de professor e volta ao negócio da família, vendendo carros. Ele bebe, remói o passado e persegue mulheres. Decide que a única maneira de escrever seu livro e atenuar a amargura é voltar à Itália, o lugar que guarda o segredo de sua tristeza, mas que também é o lugar que escapa à sua capacidade de descrevê-lo quando não está lá, como um sonho de que não consegue se lembrar totalmente. Assim, por duas semanas a cada ano, o homem vai até a Itália para trabalhar em seu livro. Mas eis o detalhe, Pasquale, e você não pode contar esta parte a ninguém, porque é a reviravolta do livro. Mesmo quando está na Itália, ele não escreve realmente seu livro. Ele bebe. Remói o passado. Persegue mulheres. E conversa com um garoto esperto em um pequeno vilarejo sobre o livro que nunca vai escrever.

Tudo estava quieto. Pasquale achou que o livro seria entediante.

— Como termina?

Durante um longo tempo, Alvis Bender olhou fixamente para seu copo de vinho.

— Não sei, Pasquale — disse ele, finalmente. — Como você acha que devia acabar?

O jovem Pasquale considerou a pergunta.

— Bem, em vez de voltar para a América durante a guerra, ele podia ir para a Alemanha e tentar matar Hitler.

— Ah, sim — disse Alvis Bender. — Sim. É exatamente isso que acontece, Pasquale. Ele fica bêbado em uma festa e todos lhe dizem que ele não deveria dirigir, mas ele cria um tumulto enorme na saída da festa, entra no carro e atropela Hitler por acidente.

Pasquale não achava que a morte de Hitler devia ocorrer por acidente. Isso tiraria todo o suspense do livro. Decidiu oferecer uma sugestão:

— Ou poderia atirar nele com uma metralhadora.

— Melhor ainda — disse Alvis. — Nosso herói causa um tumulto enorme ao sair da festa. Todos lhe dizem que está bêbado demais para usar uma metralhadora. Mas ele insiste e, acidentalmente, atira em Hitler.

Quando Pasquale achava que Bender estava se divertindo à sua custa, ele mudava o assunto.

— Qual é o título do seu livro, Alvis?

— *O sorriso dos céus* — disse ele. — É uma frase de Shelley. — E esforçou-se para traduzir: — As ondas sussurrantes estavam entorpecidas/ as nuvens saíram para brincar/ E, nas florestas, nas profundezas/ O sorriso dos céus aguarda.

Pasquale sentou-se por um tempo, pensando no poema. *Le onde andavano sussurrando* — as ondas sussurrantes, ele as conhecia. Mas o título, *O sorriso dos céus — Il sorriso del paradiso —*, parecia estar errado. Não pensava que o céu era um lugar sorridente. Se pecadores mortais iam para o inferno e pecadores venais como ele iam ao purgatório, então o céu deveria estar cheio de ninguém menos do que santos, padres, freiras e bebês batizados que morreram antes de ter a oportunidade de fazer algo errado.

— No seu livro, por que o céu sorri?

— Não sei — disse Bender, engolindo o vinho e entregando o copo vazio a Pasquale outra vez. — Talvez porque alguém finalmente matou aquele bastardo do Hitler.

Pasquale se levantou para buscar mais vinho. Entretanto, começou a se preocupar, pensando que talvez Alvis não estivesse realmente brincando.

— Não acho que a morte de Hitler deveria ser um acidente — disse Pasquale.

Alvis abriu um sorriso cansado para o garoto.

— Tudo acontece por acidente, Pasquale.

Durante aqueles anos, Pasquale não se lembrava de ver Alvis escrevendo por mais do que algumas horas; às vezes, ele começava a imaginar se o homem até mesmo tirava a máquina de escrever do estojo. Mas ele voltava ano após ano, e, finalmente, em 1958, no ano em que Pasquale saiu de casa para ir à universidade, Alvis entregou a Carlo o primeiro capítulo do seu livro. Sete anos. Um capítulo.

Pasquale não conseguia entender por que Alvis vinha a Porto Vergogna, já que, aparentemente não conseguia escrever muito.

— De todos os lugares do mundo, por que você vem até aqui?

— Este litoral é um paraíso para os escritores — disse Alvis. — Petrarca inventou o soneto perto daqui. Byron, James, Lawrence — todos eles vieram até aqui para escrever. Boccacio inventou o realismo aqui. Shelley se afogou aqui perto, a alguns quilômetros de onde sua esposa inventou os romances de terror.

Pasquale não entendia o que Alvis Bender queria dizer quando mencionava as "invenções" daqueles escritores. Ele pensava que inventores eram pessoas como Marconi, o grande bolonhês que inventou o rádio. Depois que a primeira história foi contada, o que mais haveria para se inventar?

— Excelente pergunta.

Desde que perdera seu emprego de professor universitário, Alvis sempre procurava por oportunidades de ensinar, e, em Pasquale, o adolescente superprotegido, ele encontrava um público disposto a ouvi-lo.

— Imagine a verdade como uma cordilheira de grandes montanhas, com os seus topos tão altos que tocam as nuvens. Os escritores exploram essas verdades, sempre buscando por novos caminhos que levam aos picos das montanhas.

— Então as histórias são esses caminhos? — perguntou Pasquale.

— Não — disse Alvis. — Histórias são touros. Escritores chegam à maturidade cheios de vigor e sentem a necessidade de arrancar as velhas histórias do meio do rebanho. Um touro comanda o rebanho durante um tempo, mas ele acaba perdendo seu vigor, e os touros mais jovens assumem a sua posição.

— Histórias são touros?

— Não — disse Alvis, tomando mais um gole de vinho. — Histórias são nações, impérios. Podem durar tanto tempo quanto a Roma antiga ou serem tão curtas quanto o Terceiro Reich. Histórias-nações ascendem e desmoronam. Governos mudam, tendências surgem, e eles começam a conquistar seus vizinhos. Assim como o império romano, o poema épico se estendeu por vários séculos, quase pelo mundo inteiro. Os romances surgiram com o império britânico, mas espere... o que é que está entrando em evidência na América? Os filmes?

Pasquale sorriu.

— E se eu perguntar se histórias são impérios, você vai dizer que...

— Histórias são pessoas. Eu sou uma história, você é uma história... seu pai é uma história. Nossas histórias vão em todas as direções, mas, às vezes, se tivermos sorte, nossas histórias se fundem em uma, e, por algum tempo, ficamos menos sozinhos.

— Mas você não respondeu à minha pergunta — disse Pasquale. — Por que vem até aqui?

Bender ponderou com o vinho na mão.

— Um escritor precisa de quatro coisas para alcançar o sucesso, Pasquale: desejo, decepção e o mar.

— São só três coisas.

Alvis terminou de tomar o vinho.

— Você precisa que a decepção aconteça duas vezes.

Se, influenciado pelo excesso de vinho, Alvis tratava Pasquale como um irmão mais novo, Carlo Tursi tinha uma afeição similar pelo americano. Os dois homens se sentavam para beber até tarde, tendo conversas paralelas, mas sem realmente escutar o que o outro dizia. Conforme a década de 1950 avançava e as dores da guerra começavam a desaparecer, Carlo começou a pensar como empresário novamente, e compartilhou com Alvis suas ideias sobre como trazer turistas a Porto Vergogna — mesmo que Alvis insistisse que o turismo arruinaria o lugar.

— Há algum tempo, todas as cidades na Itália estavam cercadas por muralhas medievais — explicou Alvis. — Até hoje, no topo de quase todas as colinas da Toscana há um castelo de muros cinzentos. Em tempos de perigo, os camponeses se refugiavam atrás dessas muralhas, a salvo de bandidos e exércitos. Na maior parte da Europa, a classe camponesa desapareceu há trinta ou quarenta anos, mas não na Itália. Finalmente, após duas guerras, casas começaram a ser construídas nas planícies e nos vales dos rios, fora das muralhas. Mesmo assim, conforme as muralhas são postas abaixo, o mesmo acontece com a cultura italiana, Carlo. A Itália se tornou um lugar como qualquer outro, cheia de pessoas procurando pela "experiência italiana".

— Sim — disse Carlo. — É exatamente com isso que planejo lucrar.

Alvis apontou para os penhascos escarpados acima e atrás dele.

— Mas aqui, nesta costa, suas muralhas foram feitas por Deus, ou por vulcões. Você não pode pô-las abaixo. E não pode construir nada para além delas. Esta vila nunca poderá ser muito mais do que um amontoado de cracas nas pedras. Mas, algum dia, pode ser o último pedaço italiano em toda a Itália.

— Exatamente — disse Carlo, embriagado. — E então os turistas virão aos montes para cá, não é, Roberto?

O silêncio surgiu entre eles. Alvis Bender tinha exatamente a mesma idade que o filho mais velho de Carlo teria se não houvesse sido abatido naquela caixa de metal no norte da África. Carlo suspirou, com a voz estrangulada e fraca.

— Perdoe-me. Eu quis dizer *Alvis*, é claro.

— É claro — disse Alvis, e deu tapinhas amistosos no ombro do homem mais velho.

Por várias vezes, Pasquale foi para a cama ao som da conversa entre seu pai e Alvis. Quando acordava, várias horas depois, ainda os encontrava na varanda, com o escritor divagando sobre algum tópico obscuro (*E assim o esgoto é uma das maiores realizações da humanidade, Carlo, e o escoamento da merda é o ápice de todas essas invenções, lutas e cópulas*). Mas, após algum tempo, Carlo trazia a conversa de volta ao turismo e perguntava a seu único hóspede americano como ele poderia tornar a Pensione di San Pietro mais atraente para os americanos.

Alvis Bender não se furtava a essas conversas, mas geralmente acabava implorando a Carlo que não mudasse nada.

— Todo esse litoral será estragado dentro de pouco tempo. Você tem algo realmente mágico aqui, Carlo. O verdadeiro isolamento. E a beleza natural.

— Então eu preciso anunciar essas coisas, talvez com um nome em inglês? Como você diria *L'albergo numero uno, tranquillo, con una bella vista del villaggio e delle scogliere?*

— A Pousada Número Um, Tranquila, com uma Vista Maravilhosa em um Vilarejo nos Rochedos — disse Alvis Bender. — Muito bom. Mas talvez seja um pouco longo. E sentimental.

Carlo perguntou o que ele queria dizer com *sentimentale*.

— Palavras e emoções são moedas simples. Se nós as inflacionarmos, elas perdem o valor, assim como o dinheiro. Passam a não ter significado nenhum. Use "bonito" para descrever um sanduíche e a palavra não terá significado. Os sentimentos e as palavras são pequenos, claros e precisos. Humildes como sonhos.

Carlo Tursi guardou aquele conselho no coração. E assim, em 1960, enquanto Pasquale estava estudando em Florença, Alvis Bender veio para sua visita anual — ele subiu os degraus até o hotel e encontrou Carlo quase explodindo de orgulho, em frente aos pescadores atabalhoados e sua nova placa com um letreiro em inglês: HOTEL VISTA ADEQUADA.

— O que significa isso? — perguntou um dos pescadores. — Prostíbulo vazio?

— *Vista adeguata* — disse Carlo, traduzindo para eles.

— Que tipo de idiota diz que a vista do seu hotel é apenas adequada?

— *Bravo*, Carlo — disse Alvis. — É perfeito.

A bela americana estava vomitando. Em seu quarto escuro, Pasquale podia ouvi-la regurgitando no piso superior. Ele acendeu a luz e pegou o relógio sobre o criado-mudo. Eram quatro da manhã. Vestiu-se em silêncio e subiu as escadas escuras e estreitas. Quatro passos antes de chegar ao topo, ele a viu apoiada contra o batente da porta do banheiro, tentando recobrar o fôlego. Usava uma camisola branca e fina, que terminava vários centímetros acima dos joelhos — suas pernas eram tão incrivelmente longas e lisas que Pasquale não conseguiu avançar nem mais um passo. Ela estava quase tão branca quanto a camisola.

— Desculpe-me, Pasquale — disse ela. — Eu acordei você.

— Não, tudo bem — disse ele.

Ela se virou novamente de frente para a privada e começou a vomitar outra vez, mas não havia nada em seu estômago, e a dor fez com que ela se curvasse.

Pasquale se pôs a subir os últimos degraus, mas se deteve, lembrando-se de que Gualfredo dissera que Porto Vergogna e o Hotel Vista Adequada não estavam adequadamente equipados para atender turistas americanos.

— Eu mando chamar o médico — disse ele.

— Não — respondeu ela. — Estou bem.

Mas, naquele instante, ela levou a mão ao lado do corpo e caiu no chão.

— Oh.

Pasquale a ajudou a voltar para a cama, desceu as escadas rapidamente e saiu do hotel. O médico mais próximo morava três quilômetros mais adiante naquele litoral, em Portovenere. O *dottore* era um velho e simpático cavalheiro, um viúvo chamado Merlonghi que falava inglês muito bem e vinha até as vilas construídas em meio aos rochedos uma vez por ano para examinar os pescadores. Pasquale sabia qual pescador devia enviar para chamar o médico: Tomasso, o Comunista, cuja esposa atendeu a porta e postou-se de lado. Tomasso puxou os suspensórios e aceitou a incumbência com uma orgulhosa formalidade, tirando o boné e dizendo que não decepcionaria Pasquale.

Pasquale voltou ao hotel, onde sua tia Valeria estava sentada com Dee Moray no quarto dela, segurando-lhe os cabelos enquanto a atriz se curvava sobre uma bacia. As duas mulheres pareciam ridículas quando estavam lado a lado — Dee Moray com a pele pálida e perfeita e os longos e brilhantes cabelos; Valeria, com alguns pelos brotando no rosto carrancudo e os cabelos embaraçados que pareciam fios de arame.

— Ela precisa beber água para ter o que vomitar — disse Valeria. Um copo d'água estava sobre a mesinha de cabeceira, ao lado das páginas do livro de Alvis Bender.

Pasquale começou a traduzir o que dissera sua tia, mas Dee Moray pareceu entender a palavra *acqua*. Ela estendeu a mão para pegar o copo e bebeu.

— Eu sinto muito por toda esta confusão — disse ela.

— O que ela disse? — perguntou Valeria.

— Ela está pedindo desculpas por toda esta confusão.

— Diga-lhe que as roupas que estava usando para dormir são dignas de uma prostituta — disse Valeria. — Essa é a razão pela qual ela deveria se desculpar, por alimentar as tentações do meu sobrinho como uma prostituta.

— Não vou dizer isso a ela!

— Mande esta prostituta porca embora, Pasqo.

— Chega, zia!

— Deus fez com que ela ficasse doente porque não gosta de prostitutas baratas que vestem roupas curtas para dormir.

— Cale a boca, velha louca.

Dee Moray esperou até que houvesse uma pausa naquele diálogo.

— O que ela está dizendo? — perguntou Dee.

— Ah, ela... — Pasquale engoliu em seco. — Ela está triste por você estar doente.

Valeria repuxou os lábios, esperando.

— Você disse a essa prostituta o que eu mandei?

— Sim — disse Pasquale à sua tia. — Eu disse.

O quarto ficou em silêncio. Dee Moray fechou os olhos e estremeceu com outro acesso de náusea, com as costas se curvando quando tentou vomitar.

Quando as ânsias passaram, Dee Moray ofegava.

— Sua mãe é um doce.

— Ela não é minha mãe — disse Pasquale, em inglês. — É minha tia. Zia Valeria.

Valeria observou o rosto deles enquanto conversavam em inglês, e ficou desconfiada ao ouvir o próprio nome.

— Espero que não esteja pensando em se casar com esta prostituta, Pasquale.

— Zia...

— Sua mãe acha que você vai se casar com ela.

— Chega, zia!

Valeria afastou gentilmente os cabelos do rosto da bela americana para lhe observar os olhos.

— Qual é o problema com ela?

Pasquale respondeu em voz baixa:

— *Cancro*.

Dee Moray não levantou os olhos.

Valeria pareceu pensar a respeito. Mascou a parte interna da bochecha.

— Oh — disse ela, finalmente. — Ela vai ficar bem. Diga a esta prostituta que ela vai ficar bem.

— Não vou dizer isso a ela.

— Diga — disse Valeria, encarando Pasquale com seriedade. — Diga que, desde que não saia de Porto Vergogna, ela ficará bem.

Pasquale se virou para encarar a tia.

— Do que você está falando?

Valeria entregou o copo-d'água a Dee outra vez.

— Ninguém morre aqui. Bebês e velhos sim, mas Deus nunca tirou um adulto em idade de ter filhos desta vila. É uma velha maldição deste lugar: as prostitutas perderão muitos bebês, mas viverão até a velhice para se arrepender dos seus pecados. Quando se deixa de ser criança em Porto Vergogna, se está fadado a viver pelo menos quarenta anos. Vamos. Diga a ela — mandou Valeria, batendo amistosamente no braço da bela americana e acenando com a cabeça para ela.

Dee Moray estava acompanhando a conversa sem entender nada, mas percebeu que a velha estava tentando dizer algo importante.

— O que foi? — perguntou ela.

— Nada — disse Pasquale. — Falando de bruxaria.

— O quê? — perguntou Dee Moray. — Explique. Por favor.

Pasquale suspirou e esfregou a testa.

— Ela diz... pessoas jovens não morrem em Porto Vergogna... ninguém morre jovem aqui — falou ele, dando de ombros e tentando espantar as superstições loucas da velha. — Uma história antiga... *stregoneria...* história de bruxa.

Dee Moray se virou e encarou o rosto marcado por verrugas e pelo buço da velha. A mulher assentiu e tocou a mão de Dee.

— Se sair desta vila, você vai morrer como uma prostituta, cega e sedenta, coçando o buraco ressecado e morto por onde saem os bebês — disse Valeria em italiano.

— Muito obrigada — disse Dee Moray em inglês.

Pasquale sentiu-se enjoado.

— *E smettila di mostrare le gambe al mio nipote, puttana* — completou ela. E pare de mostrar essas pernas para o meu sobrinho, sua vadia.

— A senhora também — disse Dee Moray, e apertou a mão de Valeria. — Obrigada.

Demorou mais uma hora até que Tomasso, o Comunista, chegasse ao hotel, após trazer o barco até a marina. Os outros pescadores já haviam saído; o sol estava nascendo. Tomasso ajudou o velho doutor Merlonghi a desembarcar. Na *trattoria*, Valeria preparou a refeição de um herói para Tomasso, que novamente tirou o boné e assumiu um silêncio solene com a importância de seu trabalho. Mas havia desenvolvido um grande apetite e aceitou a refeição com orgulho. O velho médico usava paletó de lã, sem a gravata. Alguns tufos de pelos grisalhos lhe saíam pelas orelhas. Ele acompanhou Pasquale até o topo da escadaria e já estava sem fôlego quando chegaram ao quarto de Dee Moray no terceiro andar.

— Eu sinto muito por todo este incômodo que causei a vocês — disse ela. — Já estou me sentindo melhor agora.

O inglês do médico era mais fluente do que o de Pasquale.

— Não é incômodo nenhum vir ver uma bela jovem.

Ele examinou-lhe a garganta e escutou-lhe o coração com o estetoscópio.

— Pasquale disse que você tem câncer no estômago. Quando isso foi diagnosticado?

— Há duas semanas.

— Em Roma?

— Sim.

— Eles usaram um endoscópio?

— Um o quê?

— É um instrumento novo. Um tubo que passa pela garganta para tirar uma fotografia do câncer, sim?

— Eu lembro que o médico examinou a minha garganta com uma luz.

O médico apalpou o abdome dela.

— Eu vou à Suíça para fazer o tratamento. Talvez façam uso desse aparelho lá. Eles queriam que eu fosse há dois dias, mas, em vez disso, eu vim para cá.

— Por quê?

Ela olhou para Pasquale.

— Vim encontrar um amigo aqui. Ele escolheu este lugar porque é tranquilo. Depois talvez eu vá para a Suíça.

— Talvez? — o médico estava lhe auscultando o peito, apalpando e apertando. — Por que talvez? O tratamento é na Suíça, você deveria ir para lá.

— Minha mãe morreu de câncer... — ela se deteve e limpou a garganta. — Eu tinha doze anos. Câncer de mama. Não foi tanto a doença em si, mas o tratamento... foi difícil testemunhar. Nunca vou esquecer. Foi...

Ela engoliu em seco e não conseguiu terminar.

— Eles removeram os seios dela... e mesmo assim ela morreu. Meu pai sempre disse que desejava ter simplesmente trazido minha mãe para casa e deixar que ela se sentasse em nossa varanda... para apreciar o pôr do sol.

O médico deixou o estetoscópio cair. Franziu a testa.

— Sim, pode fazer com que o final seja pior, os tratamentos para o câncer. Não é fácil. Mas estão melhores a cada dia. Nos Estados Unidos há... avanços. Radiação. Medicamentos. Está melhor agora do que na época da sua mãe, sim?

— E o prognóstico para câncer de estômago? Ficou melhor também?

Ele sorriu de maneira amável.

— Quem foi o seu médico em Roma?

— Dr. Crane. Um americano. Trabalhou no filme. Acho que é o melhor na área.

— Sim — assentiu o dr. Merlonghi. — Deve ser.

Ele colocou a ponta do estetoscópio no abdome de Dee e auscultou.

— Você foi ao médico com queixas de náuseas e dor?

— Sim.

— Sente dor aqui? — disse ele, colocando a mão no tórax da atriz, e Pasquale conteve um gemido de ciúmes.

— Sim, azia.

— E...

— Falta de apetite. Fadiga. Dores no corpo. Fluidos.

— Sim — disse o médico.

Ela olhou para Pasquale.

— E algumas outras coisas.

— Entendo — disse o médico. Em seguida, ele se virou para Pasquale e disse em italiano: — Pode esperar no corredor por um momento, Pasquale?

Ele concordou com um movimento de cabeça e saiu do quarto. Pasquale ficou no corredor, no primeiro degrau da escada, escutando as vozes sussurradas. Alguns minutos depois, o médico saiu. Parecia perplexo.

— É muito ruim? Ela vai morrer, doutor?

Pasquale pensava que seria terrível se a sua primeira turista americana morresse no hotel, especialmente uma atriz de cinema. E se ela realmente fosse algum tipo de princesa? Em seguida, sentiu-se envergonhado por pensar daquela maneira.

— Não seria melhor levá-la a uma cidade maior, com cuidados adequados?

— Não creio que ela esteja em perigo imediato — disse o dr. Merlonghi, parecendo distraído. — Quem é esse homem, aquele que a mandou para cá, Pasquale?

Pasquale desceu as escadas correndo e voltou com a folha de papel que acompanhara Dee Moray.

O dr. Merlonghi leu o papel, que continha um endereço de cobrança localizado no Grand Hotel de Roma, aos cuidados do "assistente especial de produção da 20th Century Fox, Michael Deane". Ele virou a folha e viu que não havia nada no verso. Em seguida, ergueu os olhos.

— Você sabe quais são os sintomas que uma mulher jovem com câncer no estômago apresentaria a um médico, Pasquale?

— Não.

— Haveria dor no esôfago, náuseas, falta de apetite, vômitos e talvez um inchaço no abdome. Conforme a doença progredisse ou o câncer se espalhasse, outros sistemas seriam afetados. Intestinos. Canal urinário. Rins. Até mesmo a menstruação.

Pasquale balançou a cabeça. Coitada.

— Esses podem ser sim sintomas de câncer de estômago. Mas o problema é o seguinte: que tipo de médico, diante de tais sintomas, concluiria, sem uma endoscopia ou biópsia, que a mulher tem câncer no estômago, e não um diagnóstico mais comum?

— Como o quê, por exemplo?

— Como... gravidez.

— Gravidez? — perguntou Pasquale.

O médico fez sinal para que ele falasse baixo.

— O senhor acha que ela está...

— Não sei. Ainda é muito cedo para ouvir o batimento cardíaco, e os sintomas são bastante severos. Mas, se uma paciente jovem viesse até mim reclamando de náusea, inchaço abdominal, azia e ausência de menstruação... bem, câncer de estômago é algo extremamente raro em mulheres jovens. Gravidez... — ele sorriu. — Não é tão raro assim.

Pasquale percebeu que eles estavam sussurrando, mesmo que Dee Moray não entendesse nada de italiano.

— Espere. Está dizendo que talvez ela não tenha câncer?

— Não sei o que ela tem. Certamente existe um histórico familiar para o câncer. E talvez os médicos americanos tenham testes que ainda não chegaram até nós. Estou dizendo apenas que não posso determinar se alguém tem câncer com base apenas nesses sintomas.

— O senhor disse isso a ela?

— Não — disse o médico, com um ar distraído. — Não disse nada. Depois de tudo que ela passou, não quero lhe dar falsas esperanças. Quando este homem vier vê-la, talvez você possa perguntar a ele. Esse... — ele olhou novamente para o papel. — Michael Deane.

Aquilo era a última coisa que Pasquale queria perguntar a um americano envolvido com a indústria do cinema.

— Só mais uma coisa — disse o médico, pousando a mão sobre o braço de Pasquale. — Não acha isso estranho, Pasquale? Se esse filme está sendo produzido em Roma, por que a mandariam para cá?

— Eles queriam um lugar tranquilo com vista para o mar — respondeu ele. — Perguntei se queriam *Venere*, mas o papel dizia Vergogna.

— Sim, é claro. Eu não quis insinuar que aqui não é um bom lugar, Pasquale — disse o dr. Merlonghi, notando o tom defensivo na voz de Pasquale. — Mas uma cidade como Sperlonga é quase tão tranquila como esta, fica à beira-mar e é muito mais próxima de Roma. Então, por que vir até aqui?

Pasquale deu de ombros.

— Minha tia disse que jovens nunca morrem em Porto Vergogna.

O médico riu discretamente.

— Você saberá mais quando esse homem chegar aqui. Se ela ainda estiver aqui na semana que vem, peça a Tomasso, o Comunista, que a leve ao meu consultório.

Pasquale assentiu. Em seguida, ele e o médico abriram a porta do quarto de Dee Moray. Ela estava dormindo, e os cabelos loiros caíam como uma cascata de manteiga sobre o travesseiro. Tinha a enorme bacia de macarrão entre os braços, e a cópia em carbono do manuscrito de Alvis Bender repousava no travesseiro ao lado.

4
O sorriso dos céus

ABRIL DE 1945
PERTO DE LA SPEZIA, ITÁLIA

Por Alvis Bender

E então chegou a primavera e, com ela, o fim da minha guerra. Os generais, com seus lápis litográficos, convidaram soldados demais e precisavam que fizéssemos alguma coisa. Assim, marchamos por toda a Itália. Durante toda aquela primavera, marchamos pelas planícies litorâneas calcárias sob os Apeninos e, quando o caminho estava livre, subimos as encostas acidentadas e verdejantes em direção a Gênova, passando por vilarejos que desmoronavam como pedaços de queijo envelhecido e porões que cuspiam italianos sujos e magricelas. O fim de uma guerra é uma formalidade horrível. Lamentamos em trincheiras e *bunkers* abandonados. Para o nosso bem, fingíamos querer lutar. Mas secretamente nos regozijávamos pelo fato de que os alemães estavam recuando mais rapidamente do que conseguíamos acompanhá--los em marcha, ao longo daquela fronteira esmorecida, a <u>Linea Gotica.</u>

Eu deveria estar feliz simplesmente por estar vivo, mas estava na parte mais depressiva da minha guerra, com medo, sozinho e percebendo fortemente o barbarismo à minha volta. Mas meu principal problema eram meus pés; eles haviam mudado. Meus cascos doentes, úmidos e avermelhados, meus pés doloridos e infeccionados haviam passado para o outro lado, traidores da causa. Antes que eles se amotinassem, eu pensava sobretudo em três coisas durante a minha guerra: sexo, comida e morte, e pensava nisso a cada momento em que marchava. Mas, com a chegada da primavera, minhas fantasias haviam se transformado inteiramente em sonhos em que eu buscava meias secas. Eu tinha um forte desejo por meias secas. Eu ansiava, consumia-me, sofria alucinações de que, após a guerra, teria um belo e grosso par de meias secas e enfiaria meus pés doentes dentro delas. E que morreria depois de me tornar um homem velho, com pés velhos e secos.

A cada manhã, os generais dos lápis litográficos ordenavam que salvas de artilharia alvejassem uma área mais ao norte enquanto marchávamos com nossos uniformes encharcados sob uma garoa cortante e insistente. Estávamos dois dias atrás das unidades avançadas de combate da Nonagésima Segunda, a tropa dos Soldados Búfalos Negros, e de dois batalhões de japoneses nissei dos campos de internação, homens duros trazidos para cuidar das lutas mais pesadas na parte ocidental da <u>Linea Gotica</u>. Nós éramos os soldados desleixados, os aproveitadores, chegando horas ou dias depois que os soldados negros e japoneses abriam o caminho, beneficiários felizes dos preconceitos toscos dos generais. A nossa unidade era de reconhecimento e inteligência, composta por especialistas treinados: engenheiros, carpinteiros, guardas de honra para ritos funerais e tradutores de italiano, como eu e meu bom amigo, Richards. Nossas ordens de marcha eram seguir os passos das unidades avançadas até os limites de vilarejos dominados ou destruídos, ajudar a enterrar os corpos e distribuir doces e cigarros em troca de informações para quaisquer mulheres velhas ou crianças amedrontadas que restassem. Nossa função era recolher informações desses pobres-diabos sobre os alemães que fugiram: onde as minas foram instaladas, a localização de tropas e onde os armamentos eram armazenados. Apenas recentemente os generais dos lápis litográficos nos pediram que registrássemos o nome dos homens que escaparam dos fascistas para lutar ao nosso lado, as unidades rebeldes comunistas que estavam nas colinas.

— Então, os próximos serão os comunistas — resmungou Richards, cuja mãe italiana o ensinara a língua quando ele era garoto e o salvara dos combates mais pesados anos mais tarde. — Por que não nos deixam terminar esta guerra antes de começarem a planejar a próxima?

Richards e eu éramos mais velhos do que os nossos companheiros de pelotão; ele era um cabo de vinte e três anos, e eu, um soldado de primeira-classe de vinte e dois. Havíamos passado algum tempo na faculdade. Ninguém conseguia me diferenciar de Richards só pela aparência ou pelo jeito de agir: eu era um rapaz magro e loiro do Wisconsin, sócio da concessionária de carros do meu pai, e ele, um rapaz magro e loiro de Cedar Falls, em Iowa, sócio dos irmãos em uma firma de seguros. Mas, embora eu tivesse em minha cidade natal apenas algumas antigas namoradas, uma oferta de emprego para trabalhar como professor de inglês e dois sobrinhos gordos, Richards tinha uma esposa carinhosa e um filho ávidos por vê-lo novamente.

Na Itália de 1944, nenhum fragmento de informação era pequeno demais para Richards ou para mim. Nós fazíamos relatórios sobre quantos pães os alemães haviam exigido e quais cobertores os rebeldes haviam levado, e eu escrevi dois parágrafos sobre um pobre soldado alemão com dor de barriga curado pelo remédio caseiro de uma velha bruxa, composto de azeite de oliva e farinha de ossos triturados. Por mais terríveis que fossem essas tarefas, nós trabalhávamos duro para cumpri-las, porque a alternativa seria cobrir cadáveres com cal e enterrá-los.

Estava claro que havia táticas mais amplas no meu lado da guerra (ouvíamos rumores de campos de prisioneiros dignos de pesadelos e dos generais dividindo o mundo ao meio com seus lápis litográficos), mas, para Richards e eu, nossa guerra consistia em marchas encharcadas e irritadiças por estradas de terra e por encostas que levavam até os limites de vilarejos bombardeados, sessões curtas interrogando camponeses sujos e de olhos mortiços que nos imploravam comida. As nuvens vieram em novembro; estávamos em março, e todos aqueles meses foram uma chuva longa e contínua. Marchamos naquele mês de março porque nos mandavam marchar; não por alguma razão tática, mas porque um exército encharcado que não marcha começa a cheirar como um acampamento de mendigos. Os dois terços mais meridionais da Itália já haviam sido liberados, se "liberado" significa ser atacado por exércitos que decidem bombardear apenas os prédios, monumentos e igrejas mais bonitos, como se a arquitetura fosse o verdadeiro inimigo. Logo, o norte do país também seria uma pilha de entulhos liberada. Marchamos naquela bota como uma mulher vestindo meia-calça.

Foi durante uma daquelas tarefas de rotina que comecei a imaginar como seria atirar em mim mesmo. E foi enquanto debatia sobre onde enfiar a bala que conheci a garota.

Subimos por uma rodovia de mulas, duas trilhas paralelas em meio ao capim alto, vilarejos aparecendo nos topos das colinas e no fundo dos vales; mulheres velhas famintas e de olhos esbugalhados caídas ao longo das estradas, crianças espiando pelas janelas de casas destruídas como se fossem pinturas modernistas, emolduradas por batentes rachados, agitando pedaços de tecido cinza e estendendo as mãos enquanto pediam chocolates.

— Dolcie, per favore. Doces, amer-í-cano?

Um vagalhão de cascalho cobriu estas vilas, arrebentando tudo que havia pela frente, e indo embora em seguida. À noite nós acampávamos nos arredores daqueles burgos arrasados, em celeiros com a estrutura comprometida, nas carcaças abandonadas de sedes de fazenda, nas ruínas de velhos impérios. Antes de entrar no meu saco de dormir a cada noite, eu descalçava minhas botas, tirava as meias e as xingava, implorava-lhes que secassem e, desesperado, estendia-as sobre um mourão de cerca, um peitoral de janela ou na armação de uma barraca. Todas as manhãs eu acordava com um otimismo radiante, vestia as meias secas nos meus pés secos e algum tipo de reação química acontecia, transformando meus pés em criaturas larvais úmidas que se alimentavam do meu sangue e dos meus ossos. Nosso sargento almoxarife, um homem empático e de compleição física elegante que Richards achava estar atraído por mim ("Sabe de uma coisa?", eu disse a Richards. "Se ele conseguir dar um jeito nos meus pés, posso até tocar trompete no pau dele"), estava constantemente me dando novos pares de meias e talcos para os pés, mas as malditas criaturas sempre encontravam uma maneira de voltar a alcançá-los. A cada manhã eu aplicava talco nas botas, vestia meias novas e secas, sentia-me melhor e descobria sanguessugas ensandecidas devorando os meus dedos. Elas iam me matar, a menos que eu agisse logo.

No dia em que conheci a garota, eu finalmente havia decidido que já sofrera o bastante e reuni coragem para agir: DA, dispensa por acidente, trespassando um dos meus cascos traidores. Eu seria enviado para a casa da minha família em Madison para viver com meus pais, um inválido sem um dos pés ouvindo os jogos dos Cubs no rádio e contando aos meus sobrinhos uma história cada vez mais elaborada sobre como perdi o pé (Pisei numa mina terrestre, e isso salvou os companheiros do meu pelotão).

Naquele dia deveríamos marchar para uma vila recém-libertada para interrogar os sobreviventes ("Do-ces, amer-í-cano! Dolcie, per favore!"), pedir aos camponeses que delatassem seus netos comunistas, perguntar se os alemães fujões haviam mencionado, enquanto fugiam, digamos, onde Hitler estava escondido. Conforme marchamos em direção àquela pequena cidade nas colinas, passamos pelo corpo apodrecido de um soldado alemão ao lado da estrada, debruçado sobre uma espécie de cavalete tosco e mal-acabado, feito de galhos de árvore retorcidos.

Isso era o que tipicamente víamos dos alemães naquela primavera, cadáveres alvejados anteriormente por soldados fortes ou rebeldes ainda mais fortes, cujo trabalho nós respeitávamos supersticiosamente. Não que fôssemos simplesmente turistas; tivemos alguns momentos de ação também. Sim, queridos e enfastiados sobrinhos, seu tio teve a oportunidade de atirar na direção do inimigo com sua metralhadora calibre .30, pequenas nuvens de terra explodindo ao fim da trajetória de cada um dos meus tiros. É difícil saber quantos pedaços de terra eu acertei, mas acho que é suficiente dizer que eu era implacável contra aquela coisa, o pior inimigo dos tufos de terra. Ah, e nós levamos fogo também. No começo daquela primavera, perdemos dois homens quando os canhões alemães de 88 milímetros dispararam na estrada para Seravezza, e outros três em um tiroteio horrível de nove segundos perto de Strettoria. Mas essas foram exceções, disparos assustados, o medo cego impulsionado pela adrenalina. Eu certamente vi a coragem e ouvi quando outros soldados testemunhavam os fatos, mas, na minha guerra, o combate era algo que geralmente acontecia depois de tudo estar consumado, enigmas sombrios como esse à nossa frente, deixados como testes brutais de ilógica. (O alemão estava construindo um cavalete quando sua garganta foi cortada? Ou era algo simbólico, cultural, como um cavaleiro caído sobre seu cavalo? Ou meramente uma coincidência, sendo que o cavalete era simplesmente o lugar sobre o qual o alemão caiu?) Nós debatíamos essas questões quando encontrávamos tais enigmas de carne: Quem levou a cabeça do sentinela rebelde? Por que o bebê morto foi enterrado de cabeça para baixo em um silo de cereais? De acordo com o cheiro e a atividade dos insetos, o enigma de carne alemão no cavalete já estava ali há dois dias, e esperamos que, se o ignorássemos, o nosso oficial-comandante, um paspalho banguela chamado tenente Bean, não nos mandaria cuidar daquele corpo inchado.

Já havíamos passado do corpo, dos serviços funerários e da rotina de guarda de honra quando subitamente parei de marchar e mandei avisar à frente do pelotão que cuidaria daquele corpo apodrecido. Eu tinha minhas próprias razões, claro. Alguém já havia tirado as botas do alemão morto, e suas insígnias e armas também tinham sido removidas, assim como qualquer outra coisa que pudesse se transformar em um troféu decente para mostrar aos sobrinhos durante o jantar de Ação de Graças em Rockport ("Isto eu tirei de um huno assassino, que matei usando apenas meus pés descalços"), mas, por alguma razão, esse cadáver em particular ainda estava com as meias. E eu estava tão enlouquecido pelo desconforto que as meias desse morto me pareciam ser a salvação: duas meias limpas e de tecido forte que pareciam cobrir seus pés como os lençóis de um hotel quatro estrelas. Depois de várias dúzias de pares, cortesia do meu simpático sargento almoxarife, achei que poderia tentar a sorte com as meias produzidas pelo Eixo.

— Isso é doentio — disse Richards, quando eu lhe falei que voltaria para pegar as meias do cadáver.

— Eu estou doente! — admiti. Mas, antes que eu pudesse me aproximar dos pés do morto, aquele idiota do tenente Bean, com a insígnia em forma de barra prateada que indicava sua patente, aproximou-se e disse que outro pelotão encontrara uma armadilha, onde um cadáver fora preso a algumas minas terrestres. Assim, recebemos ordens para não enterrar ninguém. Tive que me afastar do que parecia ser o par de meias mais quente, seco e limpo de toda a Europa, marchar mais três quilômetros calçando aquelas mesmas criaturas úmidas e pontiagudas em estado de pupa. E aquilo era o bastante. Eu disse a Richards:

— Vai ser esta noite. Um ferimento autoinfligido. Vou explodir meu pé esta noite mesmo.

Richards já me ouvia reclamar havia vários dias e pensava que aquilo era apenas conversa, e que eu seria tão capaz de atirar no meu próprio pé quanto de levitar.

— Não seja idiota — disse ele. — A guerra acabou.

Era por isso que a ideia era tão perfeita, eu disse a ele. Quem suspeitaria agora? Anteriormente, nesta mesma guerra, um tiro no pé poderia não ser o bastante para me enviarem para casa, mas, agora que as coisas estavam se aquietando, eu já estava gostando das minhas chances.

— Vou fazer isso.

Richards me provocou.

— Sim, faça mesmo. Espero que sangre até morrer na cadeia.

— A morte seria melhor do que essa dor.

— Então esqueça o pé. Atire na cabeça.

Paramos pouco antes de chegar a um vilarejo, e acampamos em meio aos restos de um velho celeiro em uma encosta coberta por videiras. Richards e eu estabelecemos um posto de observação em um pequeno barranco que também nos servia de cobertura. Sentei-me ali debatendo com Richards em qual parte do meu pé eu devia atirar, de maneira tão tranquila quanto um homem poderia estar falando sobre onde iria almoçar, e foi quando ouvimos um ruído na estrada mais abaixo. Richards e eu nos entreolhamos em silêncio. Peguei minha carabina, fui até a beira do barranco e apontei para a estrada abaixo de nós, até que a mira da minha arma focou na figura que se aproximava...

Uma garota? Não. Uma mulher. Jovem. Dezenove anos? Vinte e dois? Vinte e três? Eu não conseguia saber ao certo à luz do crepúsculo. Sabia apenas que era encantadora, e que parecia estar andando sozinha naquela estreita estrada de terra, os cabelos castanhos presos em um coque, queixo e feições finas que se moldavam em faces coradas e um par de olhos emoldurados por toques de cílios negros, como duas linhas de fumaça. Era pequena, mas todo mundo naquela região da Itália era pequeno. Não parecia estar passando fome. Usava um xale sobre o vestido, e é doloroso não conseguir me lembrar da cor daquelas roupas, mas acredito que eram de um azul desbotado com girassóis amarelos, embora não consiga lembrar se realmente eram assim. É simplesmente desse jeito que eu lembro (e acho um pouco suspeito que toda mulher da Europa nas minhas memórias, toda prostituta, toda avó e mendiga que eu encontrava usassem o mesmo vestido azul com girassóis amarelos).

— Alto lá — disse Richards. E eu ri. Uma visão se aproximava de nós pela estrada abaixo e Richards solta um "Alto lá"? Se eu tivesse os pensamentos em ordem em vez de me preocupar com meus pés brutalizados, eu o orientaria a utilizar a frase mais existencial do Bardo, "Quem vem lá?", e teríamos interpretado todo o <u>Hamlet</u> para ela.

— Não atirem, bons americanos — disse a garota na estrada, num inglês primitivo. Sem saber de onde viera o "Alto lá", ela se dirigia às árvores de ambos os lados da estrada e, depois, ao pequeno barranco onde estávamos, à sua frente. — Estou indo ver minha mãe.

Ela ergueu as mãos e nós nos levantamos na colina acima dela, com os fuzis ainda apontados. Ela baixou as mãos, disse que seu nome era Maria e que vinha do vilarejo do outro lado da colina. Apesar de um leve sotaque, seu inglês era melhor do que o da maioria dos rapazes da nossa unidade. Ela sorria. É somente quando você vê um sorriso como aquele que percebe quanto sentiu falta disso. Tudo em que eu conseguia pensar era que fazia muito tempo que eu vira uma garota sorridente em uma estrada rural.

— A estrada está fechada. Você terá de pegar outro caminho — disse Richards, apontando com o rifle de volta pela estrada por onde ela viera.

— Está certo, tudo bem — disse ela, e perguntou se a estrada a oeste estava aberta. Richards disse que sim. — Obrigada — disse ela, e começou a voltar pela estrada. — Deus abençoe a América.

— Espere — gritei. — Eu vou acompanhá-la.

Removi o forro de lã do capacete e alisei o cabelo com saliva.

— Não seja idiota — disse Richards.

Eu me virei, com lágrimas nos olhos.

— Que diabos, Richards! Vou acompanhar essa garota até a casa dela!

É claro que Richards tinha razão. Eu estava agindo como um idiota. Deixar meu posto era deserção, mas, no momento, eu passaria o restante da minha guerra na cadeia se pudesse andar alguns metros com aquela garota.

— Por favor, deixe-me ir — eu disse. — Eu lhe dou qualquer coisa.

— Sua Luger — disse Richards, sem hesitar.

Eu sabia que Richards pediriria aquilo. Ele desejava aquela Luger tanto quanto eu desejava meias secas. Ele queria dar a pistola a seu filho como suvenir. E como eu poderia culpá-lo? Eu estava pensando no filho que não tinha quando comprei a Luger num pequeno mercado italiano perto de Pietrasanta. Sem um filho nos Estados Unidos, imaginei que a mostraria para as minhas ex-namoradas e meus sobrinhos bobocas depois de várias doses de uísque, quando eu fingiria não querer falar sobre a guerra. Nesse momento, eu tiraria a Luger enferrujada de uma escrivaninha e contaria aos pequenos paspalhos como eu a arranquei de um alemão enlouquecido que matou seis dos meus homens e atirou no meu pé. A economia do mercado ilegal de troféus de guerra alemães dependia deste tipo de mentira: alemães em retirada, mortos de fome, oferecendo suas armas quebradas e insígnias de identificação a italianos mortos de fome em troca de pão; e os italianos mortos de fome, por sua vez, vendiam-nas como troféus para americanos como Richards e eu, sedentos por encontrar provas do nosso heroísmo.

Infelizmente, Richards nunca conseguiu entregar a Luger para o seu garoto, porque seis dias antes de sermos mandados para casa, eu para ouvir os jogos dos Cubs no rádio e ele para sua esposa e filho, Richards morreu de maneira inglória de uma infecção sanguínea que contraiu em um hospital de campanha, após sofrer uma cirurgia de apendicite. Eu nem consegui vê-lo depois que ele foi internado com febre e dores abdominais, e nosso tenente imbecil simplesmente me informou que ele havia morrido ("Ah, Bender. Você mesmo. Olhe, Richards morreu"), o último e melhor dos meus amigos a partir na minha guerra. E se isso marca o fim da guerra de Richards, eu ofereço este epílogo: Um ano depois, eu me apanhei dirigindo por Cedar Falls, no estado de Iowa, estacionando em frente a uma casa com uma bandeira americana na varanda, tirando o meu quepe e tocando a campainha. A esposa de Richards era uma mulher baixa e atarracada, e eu lhe contei a melhor mentira que consegui criar, dizendo que o seu nome foi a última palavra que ele falou. E entreguei a caixa com a Luger para o garotinho, dizendo que seu pai a havia tirado de um soldado alemão. E, ao olhar para aquela franja ruiva, senti a dor de não ter meu próprio filho, o herdeiro que eu nunca teria, alguém que pudesse redimir a vida que eu já estava planejando desperdiçar. E quando o garoto meigo de Richards perguntou se o seu pai foi "corajoso na guerra", eu disse, com toda a honestidade:

— Seu pai foi o homem mais corajoso que eu já conheci.

E ele era mesmo, porque, no dia em que eu conheci a garota, o Corajoso Richards me disse:

—Vá lá. E fique com a sua Luger. Se alguém perguntar por você, eu inventarei alguma coisa. Mas você terá de me contar tudo que aconteceu depois.

Se, em meio a essa confissão de medo e desconforto durante a minha guerra, eu pareço não ter nenhuma coragem ou valor, ofereço esta evidência do meu coração digno de Galahad:* Eu não tinha a menor intenção de colocar as mãos naquela garota. E eu precisava que Richards soubesse que eu estava me arriscando à morte e à desonra não para enfiar meu pau nela, mas simplesmente para andar ao lado de uma bela garota em uma estrada à noite, para sentir outra vez o doce sabor da normalidade.

— Richards — eu disse. — Não vou agarrá-la.

Acho que ele percebeu que eu estava dizendo a verdade, pois havia um olhar de dor em seu rosto.

— Então, por Deus, deixe-me ir com ela.

Eu lhe dei palmadinhas amistosas no ombro, peguei meu rifle e corri pela estrada para a alcançar. Ela andava rapidamente e, quando me

---

* Um dos cavaleiros da Távola Redonda, renomado pela honradez, pureza e castidade. (N. do T.)

aproximei, já estava perto da beira da estrada. De perto, percebi que ela era mais velha do que eu pensara, talvez uns vinte e cinco anos. Ela me observou, desconfiada. Eu a acalmei com meu charme bilíngue:

— Scusi, bella. Fare una passeggiata, per favore?

Ela sorriu.

— Sim. Pode me acompanhar — disse em inglês. Ela diminuiu o passo e me deu o braço. — Mas somente se parar de assassinar a minha língua.

Ah, então havia amor ali.

A mãe de Maria criou três filhos e três filhas naquela vila. Seu pai morreu no início da guerra e seus irmãos foram forçados a se alistar aos dezesseis, quinze e o último aos doze anos, arrastado para cavar trincheiras italianas e, posteriormente, construir fortificações alemãs. Ela rezava para que pelo menos um de seus irmãos estivesse vivo em algum lugar ao norte do que restava da Linea Gotica, mas parecia não ter tanta esperança. Maria me contou rapidamente a história de seu pequeno vilarejo durante a guerra, cujos rapazes jovens lhe foram arrancados por Mussolini, novamente pelos rebeldes, e depois pelos alemães em retirada, até que não havia mais homens com idade entre oito e cinquenta e cinco anos. A cidade fora bombardeada, metralhada e teve todos os seus alimentos e suprimentos confiscados. Maria estudou inglês em uma escola em um convento, e, com a invasão, encontrou trabalho como auxiliar de enfermagem em um hospital de campanha americano. Ela ficava fora durante várias semanas, mas sempre voltava à vila para visitar a mãe e as irmãs.

— Quer dizer então que, quando tudo isso terminar, você terá um bom rapaz para se casar? — eu perguntei.

— Havia um bom rapaz, mas eu duvido que ele esteja vivo. Não, quando tudo isso terminar, vou cuidar da minha mãe. Ela é uma viúva cujos três filhos lhe foram tirados. Quando ela morrer, talvez eu peça a um de vocês, americanos, que me leve para Nova York. Vou morar no Empire State Building, tomar sorvete todas as noites em restaurantes chiques e engordar.

— Posso levá-la ao Wisconsin. Você pode engordar lá.

— Ah, Wisconsin — disse ela. — Queijos e campos cheios de vacas leiteiras.

Ela agitou a mão em frente ao rosto como se o Wisconsin ficasse logo depois das árvores secas que ladeavam a estrada.

—Vacas, fazendas e Madison, a lua sobre o rio e a universidade dos Badgers. Faz frio no inverno, mas no verão há belas garotas caipiras com trancinhas e bochechas vermelhas.

Ela podia descrever qualquer estado que você quisesse, pois vários rapazes americanos em seu hospital aproveitavam para se recordar do lugar de onde vinham, frequentemente antes de morrer.

— Idaho? Lagos profundos, montanhas enormes, florestas infinitas e belas garotas caipiras com trancinhas e bochechas vermelhas.

— Nada de garota caipira para mim — eu disse.

— Você vai encontrar uma depois da guerra — disse ela.

Eu disse que, depois da guerra, pretendia escrever um livro.

Ela inclinou a cabeça.

— Que tipo de livro?

— Um romance. Sobre tudo isso. Talvez um romance engraçado.

Ela ficou séria. Escrever um livro era algo sério, disse ela; não uma piada.

—Ah, não — eu disse. — Não tenho a intenção de fazer piadas sobre a guerra. Não é a esse tipo de coisa engraçada que me refiro.

Ela perguntou que outro tipo de coisa engraçada haveria, e eu não soube o que dizer. Já estávamos avistando seu vilarejo, um grupo de casas cinzentas que cobria a colina escura à nossa frente como um chapéu.

— O tipo de coisa engraçada que deixa você triste, também — eu disse.

Ela me olhou com uma expressão curiosa, e, naquele momento, um pássaro ou um morcego saiu voando de um dos arbustos à nossa frente, e nós dois nos assustamos. Coloquei o braço ao redor do ombro de Maria. E não sei dizer como aconteceu, mas, subitamente, nós dois havíamos saído da estrada. Eu estava caído de costas e ela estava deitada sobre mim no meio de alguns limoeiros, as frutas verdes como pedras que pendiam dos galhos. Beijei seus lábios, rosto e pescoço, e ela rapidamente abriu as minhas calças e me tocou com as duas mãos, massageando-me de forma bastante experiente com uma mão macia e acariciando-me com a outra, como se houvesse lido algum manual secreto do exército sobre como executar essa manobra. E ela era excepcionalmente talentosa, muito melhor do que eu imaginei que seria. Em pouco tempo eu já estava gemendo, e ela pressionou o corpo contra mim. Senti o cheiro de limões, terra e o cheiro dela, e o mundo se desfez quando ela afastou seu corpo e me apontou diretamente para longe do seu belo vestido, como uma fazendeira direcionando um jato de leite de vaca para os limões ainda verdes, tudo acontecendo em menos de um minuto, sem que ela tivesse ao menos desfeito o laço que prendia seus cabelos.

Ela disse:

— Então é isso.

Até hoje, essas três palavras ainda são a coisa mais adorável, triste e horrível que eu já ouvi. Então é isso.

Comecei a chorar.

— O que foi? — perguntou ela.

— Meus pés doem — foi tudo o que consegui balbuciar. Mas, é claro, eu não estava chorando por causa dos meus pés. E, embora estivesse transbordando de gratidão pelo que Maria fizera, juntamente com o arrependimento, a nostalgia e o alívio que sentia por estar vivo neste ponto da minha guerra, também não era por aquelas razões que eu estava chorando. Eu chorava porque, claramente, não fui o primeiro brutamontes que Maria aliviou de maneira tão eficiente e delicada usando apenas as mãos.

Eu estava chorando porque, por trás de sua velocidade e perícia, sua técnica executada com maestria, só poderia haver uma história horrível. Essa era uma manobra aprendida após encontros com outros soldados, quando a empurraram para o chão e ela não foi capaz de saciá-los usando apenas as mãos.

Então é isso.

— Ah, Maria... — eu chorava. — Desculpe-me.

E, claramente, eu também não era o primeiro brutamontes a chorar em sua presença, porque ela sabia exatamente o que era preciso, desabotoando a parte de cima do seu vestido azul e colocando minha cabeça entre os seios, sussurrando:

— Shhh, Wisconsin, shhh — com a pele macia e doce como manteiga, tão encharcada com minhas lágrimas que chorei ainda mais intensamente, e ela disse: — Shhh, Wisconsin.

E eu enterrei o rosto entre aqueles seios como se a pele de Maria fosse a minha casa, como se o Wisconsin ficasse ali, e, até hoje, é o melhor lugar onde já estive, aquele pequeno vale marcado por costelas entre as duas colinas adoráveis. Depois de um momento eu parei de chorar e consegui recuperar um pouco da dignidade, e, cinco minutos mais tarde, depois de lhe dar todo o dinheiro e cigarros que tinha, jurar meu amor eterno e que retornaria, cambaleei vergonhosamente de volta para o meu posto de sentinela, insistindo com o meu melhor amigo, decepcionado e que viria a morrer em breve, que eu não fizera nada além de acompanhar a garota até sua casa.

Meu Deus, esta vida é uma coisa fria e frágil. E, ainda assim, é tudo o que temos. Naquela noite eu me acomodei em meu saco de dormir. Não era mais eu mesmo, mas uma casca vazia, uma carapaça.

Anos se passaram e eu ainda me vejo como uma casca vazia, ainda naquele momento, ainda no dia em que minha guerra terminou, no dia em que percebi, como deve acontecer com todos os sobreviventes, que estar vivo não é a mesma coisa que viver.

Então é isso.

Um ano mais tarde, depois de entregar a Luger ao filho de Richards, parei em um pequeno bar em Cedar Falls e tomei um dos seis milhões de drinques que bebi desde aquele dia. A garçonete me perguntou o que eu estava fazendo na cidade e eu lhe disse:

— Visitando o meu garoto.

Em seguida, ela perguntou sobre o meu filho, aquele bom garoto imaginário cujo único defeito era não existir. Eu disse que era um bom garoto, e que eu viera para lhe entregar um suvenir da guerra. Ela ficou intrigada.

— O que era? — perguntou. Que tipo de coisa importante da guerra eu trouxera para o meu filho?

Meias, eu respondi.

Mas, no fim das contas, foi isso que eu trouxe para casa da minha guerra, essa única história triste sobre como eu sobrevivi enquanto um homem melhor do que eu morreu. Como, debaixo do galho retorcido de um limoeiro em uma pequena estrada de terra nos arredores do vilarejo de R., eu recebi uma punheta gloriosa de vinte segundos de uma garota que tentava desesperadamente evitar que eu a estuprasse.

5

Uma produção de
Michael Deane

DIAS ATUAIS
HOLLYWOOD HILLS, CALIFÓRNIA

O Decano de Hollywood, vestido com pijama de seda, relaxa numa poltrona em seu terraço em estilo havaiano, bebericando uma Fresca com ginseng e observando as luzes cintilantes de Beverly Hills por cima das árvores. Sobre seu colo há um roteiro, a sequência de *Devastadores da noite* (*CENA EXTERNA EM LOS ANGELES — NOITE: Um Trans-Am preto passa em alta velocidade em frente ao Museu Getty, que está em chamas*). Sua assistente, Claire, disse que o roteiro era "pior que um monte de merda", e, embora o senso crítico dela fosse exigente demais, neste caso — considerando as margens de lucro cada vez menores nos filmes e o fracasso financeiro que foi o primeiro *Devastadores da noite* — Michael teve de concordar.

Ele admirava aquela vista havia vinte anos, e ainda assim parecia ser algo novo para ele neste fim de tarde — o sol descendo por trás das colinas pontuadas por árvores e vidraças. Michael suspira com o contentamento de um homem que voltou ao topo. É impressionante a diferença que um ano pode fazer. Pouco tempo atrás, ele parara de ver a beleza que havia naquela paisagem e em todo o resto. Começou a temer que seu fim houvesse chegado — não a morte (homens da família Deane nunca sucumbiam antes dos noventa anos), mas algo pior: a obsolescência. Estava numa terrível trajetória descendente, sem nada que se aproximasse de um sucesso havia quase uma década, e seu único crédito recente fora o primeiro *Devastadores da noite*, que, na realidade, estava mais para *des*crédito. Também sofria com o desastre que cercava seu livro de memórias, quando os advogados de sua editora declararam que a obra que queria escrever era "caluniosa", "egoísta", que os fatos ali descritos eram "impossíveis de ser verificados", e seu editor lhe enviou um *ghost-writer* para transformá-lo num estranho híbrido entre autobiografia e livro de autoajuda.

Com as possibilidades de sucesso aparentemente esgotadas, Michael estava a caminho de se tornar um dos velhos que assombram o salão de jantar do Riviera Country Club, tomando sopa e tagarelando sobre Doris Day e Darryl Zanuck. Mas o fato é que a velha magia de Deane ainda não havia se acabado. É isso que ele ama nessa cidade, suas oportunidades de negócio. Uma simples ideia, uma boa proposta e se está de volta ao jogo. Ele nem mesmo entendeu totalmente a proposta que o trouxe de volta, esse tal de Hookbook (ele apenas finge compreender todas essas coisas relacionadas à informática, blogs, tuíters e outros termos estranhos), mas percebeu, pelas reações de seu sócio de produção — e especialmente por sua assistente mal-humorada e impossível de agradar, Claire — que ali havia um enorme potencial. Assim, ele fez o que sabe fazer melhor: apresentou a proposta da melhor e mais grandiosa maneira possível.

E agora Michael Deane está de volta a todas as listas de produtores da cidade, a todas as listas de pessoas a quem roteiros e sinopses podem ser entregues. Na verdade, agora seu maior problema é o acordo restritivo que fechou com o estúdio, dando-lhes a possibilidade de ser os primeiros a analisar (e conseguir uma boa fatia dos lucros) qualquer coisa que ele fizer. Por sorte, seus advogados acreditam que há uma maneira de escapar disso também, e Michael já começou a procurar por escritórios em outros lugares. O simples fato de pensar que está de volta ao topo faz com que ele se sinta com trinta anos outra vez — uma excitante sensação de formigamento entre as pernas.

Ah, mas espere... será que isso é efeito do comprimido que tomou há uma hora? Ah, sim, aí está, fazendo efeito bem na hora: debaixo do roteiro, terminações nervosas decrépitas e células endoteliais liberam óxido nítrico no corpo cavernoso, que estimula a síntese de monofosfato cíclico de guanosina, enrijecendo as células de músculo liso bastante usadas e inundando o velho tecido esponjoso com sangue.

O roteiro se ergue em seu colo como a bandeira americana em Iwo Jima.*

— Olá, garoto.

Michael coloca o roteiro sobre a mesa, ao lado do copo de Fresca, se levanta e vai em direção à casa, em busca de Kathy.

Com as calças do pijama de seda estufadas, Michael arrasta os pés enquanto passa ao lado da piscina decorada com cascatas, do tabuleiro de xadrez com peças de tamanho humano, o tanque de carpas, a bola de pilates e o tapete de ioga de Kathy e a porta de ferro que leva até a mesa de café da manhã a céu aberto em estilo toscano. Ele avista a esposa número 4 pela porta aberta da cozinha, usando calças de ioga e camiseta justa. Admira o efeito incrível e protuberante de seu recente investimento nela, as próteses de silicone viscoso de alta tecnologia implantadas em suas cavidades retromamárias, para que a contratura capsular e as cicatrizes fossem mínimas, entre o tecido mamário e os músculos peitorais, substituindo os velhos seios de silicone, já meio caídos.

É uma delícia.

Kathy sempre lhe diz que ele não deve andar arrastando os pés — *Faz com que você pareça ter cem anos* — e Michael se lembra de levantá-los. Ela acaba de se virar de costas quando ele entra na cozinha pela porta deslizante.

— Com licença, senhorita — diz à esposa, posicionando-se de forma que ela possa ver a barraca armada nas calças do pijama. — Foi você que pediu a pizza de calabresa?

Mas ela está com aqueles fones de ouvido infernais, e não o viu nem ouviu — ou talvez esteja apenas fingindo que não o notou. Quando as coisas estavam no pior ponto, nos últimos dois anos, Michael sentiu um ar de desprezo emanando dela, uma paciência similar à de uma enfermeira de plantão. Kathy chegou ao ponto mágico onde tem "metade da idade dele" — ela com trinta e seis e ele com setenta e dois —, e Michael

---

* Referência a uma das fotografias mais icônicas da Segunda Guerra Mundial, que retrata um grupo de soldados americanos fincando a bandeira do país no solo do monte Suribachi, após a conquista da ilha de Iwo Jima. (N. do T.)

já vinha fazendo uma carreira tardia em conquistar mulheres com trinta e poucos anos. É um escândalo quando um homem da sua idade pega alguém na casa dos vinte, mas ninguém dá a mínima quando a mulher passou dos trinta; nesse caso, você pode ter cem anos, namorar uma mulher de trinta e ainda parecer respeitável. Infelizmente, Kathy também é onze centímetros mais alta do que ele, e isso é o verdadeiro e insolúvel problema; às vezes, ele visualiza uma imagem desagradável em sua mente enquanto fazem amor, imaginando-se como um duende tarado que corre apressadamente pelas colinas que formam a paisagem dela.

Ele dá a volta no balcão e se posiciona de modo que ela possa ver a agitação nas calças do pijama. Ela ergue os olhos, depois os abaixa e finalmente os ergue mais uma vez. Tira os fones de ouvido.

— Oi, querido. Tudo em cima?

Antes que ele possa responder o óbvio, o telefone de Michael vibra, agitando-se no balcão entre eles. Kathy empurra o telefone na direção dele, e, se não fosse pelo auxílio do medicamento, sua falta de interesse poderia colocar a condição de Michael em perigo.

Ele verifica o número no identificador de chamadas. Claire? Às quatro e quarenta e cinco da tarde em uma Sexta-Feira das Propostas Malucas — o que poderia ser? Sua assistente é incrivelmente esperta — e ele tem a crença supersticiosa de que talvez ela tenha uma qualidade rara: a sorte —, mas ela faz com que a própria vida seja muito dura. Tudo é motivo de angústia para a garota, que está constantemente se medindo: suas expectativas, seu progresso, seu senso de valor. Michael chegou até a desconfiar de que ela está procurando outro emprego — ele tem uma espécie de sexto sentido para essas coisas —, e essa provavelmente é a razão pela qual ele ergue um dedo para Kathy e atende a ligação.

— O que foi, Claire?

Ela divaga, conversa e ri. *Meu Deus*, pensa ele. *Essa garota, com seu indefectível gosto refinado, sua aparência de alguém que já viu tudo que o mundo tinha a oferecer e seu cinismo fajuto*. Ele sempre a adverte sobre o cinismo — é algo tão frágil quanto um terno de oitenta dólares. Ela é uma excelente leitora, mas não tem a clareza e a frieza necessárias para trabalhar como produtora. *Eu não morro de amores por isso*, diz ela a respeito de uma ideia, como se o amor tivesse algo a ver com o assunto. Danny, o sócio produtor de Michael, chama Claire de *o Canário* — como os canários que os mineradores levavam consigo para as minas — e, em tom de piada, sugere que eles a usem como um parâmetro de qualidade às avessas: "Se o Canário gostar da proposta, nós a recusamos". Por exemplo, embora admitisse que a ideia do Hookbook tivesse um ótimo potencial, ela implorou a Michael que não produzisse o programa. (Claire: "Depois de todos os filmes que você produziu, será que esse é realmente o tipo de coisa pela qual quer se tornar conhecido?" Michael: "O dinheiro que vou ganhar com isso é o tipo de coisa pela qual quero me tornar conhecido".)

Ao telefone, Claire está em seu pior momento de resmungos e justificativas, tagarelando sobre a Sexta-Feira das Propostas Malucas, sobre um velho italiano e um escritor que sabe falar esse idioma, e Michael tenta interrompê-la.

— Claire...

Mas a garota não para nem para tomar fôlego.

— Claire — diz ele novamente, mas sua assistente não deixa que ele a interrompa.

— O cara da Itália está procurando por uma velha atriz, alguém chamada — e Claire pronuncia um nome que momentaneamente arranca o fôlego de Michael: — Dee Moray.

Michael sente as pernas fraquejarem. O telefone cai de sua mão direita sobre o balcão enquanto os dedos da mão esquerda procuram um lugar onde possam se apoiar; apenas os reflexos rápidos de Kathy o impedem de se espatifar no chão, de possivelmente bater a cabeça no balcão e empalar-se na própria ereção.

— Michael! Você está bem? — pergunta Kathy. — Está tendo outro derrame?

Dee Moray.

Então é assim que os fantasmas são, pensa Michael. Não são figuras corpóreas esbranquiçadas que assombram seus sonhos, mas velhos nomes ouvidos no telefone celular.

Ele afasta a esposa e pega o telefone de cima do balcão.

— Não é um derrame, Kathy. Me solte.

Ele se concentra em tentar respirar. Um homem raramente vê a vida passar diante dos olhos. Mas aqui está Michael Deane, com sua ereção artificial estimulada por medicamentos estufando seu pijama de seda na cozinha aberta de sua casa em Hollywood Hills, segurando um telefone ao ouvido e falando ao longo de cinquenta anos.

— Não saia daí. Estou a caminho.

A primeira impressão que alguém tem de Michael Deane é que ele é um homem feito de cera, ou que talvez tenha sido embalsamado prematuramente. Depois de todos esses anos, é quase impossível rastrear a sequência de plásticas faciais, tratamentos em spas, banhos de lama, procedimentos estéticos, *liftings*, implantes de colágeno, retoques em clínicas, bronzeamentos artificiais, injeções de Botox, remoção de cistos e tumores e injeção de células-tronco que fizeram com que um homem de setenta e dois anos tivesse o rosto de uma garota filipina de nove anos.

Basta dizer que, ao conversarem com Michael pela primeira vez, muitas pessoas o encaram, boquiabertas, incapazes de desviar os olhos de seu rosto reluzente e vagamente parecido com algo vivo. Às vezes inclinam a cabeça para tentar encontrar um ângulo de visualização melhor, e Michael confunde essa fascinação mórbida com atração, respeito ou surpresa pelo fato de que alguém da sua idade tenha uma aparência tão boa. E é essa compreensão errônea que faz com que ele aja de maneira ainda mais agressiva na sua luta contra o envelhecimento. Não é apenas o fato de que ele parece mais jovem a cada ano; isso é comum demais nesta cidade. É como se, de alguma forma, ele estivesse se transformando, evoluindo para um tipo totalmente diferente de criatura, e essa transformação desafia qualquer tentativa de explicação. Tentar visualizar a aparência que Michael Deane tinha há cinquenta anos, quando foi à Itália, baseado em sua aparência recente, é como ficar em Wall Street tentando entender a topografia da ilha de Manhattan antes da chegada dos holandeses.

Quando o homem estranho se aproxima, arrastando os pés, Shane Wheeler não consegue fazer com que sua mente aceite que aquele duende reluzente seja o famoso Michael Deane.

— Esse aí é...

— Sim — diz Claire, sucintamente. — Tente não ficar reparando.

Mas aquilo era como mandar alguém permanecer seco durante uma tempestade. Sobretudo porque ele anda arrastando os pés — a contradição é enorme, como se o rosto de um garoto tivesse sido implantado no corpo de um homem à beira da morte. Ele se veste de maneira estranha, também — com calças de pijama de seda e um paletó longo de lã que cobre a maior parte do tronco. Se Shane não soubesse que aquele era um dos produtores mais famosos de Hollywood, presumiria que o homem à sua frente havia fugido de um manicômio.

— Obrigado por telefonar, Claire — diz Michael Deane ao se aproximar. Ele aponta para a porta do escritório. — O italiano está ali?

— Sim — diz ela. — Dissemos a ele que não demoraríamos a voltar.

Claire nunca vira Michael tão abalado; ela tenta imaginar o que poderia ter acontecido entre os dois para afetar Michael daquela maneira, para ligar quando ainda estava no carro e pedir que Claire e "o tradutor" o esperassem do lado de fora, para que ele tivesse alguns minutos antes de ver Pasquale.

— Depois de todos esses anos — diz Michael. Ele geralmente fala frases curtas e rápidas, como um gângster apressado da década de 1940. Mas agora sua voz parece estrangulada, inquieta, embora sua expressão continue incrivelmente neutra e plácida.

Claire dá um passo à frente e toma o braço de Michael.

— Você está bem, Michael?

— Estou ótimo — diz ele. E é somente neste momento que ele olha para Shane. — Você deve ser o tradutor.

— Ah. Bem, eu estudei em Florença durante um ano, então falo um pouco de italiano. Mas, na verdade, sou escritor. Vim aqui para apresentar a proposta de um filme. Shane Wheeler, lembra-se?

Não há sinal no rosto de Michael indicando que ele percebe que Shane está falando inglês.

— De qualquer forma, é um prazer conhecê-lo, sr. Deane. Adorei o seu livro.

Michael se arrepia quando Shane menciona sua autobiografia, a mesma que seu editor e o *ghost-writer* transformaram em um manual sobre como apresentar uma proposta para um filme em Hollywood. Ele volta a se concentrar em Claire.

— O que o italiano falou... exatamente?

— Como eu lhe disse ao telefone — responde Claire. — Quase nada.

Michael Deane olha mais uma vez para Shane, como se Claire tivesse deixado passar algo na tradução.

— Bem — diz Shane, olhando para Claire. — Ele disse apenas que conheceu o senhor em 1962. E nos contou sobre uma atriz que foi até a cidade onde ele morava, Dee...

Michael ergue a mão para impedir que Shane diga o nome completo. Ele volta a olhar para Claire para que ela continue, para que ele consiga encontrar algumas respostas nesse relato verbal.

— No início, eu achei que ele estava apresentando a proposta para uma história sobre essa atriz na Itália. Disse que ela estava doente. E eu perguntei o que ela tinha.

— Câncer — diz Michael Deane.

— Sim, foi o que ele disse.

— Ele quer dinheiro?

— Não disse nada sobre dinheiro. Disse que queria encontrar essa atriz.

Michael corre os dedos pelos cabelos loiros, artificialmente implantados e entrelaçados. Indica o escritório com um movimento de cabeça.

— Ele está ali dentro?

— Sim. Eu disse a ele que viria buscar você. Michael, o que está acontecendo?

— O que está acontecendo? Tudo está acontecendo. — Ele olha Claire de cima a baixo, da cabeça até os calcanhares. — Você sabe qual é o meu verdadeiro talento, Claire?

Ela não consegue imaginar uma resposta satisfatória para aquele tipo de pergunta, mas, felizmente, Michael não espera por uma resposta.

— Eu percebo o que as pessoas querem. Tenho uma espécie de visão de raio X para os desejos. Pergunte a um rapaz qualquer o que ele quer assistir na TV e ele dirá: um noticiário. Ópera. Filmes estrangeiros. Mas coloque um aparelho em sua casa, e a que ele assiste? Boquetes e batidas de carro. Isso significa que o país está cheio de mentirosos pervertidos? Não. Eles desejam querer notícias e ópera. Mas não é isso que *querem*. Quando eu olho para alguém — diz ele, apertando os olhos enquanto observa as roupas de Claire novamente —, percebo imediatamente o seu desejo, o que a pessoa realmente quer. Um diretor diz que não vai aceitar um trabalho e insiste que não o está recusando pelo dinheiro; eu lhe consigo mais dinheiro. Um ator diz que quer trabalhar nos Estados Unidos para ficar perto da família, então eu lhe consigo um emprego no exterior para que ele possa escapar da família. Esse talento me serviu bem por quase cinquenta anos...

Michael não conclui a frase. Ele inspira profundamente e sorri para Shane, como se acabasse de lembrar que ele estava ali.

— Essas histórias sobre pessoas que vendem a alma... você não as entende realmente até ficar um pouco mais velho.

Claire está embasbacada. Michael nunca filosofa dessa maneira, nunca descreve a si mesmo como "velho" ou "mais velho". Se existe algo de notável em Michael, como Claire diria uma hora antes, é que, para alguém com uma história tão rica, ele nunca olha para trás, nunca menciona as estrelas com quem se envolveu ou os filmes que fez, nunca se questiona, nunca lamenta as mudanças constantes da cultura, a morte dos filmes, o tipo de coisas sobre as quais ela e todas as outras pessoas vivem reclamando o tempo todo. Ele ama o que a cultura ama, sua velocidade incrível, sua promiscuidade insensível, sua capacidade cada vez mais forte de ficar cada vez mais superficial; para ele, a cultura nunca pode ser responsabilizada por nada de errado. Nunca se renda ao cinismo, é o que Michael sempre lhe diz; acredite em tudo. Ele é um tubarão nadando implacavelmente adiante em meio à cultura, rumo ao futuro. E, mesmo assim, aqui está ele agora, com o olhar perdido, como se estivesse olhando diretamente para o passado, um homem abalado por algo que aconteceu há cinquenta anos. Ele respira fundo e indica o escritório com um aceno de cabeça.

— Certo — diz ele. — Estou pronto. Vamos lá.

Pasquale Tursi estreita os olhos e encara Michael Deane fixamente. Será possível que este seja o mesmo homem? Eles estão sentados no escritório de Michael. Michael se esgueira facilmente por trás de sua escrivaninha; Pasquale e Shane estão no sofá, e Claire, em uma cadeira que arrastou até ali. Michael continua com seu pesado paletó, e seu rosto está plácido, mas ele se retorce um pouco, desconfortável na própria cadeira.

— É bom vê-lo novamente, meu amigo — diz Michael a Pasquale, mas soa como se tivesse um leve toque de insinceridade. — Já faz muito tempo.

Pasquale simplesmente concorda com um movimento de cabeça. Em seguida, vira-se para Shane e pergunta discretamente:

— *Sta male?*

— Não — diz Shane, e tenta pensar como dirá a Pasquale que Michael Deane não está doente, e que, em vez disso, passou por vários procedimentos e cirurgias.

— *Molto... ah... ambulatori.*

— O que você disse a ele? — pergunta Michael.

— Ele, ah... disse que o senhor está com uma aparência ótima, e eu lhe disse que o senhor se cuida muito bem.

Michael o agradece, e depois pede a Shane:

— Pergunte se ele veio buscar dinheiro.

Pasquale fica inquieto ao ouvir a palavra *dinheiro*. Parece levemente ofendido.

— Não. Eu venho... encontrar... Dee Moray.

Michael Deane assente, com uma expressão de dor no rosto.

— Não faço ideia de onde ela esteja — diz. — Lamento.

Em seguida, ele olha para Claire, como se pedisse ajuda.

— Pesquisei no Google — diz Claire. — Tentei diferentes formas de grafar o nome dela, procurei na lista do elenco de *Cleópatra* no IMDb. Não encontrei nada.

— Imagino — diz Michael, mordendo o lábio inferior. — Nem haveria nenhuma informação. Não era o seu nome verdadeiro.

Ele esfrega o rosto sem rugas novamente, observa Pasquale e olha para Shane.

— Por favor, traduza para mim. Diga-lhe que lamento pela maneira como me comportei naquela época.

— *Lui è dispiaciuto* — diz Shane.

Pasquale assente discretamente, reconhecendo as palavras, embora não as aceite. Seja lá o que aconteceu entre esses dois homens, pensa Shane, foi muito profundo. Logo depois, há um zumbido e Claire leva seu celular ao ouvido. Ela atende e diz calmamente ao aparelho:

— Você mesmo terá que ir buscar seu frango.

Os três homens a observam. Ela encerra o telefonema com um clique.

— Desculpem — diz ela, abrindo a boca para explicar, mas decide ficar em silêncio.

Michael volta a olhar para Pasquale e Shane.

— Diga a ele que vou encontrá-la. É o mínimo que eu posso fazer.

— *Egli vi aiuterà a...* hum... *trovarla.*

Pasquale simplesmente concorda com a cabeça outra vez.

— Diga que pretendo fazer isso imediatamente, que considero uma honra poder ajudá-lo e uma oportunidade de me redimir, completar o ciclo de coisas ao qual dei início há tantos anos. E, por favor, diga que nunca tive a intenção de magoar ninguém.

Shane esfrega a testa, e seu olhar vai de Michael a Claire.

— Não tenho certeza sobre... digo... bem... *Lui vuole fare il bene.*

— Só isso? — diz Claire. — Ele disse cinquenta palavras. Você disse umas quatro, eu acho.

Shane sente a alfinetada.

— Eu já lhe disse, não sou tradutor. Não sei como dizer tudo aquilo; eu disse apenas que *Ele quer fazer as coisas do jeito certo agora.*

— Não, você tem razão — diz Michael. Ele olha para Shane com admiração, e, por um momento, Shane imagina que vai conseguir transformar esse trabalho de tradução em um contrato para escrever o roteiro de um filme.

— É exatamente isso que eu quero fazer — diz Michael. — Quero fazer as coisas do jeito certo. Sim.

Em seguida, Michael olha para Claire.

— Esta é a nossa prioridade agora, Claire.

Shane observa tudo aquilo com fascinação e descrença. Nesta manhã, ele estava sentado no porão da casa dos seus pais; agora, está no escritório de Michael Deane (*no escritório de Michael Deane!*) enquanto o lendário produtor cospe ordens para a sua assistente de desenvolvimento. Nas palavras do profeta Mamet, *Aja como se...* Jogue de acordo com as regras do jogo. Tenha confiança e o mundo responderá à sua confiança, recompensará a sua fé.

Michael Deane puxa um velho conjunto de cartões Rolodex de uma escrivaninha e começa a girá-lo enquanto conversa com Claire.

— Vou ligar para Emmett Byers para que ele comece a trabalhar imediatamente nisso. Pode mandar o sr. Tursi e o tradutor para um hotel?

— Escute — diz Shane Wheeler, chegando até mesmo a se surpreender. — Eu já lhe disse. Não sou tradutor. Sou escritor.

Todos os presentes se viram em sua direção, e, por um momento, Shane questiona sua determinação, recorda o período ruim pelo qual acabou de passar. Antes disso, Shane Wheeler sempre soube que estava destinado a fazer coisas grandiosas. Todo mundo lhe dizia isso — não somente os seus pais, mas alguns estranhos também —, e, embora ele não houvesse superado as expectativas na faculdade, na Europa e nas escolas onde cursou a pós-graduação (tudo financiado pelos pais, como Saundra adorava recordar), ele nunca duvidou que seria um sucesso.

Mas, durante o colapso do seu breve casamento, Saundra (e o desprezível conselheiro matrimonial que claramente deu razão a ela) descreveu uma situação muito diferente: um garoto cujos pais nunca disseram não, que nunca exigiram que cuidasse de tarefas domésticas ou arranjasse um emprego, que sempre se envolviam na situação quando ele se encrencava (exemplo 1: quando ele se envolveu com a polícia no México durante as férias), que o apoiaram financeiramente até muito tempo depois de não terem mais essa obrigação. Aqui estava ele, com quase trinta anos, e nunca tivera um emprego de verdade. Aqui estava ele, sete anos depois de se formar, dois anos depois do mestrado, casado — e sua mãe ainda lhe mandava uma mesada para comprar roupas? (*Ela* gosta *de comprar minhas roupas*, argumentava Shane. *Não acha uma crueldade forçá-la a parar de fazer isso?*)

Naquele maldito último mês do seu casamento — durante o qual ele teve a sensação de que sua masculinidade estava sendo submetida a uma autópsia dolorosa —, Saundra tentou fazer com que ele se sentisse "melhor" ao insistir que nem tudo foi culpa dele; ele fazia parte de uma geração arruinada de rapazes superprotegidos pelos pais — especialmente pelas mães —, criados com uma autoestima que não se esforçaram para desenvolver, em uma bolha de afeição exagerada, em uma triste incubadora de conquistas de araque.

Homens como você nunca tiveram que lutar, então você não tem nenhum espírito de luta dentro de si, dizia ela. *Homens como você crescem flácidos e fracos*, dizia ela. *Homens como você são frangotes criados a leite e suco de pera.*

E o que Shane, criado com tudo do bom e do melhor, fez a seguir serviu apenas para provar aquele argumento: depois de uma discussão particularmente acalorada, quando Saundra saiu para trabalhar, ele abandonou a casa, pegando o carro que compraram com economias conjuntas e dirigiu em direção à Costa Rica para trabalhar em uma fazenda de café, depois de conversar com alguns amigos. Mas o carro quebrou no México, e Shane — sem dinheiro e sem carro — voltou para Portland e se mudou para a casa dos pais.

Desde então ele se arrependeu do seu comportamento e se desculpou com Saundra, chegando até mesmo a mandar-lhe cheques em intervalos irregulares para compensar o dinheiro que ela havia investido na compra do carro (dinheiro que ele ganhava como presente de aniversário dos pais, geralmente) e prometendo que, em breve, a ressarciria por completo.

A parte mais dolorosa do comentário de Saundra sobre ser um frangote mimado (como ele começou a encarar aquilo) não era a sua verdade intrínseca, algo inegável. Sim, ela tinha razão: ele percebia aquilo. A pior coisa era não ter percebido aquilo *antes*. Como a própria Saundra disse, incrédula: *Eu acho que você realmente acredita nas besteiras que diz.* E era verdade. Ele acreditava nas besteiras que dizia. E agora, depois que ela expôs tudo... ele realmente não acreditava.

Durante os primeiros meses do divórcio, Shane sentiu-se vazio e sozinho em meio à sua humilhação. Sem sua velha confiança nos próprios talentos que se desenvolviam de maneira lenta e constante, Shane estava sem rumo, à deriva, e afundou em meio às ondas da depressão.

E é por isso — ele percebe agora — que precisa tirar o máximo que puder desta segunda chance, sair para o mundo e provar que AJA não era apenas um lema ou uma tatuagem, uma fantasia infantil, mas a verdade. Ele não é um frangote. É um touro, um homem determinado, um vencedor.

Shane respira fundo no escritório da Michael Deane Produções, olha para Claire Silver, depois para Michael Deane e volta a encarar a assistente de desenvolvimento, e, com toda a velha confiança inspirada por Mamet que consegue reunir, diz:

— Vim aqui para apresentar uma proposta para um filme. E não vou traduzir mais nenhuma palavra até que a ouçam.

6

As pinturas na caverna

ABRIL DE 1962
PORTO VERGOGNA, ITÁLIA

A trilha estreita era entalhada na face do penhasco como a decoração de um bolo de casamento, uma série de volteios ziguezagueando o íngreme paredão atrás da vila. Pasquale caminhou cuidadosamente ao longo da velha trilha de cabras, sempre olhando para trás para se certificar de que Dee estava atrás dele. Perto do topo, a trilha fora desbastada pelas fortes chuvas do inverno do ano, e Pasquale estendeu o braço para pegar na mão quente de Dee conforme a trilha se abria em um trecho de rocha nua. Na última curva, um improvável bosque de laranjeiras fora plantado na lateral do penhasco — seis árvores retorcidas, três de cada lado, presas aos rochedos com arame para evitar que o vento as derrubasse montanha abaixo.

— Falta só mais um pouco — disse Pasquale.

— Estou bem — disse ela, e seguiram pela última parte da trilha. O rebordo do penhasco estava logo acima deles agora; Porto Vergogna era visível sob as rochas, sessenta metros abaixo deles em trajetória vertical.

— Você se sente mal? Parar ou continuar? — perguntou Pasquale por cima do ombro. Estava começando a se acostumar a falar inglês de novo.

— Não, vamos continuar. É bom fazer essas caminhadas.

Finalmente, eles chegaram ao topo da colina e pararam em uma protuberância acima da vila, com o despenhadeiro logo abaixo de seus pés

— o vento soprava, o mar pulsava e a espuma das águas se enrodilhava em torno dos rochedos mais abaixo.

Dee estava perto da borda, tão frágil que Pasquale sentiu o impulso de agarrá-la, de impedir que fosse levada pelo vento.

— É lindo, Pasquale — disse ela. O céu estava limpo sobre algumas poucas nuvens, o azul-claro contra o mar escuro.

No topo dos penhascos, as trilhas cruzavam as colinas, se estendendo e se entrecruzando em várias direções. Ele apontou para uma trilha na direção noroeste, mais acima no litoral.

— Deste lado, Cinque Terre.

Em seguida, apontou para o leste, atrás dele, sobre as colinas em direção à baía.

— Deste lado, Spezia.

Finalmente, virou-se para o sul e mostrou-lhe a trilha que iriam seguir; ela marcava as colinas por mais um quilômetro antes de voltar a mergulhar no vale escarpado e desabitado ao longo da orla marítima.

— Portovenere fica para lá. É fácil no começo, mas depois é difícil. Somente para as cabras, a trilha de Venere.

Ela seguiu Pasquale na parte mais fácil, uma série de curvas para cima e para baixo, seguindo os contornos dos penhascos íngremes. Os penhascos que tocavam o mar foram esculpidos pela ação das ondas, mas aqui, no topo, o terreno era menos acidentado. Mesmo assim, Dee e Pasquale tiveram de se segurar em árvores de troncos finos e retorcidos e em trepadeiras para conseguir descer as colinas íngremes e subir pelos rochedos protuberantes. No topo de uma encosta rochosa, Dee parou em frente aos restos de alicerces de pedra, ruínas da época do império romano desgastadas pelo tempo e pelo vento até que se parecessem com dentes envelhecidos.

— O que era isso? — perguntou ela, afastando o mato que recobria a pedra lisa.

Pasquale deu de ombros. Por mais de mil anos, exércitos usavam lugares como aquele para vigiar o mar. Havia tantas ruínas ali em cima que Pasquale quase não as notava mais. E pensar que aquilo era tudo que restara de um império; que tipo de marca um homem como ele poderia deixar? Uma praia? Uma quadra de tênis ao lado de um paredão de rocha?

— Venha — disse ele. — Falta pouco agora.

Eles caminharam por mais cinquenta metros e Pasquale apontou para o lugar onde a trilha começava a descer em direção a Portovenere, que ainda ficava a mais de um quilômetro. Em seguida, pegando Dee pela mão, Pasquale deixou a trilha e subiu por entre alguns rochedos, abrindo caminho pela vegetação — até chegarem a um ponto com uma vista estonteante do litoral em ambas as direções. Dee suspirou.

— Venha — disse Pasquale novamente, e desceu por uma escarpa na rocha. Depois de uma breve hesitação, Dee o seguiu, e eles chegaram ao lugar que ele queria mostrar a ela — uma pequena abóbada de concreto da mesma cor que as rochas e os penhascos ao seu redor. Somente a sua uniformidade e as três frestas retangulares para metralhadoras indicavam que a estrutura fora construída por homens; um *bunker* reforçado para proteger soldados, herança da Segunda Guerra Mundial.

Pasquale ajudou-a a subir até o topo da estrutura, observando o vento que dançava em seus cabelos.

— Isso é da época da guerra? — perguntou ela.

— Sim — disse Pasquale. — Por toda parte, a guerra. Era para ver os navios.

— E houve combates aqui?

— Não — disse Pasquale, indicando os penhascos atrás deles. — Muito...

Ele franziu a testa. Queria dizer *solitário* outra vez, mas aquela não era realmente a melhor palavra.

— *Isolato?* — perguntou ele, em italiano.

— Isolado?

— *Sì*, sim — sorriu Pasquale. — A única guerra aqui é quando rapazes atiram em barcos.

O concreto do *bunker* fora espalhado pelos rochedos atrás dele, de modo que não fosse visível de cima e parecesse apenas mais uma rocha se visto de baixo. Projetando-se da beirada do penhasco, o *bunker* tinha três janelas horizontais abertas. Dentro dele, havia uma estrutura para a instalação de uma metralhadora sobre um eixo, com visão de duzentos e oitenta graus da enseada escarpada de Porto Vergogna a noroeste, e, além daquilo, o litoral rochoso e os penhascos menos drásticos por trás de Riomaggiore, o último vilarejo da região de Cinque Terre. Mais ao sul, as montanhas recuavam até a vila de Portovenere, e, mais adiante, a ilha de Palmaria. Em ambos os lados o mar espumava contra as pontas pedregosas, e os paredões íngremes se erguiam até serem encimados por manchas verdes de pinheiros, agrupamentos de árvores frutíferas e os limites dos primeiros vinhedos de Cinque Terre. O pai de Pasquale costumava dizer que os antigos acreditavam que aquele litoral era o fim do mundo achatado.

— É lindo — disse ela, em pé no topo do *bunker* abandonado.

Pasquale ficou feliz ao perceber que ela gostava do lugar.

— É um bom lugar para pensar, sim?

Ela retribuiu o sorriso.

— E no que você pensa aqui em cima, Pasquale?

Uma pergunta muito estranha; no que alguém pensa quando está em qualquer lugar? Quando era criança, ele imaginava o resto do mundo quando subia até ali. Agora, geralmente, pensava no seu primeiro amor, Amedea, que deixara em Florença. Relembrava o último dia que passaram juntos e imaginava se poderia ter dito algo mais a ela. Mas, ocasionalmente, seus pensamentos eram de um tipo diferente, pensamentos sobre o tempo e sobre o seu lugar no mundo — pensamentos enormes e silenciosos, difíceis de expressar em italiano, e mais ainda em inglês. Mas, mesmo assim, ele queria tentar.

— Eu penso... todas as pessoas no mundo... e eu sou somente um, sim? — disse Pasquale. — E, às vezes... eu vejo a lua daqui... sim, é para todos... todas as pessoas olham para uma lua. Sim? Aqui, em *Firenze*, na América. Para todas as pessoas, todo o tempo, a mesma lua, sim?

Ele via a bela Amedea olhando para a lua pela estreita janela da casa da família dela em Florença.

— Às vezes, esta mesma lua é boa. Mas, às vezes... mais triste. Sim?

Ela o observou por um momento, enquanto processava a informação.

— Sim — disse ela, finalmente. — Também acho que é assim.

E estendeu o braço, apertando a mão de Pasquale.

Ele se sentia exausto por tentar falar inglês, mas contente por haver comunicado algo abstrato e pessoal após dois dias de "Como está o quarto?" e "Mais sabão?"

Dee observou o litoral; Pasquale sabia que ela esperava ver o barco de Orenzio e garantiu que seriam capazes de avistar a embarcação daquele ponto. Ela se sentou, ergueu os joelhos até o peito, olhando fixamente na direção nordeste, onde o solo era melhor do que na rochosa Porto Vergogna, e os penhascos inclinados estavam marcados por fileiras paralelas de parreiras.

Pasquale apontou na direção da sua vila.

— Vê aquela rocha? Eu construo uma quadra de tênis lá.

Ela ficou perplexa.

— Onde?

— Lá.

Eles haviam andado cerca de meio quilômetro para o sul, e ele não conseguia ver nada além do agrupamento de rochedos além da vila.

— Será um tênis *primo*.

— Espere. Você vai fazer uma quadra de tênis... no meio dos penhascos?

— Para fazer com que meu hotel seja *destinazione primaria*, sim? Muito luxo.

— Acho que não consigo ver onde você vai fazer essa quadra de tênis.

Ele se aproximou um pouco mais e estendeu o braço, e ela pressionou o rosto contra o ombro dele para olhar por cima de seu braço, por cima do dedo indicador, para ter certeza de que estava vendo o lugar certo. Pasquale sentiu uma descarga de eletricidade no ombro, no local onde o rosto dela tocou, e perdeu o fôlego novamente. Presumira que sua educação romântica, cortesia de Amedea, lhe tirara o velho nervosismo que costumava sentir quando estava perto das garotas — mas ali estava ele, tremendo feito criança.

Ela estava incrédula.

— Você vai construir uma quadra de tênis ali?

— Sim. Eu vou deixar as rochas... chatas — disse ele. Lembrou-se da palavra em inglês: — Escoras, sim? Será muito famosa. Melhor tênis no Levante, quadra *numero uno* erguendo-se do mar.

— Mas as bolas de tênis não vão... cair montanha abaixo?

Ele olhou para ela, depois para os rochedos e depois de volta para ela, imaginando se ela conhecia o jogo.

— Não. Os jogadores batem na bola — disse ele, erguendo as mãos. — Deste lado e do outro.

— Sim, mas quando erram...

Pasquale simplesmente a observou.

— Já jogou tênis alguma vez, Pasquale?

Esportes, eis um assunto delicado. Embora Pasquale fosse alto para os padrões de sua família, com mais de um metro e oitenta, nunca participara de nenhuma atividade esportiva durante sua infância em Porto Vergogna. Durante muito tempo, a vergonha que sentia por isso estava à frente das suas inseguranças.

— Vi muitas fotos — disse ele. — Peguei as medidas em um livro.

— Quando o jogador que estiver do lado do mar errar a rebatida... as bolas não vão voar na direção do mar?

Pasquale esfregou o queixo e considerou a hipótese.

Ela sorriu.

— Talvez você possa colocar algumas cercas altas.

Pasquale observou o mar, imaginando a superfície da água coberta por bolas de tênis amarelas boiando.

— Sim — disse ele. — Uma cerca. Sim, é claro.

Ele era um imbecil.

— Tenho certeza de que será uma quadra maravilhosa — disse ela, e voltou a observar o mar.

Pasquale olhou para o perfil esguio de Dee, o vento fazendo o cabelo dela esvoaçar.

— O homem que virá até aqui hoje, você está apaixonada por ele?

Pasquale ficou surpreso por fazer aquela pergunta, e, quando ela se virou para encará-lo, ele baixou os olhos.

— Espero... que não se ofenda com a pergunta.

— Ah, claro que não — disse ela, respirando fundo e exalando o ar. — Infelizmente, acho que estou, sim. Mas não deveria. Não é o tipo de homem por quem alguém deveria se apaixonar.

— E... ele está apaixonado?

— Ah, sim — disse ela. — Apaixonado por si mesmo.

Levou um segundo até Pasquale compreender aquilo, mas ele se divertiu muito com aquela piada.

— Ah, sim — disse ele. — Muito engraçado.

Outra lufada de vento agitou os cabelos de Dee, e ela os pressionou contra a cabeça.

— Pasquale, eu li a história que encontrei no meu quarto, daquele escritor americano.

— O livro... é bom, sim?

A mãe de Pasquale nunca gostou de Alvis Bender tanto quanto ele e seu pai. Se o homem era um escritor tão brilhante, dizia ela, por que escreveu um único capítulo em oito anos?

— É triste — disse Dee, e levou a mão ao peito. Pasquale não conseguia desviar os olhos daqueles belos dedos abertos logo acima dos seios de Dee Moray.

— Lamento — disse ele, limpando a garganta — que você tenha encontrado essa história triste no meu hotel.

— Ah, não, é muito boa — disse ela. — Tem um tipo de melancolia que fez eu me sentir menos sozinha em minha própria melancolia. Consegue compreender?

Pasquale assentiu, sem muita convicção.

— O filme no qual eu estava trabalhando, *Cleópatra*, é sobre o poder destrutivo que o amor pode ter. Mas talvez todas as histórias sejam sobre esse mesmo assunto — completou ela, tirando a mão de cima do peito. — Pasquale, você já se apaixonou?

Ele sentiu um calafrio.

— Sim.

— Qual era o nome dela?

— Amedea — disse ele, e imaginou há quanto tempo ele não dizia *Amedea* em voz alta; ficou maravilhado com o poder que tinha aquele simples nome.

— Você ainda a ama?

Entre todas as dificuldades envolvidas em falar outro idioma, aquela era a pior.

— Sim — disse Pasquale, finalmente.

— Por que não está com ela?

Pasquale expirou, surpreso com a sensação na base de suas costelas. Por fim, declarou:

— Não é simples, não é?

— Não — disse ela, e olhou em direção a uma porção de nuvens brancas que começava a surgir no horizonte. — Não é simples.

— Venha. Mais uma coisa.

Ele foi até o canto oposto, onde o *bunker* se unia aos rochedos irregulares da frente do penhasco. Afastou alguns galhos e pedras, revelando um buraco retangular e estreito no teto de concreto. Enfiou-se no buraco. Quando desceu até a cintura para dentro do *bunker*, olhou para cima e percebeu que Dee ainda estava imóvel.

— É seguro — disse Pasquale. — Venha.

Ele se deixou cair para dentro do *bunker*, e, um momento depois, Dee Moray se esgueirou para dentro do buraco estreito e caiu ao seu lado.

Estava escuro dentro daquele lugar. O ar cheirava a mofo, e, nos cantos, eles precisavam se abaixar para não bater a cabeça no teto de concreto. As únicas luzes entravam pelas janelas por onde a metralhadora podia atirar, que, no início da manhã, projetavam retângulos distorcidos de luz sobre o piso do lugar.

— Veja — disse Pasquale. Ele tirou uma caixa de fósforos do bolso, acendeu um deles e o segurou em frente às paredes de concreto na parte de trás do *bunker*.

Dee andou na direção do brilho tremeluzente do fósforo. A parede estava coberta de pinturas, cinco afrescos imaculadamente retratados no concreto, um ao lado do outro, compondo uma galeria tosca na parede. Pasquale acendeu outro fósforo e o entregou a ela, e Dee se aproximou ainda mais. O artista pintara o que pareciam ser molduras de madeira ao redor das pinturas também, e, embora houvessem sido executadas sobre o concreto e a tinta estivesse desbotada e rachada, ficou claro que ele realmente tinha talento. O primeiro afresco era uma paisagem marítima — o litoral logo abaixo do *bunker*, as ondas batendo contra as rochas, exibindo Porto Vergogna apenas como um amontoado de telhados no canto direito. Os dois seguintes eram retratos tipicamente oficiais de dois soldados alemães bem diferentes. E, finalmente, duas pinturas idênticas de uma garota. Os anos e as intempéries haviam desbotado a vivacidade que um dia aquelas cores tiveram, e um filete de água que escorria para dentro do *bunker* danificara a paisagem marítima, enquanto uma grande rachadura cortava ao meio um dos retratos dos soldados e uma fissura atravessava o canto da primeira pintura da garota. Mas, se ignorados esses detalhes, a arte estava incrivelmente bem preservada.

— Mais tarde o sol, ele brilha por essas janelas — disse Pasquale, apontando para as frestas na parede do *bunker* por onde o cano da metralhadora atirava. — Faz essas tintas... parecerem vivas. A garota, ela é *molto bella*, sim?

Dee olhava fixamente, de queixo caído.

— Ah, sim — disse ela.

O fósforo se apagou e Pasquale acendeu outro. Ele colocou a mão no ombro de Dee e apontou para as duas pinturas no centro, os retratos dos dois soldados.

— Os pescadores dizem que dois soldados alemães vivem aqui na guerra, para vigiar o mar, sim? Um deles pintou essa parede.

Ela se aproximou para examinar os retratos dos soldados — um deles, um jovem de queixo fugidio, com a cabeça inclinada numa pose orgulhosa, olhando para o lado, a túnica abotoada até o pescoço; o outro, alguns anos mais velho, com a camisa aberta, olhando diretamente para frente — e, mesmo com a pintura desbotada sobre o concreto, uma expressão de saudade no rosto.

— Este aqui é o pintor — disse ela, em voz baixa.

Pasquale se aproximou, curvando-se.

— Como sabe?

— Ele parece um artista. E está olhando para nós. Deve ter se olhado em um espelho para pintar o próprio rosto.

Dee se virou, deu alguns passos e observou a armação sobre a qual a metralhadora seria montada, e depois o mar. Em seguida, virou-se de volta para olhar as pinturas.

— É lindo, Pasquale. Obrigada.

Ela cobriu a boca como se estivesse prestes a chorar e, logo depois, olhou para ele.

— Imagine como foi a vida desse artista, criando obras-primas neste lugar... que ninguém nunca verá. Acho que é um pouco triste.

Ela voltou a se aproximar da parede pintada. Pasquale acendeu outro fósforo, entregou-o a ela, e Dee percorreu a parede novamente... o mar revolto batendo contra as pedras, os dois soldados e finalmente os dois retratos da garota — sentada lateralmente, pintada da cintura para cima, dois retratos clássicos. Dee deteve-se na frente das últimas pinturas. Pasquale sempre presumira que os dois retratos da garota eram idênticos, mas ela disse:

— Olhe. Este aqui não estava perfeito. Ele o corrigiu. Provavelmente foi feito a partir de uma fotografia.

Pasquale se aproximou, postando-se ao lado dela. Dee apontou.

— Neste aqui, o nariz está um pouco inclinado demais, e os olhos parecem caídos — disse ela.

Sim, Pasquale percebeu que ela tinha razão.

— Provavelmente ele a amava muito — disse ela.

Ela se virou, e, com a luz do fósforo, Pasquale pensou que ela poderia estar com lágrimas nos olhos.

— Acha que ele conseguiu voltar para casa para vê-la?

Eles estavam próximos o bastante para se beijar.

— Sim — sussurrou Pasquale. — Ele a vê outra vez.

Curvada dentro do estreito *bunker*, Dee soprou o fósforo, deu um passo à frente e o abraçou. No escuro, ela sussurrou:

— Meu Deus, espero que sim.

Às quatro da manhã, Pasquale ainda estava pensando naquele momento dentro do *bunker* escuro. Devia tê-la beijado? Ele só havia beijado uma mulher na vida, Amedea, e, tecnicamente, foi ela quem o beijou primeiro. Ele podia ter tentado, se não fosse pela humilhação que ainda sentia em relação à quadra de tênis. Por que não lhe ocorreu que as bolas cairiam pelos penhascos quando rebatidas? Talvez porque as fotos que vira não mostravam bolas passando pelos jogadores. Ainda assim, ele se sentia um tolo. Imaginara o tênis como algo puramente estético; não queria realmente uma quadra de tênis, queria uma pintura de uma quadra de tênis. Obviamente, sem uma cerca, os próprios jogadores poderiam sair dos limites da quadra e cair pelo despenhadeiro até o mar. Dee Moray tinha razão. Uma cerca alta poderia ser erguida sem dificuldades. Mesmo assim, ele sabia que uma cerca alta arruinaria a visão que sempre tivera de uma quadra plana pairando sobre o mar, projetando-se a partir dos rochedos no paredão, uma plataforma perfeitamente escorada coberta por jogadores de roupas brancas e mulheres tomando drinques sob guarda-sóis. Se estivessem atrás de uma cerca, as pessoas que chegassem em barcos não conseguiriam vê-los. Cercas de alambrado seriam uma solução melhor, mas atrapalhariam a visão que os jogadores teriam do mar, deixando-a feia, como se estivessem em uma prisão. Quem iria querer uma quadra de tênis *brutta*?

Naquela noite, o homem por quem Dee Moray esperava não chegou, e Pasquale sentiu-se responsável, de certa forma — como se o seu pequeno desejo de que o homem se afogasse no caminho crescesse e se transformasse em uma oração, até finalmente se tornar realidade. Dee Moray recolheu-se ao seu quarto ao final da tarde e, no meio da madrugada, sentiu-se muito mal outra vez, sendo capaz apenas de levantar-se da cama para vomitar. Quando não havia mais nada em seu estômago, lágrimas lhe rolaram pelo rosto e suas costas se curvaram para trás. Ela inspirou e deixou-se cair no chão. Não queria que Pasquale a visse vomitando. Assim, ele se sentou no corredor e estendeu o braço por entre a porta para segurar-lhe a mão. Pasquale ouviu sua tia se espreguiçando no andar de baixo.

Dee respirou fundo.

— Conte-me uma história, Pasquale. O que aconteceu quando o pintor voltou para encontrar a mulher?

— Eles se casam e têm cinquenta filhos.

— Cinquenta?

— Talvez seis. Ele se torna um pintor famoso e, toda vez que pinta uma mulher, ele a retrata.

Dee Moray vomitou outra vez, e, quando foi capaz de falar, disse:

— Ele não vai vir, não é?

A situação era ao mesmo tempo estranha e íntima. Suas mãos estavam unidas, mas a cabeça em cômodos diferentes. Podiam conversar. Podiam ficar de mãos dadas. Mas não podiam ver o rosto um do outro.

— Ele está vindo — disse Pasquale.

Ela sussurrou:

— Como você sabe, Pasquale?

— Eu sei.

— Mas como?

Ele fechou os olhos, concentrando-se no inglês, sussurrando pelo canto da porta:

— Porque, se você esperar por mim... eu venho de Roma até aqui de joelhos para vê-la.

Ela apertou a mão de Pasquale e vomitou outra vez.

O homem também não veio naquele dia. Por mais que quisesse guardar Dee Moray para si, Pasquale começou a ficar irritado. Que tipo de homem enviaria uma mulher doente para uma vila remota de pescadores e depois a abandonaria ali? Ele pensou em ir a La Spezia e usar um telefone para ligar para o Grand Hotel, mas queria olhar aquele desgraçado nos olhos.

— Vou a Roma hoje — disse ele.

— Não, Pasquale. Está tudo bem. Posso ir para a Suíça quando estiver me sentindo melhor. Talvez ele já tenha deixado as coisas arranjadas para mim por lá.

— Preciso ir a Roma mesmo assim — mentiu ele. — Eu encontro esse Michael Deane e digo a ele que você espera aqui.

Ela desviou os olhos por um momento e abriu um sorriso.

— Obrigada, Pasquale.

Ele deu instruções precisas a Valeria sobre como deveria cuidar da americana: deixar que ela dormisse, não a forçar a comer nada que não quisesse e não lhe passar sermões sobre as roupas curtas que usava para dormir. Se ficasse doente, devia mandar alguém chamar o dr. Merlongi. Depois, ele foi até o quarto de sua mãe, que estava acordada esperando por ele.

— Volto amanhã, mamma — disse ele.

— Vai ser bom se você tiver filhos com uma mulher tão alta e saudável, com seios como aqueles.

Ele pediu a Tomasso, o Comunista, que o levasse até La Spezia, de onde poderia tomar um trem para Florença e de lá para Roma e gritar com Michael Deane, o homem horrível que se atreveu a abandonar uma mulher doente daquela maneira.

— Eu devia ir até Roma com você — disse Tomasso enquanto atravessavam ondas baixas e rumavam para o sul. O motor do pequeno barco de Tomasso resfolegava na água e gemia quando saía dela. Ele pilotava o barco na popa, apertando os olhos para observar a orla marítima enquanto Pasquale ia na proa, agachado. — Esses americanos do cinema são todos uns porcos.

Pasquale concordou.

— Mandar uma mulher até aqui e depois esquecer-se dela...

— Eles zombam da verdadeira arte — disse Tomasso. — Pegam toda a tristeza da vida e a transformam em um circo de homens gordos que caem de boca em tortas de creme. Deveriam deixar os italianos em paz para fazerem seus filmes, mas, em vez disso, sua estupidez se espalha como a doença de uma prostituta entre marinheiros. *Commedia all'italiana!* Bah!

— Eu gosto dos filmes de faroeste americanos — disse Pasquale. — Gosto dos caubóis.

— Bah — disse Tomasso novamente.

Pasquale estava pensando em outra coisa.

— Tomasso, Valeria disse que ninguém morre em Porto Vergogna, exceto bebês e pessoas velhas. Ela diz que a americana não vai morrer enquanto ficar lá.

— Pasquale...

— Não, Tomasso, eu sei, isso é só conversa de uma bruxa velha. Mas não consigo me lembrar de ninguém na vila que tenha morrido enquanto era jovem.

Tomasso ajustou o boné enquanto pensava.

— Quantos anos tinha o seu pai?

— Sessenta e três — disse Pasquale.

— Para mim, ele ainda era jovem — disse Tomasso.

Eles rumaram para La Spezia, passando por entre os enormes navios pesqueiros na baía.

— Já jogou tênis, Tomasso? — perguntou Pasquale. Ele sabia que Tomasso fora detido em um campo de prisioneiros perto de Milão durante a guerra e que fora exposto a várias coisas.

— Já vi jogarem, com certeza.

— Os jogadores erram muito quando têm que rebater as bolas?

— Os melhores jogadores não erram com tanta frequência, mas cada ponto termina quando alguém erra a bola, quando a acerta na rede ou quando a manda para fora dos limites da quadra. Não há como evitar.

No trem, Pasquale ainda estava pensando a respeito das partidas de tênis. Cada ponto termina quando alguém erra a bola; ao mesmo tempo, aquilo parecia muito cruel e, de alguma forma, similar à vida. Era curioso o que as tentativas de se comunicar em inglês fizeram com a sua mente; lembravam-no de estudar poesia na faculdade, palavras que ganhavam e perdiam significado, sobrepondo-se com imagens, o eco curioso das ideias por trás das palavras que as pessoas usavam. Por exemplo, quando perguntou a Dee Moray se o homem que ela amava sentia o mesmo por ela, ela respondeu rapidamente que sim, o homem também amava a si mesmo. Era uma piada tão admirável e o orgulho que sentia ao compreendê-la em inglês parecia estranhamente forte. Não parava de repetir aquela conversa em sua cabeça. E, ao conversar sobre as pinturas no *bunker*... foi emocionante perceber o que ela imaginou: o jovem soldado solitário com a fotografia da garota.

No vagão em que ele viajava havia duas jovens, sentadas lado a lado, lendo dois exemplares iguais da mesma revista sobre cinema, apoiando-se uma contra a outra e conversando sobre as histórias que liam. A cada poucos minutos, uma delas olhava em sua direção e sorria. No restante do tempo liam sua revista em conjunto; uma apontava para uma foto de um dos astros do cinema e a outra fazia algum comentário. *Brigitte Bardot? Ela é linda agora, mas vai engordar.* Falavam alto, talvez para conseguirem se fazer ouvir em meio ao ruído do trem.

Pasquale levantou os olhos do seu cigarro e surpreendeu-se ao perguntar às mulheres:

— Há alguma coisa aí sobre uma atriz chamada Dee Moray?

As mulheres estavam tentando atrair sua atenção havia uma hora. Agora elas se entreolhavam e a mais alta respondeu:

— Ela é britânica?

— Americana. Está na Itália fazendo o filme *Cleópatra*. Não acho que seja uma grande estrela, mas eu estava me perguntando se há alguma coisa a respeito dela nas revistas.

— Ela está trabalhando em *Cleópatra*? — perguntou a mais baixa, e folheou a revista até encontrar uma fotografia de uma mulher incrivelmente bonita de cabelos escuros, certamente mais atraente do que Dee Moray, a qual ela ergueu para que Pasquale pudesse ver. — Com Elizabeth Taylor?

A legenda sob a foto de Elizabeth Taylor prometia detalhes sobre o "Chocante Escândalo Americano!"

— Ela destruiu o casamento de Eddie Fisher e Debbie Reynolds — relatou a mais alta.

— Isso é muito triste — disse a outra. — Debbie Reynolds tem dois bebês.

— Sim, e agora Elizabeth Taylor está rompendo com Eddie Fisher também. Ela e o ator britânico Richard Burton estão tendo um caso.

— Pobre Eddie Fisher.

— Pobre Richard Burton, eu acho. Ela é um monstro.

— Eddie Fisher viajou para Roma para tentar reconquistá-la.

— A esposa dele tem dois filhos pequenos! É uma vergonha.

Pasquale ficou maravilhado com a quantidade de coisas que aquelas mulheres sabiam sobre as pessoas da indústria do cinema. Era como se estivessem falando sobre suas próprias famílias, não sobre atores britânicos e americanos com os quais nunca conversaram. As mulheres conversavam animadamente fazendo comentários a respeito de Elizabeth Taylor e Richard Burton. Pasquale desejava poder continuar a ignorá-las. Será que ele, honestamente, esperava que elas conhecessem Dee Moray? Ela disse a Pasquale que *Cleópatra* era o seu primeiro filme; como essas mulheres saberiam alguma coisa a seu respeito?

— Aquele Richard Burton é um cachorro. Eu não olharia para ele duas vezes.

— É claro que olharia.

Ela sorriu para Pasquale.

— É claro que eu olharia.

As mulheres riram.

— Elizabeth Taylor já se casou quatro vezes! — disse a mais alta para Pasquale, que sentia vontade de pular pela janela do trem para escapar daquela conversa. Elas voltaram a trocar comentários como em uma partida de tênis na qual nenhum dos jogadores errava a bola.

— Richard Burton também já foi casado — disse a outra.

— Ela é uma cobra.

— Uma bela cobra.

— Suas ações fazem com que ela seja vulgar. Os homens percebem isso.

— Os homens só conseguem notar os olhos dela.

— Os homens notam peitos. Ela é vulgar!

— Ela não pode ser vulgar com aqueles olhos...

— É escandaloso! Esses americanos agem como crianças.

Pasquale fingiu ter um acesso de tosse.

— Com licença — disse ele. Levantou-se e saiu do vagão, afastando-se daquela conversa, tossindo e parando para olhar pela janela. Estavam perto da estação de Lucca, e ele vislumbrou o Duomo, feito de tijolos e mármore. Pasquale começou a imaginar se, quando o trem chegasse a Florença, ele teria tempo suficiente para dar um passeio antes de seguir viagem.

Em Florença, Pasquale acendeu um cigarro e apoiou-se na cerca de ferro fundido na *Piazza* Massimo d'Azeglio, na mesma rua e em frente à casa de Amedea. Provavelmente haviam terminado o jantar havia pouco. Era quando o pai de Amedea gostava de sair com toda a família para um passeio — Bruno, sua esposa e suas seis belas filhas (a menos que ele houvesse entregado a mão de uma delas em casamento nos dez meses em que Pasquale esteve fora de Florença), andando em grupo pela rua, dando uma volta ao redor da *piazza* e de volta à casa. Bruno orgulhava-se muito de exibir suas garotas — como cavalos em um leilão, era o que Pasquale sempre pensava, com a grande cabeça calva do velho inclinada para trás e aquela expressão séria e sisuda no rosto.

O sol surgiu no final da tarde, após um dia nublado, e toda a cidade parecia ter saído para passear. Pasquale fumava, observando os casais e as famílias, até perceber com certeza, após alguns minutos, as garotas da família Montelupo virando a esquina — Amedea e suas duas irmãs mais novas. Havia três outras garotas entre as mais novas e a mais velha, Amedea, mas elas provavelmente já estavam casadas. Pasquale prendeu a respiração quando viu Amedea: ela era muito bonita. Bruno foi o próximo a virar a esquina, com a sra. Montelupo, que empurrava o carrinho de bebê. Quando viu o carrinho, Pasquale soltou a respiração em um longo suspiro. Ali estava.

Ele estava apoiado no mesmo poste no qual tinha que se apoiar quando ele e Amedea começaram a namorar; ele ficava ali para lhe mandar um sinal. Sentiu o peito vibrar como costumava acontecer antigamente, e foi então que ela olhou em sua direção — percebeu que ele estava ali, deteve-se subitamente e estendeu a mão para se apoiar em uma parede. Pasquale se perguntou se ela olhava para aquele poste todos os dias, mesmo depois de todo aquele tempo. Sem notar sua presença, as irmãs de Amedea continuaram andando; em seguida, Amedea retomou o passo também. Pasquale tirou o chapéu — a segunda parte do velho sinal. Do outro lado da rua, viu Amedea balançar a cabeça negativamente. Pasquale voltou a colocar o chapéu na cabeça.

As três garotas caminhavam à frente, Amedea com as pequenas Donata e Francesca. Atrás delas vinham Bruno e a esposa, com o bebê no carrinho. Um jovem casal parou para admirar o bebê. Pasquale conseguiu ouvir a conversa do outro lado da *piazza*.

— Ele está tão grande, Maria! — disse a mulher.

— Deve estar mesmo. Come tanto quanto o pai.

Bruno riu orgulhosamente.

— Nosso pequeno e faminto milagre — disse ele.

A mulher estendeu a mão para beliscar a bochecha do bebê.

— Precisa deixar um pouco de comida para as suas irmãs, pequeno Bruno.

As irmãs de Amedea se viraram para observar o casal elogiar o bebê, mas Amedea manteve o olhar fixo, observando a praça, como se Pasquale fosse desaparecer a menos que ela o mantivesse em seu campo de visão.

Pasquale teve que desviar o rosto do olhar de Amedea.

A mulher que admirava o pequeno Bruno se virou para a irmã mais nova de Amedea, que tinha doze anos.

— E você gosta de ter um irmãozinho, Donata?

Ela disse que sim.

Eles passaram a falar mais intimamente. Depois disso, Pasquale conseguiu ouvir apenas alguns fragmentos da conversa que vinha do outro lado da rua — sobre as chuvas, ou como o tempo mais quente parecia estar se aproximando aos poucos.

Em seguida, o casal continuou seu percurso. Os Montelupo terminaram sua volta ao redor da *piazza* e foram devorados, um por um, pela alta porta de madeira da casa estreita onde moravam, a qual Bruno fechou cerimoniosamente por trás de si. Pasquale permaneceu onde estava, fumando. Verificou o relógio; havia muito tempo antes que seu trem para Roma partisse.

Dez minutos mais tarde, Amedea veio andando pela rua, com os braços cruzados ao redor de si, como se estivesse com frio. Ele nunca fora capaz de interpretar seus belos olhos castanhos por baixo das sobrancelhas negras. Eram tão fluidos, tão naturalmente úmidos que, mesmo quando ela estava irritada — o que acontecia com frequência —, seus olhos sempre pareciam prontos para perdoar.

— Bruno? — disse Pasquale quando Amedea ainda estava a vários passos de distância. — Você deixou que o chamassem de *Bruno*?

Ela veio até onde ele estava.

— O que está fazendo aqui, Pasquale?

— Queria ver você. E o garoto. Pode trazê-lo até aqui?

— Não seja idiota.

Ela estendeu o braço e tirou o cigarro da mão de Pasquale, deu uma tragada e soprou a fumaça pelo canto da boca. Pasquale já havia quase se esquecido de quanto Amedea era pequena — esguia e formosa. Era oito anos mais velha que ele e movia-se com uma graça misteriosa e sensual, quase como um animal. Ele ainda se sentia um pouco tonto quando estava perto dela, a maneira casual como ela costumava arrastá-lo pela mão até o apartamento onde ele morava (seu colega de quarto ficava fora durante o dia), como o empurrava na cama, abria-lhe as calças, levantava a saia e se acomodava sobre ele. As mãos de Pasquale subiam até a cintura dela, seus olhos a encaravam, e ele pensava: *O mundo todo está aqui, por inteiro.*

— Não posso nem dar uma olhada no meu garoto? — disse Pasquale outra vez.

— Talvez pela manhã, quando meu pai estiver trabalhando.

— Não estarei aqui amanhã de manhã. Vou pegar o trem para Roma esta noite.

Ela assentiu, mas não disse nada.

— Então você apenas... finge que ele é seu irmão? E ninguém acha estranho sua mãe ter tido outro bebê, doze anos depois que pariu a última filha?

Amedea respondeu com a voz cansada.

— Não faço ideia do que eles pensam. Papa me enviou para morar com a irmã da minha mãe em Ancona, e eles diziam às pessoas que eu fui até lá para cuidar da tia doente. Minha mãe começou a usar roupas de gestante e disse às pessoas que iria até Ancona para ter o bebê. Depois de um mês, nós voltamos com o meu irmãozinho — disse ela, dando de ombros, como se aquilo não fosse nada de mais. — Um milagre.

Pasquale não sabia o que dizer.

— E como aconteceu?

— Ter o bebê? — disse ela, desviando o olhar. — Foi como se eu estivesse cagando uma galinha — continuou, voltando a olhar em seus olhos com um sorriso. — Bem, não é tão ruim agora. Ele é um bebê muito meigo. Quando todos estão dormindo, às vezes eu o pego nos braços e lhe digo em voz baixa: "Eu sou a sua mamma, queridinho".

Ela deu de ombros com um movimento curto.

— Outras vezes, eu quase esqueço disso e acredito que ele é meu irmão.

Pasquale sentiu-se enjoado outra vez. Era como se eles estivessem falando sobre uma ideia, uma abstração, e não uma criança, *o filho que tiveram.*

— Isso é loucura. Mentir desse jeito, em pleno 1962? É errado.

Mesmo enquanto dizia aquilo, ele sabia que devia ser uma situação ridícula, já que não estava participando da criação do bebê. Amedea não disse nada. Apenas olhou para ele e, em seguida, tirou um pouco de tabaco que estava em sua língua. *Tentei me casar com você*, foi o que Pasquale quase disse, mas pensou melhor e se conteve. Ela simplesmente riria, é claro, se ouvisse a sua... "proposta".

Amedea já fora noiva uma vez, quando tinha dezessete anos, de um homem próspero, mas com cara de sapo — o filho do sócio do seu pai na sua firma de compra e venda de imóveis. Quando recusou o casamento com um homem que tinha o dobro da sua idade, seu pai ficou furioso; ela havia desonrado a família, e, se não se casasse com um pretendente perfeitamente adequado, então nunca se casaria. Tinha duas escolhas: partir para viver em um convento ou ficar na casa e cuidar dos pais quando envelhecessem, assim como de quaisquer filhos que suas irmãs casadas tivessem. Tudo bem, disse Amedea; ela seria a babá da família. Não precisava de um marido. Posteriormente, irritado pela sua presença amarga e desafiadora dentro da casa, seu pai permitiu que trabalhasse como secretária na universidade. Ela trabalhou lá durante seis anos, e mitigava sua solidão envolvendo-se com alguns dos professores, quando, aos vinte e sete anos, saiu para dar uma volta e conheceu Pasquale, então com dezenove anos, estudando às margens do Arno. Ela se aproximou e, quando o rapaz olhou para cima, Amedea sorriu para ele e disse:

— Olá, moço dos olhos bonitos.

Desde o começo ele se sentiu imensamente atraído pela sua energia esguia e incansável, seu raciocínio rápido e subversivo. Naquele primeiro dia, ela pediu um cigarro, mas ele disse que não fumava.

— Eu passo aqui todas as quartas-feiras — disse ela — caso você esteja pensando em começar.

Uma semana depois, ela passou por ali e Pasquale levantou-se com um salto, oferecendo-lhe um cigarro, com as mãos trêmulas enquanto tirava o maço do bolso. Ele acendeu o cigarro e ela fez um gesto indicando os livros abertos no chão — um livro de poemas e um dicionário de inglês. Ele explicou que fora incumbido de traduzir o poema "Amore e morte".

— O grande Leopardi — disse ela, e curvou-se para pegar o caderno de Pasquale. Ela leu o que ele havia traduzido até ali: — *Fratelli, a un tempo stesso, Amore e Morte/ ingenerò la sorte.* "Irmãos, o tempo é o mesmo, Amor e Morte/ tipos criados." Bom trabalho. Você arrancou a melodia da canção. — Ela lhe devolveu o caderno. Então o agradeceu: — Obrigada pelo cigarro — e continuou a caminhar.

Na semana seguinte, quando Amedea caminhava às margens do rio, Pasquale estava esperando com um cigarro e seu caderno, o qual ela pegou sem dizer uma palavra e leu em voz alta, em inglês:

— "Irmãos de uma única sorte/ nascidos juntos, Amor e Morte."

Ela devolveu o caderno, sorriu e perguntou se ele morava perto dali. Em dez minutos, já estava tirando as calças dele — era a primeira garota que ele beijava e a primeira com quem dormia. Os dois se encontraram no apartamento de Pasquale duas tardes por semana durante os dezoito meses seguintes. Nunca passaram uma noite juntos, e ela explicou por que nunca sairia em público com ele. Insistia que não era sua namorada;

era sua professora particular. Ela o ajudaria com seus estudos e o treinaria sobre como ser um bom amante, daria conselhos sobre como conversar com as garotas e o que deveria evitar dizer. (Quando ele insistia que não queria outras garotas, que queria apenas ela, Amedea ria.) Ela também riu com as primeiras tentativas desajeitadas de Pasquale em criar um diálogo.

— Como é possível que esses belos olhos tenham tão pouco a dizer?

Ela o orientou, dizendo que deveria estabelecer contato visual, respirar fundo e pensar em suas palavras, sem responder rápido demais. Claro, as lições preferidas de Pasquale eram aquelas que ela lhe ensinava em seu colchão no chão — como usar as mãos, como evitar terminar rápido demais. Após algumas lições bem-sucedidas, ela rolou para o lado dele na cama e disse:

— Sou uma ótima professora. A mulher com quem você vai se casar tem muita sorte.

Para ele, aquelas tardes eram estonteantes e fluidas, e ele continuaria a agir daquele jeito pelo resto da vida, indo às aulas e sabendo que, duas vezes por semana, a bela Amedea viria ao seu apartamento para lecionar. Certa vez, após um encontro particularmente íntimo, ele cometeu o erro de dizer *Ti amo* e ela o empurrou, irritada. Em seguida, levantou-se e começou a se vestir.

— Você não pode simplesmente dizer isso, Pasquale. Essas palavras têm um poder imenso. É assim que as pessoas se casam — disse ela, vestindo a blusa. — Nunca diga isso depois de fazer sexo, entendeu? Se você sentir vontade de dizer isso, vá procurar a garota assim que o dia raiar, com o mau hálito matinal, sem maquiagem... observe-a no vaso sanitário... ouça-a enquanto conversa com suas amigas... vá conhecer sua mãe peluda e suas irmãs tagarelas... e, se ainda assim sentir necessidade de dizer uma coisa tão estúpida, então que Deus o ajude.

Ela lhe dizia frequentemente que ele não a amava de verdade, que era apenas uma reação à sua primeira experiência sexual, que ela era velha demais para ele, que não foram feitos um para o outro, que eram de classes sociais diferentes, que ele precisava de uma garota que tivesse a mesma idade — e era tão convicta de suas próprias opiniões que Pasquale não tinha motivos para duvidar dela.

E então, em um dia fatídico, ela veio ao apartamento dele e disse sem qualquer preâmbulo:

— Estou grávida.

O que aconteceu em seguida foi uma pausa desconcertante, enquanto Pasquale passava por um momento de incompreensão (*Ela disse que está grávida?*) seguido por um momento de descrença (*Mas nós quase sempre tomamos precauções*) e outro momento em que ele esperou que ela lhe dissesse o que fazer — como geralmente fazia —, de modo que, quando conseguiu falar (*Acho que deveríamos nos casar*), tanto tempo havia se passado que a orgulhosa e ousada Amedea só conseguiu rir, bem na sua cara.

Così ragazzo! Que garoto! Será que não aprendera nada? Será que ele realmente acreditava que ela o faria jogar sua vida no lixo dessa forma? E mesmo se ele realmente quisesse — estava claro que ele *não queria* —, será que ele realmente pensava que ela se casaria com um rapaz sem um tostão no bolso, vindo de um vilarejo de camponeses? Acreditava realmente que o pai de Amedea permitiria que tal vergonha recaísse sobre a família? E, mesmo que o pai aprovasse — e isso nunca aconteceria —, será que ele realmente pensava que ela transformaria um rapaz que ainda não tinha rumo ou formação em um marido, um rapaz que ela seduzira porque estava entediada? A última coisa que o mundo precisava era de mais um marido ruim. Ela continuou a falar por um bom tempo, até que Pasquale só conseguia dizer uma coisa: "Sim, você tem razão" e acreditar no que dizia. Essa sempre foi a mecânica envolvida na atração entre os dois: a experiência sexual dela e a passividade infantil dele. Ela tinha razão, pensou Pasquale. Ele não tinha condições de criar uma criança; ele *era* uma criança.

Agora, quase um ano depois, na *piazza* em frente à enorme casa da família Montelupo, Amedea sorria, cansada, e novamente estendeu a mão para pegar seu cigarro.

— Lamentei ao saber o que houve com seu pai. Como está a sua mãe?

— Não está bem. Quer morrer.

Amedea assentiu.

— Ser viúva é uma coisa muito difícil, eu imagino. Pensei em ir visitar sua *pensione* algum dia. Como estão as coisas por lá?

— Estão bem. Estou construindo uma praia. Eu ia construir uma quadra de tênis, mas acho que não vai dar certo. — Ele limpou a garganta. — Eu... tenho também uma hóspede americana. Uma atriz.

— De cinema?

— Sim. Ela está fazendo o filme *Cleópatra*.

— Não é Liz Taylor?

— Não, é outra.

Ela assumiu o tom que usava quando lhe dava conselhos sobre como tratar outras garotas.

— E ela é bonita?

Pasquale agiu como se não houvesse pensado naquilo até aquele momento.

— Não muito.

Amedea estendeu as mãos como se estivesse segurando dois melões.

— Mas tem seios grandes, não é? Balões gigantes? Abóboras? — disse ela, afastando as mãos do corpo. — Zepelins?

— Amedea... — disse ele, simplesmente.

Ela riu dele.

— Eu sempre soube que você faria muito sucesso, Pasquale.

Aquele tom de voz, será que estava zombando dele? Ela tentou devolver o cigarro, mas ele indicou que ela devia ficar com ele e tirou outro do maço. E os dois ficaram ali fumando, sem conversar, até que o de Amedea se transformou em cinzas e ela disse que tinha que voltar para casa. Pasquale disse que tinha que tomar seu trem.

— Boa sorte com a sua atriz — disse Amedea, e abriu um sorriso sincero. Em seguida, andou rapidamente a passos leves, atravessando a rua, olhando para ele uma última vez e afastando-se. Pasquale sentiu uma coceira na garganta — o desejo de gritar alguma coisa para ela —, mas manteve a boca fechada, porque não fazia ideia de quais palavras dizer.

7
Comendo carne humana

1846
TRUCKEE, CALIFÓRNIA

Então temos esse cara... um construtor de carroças chamado William Eddy, homem de família, atraente, honesto, mas sem educação formal. O ano é 1846, e William é casado e tem dois filhos pequenos. Mas ele é muito pobre, então, quando surge a oportunidade de ir à Califórnia para fazer fortuna, ele a agarra com unhas e dentes. Ir para o oeste é a principal ambição de seu tempo, de sua gente. Assim, ele se junta a um comboio de carroças que irá do Missouri em direção à Califórnia. Durante os créditos, William Eddy e sua jovem e bela esposa estão se preparando para a jornada, carregando a carroça com as poucas posses que têm em sua cabana de madeira e palha.

A câmera passa por uma longa fila de carroças, cheias com todos os pertences dos viajantes, pelos rebanhos de gado que farão a viagem, um percurso de mais de meio quilômetro após saírem da vila, com crianças e cachorros correndo ao lado. Na parte da frente da primeira carroça, vemos o letreiro: CALIFÓRNIA OU NADA. A câmera foca a parte de trás dessa mesma carroça e vemos: COMITIVA DONNER.

As caravanas sempre recebiam o nome de famílias importantes, mas William Eddy é o mais próximo de um pioneiro decente nesta caravana em particular — bom caçador, bom rastreador e bastante humilde. Na primeira noite, os homens das famílias ricas se reúnem para discutir a viagem, e William

137

se aproxima da fogueira para dizer que está preocupado: o comboio começou a viagem tarde, e ele não tem certeza de que a rota que estão seguindo é a melhor. Mesmo assim, é afastado pelos viajantes mais ricos e volta para a sua carroça caindo aos pedaços no final da caravana.

O primeiro ato tem bastante ação, retratando os problemas. Depois de alguns instantes, os pioneiros são atingidos pelo mau tempo e as rodas das carroças se quebram. Há um vilão no grupo, um imigrante alemão forte chamado Keseberg, que enganou um casal de idosos para poder seguir viagem na carroça deles, mas, quando se afastam da civilização, Keseberg rouba tudo que os velhos têm e os expulsa da condução, forçando-os a caminhar. Apenas William Eddy acolhe o casal.

O comboio chega ao estado de Utah, na metade do caminho, exausto, com várias semanas de atraso. À noite, o gado da caravana é atacado por índios. William Eddy é o melhor caçador, então ele mata animais pelo caminho. Mas a má sorte e o mau tempo continuam a assolar o grupo, e eles têm de pagar o preço por seguir aquela rota questionável quando tudo vai por água abaixo durante a travessia do grande deserto das planícies salinas. A câmera faz uma imagem panorâmica do solo duro repleto de rachaduras, da trilha das carroças se estendendo por vários quilômetros, dos bois e vacas começando a morrer pelo caminho, dos colonizadores forçados a cambalear pelo deserto, família após família, dos cavalos andando às cegas — um vislumbre da dissolução da sociedade, onde todos se transformam em animais, com exceção de William Eddy, que retém sua dignidade para ajudar o restante da caravana a prosseguir.

Eles finalmente chegam a Nevada — mas é outubro, e nenhum grupo de pioneiros jamais tentou atravessar aquelas paragens, em virtude do mau tempo. As neves geralmente caem no meio de novembro, então eles ainda têm algumas semanas para atravessar a cordilheira de Sierra Nevada, no desfiladeiro da montanha de Wasatch, e finalmente chegar à Califórnia. Mas têm que se apressar. Eles andam e cavalgam a noite inteira, na esperança de alcançar seu destino.

Agora estamos em meio às nuvens. Mas não são nuvens brancas e fofas. São escuras e preocupantes, massas negras de maus presságios. Essa é a nossa versão da ambientação do filme Tubarão, e as nuvens são o tubarão propriamente dito. A câmera focaliza um único floco de neve. Nós o seguimos pelo *céu e vemos que ele se junta a outros flocos. Grandes. Pesados. Observamos aquele primeiro floco cair, pousando finalmente no braço de William Eddy, sujo e com a barba longa. E ele sabe. Seus olhos se erguem lentamente em direção ao céu.*

É tarde demais. As nevascas chegaram com um mês de antecedência. A caravana já está nas montanhas e a neve é ofuscante — não apenas flocos, rajadas começam a cair, fazendo com que a passagem seja mais do que difícil. É impossível. Finalmente, entram no vale entre as montanhas, e ali está, bem à sua frente: o desfiladeiro, uma estreita fresta entre dois paredões rochosos, incrivelmente próximos. Mas a neve ali já tem três metros de profundidade e os cavalos afundam até a altura do peito. As carroças atolam. Do outro lado daquele desfiladeiro está a Califórnia. O calor. A segurança. Mas eles estão atrasados demais. A neve torna impossível vencer as montanhas. Eles estão no fundo de uma bacia formada pelas encostas de duas montanhas. Não podem avançar, não podem recuar. As portas de ambos os lados se fecharam.

As noventa pessoas se dividem em dois grupos. O grupo de Eddy, mais numeroso, está mais perto do desfiladeiro, próximo a um lago, enquanto o segundo, com os Donners, está alguns quilômetros atrás. Ambos se apressam para construir abrigos — três cabanas precárias ao longo do lago e duas outras mais atrás. No primeiro assentamento, perto do lago, William Eddy construiu uma cabana para a esposa, o filho e a filha, e permitiu que outros viajantes também se abrigassem ali. Essas cabanas são simples estruturas de madeira cobertas com peles de animais e couro. Ainda assim, as nevascas chegam. Rapidamente eles percebem que não terão comida suficiente para sobreviver ao inverno, e então começam a racionar o pouco gado que ainda lhes resta. Uma forte nevasca chega, trazendo tanta neve que os pioneiros percebem que as vacas estão enterradas. Eles espetam varetas na neve, tentando encontrar os animais mortos. Mas eles simplesmente... desapareceram. E a neve continua a cair. As fogueiras nas cabanas ajudam a derreter o gelo ao redor, e logo eles têm de construir degraus para subir até a superfície da neve que cerca as cabanas, paredes brancas de seis metros de altura envolvendo seus barracos, tão altas e espessas que tudo o que se vê é a fumaça das fogueiras. Os dias passam de maneira horrível, cheios de desespero. Durante dois meses, eles vivem no fundo desses buracos, com porções racionadas de comida. Tentam caçar, mas ninguém é capaz de apanhar nenhum animal, com exceção de...

William Eddy. Enfraquecido pela fome, ele ainda sai todos os dias e consegue caçar alguns coelhos e até mesmo um cervo com seu rifle. Antes, as famílias ricas não compartilhavam o gado com ele, mas Eddy divide com todos o pouco que consegue caçar. Mas até aquela fonte começa a se esgotar conforme as caças se afastam para lugares com menos neve. Então, certo dia, Eddy descobre pegadas. Ele as segue desesperadamente, até perceber que está a vários quilômetros do assentamento. É um urso. Ele o alcança e levanta seu rifle, enfraquecido... atira... e acerta! Mas o urso se vira e avança sobre ele. Ele não pode recarregar e, quase morto de fome, tem de lutar com o urso com a coronha do rifle. Ele espanca o animal até matá-lo com as mãos.

Ele arrasta o urso de volta ao assentamento, onde as pessoas estão cada vez mais desesperadas. William Eddy não se cansa de dizer:

— Precisamos enviar uma equipe para buscar ajuda.

Mas ninguém mais tem força suficiente para partir, e obviamente ele está muito preocupado em deixar a família para trás e fazer a jornada sozinho. Mas agora os animais que ele poderia caçar já desceram as montanhas e a neve continua caindo, até que finalmente ele conversa com a esposa, que começa o filme como uma mulher quieta, alguém que mais sofreu a vida do que a viveu. Agora ela respira fundo.

— William — diz ela —, você tem de reunir os mais fortes e partir. Traga ajuda.

Ele protesta, mas ela pede:

— Faça isso por nossos filhos. Por favor.

O que ele pode fazer?

E se a única maneira de salvar as pessoas que ama é... deixá-las para trás?

Nesse ponto, os pioneiros já comeram todos os cavalos, mulas e até os animais de estimação. As pessoas estão começando a fazer sopa com as selas dos cavalos, os cobertores e até com o couro dos sapatos. Qualquer coisa que possa dar sabor à água da neve. A família de Eddy tem apenas alguns restos de carne de urso. Ele não tem escolha. Começa a procurar voluntários. Nesse ponto, apenas dezessete pessoas estão fortes o bastante para tentar: doze homens e meninos e cinco mulheres jovens. Eles constroem sapatos toscos para a neve utilizando rédeas e cabrestos e partem. Imediatamente, dois dos garotos dão meia-volta porque a neve está muito alta. Mesmo com sapatos especiais, eles continuam afundando meio metro na neve a cada passo.

Eddy conduz seu grupo de quinze pessoas adiante e eles têm problemas; levam dois dias para alcançar o desfiladeiro. Na primeira noite, eles acampam. Eddy abre a mochila e — como um soco no estômago — percebe que a esposa colocou tudo o que restava da carne do urso ali, para ele. Ela sacrificou sua porção para o bem dele. São só uns poucos pedaços, mas o desapego da esposa o destrói. Ele olha na direção do assentamento e consegue ver apenas um risco de fumaça.

E se a única maneira de salvar as pessoas que você ama for... deixá-las para trás?

Eles avançam. Durante vários dias, os quinze marcham, progredindo lentamente por entre picos escarpados e vales nevados. Tempestades de neve os cegam e os impedem de continuar. Demoram dias para percorrer poucos quilômetros. Sem comida, exceto os poucos pedaços da carne de urso de Eddy. Um dos homens, Foster, diz que precisarão sacrificar um membro do grupo para ser comido pelos outros, e falam em tirar a sorte. William Eddy diz que, se alguém tiver de ser sacrificado, então essa pessoa merece uma chance de sobreviver. Eles devem escolher dois homens e fazer com que lutem até a morte. Ele se oferece para ser um deles. Mas ninguém mais se move. Em uma manhã, um velho e um garoto estão mortos por causa da fome. Eles não têm escolha. Fazem uma fogueira e comem a carne dos companheiros.

Mas não nos prolongamos nesse assunto. Simplesmente... é o que acontece. As pessoas ouvem falar da Comitiva Donner e logo pensam em canibalismo, mas quase todos os sobreviventes disseram que o canibalismo não era nada... os problemas eram o frio, o desespero. Esses eram os verdadeiros inimigos. Durante dias eles caminham; apenas William Eddy impede que o grupo seja dominado pelo caos. Mais homens morrem e o grupo come o que pode. Eles continuam a caminhar, até que restam apenas nove — quatro dos dez homens que começaram a jornada e todas as cinco mulheres. Dois dos homens são batedores índios. O outro sobrevivente, Foster, quer matar os índios a tiros e comê-los. Mas Eddy não permite que isso aconteça e avisa os índios, que conseguem escapar. Quando Foster descobre, ele ataca Eddy, mas as mulheres apartam a briga.

E por que os homens morrem e as mulheres sobrevivem? Porque as mulheres têm mais gordura corporal para se manter nutridas e são mais leves, precisando de menos energia para atravessar o terreno nevado. Essa é a grande ironia — os músculos matam os homens.

Dezoito dias. É durante todo esse tempo que o grupo de resgate caminha. Durante dezoito dias eles andam a passos recalcitrantes por terrenos cobertos por mais de dez metros de neve, com o gelo tão duro que chega a causar rachaduras na pele. Já se transformaram em sete esqueletos cobertos por farrapos quando finalmente chegam a um ponto abaixo da linha da neve. No meio da floresta, avistam um cervo, mas William Eddy está fraco demais para erguer sua arma. É agonizante — William Eddy finalmente vê um animal que pode caçar, tenta empunhar o rifle, mas fracassa. Simplesmente deixa a arma cair ao chão. E continua a caminhar. O grupo se alimenta de cascas de árvores e capim selvagem, como os cervos. Finalmente, William Eddy avista a coluna de fumaça que vem de uma pequena aldeia indígena. Mas os demais estão muito fracos para andar. Assim, William Eddy os deixa para trás e avança por conta própria.

Lembre que isso se passa antes da chegada dos Forty-Niners* e da verdadeira febre do ouro na Califórnia. O estado está praticamente vazio. San Francisco é uma cidade com apenas algumas centenas de pessoas, chamada de Yerba Buena. Agora, estamos num enquadramento fechado em uma cabana próxima às montanhas. A câmera se afasta para que possamos vê-la. O lugar é idílico e pacífico, com um riacho correndo diante da cabana e poucos montes de neve. A câmera se distancia cada vez mais, até percebermos que essa é a única marca de civilização em vários quilômetros. E logo ali, no canto da tela, há dois índios levantando uma pessoa. A câmera se aproxima novamente, e entre os índios podemos ver uma criatura raquítica, praticamente um esqueleto, com uma enorme barba desgrenhada, descalço, as roupas transformadas em trapos, cambaleando para chegar à cabana...

...É William Eddy! Os rancheiros lhe dão água. Um pouco de farinha, que é tudo que seu estômago atrofiado consegue digerir. Seus olhos estão marejados.

— Há outros... numa aldeia indígena perto daqui — diz ele. — São seis.

Uma equipe é enviada para lá. Ele conseguiu. Dos quinze que partiram em busca de ajuda, William Eddy trouxe Foster e as cinco mulheres a um local seguro e falou aos rancheiros sobre os outros que ficaram nas montanhas.

---

* No ano de 1849, teve início a Corrida do Ouro, após a notícia de que jazidas do metal haviam sido encontradas na região. Nesse período, o lugar recebeu um enorme contingente de pessoas vindas de outros estados e países. Os migrantes que iam tentar a sorte na Califórnia eram conhecidos como *Forty-Niners*. (N. do T.)

Mas a história não terminou. O primeiro ato mostra a jornada em direção às montanhas; o segundo, a descida e a fuga; o terceiro, o resgate. Eddy deixou setenta pessoas à espera de socorro nas montanhas. Uma equipe de resgate é formada, quarenta homens conduzidos por um gordo oficial de cavalaria chamado coronel Woodworth. Eddy e Foster estão fracos demais para ajudar, mas Eddy acorda momentaneamente em sua cama e vê dezenas de homens cavalgando à frente da cabana fronteiriça onde está.

Quando a febre finalmente cede, dias depois, ele pergunta sobre a equipe de resgate. Os rancheiros lhe dizem que os homens de Woodworth estão acampados a apenas dois dias de distância, esperando uma tempestade passar. Um pequeno grupo de resgate composto por sete pessoas conseguiu alcançar a Comitiva Donner, mas quase morreram enquanto cruzavam o desfiladeiro e só conseguiram trazer pouco mais de uma dúzia de pessoas, em virtude da enorme quantidade de neve e da fraqueza dos pioneiros retidos. Até mesmo o resgate foi um enorme perigo; muitos deles acabaram morrendo no percurso entre as montanhas. Depois de uma longa pausa, William Eddy fala.

— E a minha família?

O rancheiro balança a cabeça negativamente.

— Eu sinto muito. Sua esposa e sua filha já estavam mortas. Seu filho ainda está vivo, mas é jovem demais para andar pelo desfiladeiro. Ele foi deixado no assentamento.

William Eddy se levanta da cama. Ele precisa partir. Foster, seu velho inimigo, também deixou um filho para trás e concorda em partir com Eddy, embora ainda estejam debilitados.

Em um acampamento a vários quilômetros do desfiladeiro, Woodworth diz a Eddy que uma nevasca tardia deixou a travessia muito perigosa — mas Eddy não aceita não como resposta. Ele oferece aos homens de Woodworth vinte dólares por criança que trouxerem consigo pelo desfiladeiro. Alguns soldados concordam e avançam — e quase morrem atravessando o desfiladeiro que cruzaram há poucas semanas. Finalmente, Eddy Foster e um punhado de homens chegam ao acampamento da Comitiva Donner. É uma cena infernal. Corpos fatiados na neve... pedaços pendurados como carne em um açougue. O cheiro... o desespero... sobreviventes esquálidos humanamente irreconhecíveis. William Eddy quase não consegue reunir forças para andar até a cabana que construiu alguns meses atrás, onde ele e Foster deixaram a família.

O filho de Foster ainda está vivo! Ele chora enquanto abraça seu garoto. Mas, para Eddy... é tarde demais. Seu filho morreu há alguns dias. William Eddy perdeu toda a família. Ele tem um acesso de fúria e avança sobre o vilão, Keseberg, que pode ter comido as crianças, um homem que não passa de um animal. Eddy olha para aquela criatura. Ele avança para matar o homem... mas não consegue. Ele cai e olha para o céu outra vez, para o mesmo céu que lançou sobre ele o primeiro floco de neve. E enterra a cabeça nas mãos. Foster se prepara para matar Keseberg no lugar dele, mas uma voz surge do poço de desilusão que é William Eddy.

— Deixe-o — diz ele a Foster. Porque Eddy conhece o mal que vive dentro de cada um de nós, e sabe que, no fim das contas, somos todos animais. — Deixe-o viver.

William Eddy simplesmente... sobreviveu. E, quando ele olha para o horizonte, percebemos que talvez seja apenas isso o que podemos ansiar. Sobreviver. Apanhado em uma implacável encruzilhada da história, em meio à desilusão e à certeza da morte, um homem percebe que não tem nenhum poder, que toda a sua crença em si mesmo é apenas uma vaidade... um sonho. Assim, faz o melhor que pode, luta contra a neve, o vento e sua própria voracidade animal, e isso é a sua vida. Pela família, pelo amor, pela simples decência, um homem bom luta contra a natureza e a brutalidade do destino, mas essa é uma guerra que nunca conseguirá vencer. Todo amor é o mesmo amor, seu poder é incrivelmente forte — a graça inclemente do que significa sermos humanos. Nós amamos. Tentamos. Morremos sozinhos.

Na tela, nos campos nevados, vemos cento e cinquenta anos se passarem em dez segundos, conforme trilhos de trem são assentados, seguidos pela construção de estradas e casas, e os primeiros carros começam a passar pelo desfiladeiro de Truckee a caminho de Tahoe. Posteriormente, uma rodovia interestadual, e esse lugar, outrora intransponível, torna-se apenas mais um pedaço de autoestrada — e somos forçados a encarar a cruel tranquilidade da passagem que hoje existe, mas a câmera se afasta e vemos a floresta, e a verdade humana permanece. Essas árvores, essa montanha, a inescrutável face da natureza, da morte.

E, tão rapidamente quanto surge, a estrada desaparece: um sonho, uma alucinação, uma visão na mente destruída de um homem traumatizado. É apenas um desfiladeiro remoto na montanha em 1847. O mundo à sua volta está tão silencioso quanto a morte. A noite está caindo. E, sozinho, William Eddy se afasta em seu cavalo.

8
O Grand Hotel

ABRIL DE 1962
ROMA, ITÁLIA

Pasquale dormiu um sono agitado em um pequeno e caro *albergo* perto da estação terminal. Ele se perguntava como os hóspedes daqueles hotéis de Roma dormiam com todo aquele barulho. Ele acordou cedo, vestiu calça, camisa, gravata e paletó, tomou um *caffè* e então pegou um táxi para o Grand Hotel, onde estavam hospedadas as pessoas envolvidas com o cinema americano. Fumou um cigarro nas Escadas Espanholas enquanto se preparava. Vendedores ambulantes estavam arrumando suas barracas com flores frescas e os turistas já caminhavam por ali, com mapas dobrados nas mãos e câmeras penduradas no pescoço. Pasquale olhou para o nome no papel que Orenzio lhe dera e disse o nome em voz baixa para não estragar tudo.

Vim ver... Michael Deane. Michael Deane. Michael Deane.

Pasquale nunca estivera no interior do Grand Hotel. A porta de mogno se abria para o saguão mais enfeitado que ele já vira na vida: piso de mármore, afrescos florais no teto, candelabros de cristal, claraboias de vitral colorido retratando santos, pássaros e leões ferozes. Era difícil absorver tudo aquilo, e ele teve de se esforçar para não ficar boquiaberto como um turista, para parecer sério e concentrado. Tinha assuntos importantes para tratar com aquele bastardo do Michael Deane. Havia pessoas por todo o saguão, grupos de turistas e empresários italianos de terno preto e óculos. Pasquale não viu nenhuma estrela do cinema, mas, mesmo assim, não saberia identificá-la pela aparência. Descansou por um instante, se apoiando num leão branco esculpido em pedra, mas seu rosto era tão parecido com o de um ser humano que deixou Pasquale desconcertado, e ele se encaminhou para o balcão da recepção.

Pasquale tirou o chapéu e entregou ao recepcionista o papel com o nome de Michael Deane. Ele abriu a boca para falar a frase que decorara, mas o homem olhou para o papel e apontou para um passadiço decorado do outro lado do saguão.

— No fim daquele corredor.

Havia uma enorme quantidade de pessoas enfileiradas pelo saguão, e a fila entrava pelo passadiço que o recepcionista indicou.

— Tenho assuntos a tratar com esse homem, Deane. Ele está lá? — perguntou ao recepcionista.

O homem simplesmente apontou e desviou o olhar.

— No fim do corredor.

Pasquale se dirigiu ao fim da fila, no final do corredor. Perguntou a si mesmo se todas aquelas pessoas tinham assuntos a tratar com Michael Deane. Talvez o homem tivesse espalhado atrizes doentes por toda a Itália. A mulher à frente de Pasquale era atraente — cabelos castanhos lisos e longas pernas, e talvez tivesse a idade dele, vinte e dois ou vinte e três anos. Usava um vestido justo e manipulava nervosamente um cigarro apagado.

— Tem fogo? — perguntou ela.

Pasquale acendeu um fósforo e o estendeu para ela. Ela cobriu a chama com as mãos e inspirou.

— Estou muito nervosa. Se não fumar agora, vou ter de comer um bolo inteiro sozinha. E depois ficarei tão gorda quanto minha irmã e eles não vão me contratar.

Ele olhou mais à frente, ao longo da fila, que ia até um salão de baile com uma decoração bastante elaborada, com enormes pilares dourados nos cantos.

— Para que é esta fila?

— É a única maneira — disse ela. — Você pode tentar no estúdio ou seja lá onde estiverem filmando no dia, mas acho que todas as filas levam ao mesmo lugar. Não, o melhor é fazer o que você fez. Apenas vir até aqui.

Pasquale disse:

— Estou tentando encontrar este homem — e mostrou-lhe a folha de papel com o nome de Michael Deane.

Ela olhou e mostrou-lhe sua própria folha, na qual estava escrito o nome de outro homem.

— Não importa — disse ela. — No fim, todas as filas levam ao mesmo lugar.

Mais pessoas entraram na fila atrás de Pasquale. A fila levava até uma mesa pequena, onde um homem e uma mulher estavam sentados com várias folhas de papel grampeados à sua frente. Talvez o homem fosse Michael Deane. O homem e a mulher faziam uma ou duas perguntas a cada pessoa na fila, e, dependendo das respostas, mandavam-nos de volta para casa, ou que esperassem em um canto do salão, ou que saíssem por outra porta que parecia levar para fora do hotel.

Quando chegou a vez da garota bonita, eles pegaram o papel que ela tinha nas mãos, perguntaram sua idade, de onde vinha e se sabia falar inglês. Ela disse dezenove, Terni e sim, ela falava "inglês *molto* bom". Pediram a ela que dissesse alguma coisa.

— *Baby, baby* — disse ela em uma língua parecida com o inglês. — *I love you, baby. You are my baby.*

Mandaram que esperasse no canto do salão. Pasquale percebeu que todas as garotas atraentes eram mandadas para aquele mesmo canto. As outras pessoas eram mandadas embora pela porta. Quando chegou sua vez, ele mostrou a folha de papel com o nome de Michael Deane para o homem sentado à mesa, que o devolveu.

— Você é Michael Deane? — perguntou Pasquale.

— Sua identificação? — disse o homem, em italiano.

Pasquale entregou sua carteira de identidade.

— Estou procurando por este homem, Michael Deane.

Ele levantou os olhos, folheou algumas páginas e finalmente escreveu o nome de Pasquale em uma das últimas, que estava cheia de nomes como o dele, escritos com a caligrafia do homem.

— Tem experiência? — perguntou o homem.

— O quê?

— Experiência como ator.

— Não, não sou ator. Estou tentando encontrar Michael Deane.

— Fala inglês?

— Sim — respondeu Pasquale, em inglês.

— Diga alguma coisa.

— *Hello* — disse ele. — *How are you?*

O homem parecia intrigado.

— Diga algo engraçado.

Pasquale pensou por um momento e, em inglês, disse:

— Pergunto se ela está apaixonada e ela diz sim. Pergunto se... ele está apaixonado também. Ela diz que sim, o homem ama a si mesmo.

O homem não sorriu, mas disse:

— Ok — e devolveu a carteira de identidade de Pasquale, junto com um cartão com um número impresso. O número era 5410. Ele apontou para a saída pela qual quase todos estavam saindo, exceto as belas garotas. — Ônibus número quatro.

— Não, eu estou tentando encontrar...

Mas o homem já estava falando com a próxima pessoa da fila.

Pasquale seguiu a fila serpenteante até um grupo de ônibus estacionados. Entrou no quarto ônibus, que estava quase cheio de homens com idade entre vinte e quarenta anos. Após mais alguns minutos, viu as belas mulheres entrarem em um ônibus menor. Quando mais alguns homens entraram no seu ônibus, as portas se fecharam com um rangido, e o motor rugiu quando o condutor deu a partida e o veículo começou a se mover. Eles foram levados pela cidade até uma área na região central, que Pasquale não reconheceu, e então o ônibus parou. Lentamente, os homens desceram. Pasquale não conseguiu pensar em nada além de que teria de segui-los.

Eles caminharam por uma viela e passaram por um portão marcado com a palavra CENTURIÕES. E, com certeza, depois daquela cerca alta, homens fantasiados de centuriões romanos estavam por toda parte, fumando, comendo *panini*, lendo jornais e conversando uns com os outros. Havia centenas de homens como aqueles usando armaduras e empunhando lanças. Não havia nenhuma câmera ou equipe de filmagem por perto; apenas homens com fantasias de centuriões usando relógios de pulso e chapéus.

Pasquale sentiu-se um pouco tolo ao fazer aquilo, mas seguiu a fila de homens que ainda não haviam se fantasiado. A fila levou a um prédio pequeno, onde outras pessoas tiravam as medidas dos homens e os equipavam com as fantasias.

— Há alguém no comando aqui? — perguntou ele ao homem à sua frente.

— Não. E isso é a melhor coisa — disse ele. O homem abriu o paletó e mostrou a Pasquale que tinha cinco dos cartões numerados que foram distribuídos no hotel. — Eu simplesmente volto a entrar na fila. Os idiotas me pagam todas as vezes. Eu nem recebo a fantasia. É fácil demais — disse ele, piscando.

— Mas eu nem deveria estar aqui — falou Pasquale.

O homem riu.

— Não se preocupe. Eles não vão descobrir. De qualquer maneira, não vão filmar nada hoje. Vai chover, ou alguém não vai gostar da luz, ou, depois de uma hora, alguém vai chegar e dizer que "a senhora Taylor está indisposta outra vez", e nos mandarão para casa. Eles filmam somente um dia a cada cinco, no máximo. Na época de chuva, eu conheci um homem que era pago seis vezes por dia simplesmente porque aparecia. Ele ia a todas as outras locações e recebia o pagamento em cada uma delas. Eles finalmente o pegaram e o chutaram para fora. Sabe o que ele fez? Roubou uma câmera e a vendeu para uma empresa italiana de filmes, e sabe o que fizeram? Venderam-na de volta aos americanos pelo dobro do preço. Há!

Conforme avançavam, um homem usando terno de *tweed* estava vindo em sua direção, andando ao longo da fila. Estava com uma mulher que tinha uma prancheta nas mãos. O homem falava inglês em explosões rápidas e furiosas, mandando que a mulher com a prancheta anotasse várias coisas. Ela assentia e fazia o que ele mandava. Às vezes ele tirava algumas pessoas da fila e as mandava embora, e elas saíam alegremente. Quando chegou em Pasquale, o homem parou e se inclinou para olhá-lo bem de perto. Pasquale recuou.

— Quantos anos ele tem?

Pasquale respondeu em inglês antes que a mulher pudesse traduzir:

— Tenho vinte e dois.

Em seguida, o homem segurou o queixo de Pasquale e virou o rosto dele de modo que pudesse olhá-lo nos olhos.

— Onde encontrou esses olhos azuis, cara?

— Minha mãe, ela tem olhos azuis. É da Ligúria. Há muitos olhos azuis.

O homem perguntou à intérprete:

— Escravo? — e depois se dirigiu a Pasquale. — Quer ser um escravo? Posso aumentar um pouco o seu pagamento. Talvez até mesmo conseguir mais alguns dias de filmagem para você. — Antes que ele pudesse responder, o homem disse à mulher: — Mande-o para ser um escravo.

— Não — disse Pasquale. — Espere. — Ele tirou o papel do bolso outra vez e falou em inglês com o homem que usava o terno de *tweed*. — Estou somente... tento encontrar Michael Deane. Em meu hotel está uma americana. Dee Moray.

O homem virou-se para Pasquale.

— O que disse?

— Estou quero encontrar...

— Você disse Dee Moray?

— Sim. Ela está no meu hotel. É por isso que vim encontrar esse Michael Deane. Ela espera por ele e ele não chega. Ela está muito doente.

O homem olhou para a folha de papel e seu olhar cruzou com o da mulher.

— Meu Deus. Disseram que Dee foi para a Suíça para se tratar.

— Não. Ela vem para o meu hotel.

— Bem, mas que diabos então, homem. O que você está fazendo com os figurantes?

Um carro o levou de volta ao Grand Hotel e ele se sentou no saguão, observando a luz brilhar ao bater contra um candelabro de cristal. Havia uma escadaria atrás dele, e a cada poucos minutos alguém descia de maneira pomposa, como se sua aparência exigisse aplausos. Os elevadores se abriam com um retinir de sinetas a cada poucos minutos também, mas, mesmo assim, ninguém veio falar com ele. Pasquale fumava e esperava. Pensou em ir novamente ao salão no final do corredor e perguntar a alguém onde poderia encontrar Michael Deane, mas receava que o colocassem novamente em um ônibus. Vinte minutos se passaram. Depois, mais vinte. Finalmente, uma mulher jovem e atraente se aproximou. Parecia haver montes de moças como aquela.

— Sr. Tursi?

— Sim.

— O sr. Deane lamenta por fazê-lo esperar. Por favor, venha comigo.

Pasquale seguiu-a até o elevador e o ascensorista os levou ao quarto andar. Os corredores eram bem iluminados e amplos, e Pasquale ficou constrangido ao pensar que Dee Moray saíra daquele belo hotel para ficar em sua pequena *pensione*, com a escadaria estreita, onde não havia espaço para todo o pé-direito do teto, e o construtor simplesmente usou os rochedos nativos para terminar a obra, mesclando a parede ao telhado de pedra, como se uma caverna estivesse lentamente devorando seu hotel.

Ele seguiu a mulher até uma suíte, onde as portas que conectavam vários quartos estavam abertas. Parecia haver muito trabalho em andamento ali — pessoas falando ao telefone e datilografando, como se uma pequena empresa houvesse se instalado no local. Havia uma longa mesa com comida e belas garotas italianas circulando com café. Uma delas, ele percebeu, era a garota que ele vira na fila. Mas ela não o olhou nos olhos.

Pasquale foi conduzido rapidamente pela suíte até chegar a um terraço com vista para a igreja de Trinità dei Monti. Pensou novamente em Dee Moray, quando ela disse que gostava da paisagem que via da janela do seu quarto, e sentiu-se constrangido outra vez.

— Por favor, sente-se. Michael logo estará aqui para falar com você.

Pasquale sentou-se em uma cadeira de ferro fundido no terraço, deixando o som de todas aquelas pessoas datilografando e conversando para trás. Fumou. Esperou mais quarenta minutos. Em seguida, a mulher atraente voltou. Ou seria uma mulher diferente?

— Vai demorar mais alguns minutos. Gostaria de um pouco de água enquanto espera?

— Sim, obrigado — disse Pasquale.

Mas a água nunca chegou. Já passava da uma da tarde. Estava tentando encontrar Michael Deane há mais de três horas. Sentia sede e fome.

151

Outros vinte minutos se passaram e a mulher retornou.

— Michael está esperando por você no saguão.

Pasquale estava tremendo — não sabia se aquilo acontecia por causa da irritação ou da fome — quando se levantou e a seguiu pela suíte outra vez, passando pelo corredor, entrando no elevador e descendo até o saguão. E ali, sentado no próprio sofá em que ele estivera uma hora antes, estava um homem muito mais jovem do que Pasquale imaginara — tão jovem quanto ele —, um americano loiro e pálido com finos cabelos castanho-avermelhados. Estava roendo a unha do polegar direito. Era bonito o bastante, à maneira típica dos americanos, mas carecia de certa qualidade que Pasquale associou ao homem pelo qual Dee Moray esperava. *Talvez*, pensou ele, não houvesse um homem que fosse bom o bastante para ela.

O homem levantou-se.

— Sr. Tursi — disse ele, em inglês. — Sou Michael Deane. Entendo que o senhor veio conversar a respeito de Dee.

O que Pasquale fez a seguir foi tão inesperado que até ele mesmo ficou surpreso. Não fazia nada daquilo desde uma noite havia alguns anos em La Spezia, quando tinha dezessete anos e um dos irmãos de Orenzio insultou sua masculinidade, mas, naquele exato momento, ele avançou e deu um soco em Michael Deane — bem no meio do peito, entre todos os lugares possíveis. Nunca havia socado ninguém no peito, nunca vira ninguém ser socado no peito. Seu braço inteiro doeu, e o golpe o atingiu com um baque surdo, jogando Deane de volta ao sofá, curvado sobre si mesmo como um saco de guardar paletós.

Pasquale estava de pé, observando o homem caído, tremendo e pensando, *Levante-se. Levante-se e lute; deixe-me socá-lo outra vez.* Mas, lentamente, a raiva se esvaiu. Ele olhou à sua volta. Ninguém vira o soco. Provavelmente, pareceu que Michael Deane simplesmente voltara a se sentar. Pasquale recuou um pouco.

Depois de recuperar o fôlego, Deane se endireitou, olhou para frente com uma careta e disse:

— Ai! Que merda.

Em seguida, tossiu.

— Bem, imagino que você pensa que mereci isso.

— Por que você a deixa sozinha desse jeito? Ela está assustada. E doente.

— Eu sei. Eu sei. Olhe, eu lamento pela maneira como as coisas aconteceram.

Deane tossiu outra vez e esfregou o peito. Olhou ao redor, desconfiado.

— Podemos conversar lá fora?

Pasquale deu de ombros e eles foram em direção à porta.

— Sem mais socos, certo?

Pasquale concordou e eles deixaram o hotel, caminhando até chegarem às Escadas Espanholas. A *piazza* estava cheia de vendedores que gritavam os preços de suas flores. Pasquale os afastou com um gesto conforme avançava pela *piazza*.

Michael Deane continuou a esfregar o peito.

— Acho que você quebrou alguma coisa.

— *Dispiace* — resmungou Pasquale, mesmo que não tivesse intenção de se desculpar.

— Como está Dee?

— Está doente. Trago médico de La Spezia.

— E o seu médico... a examinou?

— Sim.

— Entendo — assentiu Michael Deane, taciturno, voltando a roer a unha do polegar. — Então, imagino que não preciso perguntar o que o médico lhe disse.

— Ele pede pelo médico dela. Para conversar.

— Ele quer falar com o dr. Crane?

— Sim.

Pasquale tentou se lembrar do diálogo exato, mas sabia que a tradução seria impossível.

— Olhe, você precisa saber que isso não foi ideia do dr. Crane. Fui eu que pensei em tudo — disse Deane, afastando-se, como se Pasquale fosse agredi-lo novamente. — Tudo que o dr. Crane fez foi explicar a ela que seus sintomas eram *consistentes* com o câncer. E realmente o são.

Pasquale não tinha certeza se compreendera.

— Você vai buscá-la agora? — perguntou ele.

Michael Deane não respondeu imediatamente, mas olhou ao redor da *piazza*.

— Sabe do que gosto neste lugar, sr. Tursi?

Pasquale olhou para os degraus espanhóis, ao percurso parecido com um bolo de casamento que levava até a igreja de Trinità dei Monti. Nos degraus mais próximos de onde ele estava, uma mulher estava ajoelhada, lendo um livro enquanto sua amiga fazia um desenho em um bloco de papel. A escadaria estava cheia de pessoas como aquelas, lendo, tirando fotografias e conversando intimamente.

— Eu gosto do interesse que as pessoas italianas têm por si mesmas. Gosto do fato de que elas não têm medo de pedir exatamente o que querem. Americanos não são assim. Nós usamos indiretas para comunicar nossas intenções. Entende o que eu quero dizer?

Pasquale não compreendia. Mas também não queria admitir aquilo. Então, simplesmente fez que sim com a cabeça.

— Seria melhor se você e eu explicássemos nossas posições. Obviamente, eu estou numa posição difícil, e você parece ser alguém que pode ajudar.

Pasquale estava tendo dificuldades para se concentrar naquelas palavras sem sentido. Não conseguia imaginar o que Dee Moray vira naquele homem.

Eles chegaram à Fonte do Barco, no centro da *piazza* — a *Fontana della Barcaccia*. Michael Deane se apoiou nela.

— Sabe alguma coisa sobre esta fonte ou o barco afundado?

Pasquale olhou para o barco esculpido no centro da fonte, com água jorrando por dentro dele.

— Não.

— É diferente de todas as outras esculturas da cidade. Todas aquelas obras sérias e sisudas, e esta aqui... é cômica. Ridícula. Na minha opinião, isso a torna a obra de arte mais autêntica em toda a cidade. Entende o que quero dizer, sr. Tursi?

Pasquale não sabia o que dizer.

— Há muito tempo, durante uma enchente, o rio ergueu um barco e o trouxe até aqui, onde a fonte foi construída. O artista estava tentando capturar a natureza aleatória dos desastres. O que ele pretendia dizer é o seguinte: às vezes, não há explicação para as coisas que acontecem. Às vezes, um barco simplesmente surge numa rua. E, por mais estranho que pareça, as pessoas não têm escolha além de lidar com o fato de que, de repente, há um barco no meio da rua. Bem... é nessa situação que eu me encontro aqui em Roma, neste filme. Exceto pelo fato de que não é apenas um barco. Há barcos de merda em todas estas ruas de merda.

Novamente, Pasquale não fazia a menor ideia do que o homem queria.

— Você pode achar que o que fiz com Dee foi cruel. Não vou discutir isso, pois, de certo modo, foi exatamente assim. Mas eu simplesmente enfrento cada desastre que aparece, um de cada vez.

Com isso, Michael Deane tirou um envelope do bolso do paletó. Pressionou-o contra a mão de Pasquale.

— Metade é para ela. E a outra metade é para você, pelo que fez e pelo que eu espero que você possa fazer por mim agora.

Deane colocou a mão no ombro de Pasquale.

— Mesmo que tenha me agredido, vou considerá-lo um amigo, sr. Tursi, e vou tratá-lo como um. Mas, se eu descobrir que você deu a ela menos do que a metade ou que falou a qualquer pessoa sobre isso, não serei mais seu amigo. E isso é algo que você não vai querer que aconteça.

Pasquale se desvencilhou. Aquele homem horrível o estava acusando de ser *desonesto?* Ele se lembrou da palavra que Dee usara e disse:

— Por favor! Sou franco!

— Sim, ótimo — disse Michael Deane, erguendo as mãos como se temesse que Pasquale lhe socasse outra vez. Em seguida, seus olhos se estreitaram e ele se aproximou. — Quer ser franco? Eu posso ser franco. Fui enviado para cá para salvar este filme moribundo. É o meu único trabalho. Ele não tem um componente moral. Não é bom e não é ruim. Meu trabalho é simplesmente tirar os barcos das ruas. — E desviou o olhar. — Obviamente o seu médico tem razão. Nós enganamos Dee para tirá-la daqui. Não me orgulho disso. Por favor, diga a ela que o dr. Crane não deveria ter escolhido câncer de estômago. Ele não teve a intenção de enganá-la. Você sabe como são os médicos, às vezes, são analíticos demais. Ele escolheu essa doença porque os sintomas são parecidos com os do início da gravidez. Mas isso deveria ser apenas por um dia ou dois. É por essa razão que ela deveria ir à Suíça. Há um médico lá que é especializado em casos de gravidez indesejada. É seguro. Discreto.

Pasquale estava a alguns passos de distância. Então era verdade. Ela estava mesmo grávida.

Michael Deane reagiu à expressão no rosto de Pasquale.

— Olhe, diga a ela o quanto eu lamento — disse ele, tocando novamente o envelope na mão de Pasquale. — Diga a ela... é assim que as coisas são, às vezes. E eu lamento mesmo. Mas ela precisa ir à Suíça, como o dr. Crane recomendou que fizesse. O médico que ela consultar vai cuidar de tudo. Todas as despesas já foram pagas.

Pasquale olhava para o envelope que tinha nas mãos.

— Ah, e tenho mais uma coisa para ela.

Ele levou a mão ao mesmo bolso do paletó e tirou três fotografias pequenas e quadradas. Pareciam ter sido tiradas no cenário do filme — ele conseguiu ver uma equipe de câmera no segundo plano de uma delas —, e, embora as fotos fossem pequenas, Pasquele via claramente, em todas elas, Dee Moray. Ela usava uma espécie de vestido longo e esvoaçante, e estava em pé com outra mulher, as duas ladeando uma terceira, uma mulher bonita e de cabelos escuros, que estava no primeiro plano das fotografias. Na melhor foto, Dee e aquela mulher de cabelos escuros estavam recostadas, capturadas pelo fotógrafo em um momento genuíno, dissolvendo-se em uma gargalhada.

— São fotos de continuidade — disse Michael. — Nós as usamos para ter certeza de que tudo está em ordem para a filmagem da cena seguinte. Figurino, cabelo... para nos certificarmos de que ninguém coloca um relógio no pulso. Achei que Dee gostaria de ficar com estas.

Pasquale olhou fixamente para a foto de cima. Dee Moray estava com a mão no braço da outra mulher, e as duas riam com tanta força que Pasquale daria qualquer coisa para saber o que elas achavam tão engraçado. Talvez fosse a mesma piada que ela havia contado a ele, sobre um homem que amava tanto a si mesmo.

Deane estava olhando para a primeira foto também.

— Ela tem uma aparência interessante. Honestamente, eu não percebi isso a princípio. Achei que Mankievicz havia perdido a cabeça ao escalar uma mulher loira como aia de companhia egípcia. Mas ela tem uma qualidade... — disse Michael Deane, inclinando-se para mais perto. — E não estou falando apenas dos peitos dela. Há algo mais... autenticidade. Ela é uma atriz de verdade.

Deane afastou aquele pensamento e voltou a olhar para a fotografia.

— Teremos que refilmar as cenas onde Dee aparece. Não foram muitas. Com os atrasos, as chuvas, os problemas com as leis trabalhistas, e depois Liz ficou doente, e Dee ficou doente. Quando eu a mandei embora, ela me disse que estava decepcionada porque ninguém saberia que ela estava neste filme. Por isso, achei que ela gostaria de ficar com estas fotos — disse Michael Deane, dando de ombros. — Claro, ela disse isso quando pensava que iria morrer.

Aquela palavra ficou no ar: *morrer*.

— Sabe — disse Michael Deane —, eu cheguei a imaginar que ela me telefonaria após algum tempo e que nós dois riríamos disso. Que seria uma daquelas histórias engraçadas que as pessoas compartilham alguns anos depois, que talvez nós até mesmo... — E deixou a frase no ar, com um leve sorriso. — Mas isso não vai acontecer. Ela vai querer arrancar as minhas bolas. Por favor... diga a ela que, quando a raiva passar, se ela continuar a cooperar, eu lhe conseguirei uma vaga em qualquer filme que ela queira trabalhar quando voltarmos aos Estados Unidos. Pode dizer isso a ela? Ela pode ser uma estrela, se quiser.

Pasquale achou que iria vomitar. Estava se esforçando para não socar Michael Deane outra vez — perguntando a si mesmo que tipo de homem abandona uma mulher grávida —, quando percebeu uma coisa tão óbvia que aquilo o acertou como uma pancada no peito, e ele suspirou. Nunca pensou em algo tão físico como naquele momento, como um chute na barriga: *Aqui estou eu, furioso com este homem por abandonar uma mulher grávida... Enquanto meu próprio filho está crescendo, acreditando que a sua mãe é sua irmã.*

Pasquale enrubesceu. Lembrou-se de ficar agachado no *bunker* militar e dizer para Dee Moray: *Nem sempre as coisas são tão simples*. Mas eram. Era tudo muito simples. Havia um tipo de homem que fugia daquele tipo de responsabilidade. Ele e Michael Deane eram esse tipo de homem. Ele não podia mais socar aquele homem sem socar a si mesmo. Pasquale sentiu o enjoo da sua própria hipocrisia e cobriu a boca com a mão.

Quando Pasquale não disse nada, Michael Deane voltou a olhar para a *Fontana della Barcaccia* e franziu a testa.

— Assim é o mundo, eu acho.

E então Michael Deane foi embora, deixando Pasquale apoiado na fonte. Ele abriu o pesado envelope. Nunca vira tanto dinheiro em toda a sua vida — uma pilha de dólares para Dee e liras italianas para ele.

Pasquale guardou as fotos no envelope e o fechou. Olhou ao redor. O dia estava nublado. Havia pessoas espalhadas por toda a extensão das Escadas Espanholas, descansando, mas, na *piazza* e na rua, se moviam resolutas, em velocidades diferentes, mas sempre em linha reta, como milhares de projéteis disparados de milhares de ângulos diferentes por milhares de armas. Todas aquelas pessoas andando da maneira que julgavam correta... todas aquelas histórias, todas aquelas pessoas fracas e doentes, com suas traições e seu coração obscuro — *Assim é o mundo* — girando à sua volta, conversando, fumando e tirando fotografias, e Pasquale sentiu-se enrijecer, pensando que poderia passar o resto da vida em pé ali, como a velha fonte com o barco avariado. As pessoas apontariam para a estátua do pobre camponês que viera ingenuamente à cidade para conversar com as pessoas do cinema americano, o homem que ficou congelado no tempo quando a própria fraqueza de caráter lhe foi revelada.

E Dee? O que ele diria a ela? Revelaria o caráter desse homem que ela amava, a cobra que era Michael Deane, quando o próprio Pasquale era uma cobra da mesma espécie? Pasquale cobriu a boca e soltou um gemido.

Sentiu uma mão em seu ombro naquele momento. Ele se virou. Era uma mulher, a intérprete que caminhara ao longo da fila de centuriões figurantes naquele mesmo dia.

— Você é o homem que sabe onde Dee está? — perguntou ela em italiano.

— Sim — respondeu Pasquale.

A mulher olhou ao redor e apertou o braço de Pasquale.

— Por favor, venha comigo. Tem alguém que quer muito falar com você.

9
A Sala

DIAS ATUAIS
UNIVERSAL CITY, CALIFÓRNIA

A Sala é tudo. Quando você está na Sala, não existe nada fora dela. As pessoas que estiverem ouvindo sua proposta não podem sair da Sala, assim como não podem decidir não ter um orgasmo. Elas DEVEM ouvir sua história. A Sala é tudo o que existe.

Uma ficção de qualidade conta verdades desconhecidas. Filmes de qualidade vão além. Filmes de qualidade aperfeiçoam a Verdade. Afinal, qual foi a Verdade que já faturou quarenta milhões de dólares no primeiro fim de semana de bilheteria? Qual Verdade foi vendida em quarenta territórios estrangeiros em seis horas? Quem é que está disposto a entrar numa fila para ver a continuação da Verdade?

Se a sua história aperfeiçoa a Verdade, você vai vendê-la na Sala. Venda-a na Sala e você conseguirá o Contrato. Consiga o Contrato e o mundo vai aguardá-lo como uma noiva agitada na sua cama.

> — Trecho do capítulo 14 de *À maneira de Deane: como apresentei a Hollywood moderna à América e como você pode trazer o sucesso à sua vida também*, por Michael Deane.

Na Sala, Shane Wheeler sente o êxtase que Michael Deane prometera. Eles vão rodar *Donner!* Ele tem certeza. Michael Deane é o seu próprio sr. Miyagi, e ele acabou de encerar o carro. Michael Deane é o seu Yoda, e ele acabou de remover a nave do pântano. Shane *conseguiu*. Nunca na vida se sentiu tão revigorado. Ele deseja que Saundra pudesse estar aqui para presenciar isso, ou seus pais. Talvez tenha ficado um pouco nervoso no início, mas nunca teve tanta certeza de algo como naquele momento: ele matou a pau com a sua proposta.

A Sala está adequadamente em silêncio. Shane espera. O primeiro a falar é o velho Pasquale, que dá alguns tapinhas amistosos no braço de Shane e diz:

— *Penso è andata molto bene* — diz ele. Acho que você se saiu muito bem.

— *Grazie*, sr. Tursi.

Shane olha à sua volta, observando a sala. Michael Deane está totalmente impassível, mas Shane não está certo de que aquele rosto é capaz de demonstrar alguma emoção. Ele parece perdido em pensamentos, entretanto, com as mãos enrugadas entrelaçadas diante do rosto liso, os dedos indicadores erguidos como um campanário diante dos lábios. Shane olha fixamente para o homem. Será que uma de suas sobrancelhas se ergueu e está mais alta do que a outra? Ou simplesmente travou daquele jeito?

Em seguida, Shane olha à direita de Michael Deane, para Claire Silver, que está com uma expressão muito estranha. Pode ser um sorriso (ela adorou!) ou uma careta (Meu Deus, será possível que ela tenha detestado?), mas, se tivesse de dar nome aos bois, poderia descrever aquilo como *estupefação dolorosa*.

Ainda assim, ninguém diz nada. Shane começa a imaginar se, por acaso, não conseguiu compreender direito o capítulo sobre A Sala — todas as dúvidas sobre si mesmo que surgiram no último ano voltam para lhe assombrar — quando... um ruído escapa de Claire Silver. Um murmúrio baixo, como alguém dando partida num motor e engatando a marcha lenta.

— Canibais — diz ela, e, em seguida, perde o controle. Um riso pleno, descontrolado e que lhe tira o fôlego: esganiçado, enlouquecido e melodioso, e ela estende a mão na direção de Shane. — Eu... me desculpe, não é... eu apenas... é que...

E ela se rende outra vez ao riso. Dissolve-se nele.

— Desculpe — diz Claire, quando é capaz de falar novamente. — Sinto muito. Mas... — E o riso surge novamente, aumentando de alguma forma de intensidade. — Faz três anos que espero por uma boa proposta para um filme... e, quando a recebo, do que se trata? De um caubói — a cobre a boca para tentar conter o riso — cuja família é comida por um alemão gordo!

Ela chega a dobrar o corpo para frente.

— Ele não é um caubói — resmunga Shane, sentindo-se diminuir, apequenar, morrer. — E não vamos *mostrar* o canibalismo.

— Não, não, me desculpe — diz Claire, totalmente sem fôlego agora. — Desculpe.

Ela cobre a boca de novo e fecha os olhos com força, mas não consegue parar de rir.

Shane dá uma rápida olhada para Michael Deane, mas o velho produtor está mirando o outro lado, perdido em pensamentos, enquanto Claire inspira pelo nariz...

E Shane sente a última golfada de ar lhe escapar do corpo. É agora uma figura bidimensional — um retrato achatado de si mesmo, esmagado. É assim que se sentiu no ano passado, durante a sua depressão, e percebe agora que foi inútil acreditar, mesmo por um minuto, que seria capaz de reunir a sua velha confiança no AJA — mesmo em sua nova e mais humilde forma. Aquele Shane não existe mais. Está morto. É apenas um pedaço de carne fatiada. E murmura:

— Mas... é uma boa história — e olha para Michael Deane como se pedisse ajuda.

Claire conhece a regra: nenhum produtor, em hipótese alguma, admite que *não* gosta de uma proposta, para o caso de algum outro a comprar e você acabar parecendo idiota por deixá-la passar. Sempre se dá outra desculpa: "O mercado não está pronto para isso", ou "É muito parecido com outro projeto que estamos fazendo", ou, se a ideia for realmente ridícula, "Não está de acordo com o que procuramos". Mas, depois desse dia, depois dos últimos três anos, depois de tudo, ela não consegue evitar. Todas as respostas engasgadas durante três anos de ideias estapafúrdias e propostas imbecis explodem em meio a gargalhadas e lágrimas. Um *thriller* histórico com efeitos especiais sobre *caubóis canibais*? Três horas de sofrimento e degradação, tudo isso para descobrir que o filho do herói se transformou em... *sobremesa*?

— Desculpe — diz ela, arfando, sem conseguir parar de rir.

"Desculpe", a palavra finalmente parece arrancar Michael Deane do transe em que se encontra. Ele olha feio para sua assistente e afasta as mãos do queixo.

— Claire, por favor. Já chega. — Em seguida, olha para Shane Wheeler e se inclina sobre a mesa. — Eu adorei.

Claire ri mais algumas vezes, e os sons acabam se esvaindo no ar. Ela enxuga as lágrimas e percebe que Michael está falando sério.

— É perfeito — diz ele. — É exatamente o tipo de filme que eu queria fazer quando comecei a trabalhar na indústria.

Claire se deixa cair em sua cadeira, atordoada, até mesmo magoada, muito além do ponto que achava ser possível.

— É brilhante — diz Michael, abrindo-se à ideia. — Uma história épica e inédita sobre o sofrimento americano. — E agora ele olha diretamente para Claire. — Vamos fazer um pré-contrato imediatamente. Quero levá-lo ao estúdio. — E volta a encarar Shane. — Se estiver de acordo, faremos um pré-contrato de exclusividade por seis meses enquanto tento vender seu filme ao estúdio. Que tal, digamos, dez mil dólares? Obviamente, esse valor é apenas para assegurar os direitos contra um preço maior de compra, caso a ideia seja desenvolvida mais a fundo. Se isso for aceitável, sr....

— Wheeler — diz Shane, mal encontrando fôlego para pronunciar o próprio nome. — Sim — concorda ele. — Dez mil é uma quantia... ah... aceitável.

— Bem, sr. Wheeler, sua proposta é impressionante. Você tem uma energia esplêndida. Fez com que eu me lembrasse de mim mesmo quando do era mais novo.

O olhar de Shane vai de Michael Deane para Claire, que agora está pálida e voltada para Michael.

— Obrigado, sr. Deane. Eu praticamente devorei seu livro.

Michael hesita mais uma vez quando seu livro é mencionado.

— Bem, eu percebi — diz ele, entreabrindo os lábios para exibir uma fileira de dentes brilhantes, formando uma expressão que parece um sorriso. — Talvez eu devesse trabalhar como professor, não acha, Claire?

Um filme sobre a Comitiva Donner? Michael trabalhando como *professor*? Claire estava completamente sem palavras agora. Ela pensa no acordo que fez consigo mesma — *Um dia, uma ideia para um filme* — e percebe que o destino está mesmo querendo lhe foder. Se já não fosse ruim o bastante tentar viver nesse mundo cínico e vazio, o destino agora está lhe dizendo que ela nem mesmo *entende* as regras por meio das quais o mundo funciona — bem, isso é mais do que ela pode suportar. As pessoas podem conseguir suportar um mundo injusto, mas, quando ele se torna arbitrário e inexplicável, toda a ordem desmorona.

Michael se levanta e vira-se novamente para encarar sua assistente de desenvolvimento aparvalhada.

— Claire, preciso que agende uma reunião no estúdio para a próxima semana. Wallace, Julie... todo mundo.

— Você vai levar isto ao estúdio?

— Sim. Na segunda-feira de manhã, você, Danny, o sr. Wheeler e eu vamos apresentar a proposta para *A comitiva Donner.*

— Ah, o nome do filme é somente *Donner!* — diz Shane. — Com um ponto de exclamação.

— Melhor ainda — diz Michael. — Sr. Wheeler, pode apresentar a proposta na próxima semana? Do mesmo jeito que fez hoje?

— Sim — diz Shane. — Posso sim.

— Tudo certo, então — diz Michael, sacando o celular. — E, sr. Wheeler, já que vai passar o fim de semana por aqui, seria demais pedir que nos ajudasse com o sr. Tursi? Podemos pagar pela tradução e hospedá-lo num hotel. Depois, sairemos para conseguir um contrato para o filme na segunda. O que acha?

— Ótimo? — diz Shane, e dá uma olhada para Claire, que parece ainda mais chocada do que ele.

Michael abre uma gaveta na mesa e começa a procurar alguma coisa.

— Ah, sr. Wheeler... antes de ir embora, gostaria de pedir que fizesse mais uma pergunta ao sr. Tursi — diz Michael, sorrindo outra vez para Pasquale. — Pergunte a ele...

Michael respira fundo e gagueja por alguns instantes, como se essa fosse a parte mais difícil para ele.

— Eu gostaria de saber se ele sabe se Dee... bem, o que estou tentando dizer é o seguinte... a criança nasceu?

Mas Pasquale não precisa dessa tradução em particular. Ele leva a mão ao bolso interno de seu paletó e tira um envelope. De dentro, saca um velho e surrado cartão-postal e o entrega cuidadosamente a Shane. Na frente do cartão há uma ilustração desbotada de um bebê. É UM MENINO!, anuncia. No verso, o cartão foi endereçado a Pasquale Tursi, no Hotel Vista Adequada em Porto Vergogna, Itália. Há uma nota no verso escrita com uma cuidadosa caligrafia:

Querido Pasquale,
Uma pena não podermos nos despedir. Mas acho que certas coisas têm seu próprio tempo e lugar. De qualquer maneira, obrigada.
Para sempre,
Dee
P.S.: Batizei-o como Pat, em sua homenagem.

O cartão-postal passa de mão em mão. Quando chega a Michael, ele abre um sorriso distante.

— Meu Deus... um menino — diz, balançando a cabeça. — Bem, não é mais um garoto, obviamente. É um homem. Ele teria... Meu Deus, quantos anos? Mais de quarenta?

E devolve o cartão a Pasquale, que volta a guardá-lo cuidadosamente no bolso do paletó.

Michael se levanta novamente e estende a mão a Pasquale.

— Sr. Tursi, vamos levar isso até o fim, você e eu.

Pasquale se levanta e, apreensivos, eles trocam um aperto de mãos.

— Claire, hospede estes homens num hotel. Vou conversar com o investigador particular e voltaremos a nos reunir amanhã. — Michael ajusta o grosso paletó por cima das calças do pijama. — Preciso voltar para casa e para os braços da sra. Deane.

Michael olha para Shane e estende a mão.

— Sr. Wheeler, bem-vindo a Hollywood.

Michael já está fora da sala antes de Claire se levantar. Ela diz a Shane e Pasquale que voltará em um minuto e vai atrás de seu chefe, alcançando-o no corredor em frente ao escritório.

— Michael!

Ele se vira, com o rosto liso e brilhante por baixo dos postes com luzes decorativas.

— Sim, Claire, o que foi?

Ela olha por cima do ombro para se certificar de que Shane não a seguiu para fora do escritório.

— Posso encontrar outro tradutor. Você não precisa ficar arrastando o pobre coitado.

— Do que você está falando?

— O filme sobre a Comitiva Donner.

— Sim — diz ele, estreitando os olhos. — O que há com ele, Claire?

— Um filme sobre a *Comitiva Donner*?

Ele olha fixamente para ela.

— Michael, está me dizendo que você *gostou* daquela proposta?

— Está me dizendo que você *não* gostou?

Claire enrubesce. Na realidade, a proposta de Shane tinha todos os elementos: foi atraente, emocionante, cheia de suspense. Sim, poderia ser uma ótima proposta — para um filme que *nunca poderia ser feito*: um faroeste épico sem tiroteios e sem romance, um dramalhão de três horas que termina com o vilão comendo o filho do herói.

Claire inclina a cabeça.

— Quer dizer que você vai ao estúdio na manhã de segunda-feira para propor um filme de época no valor de cinquenta milhões de dólares sobre canibalismo na fronteira?

— Não — diz Michael, e seus lábios deslizam por cima dos dentes novamente, naquele arremedo de um sorriso. — Vou ao estúdio na manhã de segunda-feira para propor um filme de época no valor de *oitenta* milhões de dólares sobre canibalismo na fronteira.

Ele dá as costas para ela e começa a andar novamente.

Claire fala por trás do seu chefe.

— E o filho da atriz? Era seu, não era?

Michael se vira lentamente, medindo-a.

— Você tem um talento raro, sabia, Claire? Uma percepção excelente — diz ele, sorrindo. — Diga-me uma coisa. Como foi sua entrevista?

Ela se assusta. No momento em que começa a encarar Michael como uma caricatura, uma relíquia, ele lhe mostra o seu velho poder desta maneira.

Ela olha para os seus sapatos de salto, para a saia que está usando — roupas adequadas para uma entrevista de emprego.

— Eles me ofereceram o emprego. Curadora de um museu cinematográfico.

— E você aceitou?

— Ainda não decidi.

Ele faz que sim com a cabeça.

— Olhe, eu preciso muito da sua ajuda neste fim de semana. Na semana que vem, se você ainda quiser sair, vou entender. Posso até mesmo ajudá-la. Mas, neste fim de semana, preciso que fique de olho no italiano e no tradutor. Acompanhe-me na apresentação dessa proposta na segunda-feira de manhã e ajude-me a encontrar a atriz e o filho dela. Pode fazer isso por mim, Claire?

Ela confirma com um aceno de cabeça.

— Sim, Michael. — Em seguida, diz em voz baixa: — Então... é verdade? Ele é seu filho?

Michael Deane ri, olha para o chão e depois levanta os olhos outra vez.

— Conhece aquele velho ditado que diz que o sucesso tem mil pais, enquanto o fracasso tem apenas um?

Ela assente uma vez mais.

Ele aperta o paletó ao redor de si mesmo outra vez.

— Por esse raciocínio, esse pequeno desgraçado... pode ser o único filho que tive.

10
A turnê pelo Reino Unido

AGOSTO DE 2008
EDIMBURGO, ESCÓCIA

Um garoto irlandês magricela esbarrando no ombro de Pat Bender em um bar em Portland — foi assim que tudo começou.

Pat se virou e viu incisivos dentes espaçados, cabelo ao estilo *Superman*, óculos de armação preta e uma camiseta do Dandy Warhols.

— Três semanas na América, e sabe o que mais odeio? — comentou o garoto. — Esses malditos *espartes* — disse, indicando o jogo dos Mariners que passava, sem áudio, na televisão do bar. — Na verdade, talvez vocês consigam explicar o que há nesse *bess-bol* que eu não consigo entender.

Antes que Pat pudesse falar, o garoto gritou:

— *Tudo!* — e sentou-se à mesa de Pat. — Meu nome é Joe. Admita, americanos são péssimos quando tentam jogar qualquer *esparte* que não tenham inventado.

— Na verdade — disse Pat —, eu também odeio esportes americanos.

Aquilo pareceu divertir e satisfazer Joe, e ele apontou para o estojo de guitarra de Pat, encostado na cadeira ao lado dele como uma namorada entediada.

— E você toca essa Larrivée?

— Do outro lado da rua — disse Pat. — Dentro de uma hora.

— Sério? Eu meio que faço uns bicos como *promoter* — disse Joe. — Que tipo de música você toca?

— Coisas que não deram certo — comentou Pat. — Eu era vocalista de uma banda chamada Reticents.

O rapaz não respondeu, e Pat se sentiu patético por tentar se promover. E como descrever o que ele fazia agora, que iniciara como um repertório que misturava declamações e canções de violão — como naquele velho programa *Storytellers* —, mas que, em um ano, evoluíra para um monólogo cômico-musical, Spalding Gray com violão.

— Bem — disse ele a Joe. — Eu sento num banquinho e canto. Conto algumas histórias engraçadas, confesso um monte de besteiras que fiz; e, de vez em quando, depois do show, pratico um pouco de ginecologia em nível amador.

E foi assim que tudo começou, toda a noção sobre uma turnê pelo Reino Unido. Como todo ponto de destaque da pequena carreira suja de Pasquale "Pat" Bender, aquela ideia não foi nem mesmo dele. Foi daquele Joe, sentado no meio de uma plateia num salão com metade da lotação esgotada, rindo de "Showerpalooza", a canção de Pat sobre como as bandas compostas por músicos já estabelecidos são horríveis; gritando com o *riff* de Pat, comparando a lista de músicas no verso do CD de sua banda ao cardápio de um restaurante chinês; cantando junto com o restante da plateia o refrão de "Por que os bateristas são pompletos canacas?"

Havia algo magnético naquele tal de Joe. Em outra noite qualquer, Pat se concentraria na garota da mesa em frente ao palco, uma calcinha branca surgindo rapidamente por baixo da sua saia, mas ele não parava de ouvir a gargalhada equina de Joe, que era maior do que o próprio rapaz, e, quando Pat entrou na parte mais sombria e confessional do show — drogas e fins de relacionamento —, Joe ficou profundamente emocionado, tirando os óculos e enxugando os olhos durante o refrão da música mais tocante de Pat, "Lydia".

É uma velha frase: você é boa demais para mim
Sim, o problema não é você, sou eu
Mas Lydia, baby... e se isso for a única coisa verdadeira
Que você já ouviu de mim...

Depois, o rapaz era só elogios. Disse que aquilo era diferente de tudo que já vira: engraçado, honesto e inteligente, a música e as observações bem-humoradas se complementavam perfeitamente.

— E aquela música, "Lydia"... Meu Deus, Pat!

Assim como Pat imaginava, "Lydia" fez Joe se lembrar de uma paixão por uma garota da qual nunca conseguiu se recuperar — e ele se sentia na obrigação de contar toda a história, a qual Pat ignorou quase totalmente. Não importa o quanto riam durante o restante do show, homens mais novos sempre ficavam emocionados com aquela canção e sua descrição do fim de um relacionamento. Pat sempre ficava surpreso com a maneira como eles confundiam aquele repúdio frio e amargo de uma negação romântica (*Acho que eu não existia realmente/Antes dos seus olhos castanhos*) com uma canção de amor.

Joe começou a falar imediatamente sobre a possibilidade de Pat se apresentar em Londres. Era uma conversa tola à meia-noite, intrigante à uma da manhã, plausível às duas, e, por volta das quatro e meia — fumando a maconha de Joe e escutando as velhas canções dos Reticents no apartamento de Pat no lado nordeste de Portland ("Porra, Pat, isso é brilhante! Como foi que nunca ouvi isso?") —, a ideia se transformou em um plano: uma lista inteira das canções de Pat sobre problemas com dinheiro/garotas/carreira resolvida por aquela simples expressão: *turnê pelo Reino Unido*.

Joe disse que Londres e Edimburgo eram perfeitas para comédias musicais inteligentes e provocadoras — um circuito de clubes noturnos pequenos, ambientes íntimos e festivais de comédia visitados por empresários ansiosos e olheiros de estúdios de TV. Cinco da manhã em Portland eram uma da tarde em Edimburgo, e Joe saiu para fazer uma ligação e voltou saltitante: um organizador do Fringe Festival naquela cidade se lembrava dos Reticents e disse que havia uma vaga de última hora. Estava tudo pronto. Pat tinha somente que ir do Oregon para Londres e Joe cuidaria do resto: hospedagem, comida, transporte, seis semanas cheias de shows previamente pagos com o potencial para mais. Mãos foram apertadas, costas receberam tapinhas amistosos e, quando a manhã chegou, Pat estava ligando para seus alunos e cancelando as aulas que daria pelo resto do mês. Não se sentia tão animado desde os seus vinte e poucos anos; ali estava ele, voltando a cair na estrada, cerca de vinte e cinco anos depois de ter começado. Claro, os velhos fás, às vezes, se decepcionavam ao vê-lo agora — não somente pelo fato de que o velho *frontman* dos Reticents estava se dedicando à comédia musical (ignorando a melhor distinção de Pat: seu talento inato para o monólogo cômico-musical), mas porque Pat Bender estava vivo, porque não havia se transformado apenas em mais um fantasma de rosto bonito. É estranho como a própria sobre-vivência de um músico deixava os outros desconfiados — como se toda aquela loucura dos seus dias de glória fosse somente uma fachada. Pat tentou escrever uma canção sobre aquela sensação estranha — "Lamen-to por estar aqui" era o título que deu à música —, mas a letra se afun-dava em meio à fanfarronice, e ele nunca chegou a tocá-la em público.

Mesmo assim, ele agora se perguntava se não haveria um propósito por trás da sua sobrevivência: a segunda chance de fazer algo... GRANDE. E, mesmo assim, por mais animado que estivesse, mesmo enquanto digi-tava e-mails para os poucos amigos a quem ainda podia pedir dinheiro ("oportunidade maravilhosa", "a chance que eu estava esperando"), Pat não conseguia afastar uma voz que o acautelava: *Você tem quarenta e cinco anos e vai viajar com um moleque de vinte e poucos para realizar uma fantasia de ser famoso na Europa?*

Pat costumava imaginar aqueles anúncios, típicos baldes de água fria, na voz de sua mãe, Dee, que tentou ser atriz durante a juventude e cujo único impulso fora tentar abafar as ambições do filho com as próprias desilusões que sofrera. *Pergunte a si mesmo*, dizia ela quando ele queria entrar em uma banda, sair de uma banda, expulsar um cara de uma ban-da, mudar-se para Nova York ou sair de Nova York, *se isso realmente acon-tece por causa da arte ou por causa de alguma outra coisa?*

Que pergunta estúpida, ele finalmente lhe respondeu. *Todas as coisas acontecem por causa de outras coisas. A arte acontece por causa de outras coi-sas! Essa pergunta de merda se refere a outra coisa!*

Mas, daquela vez, não era a voz precavida de sua mãe que soava na cabeça de Pat. Era Lydia — da última vez que a vira, algumas semanas de-pois da quarta vez que terminaram o namoro. Naquele dia ele foi ao apar-tamento dela, desculpou-se mais uma vez e prometeu que ficaria sóbrio. Pela primeira vez na vida, disse Pat, ele estava enxergando as coisas com clareza; já havia conseguido parar de fazer quase tudo a que ela se opunha, e estava disposto a ir até o fim, se fosse necessário, para reconquistá-la.

Lydia era diferente de qualquer pessoa que Pat já conhecera — inteligente, engraçada, segura de si e tímida. Bonita também, embora ela não percebesse essa característica — e aquela era a chave para sua atração, ser bonita sem ser vaidosa. Outras mulheres eram como presentes que ele constantemente se decepcionava ao desembrulhar, mas Lydia era como um segredo — linda por baixo dos vestidos folgados e da boina característica. No dia em que a viu pela última vez, Pat tirou gentilmente aquela boina. Olhou fundo naqueles olhos castanhos da cor de uísque. *Baby*, disse ele. *Mais do que a música, a bebida ou qualquer outra coisa, é de você que eu preciso.*

Naquele dia Lydia olhou fixamente para ele, os olhos cheios de arrependimento. Gentilmente pegou a boina de volta. *Meu Deus, Pat*, disse ela, com discrição. *Escute o que está dizendo. Você parece um cara viciado em epifanias.*

Joe, o irlandês, tinha um parceiro em Londres chamado Kurtis, um careca brigão e grandalhão que se vestia à moda *hip-hop*, e eles ficaram hospedados no pequeno apartamento em Southwark que Kurtis dividia com a namorada branquela, Umi. Pat nunca estivera em Londres antes — passou pela Europa uma única vez, para falar a verdade, numa viagem de intercâmbio que a mãe dele arranjou porque queria que ele conhecesse a Itália. Mas ele não conseguiu chegar lá: uma garota em Berlim e uma carreira de cocaína o mandaram para casa bem cedo por várias violações do protocolo da excursão e da decência humana. Pat e Benny sempre falavam de uma turnê no Japão com os Reticents — falavam tanto nisso que a história se transformou em piada na banda, eles recusando a única chance verdadeira que tiveram de abrir os shows para os Stone Temple Panacas. Então, essa seria a primeira vez que Pat se apresentava fora da América do Norte.

— Portland — disse a pálida Umi quando o encontrou. — Igual aos Decemberists.

Pat passou pela mesma coisa na década de 1990 quando dizia aos nova-iorquinos que era de Seattle; eles respondiam Nirvana ou Pearl Jam, e

Pat rangia os dentes e fingia ter um resquício de camaradagem com aquelas bandas *posers* que se vestiam com flanelas e cheiravam a bunda suja. É engraçado como Portland, a irmã mais nova e engraçadinha de Seattle, alcançara a mesma fama no cenário alternativo.

O plano em Londres era fazer com que Pat abrisse o show em um bar instalado num porão, chamado Troupe, onde Kurtis trabalhava como segurança. Quando Pat chegou a Londres, entretanto, Joe decidiu que Edimburgo seria um lugar melhor para começar, dizendo que Pat poderia refinar seu show por lá e usar as resenhas positivas do Fringe Festival para construir uma expectativa maior antes de tocar em Londres. Assim, Pat criou uma versão mais curta e mais engraçada do show — um monólogo de trinta minutos entremeado por seis canções ("Oi, eu sou Pat Bender, e, se pareço familiar, é porque eu era o vocalista de uma das bandas que os seus amigos pretensiosos adoravam falar a respeito para mostrar o gosto musical obscuro que tinham. Ou então, nós transamos no banheiro de um bar em algum lugar. De qualquer forma, lamento por não ter mandado notícias esse tempo todo.")

Ele apresentou o show para Joe e seus amigos no apartamento. Preferia ir com calma na parte mais sombria e eliminar a única música séria, "Lydia", da versão curta do show, mas Joe insistiu para que ele a incluísse. Disse que era "o pivô emocional de toda aquela maldita experiência", e Pat a manteve, tocando-a no apartamento — Joe, mais uma vez, tirou os óculos e enxugou os olhos. Após o ensaio, Umi estava tão entusiasmada quanto Joe com os prospectos do show. Até o tranquilo e reservado Kurtis admitiu que a performance tinha sido "muito boa".

O apartamento em Londres tinha canos expostos e um carpete velho e apodrecido, e, durante a semana em que ficaram ali, Pat nunca conseguiu se sentir em casa — certamente não do jeito que Joe conseguia, sentado o dia todo com Kurtis vestindo sua cueca cinza velha e suja e enchendo-se de drogas. Na verdade, Joe havia exagerado um pouco quando se descreveu como um *promoter* — na verdade, ele era um cara folgado que vendia maconha, e às vezes as pessoas vinham ao apartamento para comprar dele. Após alguns dias na companhia daqueles garotos, os vinte anos de diferença pareceram distanciar Pat deles — as referências musicais, os abrigos esportivos ensebados, o hábito de passar o dia dormindo e de nunca tomar banho, de não perceber que já eram onze e meia e todos ainda estavam usando apenas as roupas de baixo.

Pat não conseguia dormir mais do que algumas horas de cada vez. Assim, a cada manhã, saía para dar umas voltas enquanto os outros dormiam. Andava pela cidade, tentando fazer com que sua mente esfumaçada se acostumasse ao lugar, mas sempre acabava se perdendo em meio às ruas e alamedas sinuosas e estreitas, com nomes que mudavam abruptamente e avenidas que terminavam em becos. Pat se sentia mais desorientado a cada dia, não somente perambulando pela cidade, mas pela própria incapacidade de se acostumar a ela e pela lista de reclamações, dignas de um velho rabugento: *Por que não sou capaz de descobrir onde estou, ou para que lado devo olhar quando atravesso uma rua? Por que as moedas são tão contraintuitivas? Será que todas as calçadas são tão cheias de gente como esta? Por que tudo é tão caro?* Sem dinheiro, tudo que Pat podia fazer era andar e olhar — visitar museus gratuitos, que gradualmente o dominavam — salas e mais salas de exposições na National Gallery, relíquias no British Museum, *tudo* no Victoria and Albert. Estava tendo uma overdose de cultura.

Até que, em seu último dia em Londres, Pat entrou no Tate Modern, no vasto salão vazio, e ficou embasbacado por aquela arte audaciosa e pelas impressionantes dimensões do museu: era como tentar enxergar o oceano todo de uma vez só, ou o céu. Talvez fosse a falta de sono, mas Pat se sentiu fisicamente abalado, quase nauseado. No andar de cima, andou por entre uma coleção de pinturas surrealistas e se sentiu desconstruído pela genialidade vigorosa e opaca daquelas expressões: Bacon, Magritte e especialmente Picabia, que, de acordo com as notas da galeria, havia dividido o mundo em duas simples categorias: fracassos e gente desconhecida. Ele era um inseto sob uma lente de aumento, a arte focada em um ponto cego e quente dentro de seu crânio insone.

Quando saiu do museu, estava quase hiperventilando. As coisas não melhoraram do lado de fora. A Millenium Bridge, com sua estrutura da era espacial, era como uma colher na boca da Catedral de St. Paul. Londres misturava tons, eras e gêneros ao acaso, desorientando Pat ainda mais com aquelas justaposições massivas e temerárias: modernistas, neoclássicas, ao estilo Tudor e arranha-céus.

Do outro lado da ponte, Pat deu de cara com um pequeno quarteto — violoncelo, dois violinos e um piano elétrico — de garotos tocando Bach à beira do Tâmisa para ganhar uns trocados. Ele se sentou e escutou, tentando recuperar o fôlego, deslumbrado pela habilidade casual e pelo brilhantismo simples que tinham. Meu Deus, se músicos de rua podiam fazer *aquilo*, o que é que *ele* estava fazendo ali? Sempre se sentira inseguro sobre suas habilidades musicais; podia acompanhar qualquer pessoa com a guitarra e mostrar dinamismo no palco, mas era Benny o músico verdadeiro. Juntos, eles escreveram centenas de canções, mas ali na rua, escutando aqueles quatro garotos tocarem tão tranquilamente a obra de Bach, Pat começou a ver as músicas de sua autoria como obras insignificantes e irônicas, comentários enviesados sobre a verdadeira música, reles piadas. Jesus, será que Pat já fizera algo que fosse realmente... *belo*? A música que aqueles garotos tocavam era como uma catedral de séculos de idade; a obra de Pat tinha o poder duradouro e a graça de um *trailer*. Para ele, a música sempre fora uma pose, a reação de um garoto irritado com a graça estética; passara todos os seus anos mostrando o dedo médio para a vida. Agora se sentia vazio e estridente — um fracasso e *também* um desconhecido. Um nada.

E foi então que ele fez algo que não fazia havia anos. Ao voltar para o apartamento de Kurtis, viu uma loja de música, do tipo descolada, com uma enorme fachada vermelha chamada Reckless Records. Depois de fingir olhar o que havia nas prateleiras, perguntou ao balconista se tinha alguma coisa dos Reticents.

— Ah, sim — disse o balconista, com o rosto marcado pelas espinhas demonstrando que reconhecia a banda. — Final dos anos oitenta, começo dos noventa... uma banda meio punk, meio pop suave.

— Eu não diria que eram suaves...

— Sim, uma daquelas bandas grunges.

— Não, eles surgiram antes dessa época...

— Sei, sei. Bem, não temos nada deles — disse o balconista. — Trabalhamos com coisas mais *relevantes*, sabe?

Pat agradeceu e saiu da loja.

Provavelmente foi por isso que Pat dormiu com Umi quando voltou ao apartamento. Ou talvez fosse apenas por ela estar sozinha de calcinha e sutiã, enquanto Joe e Kurtis assistiam a um jogo de futebol num *pub*.

— Importa-se se eu sentar? — perguntou Pat. Ela moveu as pernas sobre o sofá e ele ficou olhando para o pequeno triângulo da calcinha que ela usava. Não demorou muito até que estivessem rolando e indo para frente e para trás, em movimentos tão desajeitados quanto o trânsito de Londres (Umi: *Não podemos deixar Kurty saber disso*) até encontrarem um ritmo, e, como fizera várias vezes antes, Pat fodeu até conseguir retornar à existência.

Depois, Umi fez várias perguntas pessoais com o mesmo tom que alguém poderia perguntar sobre o consumo de gasolina de um carro que havia acabado de levar para um *test-drive*. Pat respondeu honestamente, sem se alongar. *Já foi casado?* Não. *Nem chegou perto?* Não, nunca. *Mas e aquela música "Lydia"? Ela não era o amor da sua vida?* Ele ainda se espantava com o que as pessoas ouviam naquela música. *O amor da sua vida?* Houve um tempo em que ele achava que sim; lembrava-se do apartamento que dividiram em Alphabet City, fazendo churrasco na pequena sacada e resolvendo palavras cruzadas nas manhãs de domingo. Mas o que foi que Lydia disse depois que o pegou com outra mulher? *Se você realmente me ama, então essa sua maneira de agir é ainda pior. Significa que você é cruel.*

Não, disse Pat a Umi, Lydia não foi o amor da sua vida. Apenas mais uma garota.

Eles retrocederam daquela maneira, da intimidade à conversa casual. *De onde veio?* Seattle, embora tivesse morado em Nova York por alguns anos e, recentemente, em Portland. *Irmãos?* Não. Apenas ele e a mãe. *E o pai?* Nunca chegou a conhecer o cara. Era dono de uma concessionária de carros. Queria ser escritor. Morreu quando Pat tinha quatro anos.

— Sinto muito. Você deve ser muito apegado à sua mãe.

— Bem, na verdade, não falo com ela há mais de um ano.

— Por quê?

E, subitamente, ele estava de volta àquela intervenção ridícula: Lydia e sua mãe do outro lado do quarto ("Estamos preocupadas, Pat, e isso tem de acabar"), recusando-se a olhar nos seus olhos. Lydia já conhecia a mãe de Pat antes que ele a encontrasse pela primeira vez, pois frequentavam o mesmo teatro comunitário em Seattle, e, diferentemente da maioria das suas namoradas, cuja decepção advinha da maneira pela qual o comportamento de Pat as afetava, Lydia reclamava em nome da mãe dele: como ele a ignorava por vários meses (até precisar de dinheiro), como quebrava as promessas que fizera a ela e como ainda não reembolsara o dinheiro que tomara anteriormente. Você não pode continuar fazendo isso, dizia Lydia. Vai acabar matando sua mãe — "sua mãe", na mente de Pat, era um termo que representava as duas. Para deixá-las felizes, Pat abriu mão de tudo, com exceção do álcool e da maconha, e ele e Lydia continuaram seu relacionamento por mais um ano, até que a mãe dele adoeceu. Olhando para trás, entretanto, o relacionamento acabou naquela intervenção, no minuto em que ela ficou do lado do quarto em que a mãe dele estava.

— Onde ela está agora? — perguntou Umi. — Sua mãe?

— Idaho — disse Pat, cansado. — Em uma cidadezinha chamada Sandpoint. Ela coordena um grupo de teatro lá.

Em seguida, e para sua própria surpresa: — Ela tem câncer.

— Ah, eu sinto muito — disse Umi, declarando que seu pai tinha um linfoma não Hodgkin.

Pat podia pedir detalhes a respeito, como ela fez, mas disse simplesmente:

— É difícil.

— Só um pouco — disse Umi, olhando para o chão. — Meu irmão vive dizendo o quanto meu pai é corajoso. *Papai é tão corajoso. Está lutando corajosamente.* Uma angústia maldita, na verdade.

— É mesmo — disse Pat, sentindo-se inquieto. — Bem... — Ele presumia que a conversa pós-orgasmo podia terminar por ali. Pelo menos, seria assim na América; ele não fazia ideia da taxa de conversão britânica. — Bem, acho que... — e levantou-se.

Ela o observou enquanto ele se vestia.

— Você está acostumado com isso — disse ela. E não era uma pergunta.

— Duvido que faça mais do que qualquer outra pessoa — disse Pat.

Ela riu.

— É isso que aprecio em caras bonitos como você. "O quê? Transar? Eu?"

Se Londres era uma cidade estranha, Edimburgo era outro planeta.

Eles pegaram o trem e Joe adormeceu assim que a locomotiva deixou a estação de King's Cross, e Pat só conseguiu imaginar as coisas que via pela janela — bairros onde as casas tinham varais para secar roupas, grandes ruínas ao longe, plantações de grãos e agrupamentos de basalto litorâneo que o faziam pensar em Columbia River Gorge, perto de onde morava.

— Então está certo — disse Joe, quatro horas e meia depois, acordando com uma respiração profunda e olhando ao redor conforme o trem entrava na estação de Edimburgo.

Eles deixaram a estação e estavam na depressão de um profundo vale — um castelo à esquerda e as paredes de pedra de uma cidade renascentista à direita. O Fringe Festival era maior do que Pat esperava — todos os postes de luz da rua estavam cobertos com folhetos anunciando um ou outro show, e as ruas estavam apinhadas de gente: turistas, *hipsters*, frequentadores de shows de meia-idade e artistas de quase todo tipo — em sua maioria comediantes, mas também atores e músicos, com apresentações individuais, duplas e grupos maiores especializados em improvisação, uma gama imensa de mímicos e manipuladores de fantoches, malabaristas de tochas, equilibristas, mágicos, acrobatas e uma infinidade de outros tipos que Pat não imaginava ver ali — estátuas vivas, homens vestidos como ternos pendurados em cabides, gêmeos dançando *break* — um festival medieval que se transformava no caos.

No escritório do festival, um babaca arrogante de bigode e com sotaque ainda mais carregado do que o de Joe — cheio de ritmos compassados e *R*s que escorriam pelo canto da boca — explicou que Pat devia cuidar da própria publicidade e que receberia metade do valor que Joe lhe prometera — Joe disse que uma tal de Nicole garantira o valor integral — Bigode disse que Nicole "não era capaz de garantir nem o próprio rabo" — Joe disse a Pat que não se preocupasse, pois não cobraria comissão — Pat surpreso com o fato de Joe ter planejado fazê-lo.

Do lado de fora, enquanto caminhavam rumo às suas acomodações, Pat admirava tudo. As muralhas da cidade eram como uma série de paredões e penhascos, a parte mais antiga — chamada de Royal Mile — conduzia a partir do castelo e serpenteava como um rio de paralelepípedos descendo por um cânion de edifícios de pedra manchados pela fuligem. O ruído incessante do festival se expandia em todas as direções, as enormes casas evisceradas para dar espaço para os palcos e microfones, o número esmagador de artistas desesperados acabando com o ânimo de Pat.

Pat e Joe foram colocados em um quarto alugado abaixo do nível da rua, na residência de um casal de idosos.

— Diga algo engraçado! — disse o marido vesgo quando Pat se apresentou.

Naquela noite, Joe levou Pat até seu show — subindo por uma rua, descendo por um beco, passando por um bar cheio de gente em outro beco até chegar a uma porta alta e estreita com uma maçaneta ornamentada no centro. Uma mulher apática com uma prancheta conduziu Pat até seu camarim, praticamente um armário cheio de tubulações e esfregões. Joe explicou que frequentemente as plateias ficavam vazias no início, mas se enchiam rapidamente em Edimburgo e que havia dúzias de críticos influentes, e, quando as resenhas começassem a chegar — "Você é capaz de fazer um show quatro estrelas" —, aquilo ia ferver. Um minuto depois a mulher com a prancheta o anunciou, e Pat surgiu ao som de aplausos tímidos, pensando *O que poderia ser menos do que isso?*, já que havia somente seis pessoas na sala, espalhadas por entre quarenta cadeiras dobráveis, sendo que três delas eram Joe e o casal idoso de quem estavam alugando o porão.

Mas Pat já tocara várias vezes para salas vazias, e matou a pau, chegando até a mostrar um novo *riff* antes de "Lydia".

— Ela disse aos nossos amigos que *descobriu* que eu estava com outra mulher. Como assim? Como se tivesse *descoberto* uma nova cura para a poliomielite? Ela disse às pessoas que me *pegou* fazendo sexo, como se houvesse prendido Carlos, o Chacal. Não é tão difícil. Você poderia pegar Bin Laden se chegasse em casa e ele estivesse fodendo alguém na cama.

Pat sentiu uma coisa que já percebera antes, que mesmo a admiração de uma pequena plateia podia ser algo muito profundo — ele adorava a maneira como os britânicos pronunciavam a primeira sílaba daquela palavra, BRIL-*liant*, e ficou acordado a noite inteira com Joe, ainda mais animado do que ele, conversando sobre maneiras de anunciar o seu show.

No dia seguinte, Joe mostrou a Pat pôsteres e panfletos que anunciavam o show. No topo de cada um havia uma foto de Pat segurando o violão, com o título *Pat Bender: não consigo me aguentar!*, seguido de "Um dos comediantes musicais mais ultrajantes da América!", juntamente com "Quatro estrelas" concedidas por alguma coisa chamada "The Riot Police". Pat viu folhetos como aquele anunciando outros artistas no festival, mas... "Não consigo me aguentar"? e aquela bobagem de "... mais ultrajantes da América"?

Todos os artistas faziam folhetos assim, explicou Joe. Pat nem mesmo gostava de ser chamado de "comediante musical". Seu show não era um besteirol como o de Weird Al Yankovic. Escritores podiam ser irreverentes e ainda assim ser sérios. Assim como diretores de filmes. Mas as pessoas esperam que os músicos sejam idiotas que se levem sério — *I love you, baby* e *A paz é a resposta*. Pro inferno com isso!

Pela primeira vez, Joe ficou frustrado com Pat, e suas bochechas pálidas assumiram coloração rosada.

— Escute, é assim que as coisas funcionam, Pat. Sabe quem é essa maldita Riot Police? Eu. *Eu* lhe dei quatro estrelas — disse ele, jogando o folheto em Pat. — Eu paguei por toda essa merda!

Pat suspirou. Ele sabia que aquele era um mundo diferente, uma época diferente — as bandas deviam ter blogs, flogs, twitter e sabe-se lá mais o quê. Pat nem mesmo tinha celular. Mesmo nos Estados Unidos, era impossível alguém conseguir ser um artista quieto e reservado; todo músico tinha que ser seu próprio publicitário — um bando de cuzões com os egos inflados anunciando no computador cada peido que soltam. Um rebelde agora era um garoto que passava o dia fazendo vídeos para o YouTube, filmando a si mesmo enfiando peças de Lego no próprio rabo.

— Peças de Lego no rabo — riu Joe. — Você devia usar isso em seu show.

Naquela tarde eles andaram pela cidade distribuindo panfletos pelas ruas. No início, foi algo tão constrangedor e patético quanto Pat imaginava, mas ele não parava de olhar para Joe e sentir-se diminuído pela energia febril do seu jovem amigo — "Assistam o show que está conquistando as plateias nos Estados Unidos!" — e, assim, Pat fez o melhor que podia, concentrando-se nas mulheres.

— Você devia vir ver — dizia ele, ativando seu olhar, pressionando um folheto na mão de uma mulher. — Acho que vai gostar.

Havia dezoito pessoas em seu show naquela noite, incluindo o articulista de alguma coisa chamada *The Laugh Track*, que deu quatro estrelas a Pat e — Joe leu em voz alta, animado — escreveu em seu blog que "o antigo vocalista da velha banda *cult* americana The Reticents apresenta um monólogo musical que é realmente diferente: agressivo, honesto e engraçado. É um misantropo cômico genuíno".

Na noite seguinte, vinte e nove pessoas vieram, incluindo uma garota de aparência decente em calças justas pretas, que ficou por ali depois do show para se drogar com ele. Pat a comeu prensando seu corpo contra as tubulações em seu camarim, aquele que tinha o tamanho de um armário.

Ele acordou com Joe do outro lado do quarto, em uma cadeira de cozinha, já vestido e com os braços cruzados.

— Você fodeu a Umi?

Desorientado, Pat achou que ele se referia à garota com quem tinha ficado depois do show.

— Você a conhece?

— Lá em Londres, seu canalha safado! Você dormiu com a Umi?

— Ah. Sim — disse Pat, se sentando. — Kurtis sabe?

— Kurtis? Ela me falou! Perguntou se você a mencionou em algum momento — disse Joe, arrancando os óculos e enxugando os olhos. — Lembra quando, depois de cantar "Lydia" em Portland, eu disse que estava apaixonado pela namorada do meu melhor amigo? Umi. Lembra?

Pat lembrava que Joe falou de alguém, e, agora que tocara no assunto, o nome realmente parecia familiar, mas estava tão empolgado com a possibilidade de uma turnê pelo Reino Unido que não chegou realmente a prestar atenção.

— Kurtis leva todas as garotas do East End para a cama, assim como o canalha safado da sua música, e eu nunca disse merda nenhuma a Umi porque Kurtis é meu amigo. E, na primeira chance que você tem... — O rosto de Joe passou de rosado a vermelho, e seus olhos se encheram de lágrimas. — Eu *amo* aquela garota, Pat!

— Desculpe, Joe. Eu não sabia que você gostava dela.

— De quem você acha que eu estava falando? — disse Joe, colocando os óculos e saindo com raiva da sala.

Pat ficou sentado por algum tempo, sentindo-se genuinamente horrível. Em seguida, vestiu-se e saiu para as ruas lotadas para procurar por Joe. O que foi que ele disse? *Como o canalha safado da sua música?* Meu Deus, será que Joe achava que aquela música era algum tipo de paródia? E, em seguida, teve um pensamento horrível: será que era mesmo? E o próprio Pat, será que era algum tipo de paródia também?

Pat procurou por Joe durante toda a tarde. Tentou até mesmo ir ao castelo, que estava cheio de turistas clicando suas câmeras fotográficas, mas nada de Joe. Andou na direção de New Town, até o topo de Calton Hill, uma colina suave coberta com monumentos incongruentes de períodos diferentes de Edimburgo. Toda a história da cidade era uma tentativa de conseguir uma vantagem melhor, um pedaço de terreno elevado onde fosse possível construir algo mais alto — pináculos, torres e colunas, todas elas com escadas estreitas e espiraladas até o topo — e Pat repentinamente viu a humanidade da mesma maneira: era sempre a mesma corrida para chegar cada vez *mais alto*, enxergar os inimigos e dominar os camponeses, com certeza, mas talvez fosse mais do que isso — construir alguma coisa, deixar um vestígio de si mesmo, fazer com que as pessoas vissem que *você esteve lá certa vez, no palco*. Mesmo assim, qual era o objetivo? Aquelas pessoas estavam mortas, não haviam deixado nada além de ruínas desgastadas de fracassos e gente desconhecida.

Quarenta pessoas no show naquela noite, sua primeira noite de casa cheia. Mas nada de Joe.

— Andei por Edimburgo hoje e cheguei à conclusão de que a arte e a arquitetura não são nada além de cães mijando em árvores — disse Pat. — O show ainda estava no começo, e ele se afastava perigosamente do roteiro. — Durante toda a minha vida... imaginei que deveria ser famoso, que deveria ser... *grande*. O que é isso? Fama.

E se inclinou por cima do violão, olhando para os rostos cheios de expectativa, esperando, junto com eles, que aquilo pudesse ficar engraçado.

— O mundo inteiro é doente... todos nós temos essa necessidade patética de sermos notados. Somos um bando de crianças de merda tentando conseguir atenção. E eu sou o pior de todos. Se a vida tivesse um tema, sabem... uma filosofia? Um lema? O meu seria o seguinte: *Deve haver algum engano, eu deveria ser maior do que isso.*

De onde vinham os shows ruins? Pat não tinha como saber se sofrera mais bombas do que outros artistas, mas shows ruins surgiam regularmente para ele. Com os Reticents, o consenso era de que a banda lançou um álbum excelente (*The Reticents*), um bom (*Manna*) e uma porcaria pretensiosa e impossível de escutar (*Metronome*). E a banda tinha a reputação de ser imprevisível ao vivo, embora isso fosse intencional, ou, pelo menos, inevitável: com Pat cheirando cocaína durante vários anos, Benny se enchendo de heroína e Casey Millar pirando nas baquetas nos shows, como eles poderiam *não* ser irregulares? Mas ninguém queria algo *regular*. O segredo estava em conseguir colocar um pouco de agressividade de volta na coisa — nada de ritmos programados em um sintetizador, nada de cabelos longos, nada de maquiagem que os fizesse parecer com fadas, nada daquelas bobagens angustiadas, fajutas e cobertas por camisas de flanela. E se os Reticents nunca passaram do status de banda *cult*, também nunca se tornaram uma banda fingida, compondo apenas canções românticas comerciais para se promoverem. Permaneceram autênticos, como as pessoas costumavam dizer, na época em que permanecer autêntico significava alguma coisa.

Mas, mesmo com os Rets, às vezes acontecia um show ruim. Não por causa das drogas, das brigas ou por fazer experimentos com a microfonia; às vezes simplesmente eram uma porcaria.

E foi isso que aconteceu no dia em que ele brigou com Joe e na noite em que o crítico do *Scotsman* veio assistir à *Pat Bender: não consigo me aguentar!* Pat enfiou os pés pelas mãos enquanto tentava cantar "Por que os bateristas são pompletos canacas?", e tentou escapar do fiasco com uma rotina de comédia dos anos oitenta sobre por que chamam uísque de scotch na América, mas somente de uísque na Escócia, e por que a fita adesiva Scotch era apenas ... fita adesiva — as pessoas olhavam para ele com uma expressão de *Sim, claro que é fita adesiva, seu idiota de merda* — e mal conseguiu chegar ao fim de "Lydia", imaginando que todos estavam enxergando através dele, que todo mundo entendia a canção, menos ele próprio.

Ele sentiu aquela transferência estranha, na qual a plateia — que normalmente torcia para que ele fosse engraçado e emocional, estamos-todos--juntos-nisso — começava a se ressentir daquela apresentação desastrosa. Um comentário que não fora testado antes, e que aparentemente não era engraçado, sobre a bunda grande das garotas escocesas *(essas garotas são como sacos de haggis* — mulas de haggis, contrabandeando salsichas de coração e fígado nas calças)*, não ajudou. Até mesmo o violão soava esganiçado aos ouvidos de Pat.

Na manhã seguinte ainda não havia nenhum sinal de Joe. O casal que hospedava Pat deixou uma edição do *Scotsman* do lado de fora da sua porta, aberto na resenha do seu show, que ganhou apenas uma estrela. Ele leu as palavras "vulgar", "incoerente" e "irritadiço" e largou o jornal. Naquela noite, oito pessoas vieram ao seu show. Depois, as coisas prosseguiram do jeito que ele imaginou que aconteceria. Cinco pessoas na noite seguinte. Nenhum sinal de Joe. Bigode foi até o palco para dizer a Pat que seu contrato semanal não seria renovado. Um ventríloquo ficaria com o seu teatro, o seu horário de apresentação e o seu quarto. O cheque fora entregue ao empresário de Pat, disse Bigode. Pat chegou até a rir daquilo, imaginando Joe a caminho de Londres com as quinhentas libras que deveria receber.

— Bem, como é que eu vou voltar para casa? — perguntou Pat ao homem do bigode.

— Aos Estados Unidos? — perguntou o homem, com uma voz anasalada. — Bem, não sei. O seu violão flutua?

A única coisa boa que Pat conseguiu extrair daquele período sombrio foi certo conhecimento sobre como sobreviver nas ruas. Nunca fizera aquilo por mais de algumas semanas, mas se sentiu estranhamente calmo com o que poderia fazer. Havia vários níveis de artistas em Edimburgo: grandes shows, profissionais menores contratados como o próprio Pat, caras que tocavam por hobby, novatos com talento tocando o que chamavam de "Fringe gratuito" e, finalmente — abaixo de tudo aqui-

---

* Prato típico da culinária escocesa feito com miúdos de carneiro. (N. do T.)

lo e pouco acima de mendigos e trombadinhas — uma gama imensa de músicos e artistas de rua: dançarinos jamaicanos com tênis sujos e *dreadlocks* ensebados, bandas chilenas de rua, mágicos carregando um punhado de truques em suas mochilas, uma mulher cigana tocando uma flauta estranha; e, naquela tarde, em uma rua em frente a uma cafeteria Costa, Pat Bender, improvisando versos engraçados em clássicos da música americana: *Desesperado, melhor pensar direito/Com uma libra e vinte pence/Você nunca vai voltar para casa.*

Havia uma boa quantidade de turistas americanos, e, quando percebeu, Pat já tinha trinta e cinco libras. Comprou meia caneca de cerveja e um prato de peixe frito. Depois, foi até a estação de trem, mas descobriu que a passagem mais barata para Londres custava sessenta libras. Se descontasse o dinheiro para a comida, talvez levasse três dias para juntar toda aquela quantia.

Perto do castelo havia um parque comprido e estreito, com as muralhas da cidade cercando-o pelos dois lados. Pat caminhou ao longo do parque procurando por um lugar para dormir, mas, depois de uma hora, decidiu que estava velho demais para dormir ao relento com as crianças de rua e foi até New Town, comprou uma caneca de vodca e pagou cinco libras ao balconista de um hotel noturno para que lhe deixasse dormir em uma cabine do banheiro.

Na manhã seguinte ele voltou à cafeteria e continuou a tocar. Estava tocando a velha canção dos Rets, "Gravy Boat", apenas para provar a si mesmo que ainda existia, quando levantou os olhos para ver a garota com quem fizera sexo no seu camarim, pressionando-a contra as tubulações. Os olhos da garota se arregalaram e ela agarrou sua amiga pelos braços.

— Ei, é ele!

Pat descobriu que seu nome era Naomi, ela tinha somente dezoito anos, morava em Manchester e viera passar férias ali com seus pais, Claude e June, que estavam comendo em um *pub* nas proximidades, tinham aproximadamente a mesma idade que ele, e não ficaram muito contentes em conhecer o novo amigo da sua filha. Naomi quase chorou ao contar a seus pais sobre os problemas de Pat, sobre como ele foi "tão gentil", como fora arruinado por seu empresário e largado ali sem condições de voltar para casa. Duas horas depois ele estava em um trem a caminho de Londres, custeado por um pai cuja verdadeira motivação para ajudar Pat a sair da Escócia nunca deixou qualquer dúvida.

No trem, Pat continuava a pensar em Edimburgo, em todos aqueles artistas desesperados entregando folhetos nas ruas, em todos os músicos de rua, torres, igrejas, castelos e penhascos, a corrida para chegar cada vez mais alto, o ciclo da criação e rebelião, todos presumindo que estavam dizendo algo novo ou fazendo algo novo, algo profundo — quando a verdade era que tudo aquilo já fora feito um milhão, um bilhão de vezes. Era tudo que ele queria. *Ser grande. Ter importância.*

Sim, pois bem, ele conseguia imaginar Lydia dizendo, *você não vai conseguir.*

Kurtis atendeu a porta, com os fones do iPod enfiados nos buracos que havia em sua cabeça redonda e irregular. Quando viu Pat, seu rosto não mudou — ou, pelo menos, foi isso que deixou Pat embasbacado quando Kurtis o empurrou de volta para o corredor e o prensou contra a parede. Pat largou a mochila e o violão.

— Espere...

O antebraço de Kurtis bateu com força no pescoço de Pat, cortando sua respiração, e um joelho subiu contra a virilha de Pat. Truques de um segurança de bar, Pat reconheceu, até que um punho enorme atingiu em cheio o seu rosto, afastando até mesmo aquele pensamento do seu rosto, e Pat deslizou pela parede até cair no chão. Deitado no piso, ele tentou recuperar o fôlego. Levou a mão até o rosto ensanguentado e conseguiu olhar por entre as pernas de Kurtis para tentar enxergar Umi ou Joe. Mas o apartamento que havia atrás de Kurtis parecia não somente estar vazio... mas totalmente revirado. Imaginou o tumulto que devia ter acontecido, com Joe entrando de sopetão e toda a merda entre os três finalmente explodindo, Joe dizendo a Umi, estupefata, que a amava. Gostava de imaginar que Joe e Umi estariam em um trem em direção a algum lugar, com as passagens pagas pelas quinhentas libras de Pat.

E foi então que ele percebeu que Kurtis estava apenas com as roupas de baixo. *Meu Deus, esses caras são muito estranhos.* Kurtis estava em cima de Pat, ofegante. Chutou o estojo do violão, e Pat pensou: *Por favor, não quebre o meu violão.*

— Seu desgraçado de merda — disse Kurtis, finalmente. — Seu estúpido, desgraçado de merda — e voltou para dentro do apartamento. Até o ar da porta que bateu machucou Pat, que demorou alguns segundos para se levantar e fez isso somente porque estava preocupado com a possibilidade de que Kurtis voltasse para destruir o violão.

Na rua, as pessoas abriam caminho para Pat, afastando-se, assustadas pelo sangue que lhe escorria do nariz. Em um *pub* a um quarteirão de distância, ele pediu uma caneca de cerveja, um pedaço de pano do bar e um pouco de gelo. Limpou-se no banheiro e ficou observando a porta do apartamento de Kurtis. Mas, depois de duas horas, não viu ninguém: nada de Joe, nada de Umi, nada de Kurtis.

Quando sua cerveja terminou, tirou o que restava do seu dinheiro do bolso e colocou-o sobre a mesa: doze libras e quarenta *pence*. Observou aquela pilha tristonha de dinheiro até que seus olhos começassem a lacrimejar. Enterrou o rosto nas mãos e começou a chorar. Sentiu-se limpo e purificado, de algum modo, como se finalmente fosse capaz de entender como aquela coisa que identificara em Edimburgo — a fome desesperada para chegar cada vez mais alto — quase o havia destruído. Sentia-se como se houvesse atravessado alguma espécie de túnel, passado por entre as trevas e chegado ao outro lado.

Tudo estava acabado agora. Ele se sentia pronto para parar de tentar *ter importância*; estava pronto para simplesmente *viver*.

Estava tremendo quando saiu do *pub* e sentiu uma lufada de vento frio, movido por uma determinação que parecia levá-lo às raias do desespero. Entrou na cabine telefônica vermelha que havia do lado de fora do *pub*. Ela cheirava a urina e seu interior estava coberto por folhetos desbotados que anunciavam shows de *striptease* baratos e serviços de acompanhante oferecidos por travestis.

— Sandpoint, Idaho... Estados Unidos — disse à telefonista, com a voz embargada. Preocupava-se com a possibilidade de haver esquecido o número, mas, assim que disse o código de área, 208, ele se lembrou. Quatro libras e cinquenta *pence*, disse a telefonista. Quase metade de todo o seu dinheiro, mas Pat sabia que não podia ligar a cobrar. Não desta vez. Então colocou o dinheiro no aparelho.

Ela atendeu ao segundo toque.

— Alô?

Mas havia algo errado. Não era sua mãe... e Pat pensou, horrorizado: é tarde demais. Ela morreu. A casa foi vendida. Meu Deus. Ele chegou tarde demais à sua revelação — não conseguiu se despedir da única pessoa que se importava com ele.

Pat Bender estava em uma cabine telefônica em uma rua movimentada no sul de Londres, chorando e sangrando.

— Alô? — disse a mulher novamente. Sua voz parecia mais familiar desta vez, embora ainda não fosse sua mãe. — Tem alguém aí?

— Alô? — disse Pat, prendendo a respiração e enxugando os olhos. — É... é *Lydia*?

— Pat?

— Sim, sou eu.

Ele fechou os olhos e a viu, os contornos altos das maçãs do rosto e aqueles belos olhos castanhos por baixo dos cabelos castanhos curtos, e achou que era um sinal.

— O que você está fazendo aí, Lydia?

Ela lhe disse que sua mãe estava passando por mais uma bateria de sessões de quimioterapia. Meu Deus — bem, então não era tarde demais, Pat cobriu a boca com a mão. Havia algumas pessoas ajudando alternadamente, disse Lydia: primeiramente as tias de Pat — as odiosas Diane e Darlene — e agora Lydia, que veio de Seattle para passar alguns dias. Sua voz parecia bastante clara e inteligente; não era de admirar o fato de haver se apaixonado por ela. Lydia era cristalina.

— Onde é que você está, Pat?

— Você não vai acreditar... — disse Pat. Ele estava em Londres, entre todos os lugares possíveis. Fora convencido a fazer uma turnê pelo Reino Unido por um garoto, mas tiveram alguns problemas, o garoto fugiu com o seu dinheiro e... Pat pressentiu o silêncio do outro lado da linha. — Não... Lydia — disse ele, e riu. Já podia imaginar como a ligação pareceria do ponto de vista dela. A quantas ligações iguais àquela Lydia já havia atendido? E sua mãe? Quantas vezes já havia entregado seu dinheiro para tirá-lo de enrascadas como aquela? — Desta vez é diferente... — falou, mas se deteve. Diferente? Como? Desta vez... o quê? Ele olhou ao redor da cabine telefônica.

O que ele poderia dizer que já não fora dito antes, quais outras promessas ele ainda poderia fazer? *Desta vez, se eu prometer nunca mais usar drogas-ficar bêbado-trair-roubar, posso voltar para casa, por favor?* Ele provavelmente diria aquilo também, ou tentaria, dentro de uma semana, ou um mês, ou na ocasião em que a situação voltasse a ocorrer, e ela *voltaria* a ocorrer — a necessidade de *ter importância*, de ser grande, de ficar ainda mais chapado. *Ficar mais chapado*. E por que não voltaria a ocorrer? O que mais havia? Fracassos e gente desconhecida. Então, Pat riu. Ele riu porque percebeu que aquela ligação era somente mais um show ruim em uma longa sequência deles, como o resto da sua vida (outro show ruim), como o show ruim que foi a intervenção feita por Lydia e sua mãe, a qual ele odiou com todas as suas forças porque *elas não tinham verdadeiramente a intenção de fazê-la*; não entendiam que tudo aquilo não tinha propósito algum, a menos que você estivesse realmente preparado para se livrar da pessoa.

Desta vez... Do outro lado da linha, Lydia entendeu errado a risada.

— Ah, Pat — disse ela, com a voz um pouco mais alta do que um suspiro. — O que você tomou?

Ele tentou responder *nada*, mas lhe faltava ar para formar as palavras. E foi aí que Pat ouviu sua mãe entrar no quarto atrás de Lydia, com a voz distante e aflita.

— Quem é, querida?

E Pat percebeu que, em Idaho, eram três da manhã.

Às três da manhã, ele ligou para sua mãe, à beira da morte, para pedir a ela que lhe mandasse dinheiro para sair de outra enrascada. Mesmo no fim da vida ela tinha de aguentar o péssimo show que era seu filho de meia-idade, e Pat pensou: *Faça, Lydia. Faça, por favor!*

— Faça — sussurrou, quando um ônibus vermelho de dois andares passou ao lado da cabine telefônica, e ele prendeu a respiração para que outras palavras não pudessem lhe escapar.

E ela fez. Lydia respirou fundo.

— Não é ninguém, Dee — disse ela, e desligou o telefone.

11
Dee de Troia

ABRIL DE 1962
ROMA E PORTO VERGOGNA, ITÁLIA

Richard Burton era o pior motorista que Pasquale já vira. Ele franzia o cenho, observando a estrada com um olho e segurando o volante frouxamente entre dois dedos, com o ombro curvado. Com a outra mão, segurava, pela janela aberta, um cigarro que parecia não ter interesse em fumar. No banco do passageiro, Pasquale olhava para o bastonete em brasa na mão do homem, imaginando se deveria estender o braço e pegá-lo antes que a cinza chegasse aos dedos de Richard Burton. Os pneus do Alfa Romeo cantavam e guinchavam conforme ele fazia as curvas que o afastavam do centro de Roma, e alguns pedestres gritavam e brandiam os punhos fechados quando ele os forçava a saltar para as sarjetas.

— Desculpe — dizia ele. Ou — Sinto muito. — Ou ainda — Sai da frente.

Pasquale não sabia que Richard Burton era Richard Burton até que a mulher com quem conversara nas Escadas Espanholas os apresentou.

— Pasquale Tursi, este é Richard Burton.

Momentos antes, ela o levara para longe das escadas, ainda com o envelope de Michael Deane nas mãos, passando por algumas ruas, subindo uma escadaria, passando por dentro de um restaurante e saindo pela porta dos fundos até que, finalmente, chegaram até um homem com óculos escuros, calças de lã, jaqueta esportiva por cima do suéter e cachecol vermelho, apoiado no Alfa Romeo azul-claro em um beco estreito onde não havia outros carros. Richard Burton tirou os óculos e abriu um sorriso malandro. Tinha a mesma altura de Pasquale, com costeletas grossas, cabelos castanhos desgrenhados e uma covinha no queixo. Tinha as feições mais rígidas que Pasquale já vira, como se seu rosto tivesse sido esculpido em partes diferentes e depois montado de uma só vez. Tinha algumas marcas de varíola nas bochechas e um par de olhos azuis espaçados que não piscavam. Acima de tudo, tinha a maior cabeça que Pasquale já encontrara. Ele nunca vira os filmes de Richard Burton e sabia seu nome apenas porque ouvira as duas mulheres conversando no trem no dia anterior, mas bastou um olhar para que não restasse dúvida: aquele homem era um astro do cinema.

A pedido da mulher, Pasquale explicou toda a história em um inglês trôpego: Dee Moray chega ao vilarejo, ali espera por um homem misterioso que não chega; a visita do médico e a viagem de Pasquale a Roma, sendo, por engano, enviado junto com os coadjuvantes. Ele aguarda Michael Deane, e depois há o encontro revigorante com aquele homem, que começou com Pasquale socando o peito de Deane e que rapidamente evoluiu para Deane admitindo que, na verdade, Dee estava grávida, e não morrendo, terminando assim com o envelope de dinheiro que Deane ofereceu como recompensa, um envelope que Pasquale ainda levava na mão.

— Meu Deus — disse Richard Burton, por fim. — Deane é um mercenário sem coração. Acho que estão levando a sério a ideia de terminar esse maldito filme, mandando esse merda cuidar de todo o orçamento, das fofocas e dos problemas. Bem, foi ele quem fodeu com tudo. Pobre garota. Escute, Pat — disse ele, colocando a mão no braço de Pasquale. — Pode me levar aonde ela está, camarada, para que eu possa ao menos lhe mostrar um resquício de cavalheirismo no meio de toda essa sujeira?

— Ah — disse Pasquale, quando finalmente entendeu as coisas, sentindo-se um pouco frustrado ao perceber que aquele homem era seu concorrente, e não Michael Deane com suas lamentações. — Então... o bebê é seu.

Richard Burton mal se deixou abalar.

— Parece que sim, eu creio — disse ele. E, vinte minutos depois, lá estavam os dois, no Alfa Romeo de Burton, cruzando os arredores de Roma a toda velocidade em direção à *autostrada* e, finalmente, Dee Moray.

— É maravilhoso poder dirigir outra vez.

O cabelo de Richard Burton estava emaranhado pelo vento e ele falava com a voz acima do ruído da estrada. O sol refletia em seus óculos escuros.

— Tenho que lhe dizer uma coisa, Pat. Eu realmente invejo o soco que você acertou em Deane. Ele é um borra-botas infantiloide, um puxa-saco. Provavelmente vou mirar em um ponto mais alto quando chegar a minha vez de bater nele.

A brasa do cigarro atingiu os dedos de Richard Burton e ele o lançou para fora da janela com um rápido movimento, como se uma abelha o houvesse picado.

— Acredito que você sabe que não tive nada a ver com a decisão de mandar a garota embora. E com certeza eu não sabia que ela estava grávida. Não que isso me deixe feliz. Você sabe como são essas coisas que acontecem nos bastidores. — Ele deu de ombros e olhou pela janela lateral. — Mas eu gosto de Dee. Ela é... — ele procurou pela palavra, mas não conseguiu encontrá-la. — Senti falta dela. — Ele levou a mão até a boca e pareceu surpreso por não haver um cigarro ali. — Dee e eu temos uma pequena história, e acabamos nos tornando amigos outra vez quando o marido de Liz chegou à cidade. Então, a Fox me emprestou para fazer uma ponta em *O mais longo dos dias*, provavelmente para se livrar de mim por um tempo. Eu estava na França quando Dee adoeceu. Falei com ela pelo telefone e ela disse que teve uma consulta com o dr. Crane... e que havia sido diagnosticada com câncer. Ela iria à Suíça para fazer o tratamento, mas decidimos nos encontrar mais uma vez no litoral. Eu disse que terminaria de gravar *O mais longo dos dias* e a encontraria em Portovenere, e confiei naquele nojento do Deane para arranjar tudo. O desgraçado é mestre em se insinuar. Disse que ela havia piorado e ido à Suíça para se tratar. E que me ligaria quando voltasse. O que eu podia fazer?

— Portovenere? — perguntou Pasquale. Então ela realmente chegara a seu vilarejo por engano. Ou por causa da tramoia armada por Deane.

— É esse maldito filme — disse Richard Burton, balançando a cabeça. — É o rabo do diabo, esse filme maldito. *Flashes* por toda parte...

padres com câmeras enfiadas nas batinas... puritanos que vêm dos Estados Unidos para nos deixar longe das garotas e da bebida... colunas de fofoca surgindo cada vez que tomamos um maldito coquetel. Eu devia ter largado isso vários meses atrás. É insano. E você sabe por que as coisas estão acontecendo dessa maneira? Sabe? Por causa dela.

— Dee Moray?

— O quê? — disse Richard Burton, olhando para Pasquale como se não tivesse prestado atenção. — Dee? Não. Por causa de Liz. É como ter um maldito tufão dentro de seu apartamento. E eu não fui procurar por isso. Por nada disso. Estava perfeitamente feliz fazendo *Camelot*. Não que eu pudesse conseguir um mísero aperto de mão de Julie Andrews — embora houvesse bastante companhia feminina à minha disposição, pode ter certeza. Não, eu já estava cheio do maldito cinema. Era hora de voltar para o palco, recuperar a minha promessa, a arte, tudo isso. Nesse momento, meu agente me liga, diz que a Fox vai pagar a multa rescisória para que eu rompa meu contrato com *Camelot*, e pagar quatro vezes o meu preço se eu rolar ao redor de Liz Taylor vestindo um roupão. Quatro vezes! Mas eu não aceitei imediatamente. Disse que iria pensar no assunto. Mostre-me algum homem mortal que precisa pensar sobre *isso*. Mas eu o fiz. E sabe no que eu estava pensando?

Pasquale só foi capaz de dar de ombros. Escutar aquele homem falando era como tentar ficar em pé no meio de um vendaval.

— Eu estava pensando em Larry — disse Richard Burton, olhando para Pasquale. — Olivier, me passando um sermão naquela voz de tio velho que ele tem. — Burton estendeu o lábio inferior e fez uma voz anasalada: — "Dick, é claro que, depois de um tempo, você terá que se decidir entre se tornar um *objeto do dia a dia* ou um *a-TOR*." — Ele riu. — Velho desgraçado. Na última apresentação de *Camelot*, ergui o copo num brinde a Larry e todo o seu maldito palco. Disse que eu ficaria com o dinheiro, obrigado, e em uma semana deixaria a bela Liz Taylor, dos cabelos negros, de joelhos... de preferência nos meus joelhos — disse ele, rindo com aquela lembrança. — Olivier... meu Deus. No final, que diferença faz se o filho de um minerador do país de Gales atua no palco ou nas telas? Nossos nomes são escritos na água, de qualquer maneira, como disse Keats. Então, que importância isso tem? Velhos caducos como Olivier e Gielgud podem ter seus códigos de conduta e enfiá-los em seus respectivos rabos, *saiam daqui, rapazes, e vamos continuar com o show*, não é?

Richard Burton olhou por cima do ombro, com os cabelos bagunçados pelo vento que batia contra o conversível aberto.

— Então volto a Roma, onde conheço Liz... e deixe-me dizer-lhe uma coisa, Pat. Nunca vi uma mulher como aquela. Olhe, tive algumas quando era mais novo, mas igual a ela? Meu Deus! Sabe o que eu disse na primeira vez em que nos encontramos? — Ele não esperou que Pasquale respondesse. — Eu disse: "Não sei se alguém já lhe disse isso, mas... até que você não é feia". — E sorriu. — E quando aqueles olhos pousam em você? Meu Deus, o mundo para de girar... eu sabia que ela era casada, e, indo direto ao ponto, ela é uma devoradora de almas, mas eu também não sou de ferro. É claro que qualquer maluco escolheria ser um grande ator em vez de ser um objeto do dia a dia se os lucros fossem os mesmos, mas não é de fato isso que temos, não é? Porque eles juntam toda aquela merda de dinheiro na balança também, e, meu Deus, cara, colocam também aqueles peitos e aquela cintura... Jesus, e aqueles olhos... e é aqui que as coisas começam a degringolar, meu velho, até que a balança pende para um lado. Não, não, nossos nomes definitivamente são escritos na água. Ou em conhaque, se tivermos sorte.

Ele piscou e esterçou o volante. Pasquale colocou as mãos no painel.

— Bem, eis uma ideia. Que tal um conhaque? Fique de olho, meu chapa.

Richard Burton respirou fundo e voltou à sua história.

— Claro, os jornais mostram Liz e eu juntos. O marido dela vem à cidade. Fico um pouco aborrecido, passo quatro dias bebendo sem parar, e, no meio da bebedeira, embriagado e arrependido, volto aos braços de Dee em busca de conforto. A cada duas semanas eu me pego batendo à porta dela. — E balançou a cabeça negativamente. — Ela é inteligente. Esperta. Ser inteligente, conseguir enxergar através da cortina, é um fardo para uma mulher bonita. Tenho certeza de que ela concordaria com Larry, dizendo que estou desperdiçando meu talento ao fazer um filme ruim como esse. E eu sabia que Dee estava apaixonada por mim. Provavelmente eu não devia ter ido atrás dela, mas... nós somos quem somos, mas o que é que somos? Não estou certo? — disse ele, apalpando o peito com a mão esquerda. — Você teria mais um cigarro?

Pasquale pegou um de seus cigarros e o acendeu para ele. Richard Burton deu uma longa tragada e a fumaça rolou de seu nariz.

— Esse tal de Crane, o homem que diagnosticou Dee, é o cara que prescreve os comprimidos para Liz. É uma cascavel do pior tipo. Ele e Deane inventaram essa coisa do câncer para tirar Dee da cidade — disse ele, balançando a cabeça. — Que tipo de canalha diz a uma garota com enjoos de gravidez que ela está morrendo de câncer? Essas pessoas são capazes de qualquer coisa.

Ele freou subitamente, e os pneus pareceram saltar, como um animal assustado. O carro derrapou para fora da estrada e parou com os pneus guinchando em frente a um mercado nos arredores de Roma.

— Está com tanta sede quanto eu, meu chapa?

— Estou com fome — disse Pasquale. — Não almocei.

— Certo. Excelente. E você não teria dinheiro com você, teria? Eu estava tão desnorteado quando saímos que, receio, estou com pouco dinheiro.

Pasquale abriu o envelope e lhe entregou uma nota de mil liras. Richard Burton pegou o dinheiro e se apressou até o mercado.

Voltou alguns minutos depois com duas garrafas abertas de vinho tinto. Deu uma a Pasquale e enfiou a outra entre as pernas.

— Que tipo de lugar infernal é esse, sem nenhuma garrafa de conhaque? Será que teremos de escrever nosso nome com urina de uva então? Bem, não se pode vencer sempre, suponho.

Ele tomou um longo gole do vinho e percebeu que Pasquale o observava.

— Meu pai era um cara que tomava doze caneca de cerveja por dia. Como sou galês, preciso manter isso sob controle. Então, só bebo quando estou trabalhando — disse ele, piscando. — E é por isso que estou *sempre* trabalhando.

Quatro horas depois, o homem responsável por engravidar Dee Moray havia bebido todo o conteúdo das duas garrafas, com exceção de alguns goles, e parado para comprar uma terceira. Richard Burton estacionou o Alfa Romeo perto do porto em La Spezia e Pasquale conversou com os fregueses do bar do porto até que um pescador concordou em levá-los até Porto Vergogna em troca de duas mil liras. O pescador andou em direção ao seu barco, dez metros à frente deles.

— Eu também nasci em um vilarejo — disse Richard Burton a Pasquale quando se sentaram no banco de madeira instalado na proa do barco meio molhado. A noite estava fria e úmida. Richard Burton levantou a gola da jaqueta contra a brisa cortante do mar. O capitão do barco estava três degraus acima deles, segurando o timão com uma mão enquanto se afastava do porto, com a espuma se elevando pela frente do casco, se abrindo e voltando a se acomodar atrás da embarcação. O ar salgado deixava Pasquale ainda mais faminto.

O capitão os ignorou. Suas orelhas estavam incandescidas com um brilho vermelho e frio no ar gelado.

Richard Burton se recostou e suspirou.

— O lugar de onde eu venho se chama Pontrhydyfen. Fica em um pequeno vale entre duas montanhas verdes e é cortado por um riacho cristalino como vodca. Uma pequena cidade galesa de mineiros. Qual você acha que é o nome do nosso rio? — Pasquale não fazia ideia do que ele estava falando. — Pense um pouco. Faz todo o sentido. — Pasquale deu de ombros. — Avon — disse ele, e esperou que Pasquale esboçasse uma reação. — Uma bela ironia, não acha?

Pasquale disse que sim.

— Certo... Alguém falou em vodca? Ah, sim. Fui eu.

Richard Burton suspirou pesadamente. Em seguida, gritou para o piloto do barco:

— Ei, não há nada para beber a bordo? É verdade, capitão?

O homem o ignorou.

— Ele está arriscando a possibilidade de um motim, não acha, Pat?

Em seguida, Burton voltou a se recostar. Ajustou a gola para se proteger do ar frio e continuou a contar a Pasquale sobre o vilarejo onde crescera.

— Havia treze de nós, os Jenkins, mamadores de tetas, todos eles, até o pirralho que nasceu depois de mim. Eu tinha dois anos quando minha pobre mãe finalmente arregou, sugada até a última gota. Mamamos na pobre mulher até ela murchar como um balão. Consegui ficar com a última gota. Minha irmã Cecília me criou depois daquilo. O velho Jenkins não ajudou em nada. Já tinha cinquenta anos quando nasci. Estava bêbado assim que o sol nascia, e eu mal o conheci. Seu nome foi a única coisa que ele me deu. Burton veio de um professor de teatro, embora eu diga que assumi o nome por causa de Michael Burton. *Anatomia da melancolia*? Não conhece? Ah, sim. Desculpe. — E deslizou a mão pelo peito. — Não, isso foi uma coisa que eu inventei, esse... *Burton*. Dickie Jenkins é um malandro, um beliscador de peitos, mas esse outro camarada, Richard Burton, esse sim vai às alturas.

Pasquale assentiu. O ruído do mar contra o casco do barco e a incessante conversa de bêbado de Burton conspiravam para lhe deixar incrivelmente sonolento.

— Todos os garotos da família Jenkins trabalhavam na mina de carvão, exceto eu. E só escapei por causa da sorte e de Hitler. A RAF foi a minha rota de fuga, e, apesar de eu ser cego demais para pilotar, ainda consegui ir a Oxford por causa dela. Ei, você sabe o que dizem a um garoto do meu vilarejo quando o veem em Oxford?

Pasquale deu de ombros outra vez, extenuado pela tagarelice constante do homem.

— "Ei, volte a podar aqueles arbustos!"

Como Pasquale não riu, Richard Burton se aproximou para explicar.

— A questão é... olhe, não é para me gabar, mas, só para que você saiba... eu nem sempre fui... — e procurou pela palavra. — Assim. Eu entendo o que é viver nas províncias. Ah, eu esqueci muitas coisas, admito, acabei ficando frouxo. Mas não me esqueci disso.

Pasquale nunca encontrou ninguém que falasse tanto quanto esse Richard Burton. Quando não entendia algo em inglês, Pasquale aprendera a mudar o assunto e tentou fazer isso agora — em parte, apenas para ouvir sua voz novamente.

— Você joga tênis, Richard Burton?

— Não, estou mais para o rúgbi... Gosto de coisas mais selvagens e intensas. Eu jogaria no clube depois de Oxford como atacante, se não fosse a facilidade com a qual os homens envolvidos com arte dramática levam as garotas para a cama. — Ele deixou seu olhar se perder no espaço. — Meu irmão Ifor, esse sim era um ótimo jogador de rúgbi. Eu poderia ter sido igual a ele se treinasse, embora isso me deixasse limitado às garotas que jogam hóquei, aquelas que têm peitos grandes. Pela minha experiência, os rapazes dos palcos têm maior gama de opções. — E, em seguida, disse outra vez ao capitão: — Tem certeza de que não tem nada para beber a bordo, capitão? Nem um pouco de conhaque?

Como não houve resposta, voltou a se sentar contra a proa.

— Espero que esse imbecil afunde com essa banheira.

Finalmente deram a volta na ponta do quebra-mar, e o vento gelado cessou quando o barco diminuiu a velocidade e eles entraram na enseada de Porto Vergogna. O barco bateu contra a proteção de madeira na ponta do ancoradouro, a água salgada chocando-se contra as tábuas encharcadas e empenadas. Sob a luz da lua, Richard Burton apertou os olhos para enxergar as dez ou doze casas de pedra e gesso, algumas iluminadas por lampiões.

— O resto do vilarejo fica do outro lado da colina?

Pasquale olhou para o andar superior de seu hotel, onde a janela de Dee Moray estava escura.

— Não. Isso é tudo, Porto Vergogna, aqui.

Richard Burton balançou negativamente a cabeça.

— Certo. Claro que é. Meu Deus, não passa de uma fenda nos rochedos. E não há telefones?

— Não — disse Pasquale, constrangido. — Talvez no ano que vem.

— Aquele Deane é um maluco desgraçado — disse Richard Burton, num tom que Pasquale entendeu quase como admiração. — Vou açoitar aquele filho da puta até que ele comece a sangrar pelos mamilos. Bastardo. — E subiu até a doca enquanto Pasquale pagava o pescador de Spezia, que lhe deu as costas e virou o barco na direção oposta sem pronunciar uma palavra. Pasquale foi em direção à orla.

Acima deles, os pescadores estavam bebendo na *piazza*, como se estivessem esperando ansiosamente por alguma coisa. Moviam-se pelo lugar como abelhas cuja colmeia fora sacudida. Estavam empurrando Tomasso, o Comunista, e ele começou a descer a escadaria que o levaria até a orla. Embora Pasquale compreendesse agora que Dee Moray não estava realmente morrendo, ele teve certeza de que algo terrível havia acontecido à mulher.

— Gualfredo e Pelle vieram esta tarde naquele barco — disse Tomasso quando os encontrou nos degraus. — Levaram sua americana embora, Pasquale! Tentei impedi-los. Sua tia Valeria também. Ela disse que a garota morreria se a levassem. A americana não queria ir, mas aquele porco do Gualfredo disse que ela deveria estar em Portovenere, não aqui... que um homem foi até lá procurar por ela. E ela foi com eles.

Como aquela conversa ocorreu em italiano, Richard Burton não compreendeu direito a notícia. Ele baixou a gola da jaqueta outra vez e olhou para o pequeno agrupamento de casas caiadas de branco. Sorriu para Tomasso e disse:

— Não acho que você seja um *bartender*, meu velho. Eu podia tomar uma dose antes de dizer à pobre garota que ela está prenha.

Pasquale traduziu o que Tomasso dissera.

— Um homem de outro hotel veio até aqui e levou Dee Moray embora.

— Levou-a para onde?

Pasquale apontou para um lugar mais adiante no litoral.

— Portovenere. Disse que ela deveria estar lá e que o meu hotel não é bom para cuidar de americanos.

— Isso é pirataria! Não podemos permitir que uma coisa dessa aconteça, não é?

Eles subiram até a praça e os pescadores dividiram o restante da sua grapa com Richard Burton enquanto falavam sobre o que fariam. Houve uma conversa sobre esperar até o amanhecer, mas Pasquale e Richard Burton concordavam que Dee Moray deveria saber imediatamente que não estava morrendo de câncer. Eles iriam a Portovenere ainda esta noite. Havia um clima de animação entre os homens na fria orla parcialmente coberta pelo mar: Tomasso, o Velho, falava sobre cortar a garganta de Gualfredo; Richard Burton perguntou em inglês se alguém sabia até que horas os bares em Portovenere ficavam abertos; Lugo, o Herói de Guerra, correu até sua casa para buscar sua carabina; Tomasso, o Comunista, levantou a mão em uma espécie de saudação e ofereceu-se para guiar a ofensiva contra o hotel de Gualfredo; e foi mais ou menos nessa hora que Pasquale percebeu que era o único homem sóbrio em Porto Vergogna.

Ele foi até o hotel e entrou para dizer à sua mãe e à sua tia Valeria eles que iriam descer pelo litoral e aproveitou para pegar uma garrafa de vinho do porto para Richard Burton. Sua tia estava observando pela janela e descrevendo o que via para a mãe de Pasquale, que estava sentada na cama. Pasquale enfiou a cabeça pelo vão da porta.

— Eu tentei impedi-los — disse Valeria. Ela tinha uma expressão sombria, e entregou um bilhete a Pasquale.

— Já sei — disse Pasquale enquanto lia a nota. Fora deixada por Dee Moray. "Pasquale, alguns homens vieram me dizer que meu amigo estava esperando por mim em Portovenere e que houve um engano. Vou me certificar para de você seja pago pelos problemas que teve. Obrigada por tudo. Com carinho, Dee." Pasquale suspirou. *Com carinho*.

— Tenha cuidado — disse-lhe a mãe, na cama. — Gualfredo é um homem duro.

Ele enfiou o bilhete no bolso.

— Vou ficar bem, mamma.

— Vai sim, Pasqo — disse ela. — Você é um homem bom.

Pasquale não estava acostumado àquele tipo de demonstração de afeto, especialmente quando sua mãe estava em um daqueles dias sombrios. Talvez seu humor estivesse melhorando. Ele entrou no quarto e curvou-se para beijá-la. Ela tinha o cheiro envelhecido de quando ficava confinada na cama. Mas, antes que pudesse beijá-la, ela estendeu uma mão encurvada e apertou seu braço com toda a força que lhe restava, trêmula.

Pasquale olhou para aquela mão trêmula.

— Mamma, está tudo bem.

— Eu disse a Valeria que uma americana alta como aquela nunca ficaria aqui. Eu disse que ela iria embora.

— Mamma. Do que está falando?

Ela voltou a se deitar e lentamente soltou o braço do filho.

— Vá buscar aquela garota americana e case-se com ela, Pasquale. Você tem minha bênção.

Ele riu e beijou-a outra vez.

— Vou encontrar a garota, mas é você que eu amo, mamma. Somente você. Não há ninguém mais para mim.

Do lado de fora, Pasquale encontrou Richard Burton e os pescadores ainda bebendo na *piazza*. Constrangido, Lugo disse que não poderiam pegar a carabina porque sua esposa a estava usando para escorar alguns pés de tomate na horta que tinham na encosta do penhasco.

Enquanto caminhavam de volta para a beira do mar, Richard Burton cutucou Pasquale e apontou para o Hotel Vista Adequada.

— É seu?

Pasquale assentiu.

— Do meu pai.

Richard Burton bocejou.

— Brilhante — disse ele. Em seguida, pegou a garrafa de vinho do porto. — Ouça o que eu digo, Pat. Essa é uma situação muito estranha.

Os pescadores ajudaram Tomasso, o Comunista, a deixar suas redes, seu equipamento de pesca e um gato sonolento na *piazza* e usaram o carrinho de mão para levar seu barco a motor até a água. Pasquale e Richard Burton embarcaram. Os pescadores permaneceram no que restava da praia de Pasquale, observando. O primeiro puxão de Tomasso no cabo que dava a partida no motor bateu na garrafa de vinho que estava na mão de Richard Burton, mas, por sorte, ela caiu no colo de Pasquale sem derramar muito de seu conteúdo. Ele a entregou de volta ao galês bêbado. Mas o pequeno motor se recusava a funcionar. Eles balançavam ao sabor das ondas entre as pedras, sendo lentamente levados ao mar, enquanto Richard Burton continha pequenos arrotos e se desculpava por cada um deles.

— O ar está meio parado neste iate — disse ele.

— Maldito! — gritou Tomasso para o motor. Bateu nele e puxou outra vez. Os demais pescadores disseram que devia ser um problema com as velas ou com o combustível. Em seguida, os que falaram das velas mudaram de ideia e disseram que era o combustível, enquanto os do combustível falaram que o problema estava nas velas.

Algo ocorreu a Richard Burton naquele momento e ele se levantou. Com uma voz grave e ressonante, dirigiu-se aos três velhos pescadores que gritavam na orla.

— Não temam, irmãos aqueus. Eu lhes juro: Nesta noite, haverá o lamento de frágeis lágrimas em Portovenere... lágrimas que escorrem por seus filhos mortos... por quem nós agora nos dirigimos para guerrear, pelo bem da bela Dee, a mulher que faz nosso sangue correr. Dou-lhes minha palavra como cavalheiro, como aqueu: retornaremos vitoriosos, ou não retornaremos!

E, embora os pescadores não conseguissem entender nenhuma palavra daquele discurso, perceberam seu teor épico e gritaram em júbilo — até mesmo Lugo, que estava urinando nas rochas. Em seguida, Richard Burton brandiu a garrafa sobre seus dois companheiros da tripulação, em uma espécie de bênção: Pasquale, abrigado contra o frio no fundo do barco, e Tomasso, o Comunista, que estava ajustando o cabo da ignição.

— Oh, filhos perdidos de Portovenere, preparem-se para enfrentar o choque da perdição que se abaterá sobre vocês, trazido por este implacável exército de bons homens. — E pôs a mão sobre a cabeça de Pasquale. — Aquiles aqui e o camarada fedido que está mexendo no motor, cujo nome já me esqueci, homens justos, inclementes e poderosos, e...

Tomasso puxou, o motor pegou e Richard Burton quase caiu na água, mas Pasquale o segurou e fez com que ele se sentasse no barco. Burton deu um tapinha no braço de Pasquale e falou com a voz arrastada:

— Mais do que um parente, e menos do que um filho...

Eles se afastaram em direção às cristas das ondas. Finalmente a equipe de resgate estava a caminho.

Em terra, os pescadores estavam voltando à sua cama. No barco, Richard Burton suspirou. Tomou um gole e olhou mais uma vez para a pequena cidade que desaparecia por trás dos paredões de rocha, como se ela nunca houvesse existido.

— Escute, Pat — disse Richard Burton. — Eu retiro o que disse sobre vir de um vilarejo pequeno como o seu. — E gesticulou com a garrafa de vinho do porto. — Olhe, tenho certeza de que é um ótimo lugar, mas, por Deus, homem... até mesmo no armário em que guardo minhas calças há mais gente do que ali.

Eles desembarcaram e foram diretamente ao *albergo* recém-remodelado de Gualfredo, o Hotel de La Mar, em Portovenere. O recepcionista do hotel exigiu ainda mais dinheiro do que Pasquale recebera de Michael Deane, mas, depois que negociaram aquele preço absurdo, o homem lhe deu a garrafa de conhaque que Richard Burton queria e o número do quarto de Dee Moray. O ator dormira um pouco no barco — Pasquale não fazia ideia de como ele conseguiu — e agora bochechou o conhaque como se fosse enxaguante bucal, engoliu-o, alisou o cabelo e disse:

— Tudo certo. Como novo.

Ele e Pasquale subiram as escadas e caminharam pelo corredor até chegar à alta porta do quarto de Dee. Pasquale olhou ao redor, observando as características do hotel moderno de Gualfredo e sentindo-se mais uma vez constrangido pelo fato de que Dee Moray estivera hospedada em sua *pensione* pequena e encardida. O cheiro daquele lugar — limpo, com um toque de algo que imaginava ser vagamente americano — fez com que ele percebesse o quanto o Vista Adequada devia feder, com as mulheres velhas e o cheiro apodrecido e úmido da maresia que empesteava o lugar.

Richard Burton caminhava à frente de Pasquale, ziguezagueando pelo carpete, endireitando o corpo a cada passo. Ele alisou o cabelo, piscou para Pasquale e bateu à porta do quarto com um leve toque. Como não ouviu resposta, bateu com mais força.

— Quem é? — a voz de Dee surgiu por trás da porta.

— Ah, é Richard, meu amor — disse ele. — Vim resgatá-la.

Um momento depois a porta se abriu e Dee apareceu, vestindo robe. Os dois se engalfinharam em um forte abraço e Pasquale teve de desviar os olhos, ou estaria arriscando-se a trair a inveja profunda e o constrangimento de haver pensado que ela poderia querer ter alguma coisa com alguém como ele. Sentia-se como um jumento assistindo a dois puros-sangues trotarem pelo campo.

Depois de alguns segundos, Dee Moray afastou Richard Burton. Com uma voz que era ao mesmo tempo meiga e recriminadora, ela perguntou:

— Onde você estava?

— Procurando por você — disse ele. — Foi quase uma odisseia. Mas, escute, há algo que preciso lhe dizer. Receio que fomos vítimas de uma enorme mentira.

— Do que está falando?

— Entre. Sente-se. Vou explicar tudo.

Richard Burton conduziu-a de volta ao seu quarto e a porta se fechou atrás deles.

Pasquale ficou sozinho no corredor, olhando para a porta, sem saber o que fazer, ouvindo a conversa sussurrada que ocorria ali dentro e tentando decidir se deveria simplesmente continuar a esperar, bater à porta para lembrá-los de que ele estava ali fora, ou simplesmente voltar ao barco de Tomasso. Ele bocejou e se encostou na parede. Estava acordado havia vinte e quatro horas. Àquela altura, Richard Burton já teria contado a Dee que ela não estava morrendo e que, na verdade, estava grávida. Mesmo assim, Pasquale não ouviu nenhum dos barulhos que esperava ouvir do outro lado da porta após a aquela revelação — uma expressão de fúria aos gritos, ou o choque de que ela iria ter um bebê. *Um bebê!*, ela poderia gritar. Ou perguntar, *Um bebê?* Mesmo assim, não se ouvia nada do outro lado além de sussurros.

Talvez cinco minutos tenham se passado. Pasquale havia decidido ir embora quando a porta se abriu e Dee Moray saiu, sozinha, com o robe envolvendo seu corpo e atado de maneira bem justa. Estivera chorando. Não disse nada. Simplesmente andou pelo corredor, pisando o carpete com os pés descalços. Pasquale se desencostou da parede. Ela colocou os braços ao redor do seu pescoço e o abraçou com força. Ele colocou os braços ao redor do corpo dela, envolvendo sua cintura fina. Sentiu a seda que lhe cobria a pele, e, por baixo daquele robe fino, os seios de Dee contra o seu peito. Ela cheirava a rosas e sabonete, e Pasquale subitamente ficou horrorizado com o cheiro que devia estar exalando após o dia que tivera — esteve dentro de um ônibus, um carro e em dois barcos de pesca —, e foi somente então que teve consciência da natureza inacreditável daquele dia. Havia realmente começado o dia em Roma, quase escalado para um papel coadjuvante no filme *Cleópatra*? Em seguida, Dee Moray começou a estremecer como o velho motor do barco de Tomasso. Ele a segurou com firmeza por um minuto inteiro e simplesmente deixou o minuto passar — a firmeza do corpo por baixo da suavidade daquele robe.

Dee Moray finalmente se afastou. Enxugou os olhos e mirou o rosto de Pasquale.

— Não sei o que dizer.

Pasquale deu de ombros.

— Tudo bem.

— Mas quero lhe dizer uma coisa, Pasquale. Eu preciso. — E ela riu. — "Obrigada" não é o bastante.

Pasquale baixou os olhos, fitando o chão. Às vezes, o simples ato de inspirar e expirar era como uma dor profunda.

— Não — disse ele. — É o bastante.

Ele tirou o envelope de dinheiro de dentro do casaco, muito mais leve desde que lhe fora entregue nas Escadas Espanholas.

— Michael Deane pediu para eu lhe dar isto.

Ela abriu o envelope e tremeu com o asco que sentiu ao ver dinheiro ali dentro. Pasquale não mencionou que devia ficar com uma parte; aquilo o tornaria cúmplice.

— E isto — disse Pasquale, entregando-lhe as três fotos de continuidade em que ela aparecia. No topo estava a foto de Dee e da outra mulher no estúdio de *Cleópatra*. Ela cobriu a boca quando a viu. — Michael Deane disse para eu lhe dizer...

— Não quero saber o que aquele canalha disse — interrompeu Dee Moray, sem tirar os olhos da fotografia. — Por favor.

Pasquale assentiu.

Ela ainda não havia tirado os olhos das fotos de continuidade. Apontou para a outra mulher ali, aquela com cabelos escuros, cujo braço Dee Moray estava segurando enquanto ria.

— Ela até que é uma boa pessoa — disse. — Isso é engraçado.

Dee sorriu. Ela examinou as outras fotos e Pasquale percebeu agora que em uma delas ela estava em pé, séria, ao lado de dois homens. Um deles era Richard Burton.

Dee Moray olhou na direção da porta aberta de seu quarto no hotel. E enxugou os olhos outra vez.

— Acho que vamos passar a noite aqui — disse ela. — Richard está muito cansado. Ele tem que voltar à França para mais um dia de filmagens. Depois, ele virá comigo para a Suíça e... visitaremos o médico juntos e... eu acho... vamos resolver o assunto.

— Sim — disse Pasquale, com as palavras "resolver o assunto" pairando no ar. — Estou feliz... você não está doente.

— Obrigada, Pasquale. Eu também — disse Dee. Seus olhos ficaram úmidos. — Vou voltar para visitá-lo um dia. Pode ser?

— Sim — disse ele, mas nem por um momento pensou que voltaria a vê-la.

— Podemos subir pela trilha que leva ao *bunker* e ver as pinturas outra vez.

Pasquale apenas sorriu. Ele se concentrou, procurando as palavras.

— Na primeira noite, você disse algo... não sabemos quando a nossa história inicia, sim?

Dee assentiu.

— Meu amigo Alvis Bender, o homem que escreve o livro que você leu, ele disse algo como isso uma vez. Disse que nossa vida é uma história. Mas todas as histórias vão em direção diferente, sim? — Pasquale apontou uma mão para a esquerda: — Você — disse ele, e apontou para a direita com a outra: — Eu.

As palavras não exprimiam exatamente o que ele queria dizer, mas ela fez que sim com a cabeça, como se compreendesse.

— Mas, às vezes... somos como pessoas em um carro ou um trem, vão na mesma direção. Mesma história — disse ele, juntando as mãos. — E eu acho... isso é bom, sim?

— Ah, é sim — disse ela, e juntou as mãos para mostrar a ele. — Obrigada, Pasquale.

Uma das mãos de Dee tocou o peito de Pasquale e os dois olharam para ela. Em seguida, ela afastou a mão e Pasquale se virou para sair, reunindo cada fragmento de orgulho que ainda havia em seu corpo para cobrir as costas, como o escudo do centurião no qual ele quase se transformara naquela manhã.

— Pasquale! — disse ela, após uns poucos passos. Ele se virou, ela veio pelo corredor e o beijou outra vez. Embora dessa vez o beijo tenha sido nos lábios, não foi exatamente igual ao beijo que ela lhe deu no terraço do Hotel Vista Adequada. Aquele beijo foi o início de alguma coisa, o momento em que aquela história parecia estar começando. Este era o fim, simplesmente a partida de um personagem menor: ele.

Ela enxugou os olhos.

— Aqui — disse ela, pressionando nas mãos de Pasquale uma das fotos Polaroid onde ela estava ao lado da mulher de cabelos escuros. — Para você se lembrar de mim.

— Não. É sua.

— Não quero essa — disse ela. — Tenho as outras.

— Um dia você vai querer.

— Vamos combinar uma coisa. Quando eu estiver velha, se eu precisar convencer as pessoas de que já fui atriz de cinema, eu virei buscá-la. Está bem?

E apertou a foto na mão de Pasquale. Em seguida, virou-se e caminhou de volta para o quarto, desaparecendo ali. Fechou e trancou a porta de maneira lenta e discreta por trás de si, como uma mãe que sai sorrateiramente do quarto de uma criança adormecida.

Pasquale olhou fixamente para a porta. Ele desejou aquele mundo de americanos glamourosos, e, como em um sonho, ela veio ao seu hotel. Entretanto, agora o mundo estava de volta no lugar, e Pasquale se perguntou se não teria sido melhor nunca ter visto o que havia por trás daquela porta.

Pasquale se virou, percorreu o corredor, desceu as escadas, passou pelo recpcionista do turno da noite e chegou ao lado de fora, onde Tomasso estava apoiado numa parede, fumando. Seu boné estava enterrado na cabeça, cobrindo-lhe os olhos. Pasquale mostrou a Tomasso a foto onde Dee aparecia ao lado da outra mulher.

Tomasso olhou para ela e fez um gesto de desprezo com um dos ombros.

— Bah — disse ele. E os dois rumaram para a marina.

12
A décima recusa

DIAS ATUAIS
LOS ANGELES, CALIFÓRNIA

Antes de o sol nascer, antes da chegada dos jardineiros guatemaltecos, antes dos tubarões, das Mercedes-Benz e da remoção do que há de velho e decadente para a chegada do novo na mente americana, Claire sente uma mão em seu quadril.

— Não, Daryl — murmura ela.

— Quem?

Ela abre os olhos e vê uma escrivaninha de madeira clara, uma televisão de tela plana e quadros do mesmo tipo dos que há em quartos de hotel... porque este é um quarto de hotel.

Ela está deitada de lado, e a mão em seu quadril está vindo de trás dela. Ela olha para baixo e vê que ainda está vestida; pelo menos não fizeram sexo. Ela se vira e fita os grandes e sonolentos olhos de Shane Wheeler. Nunca acordara em um quarto de hotel ao lado de um homem que acabara de conhecer, e então não tem muita certeza do que se deve dizer em uma situação como essa.

— Oi — diz ela.

— *Daryl.* É o seu namorado?

— Era, até dez horas atrás.

— O cara que gosta de ir a clubes de *striptease*?

Boa memória.

— É — diz ela. Em algum momento da conversa e da bebedeira que compartilharam na noite anterior, ela explicou como Daryl passa o dia acessando sites de vídeos pornográficos, vai a clubes de *striptease* à noite e ri quando ela sugere que esse comportamento pode ser desrespeitoso. (*Sem esperança*, ela se lembra de como descreveu seu relacionamento). Agora, deitada ao lado de Shane, Claire sente que a situação em que se encontra também não tem esperança. O que foi que deu nela para vir até o quarto desse cara? E o que fazer com as mãos agora, já que, pouco tempo atrás, elas estavam deslizando pelos cabelos de Shane e por várias outras partes do corpo dele? Ela procura seu BlackBerry, deixado em modo silencioso, e toma uma dose de informação digital: sete da manhã, dezesseis graus, nove e-mails novos na caixa de entrada, dois telefonemas e uma simples mensagem de texto de Daryl: *O que houve...*

Ela olha para Shane outra vez por cima do ombro. Seu cabelo parece ainda mais despenteado do que na noite anterior, e as costeletas estão mais para os últimos anos de Elvis do que para o visual *hipster* descolado. Ele está sem camisa e ela consegue ver, no antebraço esquerdo e magro dele, aquela maldita tatuagem, AJA, a qual ela culpa pelo que aconteceu na noite passada. Somente nos filmes um momento como esse pede um *flashback* regado a álcool: como Michael a mandou reservar quartos no W para Shane e Pasquale, como ela levou o italiano até o hotel enquanto Shane os seguia em seu carro alugado, como Pasquale disse que estava cansado e foi para o seu quarto e ela se desculpou com Shane por rir de sua proposta, como ele disse que aquilo não tinha importância, mas da maneira como as pessoas que dizem que algo não tem importância sentem-se genuinamente incomodadas. Como ela disse *Não, eu realmente quero me desculpar*, e explicou que o problema não era ele, e sim a frustração dela com a indústria. Como ele disse que compreendia e que estava com vontade de celebrar, e assim eles foram ao bar e ela lhe pagou uma bebida, lembrando-o gentilmente de que encontrar um produtor interessado em sua história era apenas o primeiro passo; como ele pediu a próxima rodada (*Acabei de ganhar dez mil dólares. É claro que posso pagar dois coquetéis*) e ela pagou a rodada seguinte; e como, em meio a todos aqueles drinques, eles contaram suas histórias de vida: no início, a história insossa e egocêntrica que uma pessoa conta a um estranho — família, faculdade, carreira — e depois a verdade, a dor do casamento fracassado de Shane e a rejeição do seu livro de contos; a decisão aparentemente equivocada que Claire tomou de sair do casulo do mundo acadêmico e sua angústia por não saber se devia voltar; a dor que Shane sentiu ao se dar conta de que era um frangote mimado; o desejo fracassado de Claire de conseguir fazer um grande filme; e, em seguida, as histórias que os fizeram rir tanto a ponto de verterem lágrimas — *Meu namorado é um lindo zumbi que adora ir a bares de striptease!* e *Na verdade, eu moro no porão da casa dos meus pais!* — e mais bebidas vieram, e os lugares-comuns se tornaram revelações — *Eu gosto de Wilco*, e *Eu gosto de Wilco também!*, e *Minha pizza preferida é a tailandesa*, e *A minha também!* Em seguida, Shane arregaçou as mangas da camisa de caubói fajuta e os olhos de Claire se fixaram naquela tatuagem (sim, ela tinha uma bela queda por tatuagens), aquela única palavra, AJA, e ela agiu — inclinou-se no bar e o beijou, e a mão de Shane tocou o rosto de Claire enquanto eles se beijaram, um gesto tão simples, mas algo que Daryl nunca fez. Dez minutos depois eles estavam no quarto de Shane, devassando o frigobar em busca de mais combustível e beijando-se como dois universitários — ela rindo com as cócegas que sentia quando as costeletas grossas de Shane roçavam sua pele, e ele fazendo uma pausa para elogiar os seios de Claire —, duas horas de beijos, amassos e um debate meigo sobre se deveriam ou não fazer sexo (ele: *estou disposto a votar pelo sim*; ela: *tenho a sensação de que tenho o voto de minerva*), até que... devem ter caído no sono.

E agora, na manhã seguinte, Claire se senta na cama.

— Não foi muito profissional da minha parte.

— Depende da sua profissão.

Ela ri.

— Se você pagou por isso, acho que perdeu dinheiro.

Ele volta a colocar a mão sobre o quadril dela.

— Ainda há tempo.

Ela ri, tira a mão dele de cima de seu quadril e a coloca sobre a cama. Mas não pode dizer que não tem vontade. Os beijos e os amassos foram bem agradáveis; ela imagina que o sexo seria bom. Com Daryl, o sexo era a primeira coisa entre eles, o principal atrativo, o alicerce do relacionamento todo. Mesmo assim, nos últimos meses, ela sentia que a intimidade havia se esgotado e que havia duas fases distintas quando transavam:

os primeiros dois minutos eram como um exame feito por um ginecologista autista, e os dez seguintes como uma visita do homem que veio desentupir os encanamentos. No mínimo, imagina ela, Shane estaria... presente.

Em conflito, confusa, ela se levanta para pensar. Ou para ganhar tempo.

— Aonde você vai?

Claire pega o telefone.

— Preciso ver se ainda tenho namorado.

— Pensei que você fosse terminar com ele.

— Não decidi ainda.

— Deixe-me tomar essa decisão por você.

— Eu agradeço, mas acho que eu devo cuidar desse assunto.

— E se o zumbi pornô perguntar onde você passou a noite?

— Talvez eu conte a ele.

— Acha que ele vai terminar o namoro?

Ela ouve um toque de esperança naquela pergunta.

— Não sei — diz ela. E puxa a cadeira debaixo da escrivaninha, senta-se e começa a examinar as ligações e os e-mails em seu telefone, para saber quando foi a última vez que Daryl ligou.

Shane se senta também e joga os pés por cima da beirada da cama, pegando a camisa que está no chão. Ela levanta os olhos e não consegue evitar sorrir com a aparência atraente daquele corpo franzino. Ele é uma versão mais velha dos garotos pelos quais ela sempre se apaixonava na faculdade: às margens da boa aparência, mas a alguns quarteirões de distância. Fisicamente, ele é o anti-Daryl (Daryl, com seu queixo quadrado e o peitoral que corresponde às quinhentas flexões de braço diárias). Shane é todo feito de ângulos agudos e clavículas salientes, e uma leve protuberância na barriga.

— Quando foi exatamente que você tirou a camisa? — pergunta ela.

— Não tenho certeza. Acho que estava querendo dar início a uma sequência.

Ela volta a se ocupar com seu Blackberry, abre a mensagem de Daryl que diz "o que houve" e tenta imaginar como pode responder. Seus polegares pairam sobre as teclas. Mas ela não consegue pensar em nada.

— E então, o que foi que você viu nesse cara? — pergunta Shane.

— Originalmente.

Claire levanta os olhos. O que ela viu? É brega demais para admitir, mas viu todos os clichês de sempre: estrelas. *Flashes* de luz. Bebês. Um futuro. Ela viu tudo aquilo logo na primeira noite, conforme eles se precipitaram pela porta do seu apartamento, arrancando as roupas e mordendo os lábios um do outro, pegando, apertando e acariciando — e, naquele momento, ele a tirou do chão e todas as decepções da faculdade ficaram tão insignificantes quanto esbarrar com alguém numa escadaria. Ela sentiu exatamente como se nunca estivesse estado viva por completo antes do momento em que Daryl a tocou pela primeira vez. E não foi somente sexo; *ele estava dentro dela*. Ela nunca pensou a respeito daquela frase até aquela noite, quando, no meio do ato, ela olhou para cima e viu a si mesma... cada parte de si mesma... nos olhos *dele*.

Claire afasta aquela lembrança. Como ela poderia dizer algo assim, especialmente ali? Então simplesmente diz:

— Uma barriga de tanquinho. Eu vi uma barriga de tanquinho.

E é estranho; ela se sente pior por descrever Daryl simplesmente como um agrupamento de músculos abdominais do que por estar em um quarto de hotel com um cara que acabou de conhecer.

Shane indica outra vez o telefone celular que ela tem nas mãos.

— Bem... e o que você vai dizer a ele?

— Não faço ideia.

— Diga-lhe que estamos nos apaixonando; vai ser o suficiente.

— É mesmo? — pergunta ela, erguendo os olhos. — Estamos?

Ele sorri enquanto abotoa a camisa de caubói.

— Talvez. Poderíamos estar. Como saberemos se não passarmos o dia juntos?

— Você é sempre impulsivo assim?

— É o segredo do meu charme peculiar.

Que diabos; ela acha que pode ser exatamente aquilo — o seu charme. Ela se lembra de Shane mencionar que se casou com a garçonete ríspida e sincera depois de namorarem por apenas alguns meses. Ela não está surpresa — que tipo de pessoa tem coragem de usar as palavras *estamos nos apaixonando* catorze horas depois de conhecer alguém? Existe algo inegavelmente... otimista em Shane. E, por um momento, ela imagina se já chegou a ter aquela qualidade alguma vez na vida.

— Posso fazer uma pergunta? — diz Claire. — Por que escolheu a Comitiva Donner?

— Ah, não — diz ele. — Você está querendo rir outra vez.

— Eu já lhe pedi desculpas por aquilo. Mesmo assim, o fato é que, durante três anos, Michael rejeitou todas as ideias que eu lhe trouxe, dizendo que eram sombrias demais, caras demais, antiquadas demais... não eram suficientemente comerciais. E então você apareceu ontem com, sem querer ofender, o filme mais sombrio, o menos comercial, o mais caro que já ouvi falar, e ele adora a proposta. É simplesmente... *implausível*. Estava só querendo saber de onde a ideia surgiu.

Shane dá de ombros e pega uma das meias que estão no chão.

— Tenho três irmãs mais velhas. Todas as lembranças que tenho do início da minha infância as incluem. Eu as amava; eu era o brinquedo delas, como uma boneca que elas gostavam de vestir. Quando eu tinha seis anos, minha irmã mais velha, Olivia, desenvolveu um distúrbio alimentar. E isso praticamente destruiu a nossa família. Foi horrível. Olivia tinha treze anos. Ia ao banheiro e vomitava. Gastava o dinheiro do almoço para comprar comprimidos para controlar o apetite, enfiava comida dentro das roupas para depois a jogar fora. No início, meus pais gritaram com ela, mas não adiantou. Ela não se importava. Era como se quisesse definhar. Dava para ver os ossos nos braços dela. Até os cabelos começaram a cair. Meus pais tentaram de tudo. Terapeutas, psicólogos, internações. Minha ex acha que foi nessa época que eles começaram a ficar superprotetores... não sei. O que eu me lembro é de estar deitado na minha cama uma noite e ouvir minha mãe chorando, enquanto meu pai tentava reconfortá-la. Minha mãe não parava de dizer "A minha filha vai definhar até morrer".

Shane ainda está com a meia na mão, mas não a calça. Apenas olha para ela.

— O que aconteceu? — pergunta Claire, em voz baixa.

— Hum? — diz ele, voltando a olhar para ela. — Ah, ela está bem agora. O tratamento começou a funcionar, ou coisa parecida, eu acho. Olivia simplesmente... superou o problema. Ela ainda tem certa dificuldade com a comida: ela é a irmã que nunca traz um prato para o Dia de Ação de Graças, sempre um enfeite para a mesa. Pequenas abóboras. Cornucópias. E nunca se deve *mencionar* a palavra *brownie* quando ela estiver por perto. Mas conseguiu sair dessa. Casou-se com um panaca e eles são relativamente felizes. Têm dois filhos. O mais engraçado é que... o restante da minha família nunca fala sobre aquela época. Até a Olivia minimiza tudo o que aconteceu naqueles anos, como se não tivesse importância. "Meus anos magros", como ela mesma diz. Mas eu nunca consegui superar. Quando tinha sete ou oito anos, eu ficava acordado à noite, rezando, desejando que, se Deus conseguisse fazer com que Olivia melhorasse, eu iria para a igreja, me tornaria pastor... ou algo assim. E como aquilo não aconteceu imediatamente, você sabe como são as crianças, eu me culpei, ligando a doença da minha irmã à minha própria falta de fé.

Ele olha para algum ponto indefinido e esfrega a parte interna do braço.

— Na época do ensino médio, Olivia já estava bem e eu havia deixado a fase religiosa para trás. Mas, depois daquilo, sempre fiquei fascinado por histórias de privação e fome crônica. Li tudo que encontrei, fiz trabalhos escolares sobre o cerco de Leningrado e a crise da Fome das Batatas... Eu gostava muito das histórias de canibalismo: o time de rúgbi do Uruguai, Alfred Packer, os Maoris... e, é claro, a Comitiva Donner. — Shane olha para baixo e vê a meia nas mãos. — Acho que me identifico com o pobre William Eddy, que escapou, mas não foi capaz de fazer nada enquanto sua família morria de fome naquele assentamento horrível. — Ele calça a meia distraidamente. — Assim, quando eu li o trecho do livro de Michael Deane que falava que a apresentação da proposta para um filme tem muito a ver com a maneira como você apresenta a si mesmo, foi como ter uma visão: eu sabia exatamente qual história deveria apresentar.

Uma visão? Acreditar em si mesmo? Claire baixa os olhos, imaginando se aquela autoconfiança do tipo *ignore-o-resto-e-faça-o-que-tem-de-fazer* era o aspecto ao qual Michael estava realmente reagindo ontem. E o que a atraiu na noite passada. Que diabos, talvez eles possam fazer *Donner!* sem qualquer embasamento, só pela paixão que aquele cara sentia pelo assunto. "Paixão", outra palavra que parece estar entalada em sua garganta.

Claire olha novamente para o BlackBerry e vê um e-mail enviado pelo sócio de produção de Michael, Danny Roth. O assunto do e-mail é *Donner!* Michael deve ter ligado para Danny e comentado a respeito da proposta de Shane. Claire imagina se Danny conseguiu apelar ao bom senso de Michael. Ela abre o e-mail, escrito com a linguagem eletrônica abreviada, torturada, apressada e imbecil que Danny, por algum capricho do destino, acredita que lhe ajudará a economizar um tempo enorme:

C, Rbrt diz que vc quer 1 reuniao na Unvsl seg p/ Donner. Tem q parecer bom, p/ cnsgr contrato. Veja se o escrtr tem storyboards ou + detalhes, qq coisa q faça parecer q estamos + adiante no projeto. Faça cara seria. Danny.

Ela olha para Shane, que está sentado na beirada da cama, observando-a. Ela olha novamente para o e-mail de Danny. *Tem q parecer bom...* por que teria de *parecer* bom e não *ser* bom? E os *storyboards* passam a impressão de que o projeto está adiantado? *Cara séria?* E é nesse momento que ela se lembra da frase que Michael proferiu ontem: *Vou propor um filme de época no valor de oitenta milhões de dólares sobre canibalismo na fronteira.*

— Ah, que merda — diz ela.

— Outra mensagem do seu namorado?

Será que realmente iriam fazer aquilo? Ela se lembra de ouvir Danny e Michael falando sobre os advogados estarem procurando uma maneira de encerrar o contrato de Michael com a Universal. Que pergunta estúpida: é claro que fariam. Eles nunca *deixariam* de fazer isso. É isso que eles fazem. A mão de Claire vai até sua têmpora.

— O que foi?

Shane está em pé e ela o observa. Os enormes olhos de corça e aquelas costeletas peludas que emolduram seu rosto.

— Você está bem?

Claire considera a possibilidade de lhe não contar, deixar que ele desfrute do triunfo neste fim de semana. Ela poderia simplesmente tapar o sol com a peneira e deixar o fim de semana progredir, ajudar Michael com essa proposta maldita e, na segunda-feira, aceitar o trabalho no museu dos cientologistas... e começar a estocar comida de gato. Mas Shane está olhando para ela com aqueles olhos enormes, e Claire percebe que gosta dele. E, se realmente tem intenção de se livrar de tudo isso, tem de ser agora.

— Shane, Michael não tem a intenção de produzir seu filme.

— O quê? — ele ri. — Do que é que você está falando?

Ela se senta na cama ao lado de Shane e explica tudo, da maneira como está percebendo agora, começando com o acordo que Michael fez com o estúdio — como, no ponto mais baixo de sua carreira, o estúdio assumiu algumas dívidas de Michael em troca dos direitos de alguns de seus filmes antigos.

— Havia mais duas partes no acordo — diz ela. — Michael conseguiu um escritório dentro da área onde os estúdios estão instalados. E o estúdio tem um acordo que lhe permite ser a primeira empresa para quem Michael deve apresentar qualquer projeto; ele só pode procurar outros estúdios se a Universal recusar a proposta que ele apresentar. Bem, a questão de a Universal ser a primeira a poder analisar as propostas de Michael era uma piada. Durante cinco anos o estúdio rejeitou todos os roteiros que Michael lhes trouxe. E, quando ele leva aqueles roteiros, sinopses e livros para outros estúdios... se você já sabe que a Universal rejeitou uma ideia, por que iria querer vê-la? E foi então que surgiu o *Hookbook*. Quando Michael começou a trabalhar nessa ideia, ele pensou que um *reality show* associado a um site estava fora dos termos estabelecidos pelo seu contrato, que ele presumia ser apenas para o *desenvolvimento de filmes*. Mas descobriu que o contrato estipulava que o estúdio tinha o privilégio de ser o primeiro a analisar todo e qualquer material, "desenvolvido em qualquer tipo de mídia". E ali estava Michael, com um projeto para a TV com um potencial gigantesco, quando descobriu que a Universal, basicamente, era dona dele.

— Não entendo o que isso tem a ver com...

Claire ergue a mão para interrompê-lo.

— Desde então, os advogados de Michael estão procurando uma maneira de romper o contrato. Há algumas semanas encontraram uma brecha. O estúdio inseriu uma cláusula de escape para se proteger caso Michael não estivesse simplesmente em uma má fase, caso tivesse realmente chegado ao fim da linha. Se Michael trouxer uma determinada quantidade de ideias ruins em um determinado período de tempo... digamos, se o estúdio não desenvolver dez projetos seguidos no decorrer de cinco anos... então qualquer uma das partes pode pedir que o contrato seja encerrado. Mas, embora o contrato estipule *todo e qualquer material*, a cláusula de escape menciona somente *filmes*. Assim, embora o estúdio tenha produzido o *Hookbook*, se Michael fizer pré-contratos e desenvolver dez ideias para filmes em cinco anos e o estúdio recusar todas as dez, então qualquer uma das partes pode requerer que o contrato seja encerrado, sem qualquer ônus ou obrigação.

Shane acompanha tudo atentamente e franze o cenho.

— Você está dizendo que eu sou...

— ... a décima recusa — diz Claire. — Um faroeste canibal de oitenta milhões de dólares. Um filme tão sombrio, caro e não comercial que o estúdio nunca poderia aceitá-lo. Michael vai lhe dar um pré-contrato a troco de nada, e depois mandar você esboçar um roteiro que ele não tem intenção de produzir. Quando o estúdio o recusar, ele estará livre para vender seus programas de TV a quem pagar mais. Alguma coisa em torno de... sei lá. Dezenas de milhões.

Shane olha fixamente para ela. Claire se sente horrível por ter de dizer aquilo, por ferir a autoconfiança do rapaz. Ela coloca uma mão sobre o seu braço.

— Sinto muito, Shane — diz ela.

E então seu telefone toca. Daryl. Merda. Ela aperta o braço de Shane, levanta-se e caminha pelo quarto, atendendo sem olhar para a tela.

— Oi — diz para Daryl.

Mas não é Daryl.

É Michael Deane.

— Claire, que bom que já está acordada. Onde você está? — diz ele, sem esperar pela resposta. — Você deixou o italiano e o tradutor no hotel ontem à noite?

Ela olha para Shane.

— Ah, mais ou menos — diz ela.

— Em quanto tempo você consegue chegar ao hotel para conversarmos?

— Bem rápido — diz ela. Nunca ouvira a voz de Michael assim. — Escute, Michael. Precisamos falar sobre a proposta de Shane.

Mas ele a interrompe.

— Nós a encontramos — diz Michael.

— Quem?

— Dee Moray! Embora seu nome não fosse Dee Moray. É *Debra Moore*. Ela é professora de teatro e italiano para o ensino médio em uma escola de Seattle. Dá pra acreditar nessa porra?

Michael parece extremamente empolgado, quase extasiado.

— E o filho dela... você já ouviu falar numa banda chamada Reticents? — pergunta ele, mas, outra vez, não espera pela resposta. — Bem, eu também não. De qualquer maneira, o investigador passou a noite inteira trabalhando para preparar um arquivo. Eu lhe conto os detalhes a caminho do aeroporto.

— Aeroporto? Michael, o que está acontecendo?

— Tenho uma coisa para você ler no avião. Vai explicar tudo. Agora vá buscar o sr. Tursi e o tradutor e diga para se aprontarem. Embarcamos ao meio-dia.

— Mas, Michael...

Ele desligou antes que Claire pudesse dizer "Espere, para onde estamos indo?" Ela aperta o botão para encerrar a chamada e olha para Shane, ainda sentado na cama e com um olhar distante.

— Michael encontrou sua atriz — diz ela. — Quer levar todos nós para visitá-la.

Shane, aparentemente, não a ouviu. Está com o olhar fixo em um ponto da parede atrás dela. Ela nunca deveria ter dito nada, deveria ter deixado que ele vivesse dentro daquela pequena bolha.

— Escute, Shane, eu lamento — diz ela. — Você não precisa vir conosco. Posso encontrar outro tradutor. Nessa indústria, é...

Mas ele a interrompe.

— Bem, você está me dizendo que ele vai pagar dez mil dólares para encerrar seu contrato... — diz Shane, com uma expressão muito estranha; algo que, para Claire, parece estranhamente familiar. — E que, em seguida, ele vai ganhar dez milhões?

E agora percebe por que reconheceu aquela expressão. É uma expressão que ela vê todos os dias, a expressão de alguém que está fazendo cálculos, alguém que está enxergando as possibilidades.

— Então, talvez, meu filme valha mais do que dez mil dólares.

Puta que pariu. O rapaz tem um talento nato.

— Afinal, quem deseja apresentar a proposta para um filme fracassado em troca de dez mil? Ninguém. Mas em troca de cinquenta... ou *oitenta*, quem sabe? — Shane abre um sorriso malandro. — Vamos nessa.

13
Dee assiste a um filme

ABRIL DE 1978
SEATTLE, WASHINGTON

Ela o chamava de E. F. Steve, e, naquele exato momento, ele estava atravessando a cidade em seu carro para levá-la a um encontro romântico. Debra Moore-Bender já tinha experiência em recusar convites feitos pelos outros professores com quem trabalhava, mas, para o forte Steve, uma jovem e atraente viúva era algo muito difícil de ignorar. Assim, ele passou semanas a cercando até finalmente partir para o ataque — enquanto estavam sentados em uma mesa na entrada de um baile da escola, verificando as identificações estudantis sob uma faixa que ostentava os dizeres: COM CARINHO, PARA SEMPRE. BEM-VINDOS A 1978.

Debra lhe deu a desculpa de sempre: não saía com outros professores. Mas Steve riu do comentário.

— É mesmo? Como aquela coisa entre advogados e clientes? Porque, você sabe, eu trabalho com educação física. Não sou professor de verdade, Debra.

Sua amiga Mona a pressionava a sair com Steve desde que as notícias sobre o divórcio dele chegaram à sala dos professores — a doce Mona, cuja vida afetiva era uma série de desastres, mas que, de algum modo, sabia o que era melhor para Debra. Entretanto, o que realmente a convenceu foi o fato de E. F. Steve convidá-la para assistir a um *filme*. Havia um filme a que ela queria assistir...

E agora, poucos minutos antes que ele viesse apanhá-la, Debra estava no banheiro, olhando para o espelho e passando uma escova nos cabelos loiros e repicados, que se agitavam e se assentavam como a água que uma lancha deixa para trás enquanto navega (*srta. Farrah*, como alguns alunos a chamavam, um nome que fingia detestar). Ela ficou de perfil. Essa nova cor de cabelo tinha sido um erro. Passara uma década lutando contra a detestável vaidade da juventude e realmente esperava, aos trinta e oito anos, ser uma daquelas mulheres que se sentiam confortáveis com a meia-idade, mas ainda não havia chegado exatamente lá. Cada cabelo branco ainda lhe parecia uma erva daninha no meio de um canteiro de flores.

Olhou para a escova. Quantos milhões de escovadas já haviam passado por seus cabelos, quantas vezes lavara o rosto e fizera abdominais, o quanto se esforçara — tudo para ouvir aquelas palavras: *bonita, linda, sensual*. Houve um tempo em que Debra aceitava sua aparência sem pudor; não precisava de confirmações externas — nada de "srta. Farrah", da aproximação de E. F. Steve ou mesmo dos comentários desajeitados da doce Mona ("Se eu tivesse a sua aparência, Debra, passaria o tempo inteiro me masturbando"). Mas e agora? Dee deixou a escova sobre a pia, olhando para ela como se fosse um talismã. Lembrava-se de empunhar uma escova como se fosse um microfone e cantar quando era criança. Ainda se sentia como uma criança, como uma garota de quinze anos, nervosa e carente, se preparando para um encontro.

Talvez o nervosismo fosse algo natural. Seu último relacionamento terminou há um ano; o professor de guitarra de seu filho, Pat, Marv Careca (Pat dava apelidos para os homens com quem ela se relacionava). Ela gostava de Marv Careca, pensou que ele tinha uma chance. Era mais velho, quarenta e tantos anos, tinha duas filhas mais velhas de um casamento fracassado e tinha vontade de "unir as famílias" — embora sua vontade estivesse decididamente menor depois que ele e Debra voltaram para casa certa noite e perceberam que Pat já estava se unindo, na cama, com Janet, a filha de quinze anos de Marv.

Durante a explosão de raiva de Marv, ela pensou que deveria defender Pat — *Por que os garotos sempre recebem a culpa nessas situações?* Afinal, a filha de Marv era dois anos mais velha que ele. Mas aquele era Pat, e ele orgulhosamente confessou os seus planos como um vilão dos filmes de James Bond acuado contra a parede. A ideia, a vodca e a camisinha — ele pensou em cada detalhe. Debra não ficou surpresa quando Marv Careca deu um fim em tudo. E, embora detestasse separações — as abstrações suavizadas, *não é isso que eu quero para mim no momento*, como se o outro não tivesse nada a ver com o problema —, pelo menos Marv Careca expôs o problema abertamente: "Eu amo você, Dee, mas *não tenho* energia para lidar com essa merda entre você e Pat".

Você e Pat. Seria mesmo tão ruim? Talvez. Três namorados atrás, Carl Macacão, o empreiteiro que trabalhava em sua casa, pressionou-a para que se casassem, mas queria que Debra matriculasse Pat em uma escola militar primeiro. "Por Deus, Carl", dissera ela, "ele só tem nove anos".

E agora, voltando ao presente, E. F. Steve. Pelo menos os filhos dele moravam com a mãe. Com sorte, talvez desta vez nenhum civil saísse ferido.

Ela caminhou pelo corredor estreito, passando em frente ao retrato de Pat na escola — meu Deus, aquele sorriso em cada foto, a mesma covinha no queixo, os olhos úmidos, um sorriso que dizia "olhe para mim". A única coisa que mudava nas fotos da escola era o seu cabelo (franja, permanente, madeixas longas ou corte repicado); a expressão estava sempre lá: um carisma sombrio.

A porta do quarto de Pat estava fechada. Ela bateu levemente, mas Pat devia estar com os fones de ouvido, porque não respondeu. Tinha quinze anos agora, idade suficiente para que Dee pudesse deixá-lo sozinho em casa sem precisar de um longo sermão a cada vez que saísse, mas não conseguia evitar.

Debra bateu outra vez e abriu a porta do quarto. Viu Pat sentado com as pernas cruzadas e a guitarra sobre o colo, embaixo de um pôster do Pink Floyd que mostrava a luz atravessando um prisma. Estava inclinado para frente com a mão estendida na direção da primeira gaveta da mesa de cabeceira, como se tivesse acabado de enfiar algo ali. Ela entrou no quarto, empurrando uma pilha de roupas para o lado. Pat tirou os fones de ouvido.

— Oi, mãe — disse ele.

— O que você colocou naquela gaveta? — perguntou ela.

— Nada — disse Pat, rápido demais.

— Pat. Você vai me forçar a olhar ali dentro?

— Ninguém está lhe forçando a fazer nada.

Na prateleira inferior da mesa de cabeceira, ela viu as páginas soltas e retorcidas do livro de Alvis. Pelo menos, do único capítulo que ele escreveu. Ela o dera a Pat há um ano, depois de uma longa briga, durante a qual ele disse que desejava ter um pai com quem pudesse ir morar. "Este era o seu pai", disse ela naquela noite, esperando que houvesse algo naquelas páginas amareladas que servisse para ancorar o garoto. *Seu pai.* Ela mesma quase chegou a acreditar naquilo. Alvis sempre insistira que deveriam contar a verdade a Pat quando ele crescesse, quando tivesse condições de entender, mas, conforme os anos passaram, Debra não tinha a menor ideia de como faria aquilo.

Ela cruzou os braços, como numa foto de um livro com orientações sobre como os pais devem criar os filhos.

— E então, você vai abrir essa gaveta ou eu vou ter que fazer isso?

— Sério, mãe. Não é nada. Confie em mim.

Ela andou em direção à mesinha de cabeceira e ele suspirou, colocou a guitarra no chão e abriu a gaveta. Afastou algumas coisas e finalmente tirou um pequeno cachimbo para fumar maconha.

— Eu não estava fumando. Juro.

Dee tocou no cachimbo, que estava frio. Não tinha erva dentro.

Ela revistou a gaveta; não havia maconha. Era só uma gaveta cheia de bugigangas — dois relógios de pulso, algumas palhetas para a guitarra, seus cadernos de composição musical, lápis e canetas.

— Vou ficar com esse cachimbo — disse ela.

— Certo — disse ele, assentindo como se aquilo fosse óbvio. — Eu não devia ter deixado isso aí.

Quando ficava encrencado, Pat sempre agia de forma estranhamente calma e razoável. Comportava-se de maneira a parecer que os dois estavam metidos naquilo juntos, e isso sempre a desarmava; era como se ele a ajudasse a lidar com uma criança particularmente difícil. Certa vez ela saiu para o jardim para pegar a correspondência, conversou com a vizinha e, quando voltou para dentro de casa, encontrou Pat despejando uma panela cheia de água sobre o sofá chamuscado.

— Uau — disse ele, como se houvesse acabado de descobrir o fogo em vez de ser o seu causador. — Graças a Deus, consegui chegar a tempo.

Agora ele estava com os fones de ouvido na mão. Mudança de assunto:

— Você vai gostar dessa música.

Ela olhou para o cachimbo que tinha nas mãos.

— Talvez seja melhor eu não sair.

— Ah, mãe. Desculpe. Às vezes eu mexo com algumas coisas quando estou escrevendo. Mas faz um mês que não fumo, eu juro. Agora vá, aproveite o seu encontro.

Ela olhou para ele, procurando por algum sinal de que estivesse mentindo, mas o contato visual era mais forte do que nunca.

— Talvez você esteja simplesmente procurando uma desculpa para não sair — disse Pat.

Aquilo também era típico dele — distorcer a situação de modo que o problema parecesse ser dela, e utilizar algum argumento verdadeiro para apoiar seu argumento. Era verdade; provavelmente ela estava procurando uma desculpa para não sair.

— Relaxa — disse ele. — Vá se divertir. Vamos fazer um trato: você pode pegar as minhas roupas de educação física. Steve adora shorts justos de cor cinza.

Ela sorriu, apesar da situação.

— Acho que vou usar exatamente o que estou vestindo, obrigada.

— Ele vai forçá-la a tomar banho depois, sabia?

— Você acha?

— Sim. Chamada, alongamento, hóquei de campo, chuveiro. Esse é o encontro dos sonhos do E. F. Steve.

— É mesmo?

— É sim. O cara é um néscio.

— Néscio?

Bem, aquilo também era típico de Pat, exibindo seu vocabulário ao mesmo tempo em que chamava o homem com quem ela iria se encontrar de idiota.

— Mas não comente sobre ele ser um néscio, porque ele vai dizer: "Cara, espero que sim. Paguei uma grana preta por essa vasectomia".

Ela riu outra vez, apesar da situação — e desejou, como sempre, não ter feito isso. Quantas vezes Pat conseguiu se livrar de problemas assim na escola? As professoras eram particularmente indefesas. Ele conseguia tirar as notas mais altas sem livros, persuadia outros garotos a fazer os trabalhos por ele, convencia diretores a flexibilizar as regras para ele, faltava à escola e inventava desculpas incríveis para justificar sua ausência. Debra sentia ondas de pavor durante as reuniões quando a professora perguntava sobre o seu diagnóstico, ou sobre a viagem de Pat para a América do Sul, ou sobre a morte da irmã — *Ah, e seu pobre pai*: assassinado, desaparecido no Triângulo das Bermudas, morto enquanto tentava escalar o Everest. A cada ano, o pobre Alvis morria outra vez, por algum outro motivo. Até que, por volta do seu décimo quarto aniversário, Pat pareceu perceber que não precisava mentir para conseguir as coisas; era mais eficiente (e mais divertido) simplesmente olhar as pessoas nos olhos e dizer a elas exatamente o que queria.

Ela imaginava, às vezes, se ter um pai por perto equilibraria as indulgências que ela lhe concedia. Ficara extremamente encantada pelo seu desenvolvimento precoce quando ele era pequeno, e provavelmente se sentira solitária demais, especialmente durante aqueles anos difíceis.

Pat colocou a guitarra no chão e se levantou.

— Ei. Estou brincando. Steve parece ser legal. — E se aproximou. — Vai. Divirta-se. Seja feliz.

Pat realmente crescera no último ano. Qualquer um podia notar. Envolveu-se em menos problemas na escola, não saiu de casa sem dizer para onde ia e tirou notas melhores. Mesmo assim, aqueles olhos ainda a deixavam desconfortável — não por sua estrutura ou cor, mas por alguma qualidade naquele olhar —, o que as pessoas chamavam de uma centelha, uma faísca, um emocionante perigo do tipo "olhe o que eu vou fazer".

— Você realmente quer me deixar feliz? — disse Debra. — Esteja aqui quando eu voltar.

— Trato feito — disse ele, estendendo a mão. — Benny pode vir aqui para ensaiarmos?

— É claro — disse ela, apertando a mão do filho. Benny era o guitarrista que Pat recrutara para a sua banda, os Garys. Ela tinha que admitir (após alguns eventos na escola e um festival de bandas no Seattle

Center) que os Garys não eram ruins. Na verdade, eram muito bons — não tão *punks* quanto ela temia, mas algo mais para o lado despojado e direto (quando ela os comparou aos Rolling Stones da era *Let it Bleed*, Pat simplesmente revirou os olhos). E, no palco, seu filho era uma revelação. Ele cantava, impostava-se, grunhia e contava piadas; exalava algo lá em cima que não deveria surpreendê-la, mas, mesmo assim, acontecia: ele tinha um encanto natural. Força. E desde que a banda se formou, Pat era a encarnação da tranquilidade. Não era estranho o fato de que tocar em uma banda de rock fizesse com que um garoto se acalmasse? Mas era inegável: ele estava mais concentrado e esforçado. Sua motivação ainda causava preocupações — ele falava muito sobre *fazer sucesso, ser famoso* — e, dessa forma, ela tentou explicar os perigos da fama, mas não podia ser muito específica. Tudo que ela podia fazer eram alguns discursos mornos e impessoais sobre a natureza da fama e as armadilhas do sucesso. Assim, ela se preocupava com a possibilidade de que tudo que falava era perda de tempo, como advertir uma pessoa faminta sobre os perigos da obesidade.

— Volto em três horas — disse Debra. Levaria cinco ou seis para voltar, mas aquilo era um hábito. Cortar o tempo pela metade para que ele se envolvesse somente com metade dos problemas. — Até lá, não... hum... não...

Enquanto procurava uma palavra à altura da advertência, o rosto de Pat se abriu em um sorriso, com os olhos se fechando antes que os cantos da boca se erguessem.

— Não faça *nada*?

— Isso mesmo. Não faça nada.

Ele bateu continência, sorriu, recolocou os fones, pegou a guitarra e deitou-se outra vez na cama.

— Ei — disse ele quando ela se virou. — Não deixe que Steve a convença a fazer polichinelos. Ele gosta de observar as partes que balançam.

Ela fechou a porta e, quando deu os primeiros passos pelo corredor, olhou para o cachimbo que tinha nas mãos. *Bem, por que ele tiraria um cachimbo do esconderijo se não tinha maconha para fumar nele?* E, quando do perguntou o que ele estava fazendo, Pat teve de remexer o conteúdo da gaveta para apanhar o cachimbo. Não estaria por cima de tudo se ele tivesse simplesmente jogado ali? Ela deu meia-volta no corredor, voltou e abriu a porta do quarto abruptamente. Pat estava novamente sentado na cama com sua guitarra, e a gaveta da mesinha de cabeceira estava aberta outra vez. Agora, entretanto, ele tinha à sua frente a coisa que realmente estava escondendo: seu caderno de composições. Estava curvado sobre o livro com um lápis. Ele se ergueu rapidamente, com o rosto vermelho e furioso.

— Mas que diabo é isso, mãe?

Ela caminhou até a cama e agarrou o caderno. Sua mente estava naquele lugar para onde as mentes dos pais sempre vão: a Terra do Pior dos Casos. *Ele está compondo músicas sobre suicídio! Sobre vender drogas!* Ela abriu o caderno em uma página qualquer: letras de música, algumas anotações sobre a melodia — Pat tinha apenas uma compreensão rudimentar sobre música —, fragmentos de letras doces e tristes, como aquelas que qualquer adolescente de quinze anos poderia escrever, uma canção de amor intitulada "Hot Tanya" (que rimava desajeitadamente com "I want ya") e alguma bobagem de significado fajuto sobre "o sol e a lua" e "o ventre da eternidade".

Ele estendeu a mão em direção ao caderno.

— Largue isso!

Ela folheou mais algumas páginas, procurando o que era tão perigoso a ponto de fazer com que Pat lhe entregasse seu cachimbo em vez de admitir que estava compondo uma música.

— Que merda, mãe, me dá esse caderno!

Ela chegou à última página escrita, a música que ele devia estar tentando esconder. E seus ombros se encolheram quando ela viu o título: "O sorriso dos céus", o título do livro de Alvis. Ela leu o refrão: "Eu ainda acreditava/Que ele voltaria para me ver/Por que os céus estão sorrindo/Se essa merda não tem graça..."

Ah. Debra sentiu-se horrível.

— Eu... me desculpe, Pat. Pensei que...

Ele se levantou e pegou o caderno de volta.

Era tão raro conseguir enxergar o que havia sob a superfície tranquila e sarcástica de Pat que às vezes ela esquecia que havia ali um garoto magoado ainda capaz de sentir a falta do pai, mesmo que não se lembrasse dele.

— Ah, Pat — disse ela. — Você preferia que eu pensasse que você estava fumando maconha em vez de compondo uma música?

Ele esfregou os olhos.

— É uma música ruim.

— Não, Pat. É muito boa.

— É só lixo sentimental — disse ele. — E eu sabia que você ia me fazer falar sobre isso.

Ela se sentou na cama.

— Bem... vamos falar sobre a música, então.

— Ah, meu Deus... — Pat olhou para além dela, para algum ponto no chão. Em seguida ele piscou e riu, e aquilo pareceu arrancá-lo de um transe. — Não é nada de mais. Só uma música.

— Pat, eu sei que é difícil para você.

Ele recuou.

— Eu acho que você não entendeu o quanto eu *não quero* falar sobre isso. Por favor. Podemos conversar mais tarde?

Como ela não fez menção de se levantar, Pat a afastou gentilmente com o pé.

— Vamos. Eu tenho mais lixo sentimental para escrever e você vai se atrasar para o seu encontro. E, quando alguém se atrasa, E. F. Steve faz essa pessoa correr ao redor do campo de futebol.

E. F. Steve dirigia um Plymouth Duster com bancos esportivos. Cultivava uma aparência digna de super-herói de quadrinhos, com os cabelos penteados de lado, queixo quadrado e um corpo atlético que estava começando a inchar sob os efeitos da meia-idade. Homens tinham meia-vida, pensou ela, assim como o urânio.

— O que vamos ver? — perguntou Steve já dentro do carro.

Ela se sentiu ridícula ao dizer aquilo:

— *O exorcista 2* — disse ela, dando de ombros. — Ouvi alguns alunos na biblioteca falando sobre o filme. Parece bom.

— Por mim, tudo bem. Pensei que você fosse o tipo que gostasse mais de filmes estrangeiros, alguma coisa com legendas que eu teria de fingir que entendo.

Debra riu.

— O filme tem bom elenco. Linda Blair, Louise Fletcher, James Earl Jones... — ela mal conseguia pronunciar o verdadeiro nome. — Richard Burton.

— Richard Burton? Ele não morreu?

— Ainda não — disse ela.

— Tudo bem — concordou E. F. Steve. — Mas talvez você tenha que segurar a minha mão. O primeiro *Exorcista* me fez borrar as calças.

Ela olhou pela janela.

— Não vi o primeiro.

Eles jantaram em um restaurante especializado em frutos do mar e ela percebeu quando ele roubou um de seus camarões sem pedir. A conversa era tranquila e casual: Steve fazia perguntas sobre Pat, Debra dizia que ele estava melhorando. É engraçado como todas as conversas sobre Pat sempre envolviam as encrencas em que ele se metia.

— Você não devia se preocupar com ele — disse Steve, como se estivesse lendo sua mente. — Ele é um péssimo jogador de hóquei, mas é um bom garoto. Acontece especialmente com garotos talentosos como ele. Quanto mais problemas, mais sucesso terão quando adultos.

— Como você sabe disso?

— Porque eu *nunca* me meti em encrencas, e hoje sou professor de educação física.

Não, até que não era tão ruim. Eles chegaram cedo ao cinema, dividindo uma caixa de confeitos Dots e um apoio para os braços, e conversaram sobre o passado (Ela: enviuvou uma década antes, sua mãe faleceu, seu pai se casou outra vez, tinha um irmão mais novo e duas irmãs. Ele: divorciado, dois filhos, dois irmãos, pais que moravam no Arizona). Aproveitaram para fofocar um pouco também: o episódio em que alguns alunos descobriram um caixote cheio de materiais pornográficos na oficina do professor de trabalhos manuais, em cima do torno (Ele: "Acho que é por isso que dizem que ali é um lugar para trabalhar com *paus*") e o caso em que a sra. Wylie seduziu o metido a mecânico Dave Ames (Ela: "Mas Dave Ames é só um garoto". Ele: "Acho que não é mais").

Logo depois, as luzes diminuíram e eles se acomodaram nos assentos. E. F. Steve se inclinou na direção dela e sussurrou:

— Você é bem diferente do que aparenta na escola.

— Como eu sou na escola? — perguntou ela.

— Honestamente? Você é meio assustadora.

Ela riu.

— Meio assustadora?

— Não. Não quis dizer "meio". Você é completamente assustadora. Tem um poder incrível de intimidação.

— Eu intimido as pessoas?

— Sim. Bem, quero dizer... olhe para você. Já se olhou no espelho, não é?

Ela foi salva do restante dessa conversa pelos trailers dos próximos lançamentos. Em seguida, se inclinou para frente em expectativa, sentindo a agitação de sempre quando um dos filmes DELE começava. Este iniciava com uma explosão, gafanhotos e demônios, e, quando ele finalmente surgiu, ela sentiu alegria e tristeza; seu rosto estava mais entristecido e corado; e seus olhos, uma versão daqueles que ela via todos os dias em casa, eram agora como duas lâmpadas desgastadas pelo tempo, em que o brilho havia quase desaparecido.

O filme tinha momentos imbecis, tolos e incompreensíveis, e ela imaginou se faria mais sentido para alguém que houvesse assistido ao primeiro *Exorcista*. (Pat conseguiu entrar escondido em um cinema para ver e disse que era "engraçadíssimo".) A trama era baseada em um tipo de máquina hipnótica com fios ao estilo Frankenstein e ventosas de sucção, que, aparentemente, permitiam que duas ou três pessoas tivessem o mesmo sonho. Quando *ele* não estava na tela, Debra tentava se concentrar nos outros atores, perceber fragmentos da atuação, decisões interessantes. Às vezes, quando assistia aos filmes em que ele aparecia, pensava como ela atuaria em uma cena em particular diante dele — como instruía seus alunos: para perceber as *escolhas* que os atores faziam. Louise Fletcher estava naquele filme, e Debra ficou maravilhada com a tranquilidade que demonstrava ao atuar. Ali estava uma carreira interessante, a de Louise Fletcher. Dee poderia ter desfrutado daquele tipo de carreira, talvez.

— Podemos ir embora se quiser — sussurrou E. F. Steve.

— O quê? Não. Por quê?

— Você não para de zombar do filme.

— É mesmo? Desculpe.

Durante o restante da sessão ela ficou em silêncio, com as mãos no colo, observando como ele se esforçava em cenas ridículas, tentando encontrar alguma coisa para fazer com aquela merda. Em alguns momentos, ela conseguiu ver lampejos da velha intensidade dele, o leve trinado naquela poderosa voz superando a dicção alcoolizada.

Eles não falaram muito enquanto caminhavam em direção ao carro. (Steve: "Foi... interessante". Debra: "Áhã".) No caminho para casa, ela olhou pela janela, perdida em pensamentos. Repassou a conversa com Pat no início da noite, se perguntando se não havia perdido alguma parte importante. O que aconteceria se ela simplesmente dissesse a ele: "Ah, por falar nisso, estou indo ver um filme estrelado pelo seu verdadeiro pai" — mas ela seria capaz de imaginar um cenário no qual aquela informação poderia de alguma forma ajudar Pat? O que ele faria? Brincar de pega--pega com Richard Burton?

— Espero que você não tenha escolhido esse filme de propósito — disse E. F. Steve.

— O quê? — disse ela, remexendo-se no banco do carro. — O que você disse?

— Bem, é que é difícil convidar alguém para um segundo encontro depois de um filme como esse. É como convidar alguém para viajar em outro cruzeiro depois do *Titanic*.

Ela riu, mas a expressão bateu no vazio. Ela fingia para si mesma que ia a todos os filmes dele e vigiava sua carreira por causa de Pat — caso algum dia chegasse a hora de lhe dizer. Mas ela sabia que poderia manter aquele segredo para sempre.

Então, se não era por Pat, por que ela ainda ia ao cinema — e se sentava lá como uma espiã, assistindo enquanto ele se destruía, sonhando acordada com a possibilidade de ser atriz coadjuvante, nunca com os papéis de Liz, sempre com os de Louise Fletcher? Embora nunca fosse *ela*, é claro. Não Debra Moore, a professora de teatro e italiano do ensino médio, mas a mulher que ela tentara criar ao longo de tantos anos, *Dee Moray* — como se ela tivesse se partido em duas, Debra voltando a Seattle, Dee acordando naquele pequeno hotel no litoral da Itália e fazendo com que o doce e tímido Pasquale a levasse à Suíça, onde ela faria o que haviam pedido, trocaria um bebê por uma carreira, e aquela era a carreira com a qual ela ainda fantasiava — *depois de vinte e seis filmes e inúmeros espetáculos de teatro, a veterana finalmente recebe uma indicação ao Oscar de melhor atriz coadjuvante...*

Nos bancos esportivos do Duster de E. F. Steve, Debra suspirou. Meu Deus, ela era patética — uma adolescente que cantava fazendo a escova de cabelos de microfone, para sempre.

— Está tudo bem? — perguntou E. F. Steve. — Parece que você está a oitenta quilômetros daqui.

— Desculpe. — Ela voltou o olhar e apertou o braço dele. — Tive uma conversa estranha com Pat antes de sair. Acho que ainda estou um pouco preocupada.

— Quer falar sobre isso?

Ela quase riu da ideia: confessar tudo ao professor de educação física de Pat.

— Obrigada — disse ela. — Mas não.

Steve voltou a se ocupar da direção e Debra imaginou se a tranquilidade daquele homem poderia ter alguma influência sobre Pat, no vigor de seus quinze anos, ou se já era tarde demais para isso.

Steve parou o carro em frente à casa de Debra e desligou o motor. Ela não se importaria de sair outra vez com ele, mas detestava essa parte dos encontros — a virada no assento do motorista, a desajeitada procura por contato visual, o beijo agitado e o pedido para sair outra vez com ela.

Debra olhou para a casa para se certificar de que Pat não a estava observando — ela não suportaria em hipótese nenhuma ele a provocando por causa de um beijo de despedida —, e foi nesse momento que ela percebeu que alguma coisa não estava certa. Ela desceu do carro como se estivesse em transe e começou a andar em direção à casa.

— Então é isso?

Ela olhou para o lado e viu que E. F. Steve havia saído do carro.

— O quê? — disse ela.

— Olhe, talvez não seja o lugar certo para dizer isso, mas vou dizer mesmo assim. Eu gosto de você.

Ele se apoiou no carro, com o braço sobre a porta aberta.

— Você me perguntou você é na escola... e, honestamente, você é como foi nessa última hora. Eu disse que você intimida as pessoas por causa de sua aparência, e isso é verdade. Mas às vezes é como se você nem estivesse na sala com os outros. Como se ninguém mais existisse.

— Steve...

Mas ele não havia terminado.

— Eu sei que não faço seu tipo. Não tem problema. Mas eu acho que você seria mais feliz se deixasse os outros se aproximarem.

Ela abriu a boca para dizer por que descera do carro, mas o "você seria mais feliz" a enfureceu. Ela seria mais feliz? Ela seria uma... meu Deus. Ela ficou ali de pé em silêncio, estraçalhada, bufando.

— Bem, boa noite. — Steve entrou em seu Duster, fechou a porta e foi embora. Ela observou o carro virar no fim da rua, com as luzes traseiras piscando uma vez.

Em seguida, voltou a olhar para sua casa e para o espaço onde costumava deixar o carro, que agora estava vazio.

Quando entrou, abriu a gaveta em que guardava a chave reserva do veículo (que não estava lá, claro), espiou o quarto de Pat (vazio, claro), procurou um bilhete (não havia, claro), serviu-se de um copo de vinho e sentou-se diante da janela, esperando que ele voltasse para casa são e salvo. Eram duas e quarenta e cinco da madrugada quando o telefone finalmente tocou.

Era a polícia. "Ela era... Seu filho era... Ela tinha... Audi marrom... placas..." Ela respondeu: "Sim, sim, sim", até que parou de ouvir as perguntas e simplesmente dizia sim sem parar. Em seguida, desligou o telefone e ligou para Mona, que veio até sua casa e a levou até a delegacia, em silêncio.

Elas pararam e Mona pousou a mão sobre a de Debra. A bondosa Mona — dez anos mais nova, com ombros largos, cabelo ao estilo Channel e atentos olhos verdes. Havia tentado beijar Debra certa vez, depois de muitas taças de vinho. Sempre se pode identificar a coisa verdadeira, aquela afeição; por que ela sempre vem da pessoa errada?

— Debra — disse Mona. — Eu sei que você ama aquele pequeno desgraçado, mas você não pode mais tolerar as merdas que ele faz. Está me ouvindo? Deixe-o ir para a cadeia desta vez.

231

— Ele estava melhorando — disse Debra, com a voz estrangulada.
— Ele escreveu uma música...

Mas não chegou a terminar a frase. Agradeceu a Mona, desceu do carro e entrou na delegacia.

Um policial corpulento, usando o uniforme da corporação e óculos com lentes em formato de lágrima veio falar com ela, com uma prancheta nas mãos. Disse-lhe que não devia se preocupar. Que seu filho estava bem, mas seu carro estava totalmente destruído — havia atravessado uma barreira de proteção em Fremont.

— Foi uma batida espetacular. Difícil de acreditar que ninguém saiu ferido.

— Ninguém?

— Havia uma garota no carro com ele. Ela também está bem. Assustada, mas bem. Os pais dela já vieram buscá-la.

É claro que havia uma garota envolvida.

— Posso vê-lo?

Em um minuto, disse o policial. Mas, primeiro, ela precisava saber que seu filho estava bêbado, que os policiais encontraram uma garrafa de vodca e restos de cocaína em um espelho que estava dentro do carro, que ele fora autuado por negligência ao volante, dirigir sem habilitação e por ser menor de idade portando entorpecentes. (*Cocaína?* Ela não tinha certeza de que ouvira direito, mas assentiu a cada acusação. O que mais poderia fazer?) Pela gravidade das autuações, a questão seria passada para o juizado de menores, que faria uma determinação...

Espere. Cocaína? Onde ele conseguiu cocaína? E o que E. F. Steve quis dizer quando falou que ela "não deixava os outros se aproximarem"? Ela adoraria poder deixar alguém se aproximar. Não. Sabe o que ela faria? *Deixaria a si mesma escapar!* E Mona? "Você não pode mais tolerar as merdas que ele faz?" Meu Deus, eles pensavam que ela havia *escolhido* viver assim? Pensavam que ela tinha escolha na maneira como Pat se comportava? Meu Deus, isso seria lindo, simplesmente parar de tolerar as merdas de Pat, voltar no tempo e viver outra vida...

(Dee Moray se recosta em uma cadeira de praia na Riviera com o seu companheiro italiano, o belo e discreto Pasquale, e lê as notícias, até que ele a beija e se levanta para ir jogar tênis em sua quadra, que se projeta nos rochedos...)

— Alguma pergunta?

— Hum? Desculpe, o quê?

— Alguma pergunta em relação ao que acabei de lhe dizer?

— Não.

Ela seguiu o gordo policial por um corredor.

— Talvez não seja o melhor momento — disse ele, e olhou para ela por cima do ombro enquanto caminhavam. — Mas eu notei que você não está usando aliança. Imaginei se gostaria de sair para jantar um dia desses... o sistema judiciário pode ser mesmo confuso, e pode ser útil ter alguém ao seu lado que...

(O recepcionista do hotel traz um telefone até a praia. Dee Moray tira o chapéu e leva o telefone à orelha. É Dick! "Alô, amor", diz ele. "Tenho certeza de que você está linda como sempre...")

O policial se virou e entregou-lhe um cartão com seu telefone escrito.

— Entendo que é um momento difícil, mas fique com o cartão, caso tenha vontade de sair um dia.

Ela olhou para o cartão.

(Dee Moray suspira: "Eu vi O exorcista, Dick". "Ah, meu Deus", diz ele. "Aquela porcaria? Você sabe como ferir um amigo." "Não", diz ela, gentilmente. "Não é exatamente um Shakespeare." Richard ri. "Escute, querida. Estou com o roteiro de uma peça e achei que poderíamos fazê-la juntos...")

O policial abriu a porta. Debra respirou fundo, com dificuldade, e o seguiu para dentro.

Pat estava sentado numa cadeira dobrável em uma sala vazia, com a cabeça nas mãos, os dedos perdidos entre as mechas de cabelos castanhos ondulados. Ele afastou os cabelos e olhou para ela; aqueles olhos. Ninguém entendia o quanto eles estavam naquela situação juntos, Pat e ela. *Estamos perdidos no meio disso tudo*, pensou Dee. Havia uma pequena abrasão na testa de Pat, quase como uma queimadura por fricção. Se não fosse por isso, ele parecia estar bem. Irresistível — realmente, era filho do seu pai.

Ele se inclinou para trás e cruzou os braços.

— Oi — disse ele, com a boca se erguendo naquele sorriso maroto que dizia "O que você está fazendo aqui?"

— E então, como foi seu encontro?

14

As bruxas de
Porto Vergogna

ABRIL DE 1962
PORTO VERGOGNA, ITÁLIA

Pasquale passou toda a manhã seguinte dormindo. Quando finalmente acordou, o sol já estava acima dos penhascos que se erguiam por trás da cidade. Ele subiu as escadas até o terceiro andar e foi até o quarto onde Dee Moray ficara hospedada. Ela tinha realmente estado ali há tão pouco tempo? Ele tinha mesmo estado em Roma ontem, no carro que Richard Burton dirigia feito louco? A sensação era a de que o tempo havia se distorcido, ficado inconstante. Pasquale olhou para o pequeno quarto com paredes de pedra. Pertencia a ela agora. Outros hóspedes chegariam para ocupá-lo, mas seria sempre o quarto de Dee Moray. Pasquale abriu as venezianas e a luz entrou no cômodo. Ele inspirou profundamente o ar, mas só conseguiu sentir o cheiro da maresia. Em seguida, pegou o livro inacabado de Alvis Bender de cima da mesinha de cabeceira e folheou as páginas. Nos próximos dias, Alvis apareceria para continuar a escrever naquele quarto. Mas o quarto nunca mais pertenceria a ele.

Pasquale voltou a seu quarto no segundo andar e se vestiu. Sobre a escrivaninha, viu a fotografia de Dee Moray e da outra mulher sorridente. Ele a pegou. A foto nem sequer começava a capturar a presença incrível de Dee, não como ele se lembrava: a altura elegante e o contorno alongado do pescoço, os poços profundos naqueles olhos e a qualidade dos movimentos que pareciam tão diferentes dos executados pelas outras pessoas, graciosos e cheios de energia, sem exagero ou desperdício. Aproximou a foto do rosto. Gostava da maneira como Dee sorria naquela foto, com a mão sobre o braço da mulher, as duas começando a se encurvar. O fotógrafo as capturou em um momento *real*, explodindo numa gargalhada cuja causa ninguém nunca saberia. Pasquale desceu as escadas e levou a foto consigo, colocando-a no canto de uma pintura de azeitonas emoldurada no pequeno corredor entre o hotel e a *trattoria*. Imaginou mostrar a foto a seus hóspedes americanos e, em seguida, fingir que aquilo não tinha importância: é claro, diria ele, astros do cinema ocasionalmente se hospedavam no Vista Adequada. Apreciavam a tranquilidade. E a quadra de tênis no penhasco.

Ele olhou para a foto e pensou em Richard Burton outra vez. O homem tinha muitas mulheres. Será que tinha interesse verdadeiro por Dee? Ele a levaria à Suíça para fazer o aborto e depois, o que aconteceria? Nunca se casaria com ela.

E, repentinamente, teve uma visão de si mesmo indo a Portovenere, batendo à porta do quarto de hotel dela. *Dee, case-se comigo. Vou criar seu filho como se fosse meu.* Era ridículo — pensar que ela se casaria com alguém que acabara de conhecer, que se casaria com ele. Logo em seguida pensou em Amedea e encheu-se de vergonha. Quem era ele para julgar Richard Burton? *É isso que acontece quando se vive sonhando*, pensou ele, *você sonha uma coisa, sonha outra e passa a vida inteira dormindo.*

Ele precisava de um café. Entrou na pequena sala de jantar, que estava iluminada com as luzes do fim da manhã, as venezianas abertas. Não era comum àquela hora do dia; sua tia Valeria esperava até o fim da tarde para abrir as janelas. Ela estava sentada em uma das mesas tomando um copo de vinho. Também era estranho presenciar aquilo às onze da manhã. Ela ergueu o rosto. Seus olhos estavam vermelhos.

— Pasquale — disse ela, com a voz embargada. — Ontem à noite... sua mãe...

E olhou para o chão.

Ele passou correndo por ela em direção ao corredor e abriu a porta do quarto de Antonia. As venezianas e as janelas estavam abertas ali também. O ar marinho e a luz do sol enchiam o quarto. Ela estava deitada de costas, com um buquê de cabelos grisalhos no travesseiro atrás de si, a boca levemente retorcida, entreaberta, como o bico recurvo de um pássaro. Os travesseiros estavam afofados sob a cabeça, o cobertor puxado até cobrir os ombros e dobrado uma vez, como se os preparativos para o funeral já estivessem concluídos. A pele estava lisa e brilhante, como se houvesse sido lavada.

O quarto cheirava a sabonete.

Valeria estava de pé atrás dele. Será que descobriu que sua irmã estava morta... e depois limpou o quarto? Não fazia sentido. Pasquale se virou para a tia.

— Por que não me contou ontem à noite, quando voltei?

— Porque não era a hora, Pasquale — disse Valeria. Lágrimas escorriam pelas verrugas de seu velho rosto. — Agora você pode partir e se casar com a americana. — O queixo de Valeria caiu e tocou o peito, como um mensageiro exausto que acabou de entregar uma mensagem vital. — Era isso que ela queria — resmungou a velha.

Pasquale olhou para os travesseiros atrás de sua mãe e o copo vazio na mesinha de cabeceira.

— Ah, zia — disse ele. — O que foi que você fez?

Ele ergueu o queixo da tia e, ao olhá-la nos olhos, percebeu tudo o que tinha acontecido: *As duas mulheres ouvindo pela janela enquanto ele conversava com Dee Moray, sem compreender nada; sua mãe insistindo — como fazia há meses — que chegara sua hora de morrer, que Pasquale precisava sair de Porto Vergogna para encontrar uma esposa; sua tia Valeria lançando mão de uma última tentativa desesperada, ao tentar manter a americana doente no hotel, com a história de bruxa sobre como ninguém morria lá enquanto era jovem; sua mãe pedindo a Valeria, várias e várias vezes ("Ajude-me, irmã"), implorando, ameaçando-a...*

— Não, você não...

Antes que ele pudesse terminar, Valeria caiu. E Pasquale se virou para sua mãe morta, sem acreditar.

— Ah, mamma — disse Pasquale, simplesmente. Tudo aquilo era tão insignificante, tão inconsequente; como elas puderam entender de maneira tão errada o que estava acontecendo à sua volta? Ele olhou para sua tia, que soluçava, e tomou seu rosto entre as mãos. Mal era capaz de enxergar-lhe a pele escura e enrugada por entre as próprias lágrimas.

— O que foi que... você fez?

Valeria contou-lhe tudo: como a mãe de Pasquale vinha pedindo para que ela a deixasse partir desde que Carlo morrera, e que havia até mesmo tentado se sufocar com um travesseiro. Valeria a convenceu a não fazer aquilo, mas Antonia insistiu até que Valeria prometesse que, quando sua irmã mais velha não conseguisse mais suportar a dor, ela a ajudaria. Naquela semana, Antonia cobrara a solene promessa. Novamente, Valeria disse não, mas Antonia disse que ela nunca poderia entender a situação porque não tivera filhos; que preferia morrer a continuar sendo um fardo para Pasquale, que ele nunca sairia de Porto Vergogna enquanto ela estivesse viva. Assim, Valeria fez o que Antonia pedira; misturou soda cáustica a um pouco de massa de pão e colocou no forno. Em seguida, Antonia mandou Valeria sair do hotel por uma hora, para que não tomasse parte naquele pecado. Valeria tentou mais uma vez dissuadi-la, mas Antonia disse que estava em paz, sabendo que, se partisse, Pasquale poderia ir se encontrar com a bela americana...

— Escute — disse Pasquale. — A garota americana? Ela ama o outro homem que estava aqui, o ator britânico. Ela não se importa comigo. Tudo isso aconteceu a troco de nada!

Valeria soluçou outra vez e deixou-se cair contra a perna de Pasquale. Ele olhou para baixo, vendo seus ombros trêmulos e soluçantes, até que a piedade tomou conta dele. A piedade e o amor por sua mãe, que desejaria que ele fizesse o que fez a seguir: acariciou os cabelos embaraçados de Valeria e disse:

— Sinto muito, tia.

E olhou novamente para a mãe, deitada contra os travesseiros afofados, dando a impressão de uma aprovação solene.

Valeria passou o dia no quarto, chorando, enquanto Pasquale ficou sentado no terraço, fumando e bebendo vinho. Quando o sol se pôs, ele foi até o quarto de Antonia com Valeria e envolveu firmemente o corpo da mãe com um lençol e um cobertor. *Que homem realmente conhece sua mãe?* Ela teve uma vida inteira antes dele, incluindo dois outros filhos, os irmãos que ele nunca conheceu. Ela sobreviveu à perda de ambos na guerra e também à perda do marido. Quem era ele para decidir que ela não estava preparada, que deveria ficar um pouco mais por aqui? Ela havia chegado ao fim da linha. Talvez fosse até melhor que sua mãe acreditasse que ele fugiria com uma bela americana depois que ela morresse.

Na manhã seguinte, Tomasso, o Comunista, ajudou Pasquale a levar o corpo de Antonia até seu barco. Pasquale não percebeu o quanto a mãe estava frágil até ter de carregá-la daquela maneira, com os braços por baixo de seus ombros ossudos, como os de um pássaro. Valeria espiou por entre a porta de seu quarto e despediu-se silenciosamente da irmã. Os outros pescadores e a esposa deles vieram até a *piazza* para dar condolências a Pasquale — "Ela está com Carlo agora", "A doce Antonia", e "Descanse em paz". No barco, ele os cumprimentou com um breve aceno de cabeça enquanto Tomasso, mais uma vez, dava partida no motor, levando-os para longe da enseada.

— Era a hora dela — disse Tomasso, enquanto manobrava a lancha pelas águas escuras.

Pasquale estava com o rosto virado para frente para não ter mais de conversar, para não ver o corpo da mãe envolvido naquela mortalha. Sentia-se grato pelo sal das ondas encrespadas fazer seus olhos arderem.

Em La Spezia, Tomasso conseguiu uma carroça com o vigia das docas. Empurrou o corpo da mãe de Pasquale pela rua — *como um saco de trigo*, pensou Pasquale, envergonhado — até que finalmente chegaram na casa funerária. Pasquale deixou tudo preparado para que ela fosse enterrada ao lado de seu pai assim que uma missa fúnebre pudesse ser celebrada.

Em seguida, foi procurar o padre vesgo que cuidou da missa e do enterro do seu pai. Já sobrecarregado com a época da Crisma, o padre disse que não teria condições de fazer uma missa-réquiem antes da sexta-feira, dois dias mais adiante. Quantas pessoas Pasquale imaginava que compareceriam naquela cerimônia?

— Não muitas — disse ele. Os pescadores viriam se ele pedisse; alisariam seus ralos cabelos com saliva, vestiriam casacos pretos e ficariam ao lado das esposas enquanto o padre entoava — *Antonia, réquiem aeternam dona eis, Domine* — e depois as esposas sérias trariam comida ao hotel. Mas, para Pasquale, tudo aquilo parecia muito previsível, terreno e inútil. Claro, era exatamente assim que ela desejaria que acontecesse. Então, ele acertou os detalhes para a missa fúnebre. O padre fez uma anotação num livro de registros, olhando através de suas lentes bifocais.

Pasquale também queria que ele fizesse o *trigesimo*, a missa que ocorre trinta dias após a morte para dar um último empurrão na alma em direção ao céu? Claro, disse Pasquale.

— *Eccellente* — disse o padre Francisco, e estendeu a mão. Pasquale o cumprimentou com um aperto de mão, mas o padre o encarou com uma expressão sisuda, ou pelo menos um de seus olhos o fez. Ah, disse Pasquale, enfiando a mão no bolso para pagar o homem. O dinheiro desapareceu por entre as dobras da batina e o padre lhe deu uma rápida bênção.

Pasquale estava atordoado no caminho de volta para o ancoradouro onde o barco de Tomasso estava atracado. Ele subiu novamente na suja embarcação de madeira e se sentiu mal outra vez por transportar a mãe daquela maneira. Em seguida, lembrou-se do momento mais estranho, algo quase aleatório: estava com sete anos, provavelmente. Acordou depois de uma soneca à tarde, desorientado quanto ao horário, e desceu as escadas para encontrar a mãe chorando enquanto seu pai a consolava. Ele ficou do lado de fora do quarto deles, olhando pelo vão da porta e observou a cena — e, pela primeira vez, Pasquale entendeu que seus pais eram seres que não estavam ligados a ele; que existiam antes mesmo de ele nascer. Foi quando seu pai ergueu o rosto e disse: — Sua avó morreu —, e ele presumiu que fosse a mãe de sua mãe. Foi somente mais tarde que soube que era a mãe de seu pai. Ainda assim, era seu *pai* que estava consolando sua *mãe*. Sua mãe ergueu o rosto e disse: — Ela tem sorte, Pasquale. Está com Deus agora. — Alguma coisa naquela lembrança fez com que seus olhos se enchessem de lágrimas, pensar novamente na impossibilidade de conhecer por completo a natureza das pessoas que amamos. Levou as mãos ao rosto, e Tomasso gentilmente olhou para outro lugar enquanto seu barco se afastava de La Spezia.

De volta ao Vista Adequada, Valeria não estava em lugar nenhum. Pasquale a procurou em seu quarto, que estava limpo e arrumado como o de sua mãe estivera — como se ninguém tivesse passado por ali. Os pescadores não a haviam levado a lugar nenhum. Ela provavelmente havia subido pelas íngremes trilhas atrás do vilarejo. Naquela noite, o hotel dava a sensação de ser uma cripta para Pasquale. Ele pegou uma garrafa de vinho da adega dos pais e sentou-se na *trattoria* vazia. Nenhum dos pescadores se aproximou. Pasquale sempre se sentiu confinado em sua vida, pelo estilo de vida temerário dos pais, pelo Hotel Vista Adequada, por Porto Vergogna, por essas coisas que pareciam prendê-lo ao lugar onde estava. Agora, estava acorrentado somente ao fato de estar completamente sozinho.

Pasquale terminou de tomar o vinho e pegou outra garrafa. Sentou-se à sua mesa na *trattoria*, olhando fixamente para a foto de Dee Moray com a outra mulher. Conforme a noite caiu, ele ficou bêbado e desorientado, e sua tia ainda não havia retornado. Em algum momento ele deve ter adormecido, porque ouviu o barulho de um barco e, logo depois, a voz de Deus ribombou pelo saguão de seu hotel.

— *Buon giorno!* — disse Deus. — Carlo? Antonia? Onde estão vocês?

E Pasquale teve vontade de chorar. Seus pais não deveriam estar com Deus? Por que ele perguntava a respeito do casal e por que o fazia em inglês? Mas, finalmente, Pasquale percebeu que estava dormindo e despertou com um sobressalto, enquanto Deus voltava a falar em italiano:

— *Cosa un ragazzo deve fare per ottenere una bevanda qui intorno?*

E Pasquale percebeu, claro, que não era Deus. Alvis Bender estava no saguão do hotel assim que a manhã raiou, chegando para suas férias anuais em que escreveria seu livro e perguntando num italiano macarrônico: "O que um homem precisa fazer para conseguir uma bebida por aqui?"

Depois que a guerra acabou, Alvis Bender estava perdido. Ele voltou a Madison para ensinar inglês em Edgewood, uma pequena faculdade de artes, mas estava taciturno e desenraizado, propenso a semanas de depressão e embriaguez. Não sentia qualquer fragmento da paixão que costumava sentir por lecionar, pelo mundo dos livros. Os franciscanos que administravam a faculdade se cansaram rapidamente das suas bebedeiras e Alvis voltou a trabalhar para o seu pai. No início da década de 1950, a Bender Chevrolet era a maior concessionária no Wisconsin; o pai de Alvis abriu novas lojas em Green Bay e Oshkosh e estava prestes a abrir uma concessionária da Pontiac nas redondezas de Chicago. Alvis se aproveitou da prosperidade da família, comportando-se nas concessionárias da mesma maneira que fazia na faculdade dos padres franciscanos e recebendo o apelido de "Bender Esponjinha" entre as secretárias e os contadores das lojas. As pessoas ao redor de Alvis atribuíam suas variações de humor ao que era eufemisticamente chamado de "fadiga de combate", mas, quando seu pai finalmente perguntou a Alvis se ele sofria de estresse pós-traumático, Alvis disse: "Eu atiro para tudo que é lado no *happy hour*, pai. Todos os dias, sem falta".

Alvis não achava que sofria de fadiga de combate — ele mal presenciara os combates de verdade — com a mesma intensidade que sofria de fadiga da *vida*. Supunha que poderia ser algum tipo de problema relacionado ao período pós-guerra, mas a coisa que o roía por dentro parecia ser menor do que isso: ele simplesmente não via mais sentido nas coisas. Particularmente, não via mais sentido em trabalhar duro, ou em fazer a coisa certa. Afinal de contas, veja o que isso causou a Richards. Enquanto isso, ele sobreviveu para voltar ao Wisconsin... para fazer o quê? Ensinar formação de frases para retardados? Vender Bel-Airs para dentistas?

Em seus melhores dias, ele imaginava que podia canalizar aquela amargura para as páginas do livro que estava escrevendo — exceto pelo fato de que não estava realmente escrevendo um livro. Ah, ele *falava* sobre o livro que estava escrevendo, mas as páginas nunca surgiam. E quanto mais ele falava sobre o livro que não estava escrevendo, mais difícil de escrever ele se tornava. A primeira sentença o acossava. Ele teve a ideia de fazer com que seu livro sobre a guerra fosse um livro contra a guerra; que ele se concentraria nos rigores da vida de soldado e seu livro mostraria apenas uma única batalha, o tiroteio de nove segundos em Strettoia no qual a sua companhia perdeu dois homens; que toda a obra trataria do tédio que levou àqueles nove segundos; que, naqueles nove segundos, o protagonista morreria, e o livro continuaria assim mesmo, com um outro personagem de menor importância. Para ele, essa estrutura parecia capturar a característica aleatória que havia vivenciado. Todos os livros e filmes sobre a Segunda Guerra Mundial eram incrivelmente sérios e solenes, histórias de bravura e coragem como as de Audie Murphy.* Achava que sua própria perspectiva, baseada na falta de combates, era mais

---

* Soldado do exército americano que combateu na Segunda Guerra Mundial, sendo condecorado por bravura. Após a guerra, seguiu carreira como ator, escritor e compositor. (N. do T.)

parecida com os livros sobre a Primeira Guerra Mundial: o distanciamento histórico de Ernest Hemingway, as tragédias irônicas de John Dos Passos e as sátiras absurdamente sombrias de Louis-Ferdinand Céline.

Até que, certo dia, enquanto estava tentando convencer uma mulher que acabara de conhecer a dormir com ele, mencionou casualmente que estava escrevendo um livro, e ela ficou intrigada.

— Sobre o quê? — perguntou.

— Sobre a guerra — respondeu ele.

— A guerra da Coreia? — perguntou ela, de maneira bastante inocente, e Alvis percebeu o quanto havia se tornado patético.

Seu velho amigo Richards tinha razão: o país avançou e entrou em outra guerra antes que Alvis terminasse de fazer as pazes com a última. E simplesmente pensar em seu amigo morto fez com que Alvis sentisse muita vergonha a respeito de como desperdiçara os últimos oito anos.

No dia seguinte, Alvis marchou pelo saguão da concessionária e anunciou ao seu pai que precisava de um tempo sozinho; ele finalmente iria escrever seu livro sobre a guerra. Seu pai não ficou feliz, mas fez um acordo com Alvis: poderia tirar três meses de férias desde que voltasse para administrar a nova concessionária Pontiac em Kenosha ao final do prazo. Alvis não demorou a concordar.

E assim ele foi para a Itália. De Veneza a Florença, de Nápoles a Roma, viajou, bebeu, fumou e contemplou; e, aonde quer que fosse, levava consigo sua máquina de escrever portátil Royal — sem nunca tirá-la do estojo. Em todos os lugares que ia, as pessoas sempre estavam dispostas a pagar uma bebida a um soldado americano que retornava à Itália, e, em todos os lugares que ia, Alvis sempre aceitava. Ele se convenceu de que estava fazendo pesquisas, mas, com exceção de uma viagem improdutiva a Strettoia, o local onde seu pequeno tiroteio ocorreu, a maior parte desse seu estudo envolvia beber e tentar seduzir garotas italianas.

Em Strettoia ele acordou com uma ressaca horrível e saiu para dar uma caminhada, procurando pela clareira em que sua velha unidade participou do tiroteio. Lá, deparou com um pintor de paisagens fazendo um desenho de um velho celeiro. Mas o jovem estava desenhando o celeiro de cabeça para baixo. Alvis pensou que talvez houvesse algo de errado com o homem, algum tipo de dano cerebral; mesmo assim, havia uma certa qualidade em seu trabalho que atraiu Alvis, uma desorientação que lhe parecia familiar.

— Os olhos veem tudo de cabeça para baixo — explicou o artista —, e o cérebro automaticamente reverte as imagens em seguida. Estou apenas tentando colocar as coisas de volta do jeito que a mente enxerga.

Alvis olhou para o desenho por um longo tempo. Chegou até mesmo a pensar em comprar a obra, mas percebeu que, se a pendurasse na parede daquela maneira, de cabeça para baixo, as pessoas simplesmente a virariam de cabeça para cima. Esse, decidiu ele, era o problema com o livro que ele queria escrever. Alvis nunca conseguiria escrever um livro sobre a guerra como os outros; o que ele tinha a dizer sobre a guerra só poderia ser contado de cabeça para baixo, e, em seguida, as pessoas não perceberiam a verdadeira história e tentariam virá-lo de cabeça para cima novamente.

Naquela noite, em La Spezia, ele pagou uma bebida a um velho soldado italiano rebelde, um homem com cicatrizes horríveis de queimaduras no rosto. O homem beijou as bochechas de Alvis, deu-lhe um tapa nas costas e o chamou de "camarada" e "amico!". Contou a Alvis a história de como sofreu as queimaduras: sua unidade de soldados rebeldes estava dormindo em uma pilha de feno nas colinas quando, sem nenhum aviso, uma patrulha alemã os atacou com um lança-chamas. Ele foi o único que escapou com vida. Alvis ficou tão emocionado com a história que lhe pagou várias bebidas. Os dois bateram continência e choraram por amigos que haviam perdido. Finalmente, Alvis perguntou ao homem se poderia usar sua história no livro que estava escrevendo. Isso fez com que o italiano começasse a chorar. Era tudo mentira, confessou o italiano. Não havia unidade rebelde, não havia lança-chamas, não havia alemão nenhum. O homem estava consertando um carro dois anos antes quando o motor subitamente pegou fogo.

Emocionado pela confissão, Alvis Bender acabou perdoando seu novo amigo em meio à própria embriaguez. Afinal de contas, ele também era uma fraude; há dez anos falava que ia escrever um livro, mas, mesmo assim, não colocara uma única palavra no papel. Os dois bêbados mentirosos se abraçaram e choraram e passaram a noite inteira em claro confessando a fraqueza que havia em seu coração.

Pela manhã, um Alvis Bender acometido por uma ressaca horrível estava sentado, olhando fixamente para o porto de La Spezia. Restavam apenas duas semanas dos dois meses que seu pai havia lhe dado para "descobrir como fazer essa merda dar certo". Ele pegou sua mala e a máquina de escrever portátil, arrastou-se em direção ao atracadouro e começou a negociar uma viagem de barco para Portovenere, mas o piloto não compreendeu direito o seu italiano arrastado. Duas horas depois, o barco bateu em um promontório rochoso em uma enseada do tamanho de um armário, na qual ele pousou os olhos naquele esboço de vilarejo, com cerca de uma dúzia de casas ao todo, encravadas nos rochedos escarpados e cercando um único e tristonho estabelecimento comercial, uma pequena *pensione* e *trattoria* batizada, como todos os lugares naquele litoral, em honra a São Pedro. Havia um punhado de pescadores cuidando de suas redes em pequenos esquifes e o proprietário daquele hotel vazio estava sentado em seu terraço lendo um jornal e fumando um cachimbo, enquanto seu belo filho de olhos azuis estava sentado em uma rocha nas proximidades, sonhando acordado.

— Que lugar é esse? — perguntou Alvis Bender. E o piloto disse:
— Porto Vergogna.

O Porto da Vergonha. Não era esse o lugar para onde ele queria ir? Alvis Bender não conseguiu pensar em nenhum lugar melhor, e disse:
— Sim, é claro.

O proprietário do hotel, Carlo Tursi, era um homem amável e pensativo que saiu de Florença e veio para o pequeno vilarejo depois de perder os dois filhos mais velhos na guerra. Sentia-se honrado por ter um escritor americano hospedado em sua *pensione* e prometeu que o filho, Pasquale, ficaria em silêncio durante o dia para que Alvis pudesse trabalhar. E foi assim que, naquele pequeno quarto no último andar, com o suave barulho das ondas batendo contra os rochedos lá embaixo, Alvis Bender finalmente abriu o estojo de sua Royal portátil. Ele colocou a máquina de escrever sobre a mesa de cabeceira, debaixo da janela. Olhou fixamente para ela. Inseriu uma folha de papel e girou o cilindro. Pousou as mãos sobre as teclas. Esfregou as superfícies lisas, o suave alto-relevo das letras. E uma hora se passou. Desceu ao térreo para buscar vinho e encontrou Carlo sentado no terraço.

— Como está indo o livro? — perguntou Carlo, solenemente.

— Bem, estou tendo alguns problemas — admitiu Alvis.

— Com qual parte? — perguntou Carlo.

— O começo.

Carlo refletiu sobre a situação.

— Talvez você devesse começar pelo fim.

Alvis pensou na pintura de cabeça para baixo que vira perto de Strettoia. Sim, é claro. Começar pelo fim. E riu.

Pensando que o americano estava rindo de sua sugestão, Carlo desculpou-se por ser *stupido*.

Não, não, disse Alvis, a sugestão era brilhante. Ele vinha falando a respeito e pensando naquele livro há tanto tempo que era como se a obra já existisse, como se de certa maneira ele já a houvesse terminado, como se já estivesse *lá fora*, flutuando no ar, e tudo o que ele tinha de fazer era encontrar um lugar para mergulhá-la na história, como um riacho que poderia passar à sua frente. Por que *não* começar pelo final? Subiu as escadas correndo e datilografou estas palavras: "E então a primavera chegou, e, com ela, o fim da minha guerra".

Alvis observou cuidadosamente a única frase, tão estranha e fragmentada, tão perfeita. Em seguida, escreveu outra, e mais outra, e, em pouco tempo, tinha uma página. Nesse ponto, desceu correndo as escadas correndo e tomou uma taça de vinho com a sua musa, o compenetrado Carlo Tursi, com seus óculos. Estes seriam o seu ritmo e a sua recompensa: datilografar uma página e tomar uma taça de vinho com Carlo. Depois de duas semanas fazendo aquilo, estava com doze páginas. Ficou surpreso ao descobrir que estava contando a história de uma garota que conheceu perto do fim da guerra, uma garota que o havia masturbado rapidamente ao lado da estrada. Ele não havia planejado incluir aquela história no livro — já que não tinha qualquer pertinência — mas, repentinamente, parecia ser a única história que importava.

Em seu último dia em Porto Vergogna, Alvis guardou suas poucas páginas e sua pequena Royal e se despediu da família Tursi, prometendo retornar no ano seguinte para trabalhar e passar duas semanas por ano no pequeno vilarejo até que seu livro estivesse concluído, mesmo se tivesse de fazer aquilo até o fim da vida.

Depois, pediu a um dos pescadores que o levasse a La Spezia, onde pegou um ônibus até Licciana, a cidade natal da garota. Observou a paisagem pela janela do ônibus, procurando pelo lugar onde a conhecera, pelo celeiro e as árvores, mas nada parecia igual ao que era, e não conseguiu se localizar com facilidade. O vilarejo em si era duas vezes maior do que na época da guerra, as velhas casas de pedra substituídas por estruturas de pedra e madeira. Alvis foi até uma *trattoria* e deu o sobrenome de Maria ao proprietário. O homem conhecia a família. Frequentara a escola com o irmão de Maria, Marco, que lutou do lado dos fascistas e fora torturado por suas ações, pendurado pelos pés na praça da cidade, cortado e deixado ali para sangrar até morrer. O homem não sabia o que acontecera com Maria, mas sua irmã mais nova, Nina, havia se casado com um rapaz do vilarejo e ainda morava por ali. Alvis seguiu as indicações do homem para chegar até a casa de Nina, um sobrado de pedra em uma clareira abaixo das velhas muralhas do vilarejo, em um bairro novo que estava se expandindo pela colina. Ele bateu. Uma fresta da porta se abriu e uma mulher de cabelos negros enfiou o rosto pela janela ao lado da porta, perguntando o que ele queria.

Alvis explicou que conhecera sua irmã durante a guerra.

— Anna? — perguntou a garota.

— Não. Maria — disse Alvis.

— Ah — disse ela, com um toque de tristeza na voz. Após um momento, ela o convidou a entrar na sala de estar bem cuidada.

— Maria casou-se com um médico e mora em Gênova.

Alvis perguntou se ela poderia lhe dar o endereço de Maria.

A expressão no rosto de Nina se empederniu.

— Ela não precisa que um velho namorado do tempo da guerra volte a lhe procurar. Ela finalmente está feliz. Por que quer criar problemas?

Alvis insistiu que não queria causar nenhum problema.

— Maria passou por maus bocados durante a guerra. Deixe-a em paz. Por favor.

Em seguida, um dos filhos de Nina a chamou e ela foi até a cozinha para ver o que o garoto queria.

Havia um telefone na sala, e, como várias pessoas que haviam adquirido um telefone recentemente, a irmã de Maria o mantinha em um lugar de destaque, sobre uma mesa coberta com imagens de santos. Ao lado do aparelho havia uma agenda de telefones.

Alvis estendeu a mão, abriu a agenda na letra M, e lá estava: o nome *Maria*. Sem sobrenome, sem número de telefone. Apenas um endereço em Gênova. Alvis memorizou o endereço, fechou a agenda, agradeceu a Nina as informações e foi embora.

Naquela tarde, tomou um trem para Gênova.

Ao chegar, descobriu que o endereço estava localizado perto do porto. Alvis ficou preocupado com a possibilidade de haver se enganado; o lugar não parecia ser o bairro onde um médico e sua esposa morariam.

As construções eram feitas de tijolos e pedra, apinhadas umas sobre as outras, como uma escala musical que descia gradualmente até o porto. Os pavimentos térreos estavam cheios de cafeterias baratas e tavernas cuja maior clientela era formada por marinheiros, enquanto, mais acima, havia cortiços, quartos de aluguel e hotéis simples. O endereço de Maria levava a uma taverna, um buraco de rato forrado por tábuas carcomidas com mesas empenadas e um tapete velho e puído. Um *barman* magricela e sorridente estava sentado atrás do balcão, servindo os pescadores com boinas que lhes caíam por sobre os olhos, encurvados sobre copos cor de âmbar com as bordas lascadas.

Alvis desculpou-se e disse que devia estar no lugar errado.

— Estou procurando por uma mulher... — começou ele.

O *barman* magricela não esperou que ele lhe desse um nome. Simplesmente apontou para a escadaria atrás do bar e estendeu a mão.

— Ah, sim — disse ele. Sabendo exatamente onde estava agora, Alvis pagou o homem. Enquanto subia as escadas, rezava para que houvesse algum engano, para não a encontrar ali. No topo da escadaria havia um corredor que se abria em um pequeno saguão com um sofá e duas cadeiras. Sentadas no sofá e falando em voz baixa havia três mulheres. Duas eram jovens — garotas, realmente, em camisolas curtas, lendo revistas. Nenhuma delas lhe pareceu familiar.

Na outra cadeira, com um desbotado robe de seda verde sobre a camisola, fumando um cigarro já quase no fim, estava Maria.

— Olá — disse Alvis.

Maria nem levantou o rosto.

Uma das garotas mais novas disse, em inglês:

— América, sim? Você gosta de mim, América?

Alvis a ignorou.

— Maria — disse ele, discretamente.

Ela não ergueu o rosto.

— Maria?

Ela finalmente se virou na direção dele. Parecia ter envelhecido vinte anos, não dez. Os braços estavam mais grossos, e havia rugas ao redor da boca e dos olhos.

— Quem é Maria? — perguntou ela em inglês.

Uma das outras garotas riu.

— Pare de implicar com ele. Ou deixe-o para mim.

Sem qualquer indício de que o reconhecia, Maria deu a Alvis os preços, em inglês, dos vários serviços que prestava. Acima do espaldar da cadeira onde ela estava sentada havia uma pintura horrível de uma íris. Alvis lutou contra o impulso de virar o quadro de cabeça para baixo. Comprou meia hora do tempo de Maria.

Como já estivera outras vezes em lugares como aquele, pagou Maria metade do preço estipulado, o qual ela dobrou e levou até o térreo para o homem atrás do bar. Depois, Alvis a seguiu pelo corredor até um quarto pequeno. Dentro dele não havia nada além de uma cama arrumada, um criado-mudo, um cabide para casacos e um espelho embaçado e com a superfície arranhada. Uma janela dava vista para o porto e para a rua abaixo. Ela se sentou na cama, as molas do colchão rangeram e ela começou a se despir.

— Não se lembra de mim? — perguntou Alvis em italiano.

Ela parou de se despir e sentou-se na cama, imóvel, sem qualquer sinal nos olhos de que o reconhecia.

Lentamente, Alvis começou a contar a ela em italiano como ele fora designado para a Itália durante a guerra, como a conheceu em uma estrada deserta e a acompanhou para casa certa noite, como chegou a um ponto em que não se importava se vivesse ou morresse no dia em que a conheceu, mas que, após a conhecer, ele passou a se importar novamente. Disse que ela o havia estimulado a escrever um livro depois da guerra, a levá-lo a sério, mas que havia simplesmente voltado para a sua casa na América (*"Ricorda? Wisconsin?"*) e passado a última década enchendo a cara de bebida. Seu melhor amigo, disse ele, morrera na guerra, deixando uma esposa e um filho. Alvis não tinha ninguém, e simplesmente voltou para casa e desperdiçou todos aqueles anos.

Ela escutou pacientemente e, em seguida, perguntou se ele queria fazer sexo.

Alvis disse que fora até Licciana para procurá-la, e imaginou ter visto algo em seus olhos quando disse o nome do vilarejo — vergonha, talvez —, porque ficou muito envergonhado do que ela fez por ele naquela noite. Não do que ela fizera com a mão, mas da maneira como o reconfortou depois, segurando-lhe o rosto choroso contra o seu belo peito. Aquilo, disse Alvis, foi a coisa mais humana que alguém já fez por ele.

— Lamento muito — disse Alvis — que você tenha acabado assim.

— Assim? — a risada dela assustou Alvis. — Eu sempre fui assim. — Ela indicou o quarto à sua volta e disse, num italiano simples: — Meu amigo, eu não o conheço. E não conheço esse vilarejo que você falou. Sempre morei em Gênova. Às vezes recebo rapazes como você, garotos americanos que estiveram na guerra e fizeram sexo pela primeira vez com uma garota que se parecia comigo. Não há problema.

Ela parecia paciente, mas não estava particularmente interessada na história dele.

— E o que você iria fazer? Resgatar essa Maria? Levá-la com você de volta à América?

Alvis não conseguiu pensar em nada para dizer. Não, é claro que ele não iria levá-la de volta à América. Mas então, o que é que ele iria fazer? Por que estava ali?

— Você me deixou feliz, escolhendo a mim em vez das outras garotas — disse a prostituta, e estendeu a mão na direção do cinto dele. — Mas, por favor, pare de me chamar de Maria.

Conforme aquelas mãos experientes desafivelavam seu cinto, Alvis olhou para o rosto da mulher. Tinha que ser ela. Ou não? Agora, ele não tinha mais tanta certeza. Ela realmente parecia ser mais velha do que Maria devia ser. E os braços mais grossos que ele havia atribuído à idade — será que ela poderia realmente ser outra pessoa? Estaria se confessando para uma prostituta qualquer?

Ele a observou enquanto as mãos grossas abriam sua braguilha. Sentiu-se paralisado, mas conseguiu se afastar. Abotoou as calças e afivelou o cinto outra vez.

— Prefere ficar com outra menina? — perguntou a prostituta. — Posso ir chamá-la, mas você ainda terá que me pagar.

Alvis pegou a carteira com as mãos trêmulas e tirou cinquenta vezes o preço que ela lhe dissera. Colocou o dinheiro sobre a cama e falou em voz baixa:

— Desculpe-me por não ter apenas acompanhado você até a sua casa naquela noite.

Ela simplesmente olhou para o dinheiro. Em seguida, Alvis Bender saiu pela porta, sentindo como se o que restava da sua vida tivesse escorrido para fora de si naquele quarto. No pequeno saguão, as outras prostitutas estavam lendo suas revistas. Nem chegaram a olhar para ele. No térreo, ele se esquivou do *barman* magricela e sorridente, e, quando saiu da taverna, Alvis sentiu uma sede monstruosa. Atravessou a rua correndo em direção a outro bar, pensando, *Graças a Deus, esses bares estão por toda parte*. Foi um alívio perceber que sempre haveria um bar que ele não conhecia. Ele poderia vir à Itália uma vez por ano para terminar a escritura do livro, mesmo se isso lhe tomasse o resto da vida e ele bebesse até morrer. Não havia problema. Ele sabia agora o que o seu livro seria: um artefato, incompleto e distorcido, um estilhaço oriundo de algum significado de ordem superior. E se o tempo com Maria acabasse por se revelar sem sentido — um encontro aleatório, um momento efêmero, talvez até mesmo a prostituta errada —, então que fosse assim.

Na rua, um caminhão desviou dele, e Alvis foi arrancado de seus pensamentos por tempo suficiente para olhar sobre o ombro, para a janela do prostíbulo do qual acabara de sair. Ali, na janela do segundo andar, estava Maria — pelo menos era isso que ele diria a si mesmo —, apoiada contra o vidro, observando-o, com o robe entreaberto, com os dedos acariciando o lugar entre os seios onde, um dia, ele encostou o rosto e chorou. Ela o observou por mais alguns segundos. Depois, se afastou da janela e desapareceu.

Depois daquela explosão prolífica em que conseguiu produzir algumas páginas, Alvis nunca mais fez muitos progressos em seu livro quando voltava à Itália. Em vez disso, passava por Roma, Milão ou Veneza por uma semana ou duas, bebendo e perseguindo mulheres, e depois vinha passar uns dias na tranquilidade de Porto Vergogna. Ele voltava a trabalhar naquele primeiro capítulo, reescrevia, reordenava algumas coisas, tirava uma palavra ou duas, inseria uma nova frase — mas seu livro não parecia surgir. E, mesmo assim, aquilo sempre servia para o restaurar, de certa maneira: ler e gentilmente reescrever seu único bom capítulo, ver seu velho amigo Carlo Tursi, sua esposa Antonia e o filho com os olhos da cor do mar, Pasquale. Mas agora — sabendo que Carlo e Antonia haviam falecido e que Pasquale era um homem feito... Alvis não sabia o que pensar. Ouvira falar de casais que morriam em datas próximas como os Tursi. A dor era forte demais para o cônjuge suportar. Mas era difícil racionalizar a situação: um ano antes, Carlo e Antonia pareciam bem saudáveis. E agora... estavam mortos?

— Quando isso aconteceu? — perguntou a Pasquale.

— Meu pai morreu há alguns meses, na primavera. Minha mãe, há três noites — disse Pasquale. — A missa fúnebre vai ser amanhã.

Alvis não parava de observar o rosto de Pasquale. Ele estivera na escola nos últimos anos quando Alvis viera, na época da primavera. Não conseguia acreditar que aquele era o pequeno Pasquale, crescido e transformado... homem. Mesmo em meio ao sofrimento, Pasquale apresentava a mesma estranha tranquilidade de quando era criança, com aqueles olhos azuis firmes em sua contemplação do mundo. Estavam sentados no terraço naquela fria manhã, com a máquina de escrever portátil de Alvis Bender e a mala aos seus pés, onde Pasquale costumava se sentar.

— Sinto muito, Pasquale — disse ele. — Posso procurar um hotel em outro lugar do litoral se quiser ficar sozinho.

Pasquale olhou para ele. Mesmo que o italiano de Alvis geralmente fosse bastante claro, as palavras demoraram alguns instantes para fazerem sentido para Pasquale, quase como se tivessem de ser traduzidas.

— Não. Eu gostaria que você ficasse.

Ele serviu mais uma taça de vinho para cada um e empurrou a de Alvis na direção do americano.

— *Grazie* — disse Alvis.

Eles tomaram o vinho em silêncio. Pasquale olhava fixamente para a mesa.

— É bastante comum que casais faleçam dessa maneira, uma pessoa logo depois da outra — disse Alvis, cujo conhecimento, às vezes, parecia estranhamente amplo para Pasquale. — Morrer por... — e tentou pensar na palavra italiana para a tristeza — *dolore*.

— Não — disse Pasquale, levantando o rosto lentamente. — Minha tia a matou.

Alvis não tinha certeza de ter ouvido direito.

— Sua tia?

— Sim.

— Por que ela faria isso, Pasquale? — perguntou Alvis.

Pasquale esfregou o rosto.

— Ela queria que eu me casasse com a atriz americana.

Alvis pensou que Pasquale podia ter enlouquecido pela dor da perda.

— Que atriz?

Sonolento, Pasquale entregou a foto de Dee Moray. Alvis tirou os óculos de leitura do bolso, olhou para a foto e voltou a observar Pasquale.

— Sua mãe queria que você se casasse com Elizabeth Taylor? — perguntou ele, sem alterar a voz.

— Não. A outra — disse Pasquale, passando a falar em inglês, como se só fosse possível acreditar em tais coisas naquele idioma. — Ela veio até o hotel, três dias. Ela cometeu erro vindo aqui — disse ele, dando de ombros.

Naqueles oito anos em que Alvis Bender vinha passar as férias em Porto Vergogna, vira apenas três outros hóspedes no hotel. Com certeza, nenhum deles era americano, e, com certeza, nenhuma atriz bonita, nenhuma amiga de Elizabeth Taylor.

— Ela é bonita — disse Alvis. — Pasquale, onde está sua tia Valeria agora?

— Não sei. Ela correu para os penhascos.

Pasquale encheu outra vez as taças na mesa. Olhou para o velho amigo da família, as feições fortes e o bigode fino, abanando-se com o chapéu.

— Alvis — disse Pasquale. — Importa-se se não conversarmos?

— É claro que não, Pasquale — falou Alvis.

Os dois beberam o vinho em silêncio. E, em meio à quietude, as ondas quebravam nos penhascos e uma bruma leve e salobra subiu pelo ar enquanto os dois homens observavam o mar.

— Ela leu o seu livro — disse Pasquale após algum tempo.

Alvis inclinou a cabeça, imaginando se ouvira direito.

— O que disse?

— Dee. A americana — disse ele, apontando para a mulher loira na foto. — Ela leu o seu livro. Disse que era triste, mas também era muito bom. Ela gostou bastante.

— É mesmo? — perguntou Alvis em inglês. Em seguida: — Bem, que diabos...

Novamente houve silêncio, exceto pelo mar batendo nas pedras, como se alguém estivesse embaralhando cartas.

— Imagino que ela tenha dito... algo mais? — perguntou Bender depois de um tempo, novamente em italiano.

Pasquale disse que não tinha certeza de haver entendido a pergunta.

— Sobre o meu capítulo — disse ele. — A atriz falou mais alguma coisa?

Pasquale falou que não conseguia se lembrar de mais nada a respeito.

Alvis terminou de beber seu vinho e disse que subiria até o quarto. Pasquale perguntou se Alvis se importaria de ficar em um quarto no segundo andar. Disse que a atriz ficara hospedada no terceiro andar, e ele ainda não havia conseguido limpar e organizar o lugar. Aquela mentira causou uma estranha sensação em Pasquale, mas ele simplesmente não estava pronto para deixar que alguém ocupasse aquele espaço, mesmo que fosse Alvis.

— É claro — disse Alvis, e subiu as escadas para guardar as coisas em seu quarto, ainda sorrindo com a ideia de que uma bela mulher lera seu livro.

Assim, Pasquale estava sentado na mesa sozinho quando ouviu o ruído alto de um grande barco a motor e olhou bem a tempo de ver uma lancha que não reconhecia dando a volta no quebra-mar para chegar até a pequena enseada de Porto Vergogna. O piloto entrou rápido demais na enseada e o barco empinou, indignado, acomodando-se em meio às marolas de seu próprio rastro. Havia três homens na embarcação, e, conforme ela se aproximava do ancoradouro, ele conseguiu vê-los com clareza: um homem usando um boné preto estava no comando e, atrás dele, sentados juntos ao fundo, estavam Michael Deane, aquela cobra, e Richard Burton, aquele bêbado.

Pasquale não fez menção de ir até o píer. O piloto com o boné preto atou o barco ao mourão de madeira e Michael Deane e Richard Burton desembarcaram e começaram a subir pela pequena trilha que os levaria ao hotel.

Richard Burton parecia mais sóbrio e estava impecavelmente vestido com um casaco de lã, com os punhos da camisa aparecendo por baixo das mangas, e sem gravata.

— Aí está meu velho amigo — disse Richard Burton a Pasquale conforme subia em direção ao vilarejo. — Não creio que Dee voltou aqui, não é, meu chapa?

Michael Deane estava alguns passos atrás de Burton, observando o lugar.

Pasquale olhou por trás dele, para o amontoado tristonho do vilarejo de seu pai, tentando enxergá-lo pelos olhos do americano. As pequenas casas de tijolo e reboco deviam parecer tão exaustas quanto ele se sentia — como se, depois de trezentos anos, pudessem se desprender dos penhascos e desmoronar no mar.

— Não — disse Pasquale. E continuou sentado, mas, quando os dois visitantes subiram ao terraço, Pasquale lançou um olhar duro para Michael Deane, que recuou um passo.

— Então... você não viu Dee? — perguntou Deane.

— Não — disse Pasquale outra vez.

— Viu só, eu lhe disse — Michael Deane comentou com Richard Burton. — Agora vamos a Roma. Ela vai aparecer por lá. Ou talvez acabe finalmente indo à Suíça.

Richard Burton passou as mãos pelos cabelos, virou-se e apontou para a garrafa de vinho sobre a mesa do terraço.

— Você se importaria, meu chapa?

Atrás dele, Michael Deane hesitou, mas Richard Burton agarrou a garrafa, agitou-a e mostrou a Deane que estava vazia.

— Maldita sorte — disse ele, e esfregou a boca como se estivesse morrendo de sede.

— Lá dentro tem mais vinho — disse Pasquale. — Na cozinha.

— Muito humano de sua parte, Pat — falou Richard Burton, dando-lhe um tapinha no ombro e passando por ele em direção ao hotel.

Quando ele se foi, Michael Deane arrastou os pés e limpou a garganta.

— Dick pensou que ela podia ter voltado para cá.

— Vocês a perderam? — perguntou Pasquale.

— Imagino que essa é uma forma de descrever o que houve. — Michael Deane franziu o cenho, como se estivesse refletindo se devia ou não continuar a falar. — Ela deveria ir até a Suíça, mas parece que não chegou a embarcar no trem — disse ele, esfregando a têmpora. — Se ela voltar, poderia entrar em contato comigo?

Pasquale não respondeu.

— Escute — disse Deane. — Tudo isso é muito complicado. Você só está vendo a garota, e eu admito: as coisas têm sido muito difíceis para ela. Mas há outras pessoas envolvidas, outras responsabilidades e considerações. Casamentos, carreiras... não é simples.

Pasquale hesitou, lembrando a ocasião em que dissera a mesma coisa a Dee Moray sobre seu relacionamento com Amedea: *Não é simples*.

Michael Deane limpou a garganta.

— Não vim aqui para me explicar. Vim para que você possa lhe dar um recado, caso a veja. Diga que eu sei que ela está brava. Mas também sei exatamente o que ela quer. Diga isso a ela. *Michael Deane sabe o que você quer*. E eu sou o homem que pode ajudá-la a conseguir. — Ele colocou a mão no bolso do paletó e tirou outro envelope, que entregou a Pasquale. — Há uma frase italiana que passei a gostar muito nas últimas semanas: *con molta discrezione*.

Com muita discrição. Pasquale afastou o dinheiro com um gesto de desprezo, como se fosse um besouro.

Michael Deane colocou o envelope sobre a mesa.

— Apenas diga a ela para entrar em contato comigo se voltar até aqui, *capisce?*

Então, Richard Burton apareceu no vão da porta.

— Onde você disse que o vinho estava, capitão?

Pasquale disse a ele onde poderia encontrar a bebiba e Burton voltou para dentro do hotel.

Michael Deane sorriu.

— Às vezes os melhores são... difíceis.

— E ele é um dos melhores? — perguntou Pasquale, sem olhá-lo nos olhos.

— O melhor que já vi.

Como se esperasse por aquela deixa, Richard Burton surgiu com a garrafa de vinho sem rótulo.

— Tudo certo. Pague o homem pelo *vino*, Deane.

Michael Deane deixou mais dinheiro sobre a mesa, o dobro do valor da garrafa.

Atraído pelas vozes, Alvis Bender saiu do hotel, mas deteve-se subitamente na porta, olhando embasbacado enquanto Richard Burton brindava em sua direção com a garrafa de vinho tinto.

— *Cin cin, amico!* — disse Burton, como se Alvis fosse outro italiano. Tomou um longo gole da garrafa e virou-se novamente para Michael Deane: — Bem, Deane... acho que temos outros mundos para conquistar — e saudou Pasquale. — Maestro, você tem uma linda orquestra aqui. Não mude nada.

E, com aquelas palavras, começou a voltar para o barco.

Michael Deane levou a mão ao bolso do paletó e tirou dali um cartão e uma caneta.

— E isto... — com uma mesura, ele assinou o verso do cartão e colocou-o sobre a mesa diante Pasquale, como se estivesse fazendo um número de mágica — ... é para você, sr. Tursi. Talvez algum dia eu possa fazer algo por você também. *Con molta discrezione* — disse ele novamente. Em seguida, o cumprimentou com um movimento solene de cabeça e virou-se para seguir Richard Burton pela escada que os levarias ao mar.

Pasquale pegou o cartão de visitas assinado e o virou nas mãos. Os dizeres exibiam: *Michael Deane, Divulgação, 20th Century Fox.*

Na porta do hotel, Alvis Bender estava petrificado, observando boquiaberto os homens que seguiam até a orla do mar.

— Pasquale? — disse ele, finalmente. — Aquele era Richard Burton?

— Sim — suspirou Pasquale. E aquilo poderia ser o fim de toda a história envolvendo as pessoas do cinema americano se Valeria, a tia de

Pasquale, não houvesse escolhido aquele exato momento para reaparecer, cambaleando por detrás da capela abandonada como se fosse um fantasma, enlouquecida pela tristeza, pela culpa e pela noite que passou ao relento, os olhos vazios, os cabelos grisalhos embaraçados e espetados se erguendo por trás da cabeça como a palha de uma vassoura, roupas sujas e o rosto maltratado pela fome, manchado por lágrimas lamacentas.

— *Diavolo!*

Ela passou pelo hotel, por Alvis Bender, por seu sobrinho e desceu em direção aos dois homens que iam para o ancoradouro. Os gatos selvagens saíam correndo conforme ela avançava. Richard Burton estava longe demais, mas ela manquitolou pela trilha em direção a Michael Deane, gritando com ele em italiano. Demônio, assassino, desalmado.

— *Omicida!* — sibilou ela. — *Assassino cruento!*

Quase chegando ao barco com a garrafa, Richard Burton se virou.

— Eu disse para você pagar pelo vinho, Deane!

Michael Deane parou e se virou, erguendo as mãos para agir com o charme costumeiro, mas a bruxa velha continuava avançando. Ela levantou um dedo encarquilhado, apontou para ele e o acossou com uma acusação lamentosa, uma maldição horrível que ecoou pelos paredões dos penhascos:

— *Io ti maledico a morire lentamente, tormentato dalla tua anima miserabile!*

Eu o amaldiçoo a morrer lentamente, atormentado por sua alma miserável.

— Mas que inferno, Deane! — gritou Richard Burton. — Entre logo nesse barco!

15

O primeiro capítulo rejeitado do livro de memórias de Michael Deane

2006

LOS ANGELES, CALIFÓRNIA

AÇÃO

E agora, por onde começar? Pelo nascimento, diz o homem.

Tudo bem. Sou o quarto de seis filhos que a esposa de um bom advogado da Cidade dos Anjos teve, no ano de 1939. Mas eu não nasci REALMENTE até a primavera de 1962.

Quando descobri o que deveria fazer na vida.

Antes disso, a vida era como devia ser para as pessoas comuns. Jantares em família e aulas de natação. Tênis. Verões com os primos na Flórida. Momentos constrangedores com garotas fáceis atrás da escola e no cinema.

Eu era o mais inteligente? Não. O mais bonito? Também não. Eu era o que chamavam de Problemático. Com P maiúsculo. Garotos invejosos frequentemente me batiam. Garotas davam tapas. Escolas me cuspiam para longe como se eu fosse uma ostra ruim.

Para o meu pai eu era O Traidor. Traí seu nome e seus planos para mim: estudos no exterior. Escola de direito. Trabalhar na empresa DELE. Seguir os passos DELE. A vida DELE. Em vez disso, vivi a minha. Dois anos na Faculdade de Pomona. Estudei mulheres. Larguei os estudos em 1960 para atuar em filmes. Uma aparência ruim acabou com os meus

258

planos. Então, decidi aprender como aquilo funcionava por dentro. Começando por baixo. Um trabalho na divisão de divulgação da 20th Century Fox.

Trabalhávamos no velho celeiro de carros da Fox, ao lado dos caras que cuidavam dos animais. Passávamos o dia todo falando ao telefone com repórteres e responsáveis pelas colunas de fofocas. Tentávamos colocar boas histórias nos jornais e impedir que as ruins fossem publicadas. À noite eu ia a inaugurações, festas e eventos beneficentes. Se eu amava aquilo? Quem não amaria? Uma mulher diferente ao meu lado a cada noite. O sol, as luzes, o sexo? A vida era eletrizante.

Meu chefe era um gordo caipira com orelhas de abano vindo de algum lugar do Meio-Oeste, chamado Dooley. Ele me mantinha por perto porque eu era vigoroso. Porque o ameaçava. Mas, numa certa manhã, Dooley não estava no escritório. Um telefonema desesperado surgiu. Havia um espertalhão na portaria do estúdio com fotos interessantes. Um conhecido ator de filmes de caubói numa festa. Uma das nossas estrelas em ascensão. O que pouca gente sabia era que o ator era uma bicha de primeira classe. E aquelas fotos o mostravam tocando a alvorada no trompete de outro cara. A atuação mais incrível da vida dele.

Dooley chegaria no dia seguinte. Mas isso não podia esperar. Primeiro, entrei em contato com um colunista de fofocas que me devia um favor. Espalhei o boato de que o ator dos filmes de caubói estava noivo de uma jovem atriz. Uma prostituta em ascensão. Como eu sabia que ela aceitaria fazer parte disso? Era uma garota cuja carreira eu ajudara a impulsionar algumas vezes. Ter o nome ligado ao de um astro de maior expressão era a maneira mais rápida de levá-la ao topo das paradas. É claro que ela aceitou. Nesta cidade, tudo sempre tende a subir. Em seguida, fui à portaria e casualmente contratei o fotógrafo para tirar fotos promocionais para o estúdio. Eu mesmo queimei os negativos que mostravam o caubói bicha.

Recebi a ligação ao meio-dia. Às cinco, eu já tinha cuidado de tudo. Mas, no dia seguinte, Dooley estava furioso. Por quê? Porque Skouros havia telefonado. E o chefe do estúdio queria falar COMIGO. Não com ele.

Dooley me preparou por uma hora. Não olhe Skouros nos olhos. Não fale palavrões. E, seja lá o que fizer, NUNCA discorde do homem.

Tudo bem. Esperei por uma hora do lado de fora do escritório de Skouros. E então entrei. Ele estava sentado no canto de sua mesa. Usava um terno que ficaria bem num dono de funerária. Um homem gordo com óculos de armação preta e cabelos lisos. Ele indicou uma cadeira com um gesto. Ofereceu-me uma Coca-Cola. "Obrigado." O maldito grego pão-duro abriu a garrafa. Serviu um terço do conteúdo num copo e me entregou o copo. Guardou o restante da Coca como se eu ainda não tivesse feito por merecê-la. Ficou sentado no canto daquela mesa observando enquanto eu bebia minha pequena coca e me fazia perguntas. De onde eu era? O que esperava fazer? Qual o meu filme preferido? Nem chegou a mencionar o astro dos filmes de caubói. E o que esse chefão dos estúdios de cinema queria com Deane?

— Michael, diga-me uma coisa. O que você sabe a respeito de Cleópatra?

Que pergunta idiota. Qualquer pessoa na cidade sabia tudo a respeito daquele filme. Especialmente sobre como ele estava roendo a Fox por dentro. Como a ideia passou vinte anos de lado até que Walter Wanger decidiu desenvolvê-la, em 1958. Mas, na ocasião, Wanger pegou a esposa chupando o pau do agente dela e atirou nas bolas do cara. Então, Rouben Mamoulian assumiu as rédeas de Cléo. Estimou um orçamento de dois milhões de dólares com Joan Collins. Que fazia tanto sentido quanto Don Knotts. Assim, o estúdio a dispensou e foi atrás de Liz Taylor. Ela era a maior estrela do mundo, mas estava com uma reputação ruim após ter roubado Eddie Fisher de Debbie Reynolds. Não tinha nem trinta anos e já estava no quarto casamento. Era um momento precário de sua carreira, e o que ela faz? Exige um milhão de dólares e dez por cento do faturamento de Cleópatra. Ninguém nunca havia ganhado mais de meio milhão com um filme, e a dondoca queria um milhão?

Mas o estúdio estava desesperado. Skouros disse sim.

Mamoulian levou quarenta pessoas à Inglaterra para começar a produção de Cléo em 1960. Foi o inferno, desde o começo. Mau tempo. Má sorte. Cenários construídos. Cenários destruídos. Cenários reconstruídos. Mamoulian não conseguiu filmar uma única cena. Liz ficou doente. Um resfriado transformou-se num dente com abscesso, que se tornou uma infecção no cérebro, uma infecção por estafilococos e pneumonia. A mulher sofreu uma traqueostomia e quase morreu na mesa de cirurgia. O elenco e a equipe passavam o dia sentados, bebendo e jogando cartas. Depois de dezesseis meses de produção e sete milhões de dólares, ele tinha menos de dois metros de filme que podia usar. Um ano e meio e o homem não havia nem mesmo filmado o equivalente à sua própria altura no celuloide. Skouros não teve escolha. Demitiu Mamoulian. Trouxe Joe Mankiewicz ao projeto. Mankie levou tudo para a Itália e dispensou o elenco inteiro, com exceção de Liz. Trouxe Dick Burton para ser Marco Antônio. Contratou cinquenta roteiristas para consertar o roteiro. Logo, já tinha quinhentas páginas. Nove horas de história. O estúdio perdia setenta mil dólares por dia enquanto mil figurantes ficavam sentados, recebendo salários sem fazer nada, debaixo de chuva e mais chuva. As pessoas iam embora levando câmeras, Liz bebia e Mankie começou a falar em dividir o filme em três. O estúdio estava tão atolado no projeto que não havia como voltar atrás. Não depois de dois anos de produção, vinte milhões de dólares jogados no esgoto e sabe-lá-Deus por quanto tempo o pobre pão-duro Skouros iria manter as coisas do jeito que estavam, esperando, contra todas as possibilidades, que o que aparecesse na tela fosse o maior de todos os filmes... espetáculos... já... produzidos.

— O que sei sobre <u>Cleópatra</u>? — eu disse, olhando para Skouros. Ele estava sentado em sua mesa com o resto do meu refrigerante. — Acho que sei um pouco.

Resposta certa. Skouros serviu mais um pouco de Coca no meu copo. Em seguida, estendeu a mão sobre a mesa. Pegou um envelope pardo. Entregou-o a mim. Nunca vou esquecer a foto que tirei daquele envelope. Duas pessoas em um abraço apertado. E não eram simplesmente duas pessoas. Dick Burton e Liz Taylor. Não eram Marco Antônio e Cleópatra em uma foto publicitária. Liz e Dick estavam se beijando num terraço no Grand Hotel de Roma. Línguas explorando bocas mutuamente.

Era um desastre. Os dois eram casados. O estúdio ainda estava lidando com a publicidade negativa depois que Liz destruiu o casamento de Debbie e Eddie. Agora, Liz está levando vara do maior ator de teatro de sua geração? E um comedor de mulheres de primeira classe? E o que dizer dos filhos pequenos de Eddie Fisher? E da família de Burton? Seus pobres filhos galeses com olhos manchados de carvão, chorando pela perda do papai? Todos aqueles escândalos destruiriam o filme. Destruiriam o estúdio. O orçamento do filme já era uma guilhotina colocada em cima da cabeça grega e gorda de Skouros. Isso faria a lâmina cair.

Skouros se esforçou para sorrir e aparentar tranquilidade. Mas seus olhos piscavam como um metrônomo.

— O que acha, Deane?

O que é que Deane achava? Não tão depressa.

Havia outra coisa que eu sabia. Mas eu realmente não sabia ainda. Percebe? Assim como você sabe sobre fazer sexo antes de realmente saber a respeito? Eu tinha um dom. Mas não havia descoberto como usá-lo. Às vezes eu conseguia enxergar através das pessoas. Diretamente no íntimo de cada uma. Como um raio X. Não era um detector de mentiras humano. Um detector de desejos. Foi isso que me colocou em apuros também. Uma garota me diz não. Por quê? Ela tem namorado. Eu ouço "não", mas VEJO um "sim". Dez minutos depois, o namorado chega e encontra a namorada com um enorme pedaço de Deane na boca. Percebeu?

Foi assim com Skouros. Ele estava dizendo uma coisa, mas eu estava vendo algo completamente diferente. Bem. E agora, Deane? Toda a sua carreira está à sua frente. E o conselho de Dooley ainda está firme na sua cabeça. (Não olhe nos olhos dele. Não fale palavrões. Não o desafie.)

Ele repete a pergunta.

— E então, o que acha?

Hora de respirar fundo.

— Bem, pelo que estou vendo, você não é o único que está levando no rabo por causa desse filme.

Skouros me encarou fixamente. Em seguida, levantou-se do canto da mesa. Deu a volta e se sentou. Daquele momento em diante falou comigo como homem. Nada mais de frações de Coca-Cola. O velho destrinchou toda a situação. Liz? Impossível lidar com ela. Emocional. Teimosa. Desafiadora. Mas Burton era um ótimo profissional. E não era a primeira *prima-donna* que ele comia. Nossa única chance seria dialogar com ele. Quando estivesse sóbrio.

Boa sorte naquilo. Sua primeira tarefa é ir a Roma e convencer um Dick Burton SÓBRIO de que, se não dispensar Liz Taylor, estará fora da jogada. Certo. Embarquei no dia seguinte.

Em Roma, imediatamente percebi que aquilo não seria fácil. Não era simplesmente um caso nos bastidores. Eles estavam apaixonados. Até mesmo Burton, aquele velho comedor de atrizes, estava encantado por ela. Pela primeira vez na vida, ele não estava levando figurantes e cabeleireiras para a cama também. No Grand Hotel expliquei tudo a ele. Dei o recado de Skouros com todas as palavras. Joguei duro. Dick simplesmente riu de mim. Eu iria tirá-lo do filme? Não era provável.

Trinta e seis horas depois de receber a maior missão da minha vida e alguém já estava pagando para ver o meu blefe. Nem mesmo uma bomba atômica seria capaz de separar Dick e Liz.

E não era para menos. Aquilo era o maior romance hollywoodiano da história. Não era apenas uma foda nos camarins. Era amor. Todos aqueles casais românticos com seus apelidinhos carinhosos? Imitações sem graça. Meras crianças.

Dick e Liz eram deuses. Feitos de puro talento e carisma, e, como deuses, eram terríveis quando estavam juntos. Detestáveis. Um lindo pesadelo. Bêbados, narcisistas e cruéis com todas as pessoas à sua volta. Se o filme pudesse mostrar o drama que aqueles dois criavam... eles atuavam em uma cena simples e insossa e, assim que as câmeras cortavam, Burton fazia um comentário jocoso e ela sibilava algo de volta. Em seguida, saía do cenário pisando duro e ele a perseguia de volta ao hotel. Os funcionários do hotel comentavam a respeito dos sons horríveis de vidro quebrando, gritos e altercações, até não ser mais possível saber se estavam brigando ou fodendo. Garrafas vazias de bebida voando por cima das sacadas do hotel. Cada dia era um acidente de carro. Um engavetamento de dez carros.

E foi aí que me dei conta.

Chamo essa ocasião de "o momento do meu nascimento".

Santos chamam isso de epifania.

Bilionários chamam de *brainstorming*.

Artistas chamam de musa.

Para mim, foi quando entendi o que me separava das outras pessoas. Uma coisa que sempre fui capaz de ver, mas que nunca havia entendido completamente. A compreensão da verdadeira natureza. Da motivação. De corações desejosos. Eu vi o mundo inteiro em um piscar de olhos e o reconheci imediatamente.

Nós queremos aquilo que queremos.

Dick queria Liz. Liz queria Dick. E nós queremos acidentes de carros. Dizemos que não. Mas nós os amamos. Olhar é amar. Mil pessoas passam em frente à estátua de David. Duzentas olham. Mil pessoas passam diante de um acidente de carro. Mil pessoas olham.

Imagino que isso seja um clichê hoje em dia. Óbvio para as pessoas que passam o dia analisando os números no computador, checando acessos, curtidas e visualizações. Mas esse foi um momento de transformação para mim. Para a cidade. Para o mundo.

Liguei para Skouros em L. A.

— Não vai dar para consertar isso.

O velho ficou em silêncio.

— Está me dizendo que vou ter de enviar outra pessoa?

— Não. — Eu estava falando com uma criança de cinco anos. — Estou dizendo que não... vai... dar... para consertar isso. E você não quer consertar isso.

Ele bufou. Não era um homem acostumado a receber más notícias.

— Mas de que diabos você está falando?

— Quanto você gastou com esse filme?

— O custo real de um filme não é...

— Quanto?

— Quinze.

— Duvido. Deve ter colocado uns vinte. Numa estimativa conservadora, você vai gastar vinte e cinco ou trinta antes que ele termine. E quanto pretende gastar com a divulgação para recuperar trinta milhões?

Skouros nem conseguiu dizer o número.

— Comerciais, *outdoors* e anúncios em todas as revistas do mundo. Oito? Digamos que sejam dez. Então você já gastou quarenta milhões. Nenhum filme na história faturou quarenta milhões. E vamos deixar as coisas bem claras. O filme não é bom. Já vi caranguejos melhores que esse filme. As pessoas vão achar que comer merda é melhor do que assistir a esse filme.

Se eu estava matando Skouros? Pode apostar que sim. Mas apenas para salvá-lo em seguida.

— Mas o que você me diria se eu lhe conseguisse vinte milhões de dólares em divulgação GRATUITA?

— Não é esse o tipo de divulgação que queremos!

— Talvez seja.

Então eu expliquei como as coisas funcionavam no *set* de filmagem. As bebedeiras. As brigas. O sexo. Quando as câmeras estavam rodando, era a morte. Mas, com as câmeras desligadas, era impossível tirar os olhos deles. Marco Antônio e a vaca da Cleópatra? Quem se importava com aqueles dois velhos esqueletos? Mas Liz e Dick? EIS o nosso filme. Eu disse a Skouros que, enquanto a coisa entre eles continuar, o filme tem chances de vingar.

Acabar com o fogo deles? De maneira nenhuma. O que precisamos fazer é atiçá-lo.

É fácil ver as coisas agora. Nesse mundo de queda, redenção e novas quedas. De voltas por cima depois de voltas por cima. De vídeos de sexo caseiro cuidadosamente divulgados ao público. Mas ninguém havia pensado nisso antes. Não envolvendo <u>astros do cinema</u>! Eles eram deuses gregos. Seres perfeitos. Quando um deles caía em desgraça, era para sempre. Fatty Arbuckle? Morto. Ava Gardner? Enterrada.

Eu estava sugerindo queimar a cidade inteira para salvar uma única casa. Se eu conseguisse levar aquilo a cabo, as pessoas veriam nosso filme — não <u>apesar do escândalo</u>, mas <u>por causa dele</u>. Depois disso, nunca mais seria possível voltar atrás. Os deuses estariam mortos para sempre.

Consegui ouvir a respiração de Skouros do outro lado da linha.

— Faça — disse ele. Em seguida, desligou.

Naquela tarde, subornei o chofer de Liz. Quando ela e Burton surgiram no pátio da *villa* que alugaram para se esconder, os obturadores das câmeras começaram a disparar das sacadas em todas as direções.

Fotógrafos a quem dei a dica. No dia seguinte, contratei meu próprio fotógrafo para seguir o casal. Ganhei dezenas de milhares de dólares vendendo aquelas fotos. Usei o dinheiro para subornar mais motoristas e o pessoal da maquiagem para obter informações. Eu tinha minha pequena indústria. Liz e Dick estavam furiosos. Eles me imploraram para descobrir quem estava vazando aquelas informações e eu fingi encontrar. Despedi motoristas, figurantes e garçons, e não demorou muito até que Liz e Dick estivessem confiando em mim para fazer reservas em lugares remotos onde poderiam ficar juntos. Mesmo assim, os fotógrafos ainda os encontravam.

E funcionou? Aquilo teve dimensões maiores do que qualquer história do cinema que você já viu. Liz e Dick estavam em todos os jornais do mundo.

A esposa de Dick descobriu. E o marido de Liz. A história ficou ainda maior. Eu disse a Skouros para ter paciência. E acompanhar o desenrolar.

Até que o pobre Eddie Fisher viajou a Roma para tentar reconquistar a esposa, e, repentinamente, eu estava com um novo problema nas mãos. Para que isso desse certo, Liz e Dick tinham de estar juntos quando o filme fosse lançado. Quando o filme fosse exibido pela primeira vez na Sunset Strip, eu precisava que Dick estivesse comendo Liz na sala de jantar do Chateau Marmont. E que Eddie Fisher fosse embora com o rabo entre as pernas. Mas o filho da puta insistia em lutar para salvar seu casamento fracassado.

O outro problema que havia com a presença do marido de Liz em Roma era Burton. Ele resmungava. Bebia. E voltou para a mulher com quem às vezes saía desde o primeiro dia em que esteve na Itália.

Ela era alta e loira. Uma garota de aparência incomum. As câmeras a amavam. Todas as atrizes eram cupês ou sedãs, sem exceção. Mulherões ou garotas que poderiam morar na sua vizinhança. Mas essa era outra coisa. Algo novo. Não tinha experiência no cinema. Mankie inexplicavelmente a escalou para ser a aia de companhia de Cleópatra após ver uma única foto de referência. Imaginou que faria Liz parecer mais egípcia se lhe desse uma escrava loira. Mal sabia ele que uma das aias de companhia de Liz, na realidade, estava esperando por Dick.

Meu Deus. Eu não consegui acreditar quando a vi. Quem coloca uma mulher alta e loira num filme que se passa no Egito Antigo?

Vou chamar a garota de D.

Essa D. era o que, mais tarde, chamaríamos de espírito livre. Uma daquelas simpáticas garotas hippies de olhos grandes com as quais me diverti muito nas décadas de sessenta e setenta.

Não que eu tenha comido essa, em particular.

Não que não o faria.

Mas, com Eddie Fisher perambulando por Roma, Dick foi correndo para os braços de sua segunda opção. Essa D. Não imaginei que ela seria um problema. Para uma garota como aquela, basta atirar um osso. Um papel qualquer onde ela simplesmente tivesse que surgir diante das câmeras, sem falar nada. Um contrato com um estúdio. E, se ela não aceitar, basta demiti-la. Que problema há nisso? Assim, fiz com que Mankiewicz ligasse para ela às cinco da manhã para que estivesse no *set*. Tirá-la de perto de Burton. Mas então ela adoeceu.

Tínhamos um médico americano no estúdio. Um homem chamado Crane. Seu trabalho envolvia prescrever medicamentos a Liz. Ele examinou a garota, D. E me chamou para uma conversa reservada no dia seguinte.

— Temos um problema. A garota está grávida. Ela ainda não sabe. Algum médico charlatão lhe disse que não podia ter filhos. Bem, ela pode.

É claro que já havia arranjado abortos antes. Trabalho com divulgação e relações públicas. Isso está praticamente no meu cartão de visita. Mas estávamos na Itália. A Itália católica de 1962. Naquela época, seria mais fácil conseguir uma pedra da lua.

Merda. Aqui estou eu dizendo que as duas maiores estrelas no maior filme do mundo estão juntas e tenho de lidar com isso? Desastre, Deane. Se Cleópatra chegar aos cinemas e todo mundo estiver falando sobre o caso tórrido das nossas estrelas, temos uma chance. Se estiverem falando sobre Burton ter engravidado uma figurante qualquer e Liz ter voltado para o marido, estamos mortos.

Começo a engendrar um plano de três partes. A primeira: Livrar-me de Burton por um tempo. Eu sabia que Dickie Zanuck estava na

França, filmando <u>O mais longo dos dias</u>. E sabia que ele queria que Burton fizesse uma ponta para alavancar seu filme de guerra. Sabia também que Burton queria fazer esse filme. Mas Skouros detestava Dick Zanuck. Ele trocou o pai de Zanuck na Fox por outro cara, e havia pessoas na diretoria da Fox que queriam trocá-lo pelo audacioso jovem Dickie. Assim, tive de agir pelas costas de Skouros. Liguei para Zanuck e aluguei-lhe Burton por dez dias.

Depois, liguei para o médico e disse que ele deveria pedir mais exames à garota, D.

— Que tipo de testes? — perguntou ele.

— Você é o maldito médico! Qualquer coisa que faça com que ela saia da cidade por um tempo.

Temi que ele fosse reclamar. O juramento de Hipócrates, sabe como é. Mas Crane pegou a ideia pelo pescoço e a executou com perfeição. No dia seguinte ele vem falar comigo com um enorme sorriso.

— Eu disse à garota que ela tem câncer de estômago.

— VOCÊ FEZ O QUÊ?

Crane explicou que os primeiros sintomas de gravidez eram consistentes com os de câncer de estômago. Cólicas, náuseas e problemas com a menstruação.

Eu queria me livrar da pobre garota, não matá-la.

O médico disse que eu não devia me preocupar. Disse a ela que era tratável. Um médico na Suíça desenvolvera um novo procedimento. Em seguida, piscou. É claro que o médico na Suíça resolveria o problema. Faria o procedimento. Quando ela acordasse, o "câncer" teria desaparecido. Nunca perceberia o que aconteceu. Mandamos a garota de volta aos Estados Unidos para se recuperar. E eu consigo alguns trabalhos para ela em filmes por ali. Todo mundo fica contente. Problema resolvido. Filme salvo.

Mas essa D. era imprevisível. Sua mãe morrera de câncer e sua reação ao diagnóstico foi pior do que esperávamos. E eu subestimei os sentimentos de Dick em relação a ela.

Do outro lado do front, Eddie Fisher desistiu de tudo e voltou para casa. Telefonei para Dick, na França, para lhe dar as boas notícias. Liz estava pronta para vê-lo novamente. Mas ele não podia ver Liz naquele momento. A outra garota, D., tinha câncer. Estava morrendo. E Dick queria estar ao lado dela.

— Ela vai ficar bem. Há um médico na Suíça que...

Dick me interrompeu. Aquela D. não queria tratamento. Queria passar o tempo que lhe restava com ele. E o homem era narcisista o bastante para achar aquilo uma boa ideia. Ele consegue uma folga de dois dias na filmagem de O mais longo dos dias e quer se encontrar com D. no litoral da Itália. E, como eu o ajudei tanto com os problemas que ele e Liz enfrentaram, Dick quer que eu cuide dos detalhes.

O que eu podia fazer? Burton quer encontrá-la numa pequena e remota cidade litorânea. Portovenere. Bem no meio do caminho entre Roma e o sul da França, onde ele está filmando O mais longo dos dias. Eu abri o mapa e meus olhos miraram diretamente em uma sujeira de mosca com um nome parecido. Porto Vergogna. Peço à agente de viagens que verifique. Ela diz que a cidade é um fim de mundo. Um vilarejo de pescadores enfiado entre rochedos. Sem telefones, sem estradas. Não é possível nem mesmo chegar até lá de trem ou carro. Apenas de barco.

— Tem algum hotel? — perguntei. A agente de viagens disse que havia um sim, mas que era pequeno. Então, reservei um quarto em Portovenere para Dick, mas enviei D. para Porto Vergogna. Disse a ela que esperasse por Burton naquele pequeno hotel. Tudo o que eu tinha de fazer era escondê-la por alguns dias até que Dick voltasse à França e eu pudesse levá-la à Suíça.

No início, o plano funcionou. Mas ela estava confinada naquela ilha. Sem contato com o mundo. Burton foi até Portovenere e quem estava esperando por ele ali era eu. Eu lhe disse que D. decidira ir à Suíça para se tratar. Não se preocupe com ela. Os médicos suíços são os melhores. Depois, levei-o de volta a Roma para ficar com Liz.

Mas, antes que eu pudesse uni-los novamente, outro problema surgiu. Um garoto do hotel onde D. estava hospedada apareceu em Roma e me deu um soco assim que me viu. Eu estava em Roma havia três semanas e já havia me acostumado a ser agredido por aqueles italianos. Assim, lhe dei um pouco de dinheiro e o mandei embora. Mas ele me traiu. Encontrou Burton e lhe contou toda a história. Disse que D. não estava morrendo. Que estava grávida. Em seguida, levou Burton de volta para ela. Ótimo. Agora, Burton está escondido com sua amante grávida num hotel de Portovenere. E o meu filme tem um futuro incerto.

Mas será que Deane desistiu? De maneira nenhuma. Telefonei para Dickie Zanuck e mandei Burton de volta à França para refilmar algumas cenas de O mais longo dos dias. E corri até Portovenere para conversar com essa D.

Nunca vi ninguém tão enfurecida. Ela queria me matar. E eu entendia por quê. De verdade. Pedi desculpas. Expliquei que eu não fazia ideia de que o médico lhe diria que ela tinha câncer. Disse que as coisas haviam saído completamente do controle. Disse que ela tinha uma carreira brilhante pela frente. Garanti isso a ela. Tudo que ela tinha de fazer era ir até a Suíça, e, posteriormente, poderia atuar em qualquer filme da Fox que quisesse.

Mas a garota era osso duro de roer. Não queria dinheiro ou oportunidades de trabalhar como atriz. Eu não conseguia acreditar. Nunca encontrei um jovem ator que não quisesse trabalho, dinheiro ou ambos.

Foi aí que compreendi a profunda responsabilidade por trás do meu talento para adivinhar desejos. Uma coisa é saber o que as pessoas realmente querem. Outra é CRIAR essa necessidade de querer nelas. CONSTRUIR esse desejo.

Fingi suspirar.

— Escute. Isso saiu do controle. Tudo que ele quer é que você faça o aborto e não fale nada a ninguém sobre isso. Então, diga-me como podemos fazer isso.

Ela hesitou.

— O que quer dizer com isso? "Tudo que ele quer"?

Não pestanejei.

— Ele está se sentindo horrível. É óbvio. Não teve coragem de pedir diretamente. É por isso que foi embora hoje. Está se sentindo péssimo pela maneira como tudo aconteceu.

Ela parecia estar mais arrasada do que quando pensou que realmente tinha câncer.

— Espere. Você não está dizendo que...

Os olhos dela se fecharam lentamente. Nunca imaginou que Dick pudesse saber o tempo todo o que eu estava fazendo. E, francamente, eu mesmo não havia imaginado essa possibilidade até aquele momento. Mas, de certa forma, era verdade.

Agi como se presumisse que ela já soubesse que eu estava fazendo as coisas de acordo com a vontade dele. Eu tinha apenas um dia antes que Dick voltasse da França. Tinha que parecer que eu o estava defendendo. Que o que ele oferecia não mudaria as coisas. Eu disse que ela não deveria culpá-lo. Que seus sentimentos por ela eram genuínos. Mas que ele e Liz estavam sob uma pressão enorme com esse filme.

Ela me interrompeu. Estava juntando as peças do quebra-cabeça. Foi o médico de Liz que a diagnosticou. Ela cobriu a boca com a mão.

— Liz também sabe de tudo isso?

Eu suspirei e estendi o braço para pegar sua mão. Mas ela se afastou como se minha mão fosse uma cobra.

Eu disse a ela que não havia nenhuma refilmagem ocorrendo na França. Disse que Dick havia deixado uma passagem para a Suíça com o nome dela na estação de trem de La Spezia.

Parecia que ela iria vomitar. Dei a ela meu cartão. Ela o pegou. Disse-lhe que, quando estivéssemos de volta aos Estados Unidos, analisaríamos a lista com as futuras produções da Fox. Ela poderia pegar qualquer papel que quisesse. Na manhã seguinte eu a levei até a estação de trem. Ela desembarcou com suas malas. Seus braços estavam frouxos ao lado do corpo. Ela se ergueu e olhou para a estação e as colinas verdejantes por trás dela. E começou a caminhar. Eu observei enquanto ela desaparecia por entre as pessoas. E nunca tive tanta certeza na vida. Ela iria à Suíça. Dois meses depois, apareceria no meu escritório. Seis, no máximo. Um ano. Mas ela viria me cobrar. Todo mundo vem.

Mas isso nunca aconteceu. Ela nunca foi até a Suíça. Nunca mais apareceu para falar comigo.

Naquela manhã, Burton voltou da França para ver D., mas foi a mim que ele encontrou.

Dick estava louco da vida. Fomos até a estação de trem em La Spezia, mas o agente disse que ela havia apenas entrado e deixado a bagagem. Depois, dera meia-volta e caminhara na direção das colinas. Dick e eu voltamos a Portovenere, mas ela não estava lá. Dick até me obrigou a pegar um barco para voltar àquele vilarejo de pescadores onde eu a escondi por um tempo. Mas ela também não estava ali. Havia desaparecido.

Estávamos a ponto de sair do vilarejo quando a coisa mais estranha aconteceu. Uma bruxa velha desceu das colinas. Xingando e gritando. Nosso piloto traduziu: "Assassino!" e "Eu o amaldiçoo até a morte!"

Olhei para Burton. Era para ele que a bruxa velha estava dirigindo as maldições. Anos depois, eu ainda pensava naquilo quando observava Dick Burton se embebedar cada vez mais.

No barco, naquele dia, ele estava visivelmente perturbado. Era o momento perfeito para evangelizá-lo.

— Ora, Dick. O que você ia fazer? Ter um filho com ela? Casar-se com a garota?

— Vá se foder, Deane.

Percebi na voz dele. Ele sabia que eu tinha razão.

— Esse filme precisa de você. Liz precisa de você.

Ele simplesmente olhava para o mar.

É claro que eu estava certo. Era Liz. Eles estavam realmente apaixonados. Eu sabia. Ele sabia. E fiz com que tudo aquilo fosse possível.

Eu de fato FIZ exatamente o que ele queria que eu fizesse. Mesmo que ele ainda não soubesse. Era isso que pessoas como eu faziam por pessoas como ele.

De agora em diante, este seria o meu lugar no mundo. Adivinhar desejos e fazer as coisas que as outras pessoas queriam que fossem feitas. As coisas que elas nem mesmo sabiam que queriam. As coisas que nunca teriam a capacidade de fazer sozinhas. As coisas que nunca conseguiriam admitir para si mesmas.

Dick olhou para frente no barco. Ele e eu continuamos a ser amigos? Sim. Se convidamos um ao outro para nossos respectivos casamentos e se comparecemos às cerimônias? Pode apostar que sim. Se Deane baixou entristecido a cabeça no funeral daquele grande ator? É claro que baixei. E nenhum de nós falou outra vez sobre o que aconteceu na Itália naquela primavera. Nem sobre a garota. Nem sobre o vilarejo. Nem sobre a maldição da bruxa velha.

E foi assim que aconteceu.

De volta a Roma, Dick e Liz se entenderam. Casaram-se. Fizeram filmes. Ganharam prêmios. Você conhece a história. Um dos maiores romances do mundo. Um romance que eu construí.

E o filme? Chegou aos cinemas. E, exatamente como eu pensava, vivemos da publicidade gerada por aqueles dois. As pessoas acham que Cleópatra foi um fracasso. Não foi. O filme conseguiu recuperar o investimento. Recuperou o investimento por causa do que eu fiz. Sem mim, perderia vinte milhões. Qualquer paspalho consegue fazer um filme de sucesso. Mas é preciso ter colhões de aço para desarmar uma bomba prestes a explodir.

Aquela foi a primeira tarefa confiada a Deane. Seu primeiro filme. E o que ele fez? Nada menos do que impedir um estúdio inteiro de ir à bancarrota. Nada menos do que tocar fogo no velho sistema dos estúdios para construir um novo.

E, quando Dickie Zanuck assumiu o controle da Fox naquele verão, pode ter certeza de que fui recompensado por isso. Não fiquei mais confinado ao celeiro de carros. Nem no setor de divulgação. Mas minha verdadeira recompensa não foi a fama e o dinheiro que eu estava prestes a ganhar. Nem as mulheres, nem a cocaína, nem qualquer mesa que eu quisesse em qualquer restaurante da cidade.

Minha recompensa foi uma visão que definiria minha carreira:

Nós queremos aquilo que queremos.

E foi assim que eu nasci pela segunda vez. Como eu vim a este mundo e o transformei para sempre. Como, no ano de 1962, no litoral da Itália, eu inventei o conceito de "celebridade".

[Nota do editor: Bela história, Michael.

Infelizmente, mesmo que quiséssemos usar este capítulo, o departamento jurídico encontrou sérios problemas, que serão descritos por nossos advogados em uma correspondência separada.

Editorialmente, entretanto, há outra coisa que você deveria saber: este capítulo não o retrata de maneira muito favorável. Admitir que você destruiu dois casamentos, que mentiu a respeito da doença de uma mulher e a subornou para que fizesse um aborto — tudo no primeiro capítulo — pode não ser a melhor maneira de se apresentar aos leitores.

E, *mesmo que os advogados nos deixem usar essa história, ela está incrivelmente incompleta. Muitas coisas são deixadas no ar. O que aconteceu com a jovem atriz? Ela fez o aborto? Ela teve o bebê de Burton? Continuou trabalhando como atriz? É famosa? (Isso seria ótimo.) Você tentou recompensar as dificuldades que ela teve depois? Conseguiu encontrá-la posteriormente? Aprendeu ao menos alguma lição, ou tem algum arrependimento? Está percebendo onde quero chegar?*

Olhe, eu sei que é a sua vida, e não estou tentando colocar palavras em sua boca. Mas essa história realmente precisa de um fecho — alguma ideia sobre o que aconteceu com a garota, ou uma noção básica de que você pelo menos tentou fazer a coisa certa.]

16
Depois da queda

SETEMBRO DE 1967
SEATTLE, WASHINGTON

UM PALCO ESCURO. Som de ondas na praia. Então, surge:

MAGGIE num vestido amarrotado, com uma garrafa nas mãos, mechas de cabelo desgrenhado sobre o rosto, cambaleando até parar na beirada do atracadouro, ouvindo o som da arrebentação. Ela começa a cair por sobre a beirada do atracadouro quando QUENTIN sai correndo da cabana e a pega nos braços. Ela lentamente se vira e os dois se abraçam. Ouve-se jazz suave vindo de dentro da cabana.

MAGGIE: Você era amado, Quentin; nenhum homem foi tão amado quanto você.

QUENTIN: [*soltando-a*] Meu avião não conseguiu decolar... passamos o dia todo em terra.

MAGGIE: [*bêbada, mas racional*] Eu estava prestes a me matar. Ou será que você também não acredita nisso?

— Espere, espere, espere.

No palco, os ombros de Debra Bender se encolheram enquanto o diretor se levantava da primeira fila, com os óculos de aro preto na ponta do nariz, um lápis atrás da orelha e o roteiro na mão.

— Dee, querida, o que aconteceu?

Ela olhou para a primeira fila.

— Qual é o problema agora, Ron?

— Pensei que havíamos combinado que você iria levar a cena mais adiante. Torná-la maior.

Ela fitou rapidamente os olhos do outro ator no palco, Aaron, que suspirou e limpou a garganta.

— Eu gosto da maneira como ela está fazendo, Ron — diz ele, estendendo as mãos para Debra. *Pronto. É tudo o que posso fazer.*

Mas Ron o ignorou enquanto andava até a ponta do palco e subia as escadas. Ele se aproximou resolutamente, colocando-se entre os dois atores e colocou as mãos nas costas de Dee, na altura da cintura, como se estivesse pronto para dançar com ela.

— Dee, temos só dez dias até a estreia. Não quero que a sua personagem se perca com uma atuação sutil demais.

— Eu não acho que a sutileza seja o problema, Ron — disse ela, esquivando-se gentilmente da mão do diretor. — Se Maggie começar o espetáculo como uma louca desvairada, não há como a cena prosseguir.

— Ela está tentando se matar, Dee. Ela é uma louca desvairada.

— Sim, mas é que...

— Ela é uma bêbada, viciada em remédios, gosta de usar os homens...

— Não, eu sei, mas é que...

A mão de Ron voltou a lhe descer pelas costas. Acima de tudo, ele era persistente.

— É um *flashback* em que vemos que Quentin fez tudo o que podia para impedir que ela se matasse.

— Sim... — Debra deu outra olhada por cima do ombro de Ron, avistando Aaron, que fazia gestos de masturbação.

Ron se aproximou ainda mais, trazendo consigo uma nuvem de loção pós-barba.

— Maggie sugou toda a vida que havia em Quentin, Dee. Ela está matando a ambos...

Atrás de Ron, Aaron começou a mexer os quadris para frente e para trás, como se estivesse transando com uma parceira imaginária.

— Aham — disse Debra. — Talvez fosse melhor conversarmos em particular por um segundo, Ron.

A mão dele a pressionou ainda mais embaixo.

— Acho uma ótima ideia.

Eles desceram do palco e andaram pelo corredor. Debra sentou-se em uma cadeira de teatro com o encosto de madeira. Em vez de sentar-se ao lado dela, Ron apoiou-se no encosto do banco que estava na frente de Dee, a fim de que suas pernas se tocassem. Meu Deus, será que aquele homem secretava Aqua Velva?

— Qual é o problema, querida?

Qual é o problema? Ela quase riu. Por onde começar? Talvez por ter concordado em participar de uma peça sobre Arthur Miller e Marilyn Monroe dirigida pelo homem casado com quem estupidamente ela dormira seis anos atrás e no qual esbarrara num evento beneficente em prol do Seattle Repertory Theatre. Ou, talvez, agora que pensava nisso, *aquele* foi seu primeiro erro, ir a um evento ao qual sabia que não devia comparecer. Durante seus primeiros anos em Seattle, ela evitara a velha turma do teatro — sem querer dar explicações sobre o filho ou como terminara sua "carreira no cinema". Em seguida, viu um anúncio para o evento beneficente publicado no *Post-Intelligencer*, e admitiu a si mesma o quanto sentia falta daquele universo. Ela entrou na festa sentindo o brilho morno da familiaridade, como alguém que caminha pelos corredores da escola onde estudou. E foi então que viu Ron, com um garfo de *fondue* na mão, como um diabrete. Ron havia florescido no meio teatral nos anos em que ela havia estado fora. Debra ficou genuinamente feliz por vê-lo, mas ele olhou para Debra e para o homem mais velho que estava ao lado dela — e ela os apresentou: "Ron, este é meu marido, Alvis". Ele imediatamente empalideceu e saiu da festa.

— Parece que você está levando esse espetáculo para o lado pessoal — disse Debra.

— Esse espetáculo é pessoal — falou Ron, com seriedade. Ele tirou os óculos e mordeu uma das pernas. — Todos os espetáculos são pessoais, Dee. Toda *arte* é pessoal. Se não for assim, qual é o sentido? Essa é a coisa mais pessoal que já fiz.

Ron lhe telefonara duas semanas depois do evento beneficente e se desculpou por ter saído tão rapidamente; disse que não estava preparado para vê-la. Perguntou o que ela estava fazendo agora. Debra disse que era dona de casa. Seu marido tinha uma concessionária Chevrolet em Seattle, e ela ficava em casa cuidando do garotinho que tiveram. Ron perguntou se ela sentia falta de atuar, e ela murmurou alguma besteira sobre como era bom ter um tempo para si. Mas Debra pensou consigo mesma: *Sinto tanta falta de atuar quanto de amar. Sou alguém pela metade sem isso.*

Algumas semanas depois, Ron ligou para dizer que o Seattle Repertory Theatre estava montando uma peça de Arthur Miller e que ele era o diretor. Ela teria interesse em fazer o teste para um dos papéis principais? Ela perdeu o fôlego, ficou desorientada, sentiu-se como se tivesse vinte anos outra vez. Mas, honestamente, talvez ela tivesse recusado o convite se não fosse pelo filme a que acabara de assistir: o mais recente com Dick e Liz. *A megera domada*, entre todas as possibilidades. Era o quinto filme em que os dois apareciam juntos, e, embora Debra não conseguisse se forçar a assistir aos anteriores, no ano passado Burton e Taylor foram indicados ao Oscar por *Quem tem medo de Virgínia Woolf?* E então ela começou a imaginar se sua opinião sobre Dick estar desperdiçando seu talento não estaria equivocada. Logo depois, viu um anúncio de *A megera domada* numa revista — "O casal mais famoso do mundo do cinema... no filme para o qual foram feitos!" —, chamou uma babá, disse que tinha uma consulta e foi a uma matinê sem contar a Alvis. E, por mais que detestasse ter de admitir, o filme era maravilhoso. Dick estava esplêndido na tela, vivo e sincero, no papel do bêbado Petruchio na cena do casamento, como se tivesse nascido para o papel — e, é claro, ele realmente tinha. Tudo aquilo — Shakespeare, Liz, Dick, Itália — se abateu sobre ela como uma morte prematura, e ela lamentou a morte de sua juventude, dos seus sonhos, e naquele dia, dentro do cinema, chorou. *Você desistiu de tudo isso*, disse uma voz. *Não*, pensou ela, *eles tiraram tudo isso de mim.* Ela ficou sentada até os créditos terminarem e as luzes se acenderem. E, ainda assim, continuou ali sentada, sozinha.

Duas semanas depois, Ron telefonou para lhe oferecer o papel. Debra desligou o telefone e apanhou-se chorando outra vez — Pat largou seu jogo de montar para perguntar, *O que foi, mamãe?* E, naquela noite, quando Alvis voltou do trabalho e eles tomavam os martínis que precediam o jantar, Debra falou a Alvis sobre o telefonema. Ele ficou feliz por ela. Sabia o quanto ela sentia falta de ser atriz. Ela agiu como o advogado do diabo: O que fazer com Pat? Alvis deu de ombros; contratariam uma babá. Mas talvez aquele não fosse um bom momento. Alvis simplesmente riu. Ainda havia *outra coisa*, explicou Debra: o diretor era um homem chamado Ron Frye, e, antes de partir para Hollywood — e posteriormente para a Itália —, ela teve um caso curto e idiota com ele. Não havia muita paixão por trás daquele *affair*, disse ela; ela foi quase inteiramente motivada pelo tédio, ou talvez pela atração que ele sentia por ela. E Ron era casado na época. Ah, disse Alvis. Mas não há nada entre nós, garantiu ela. Aquela mulher era a Debra jovem, a pessoa que acreditava que, se simplesmente ignorasse regras e convenções, como o casamento, elas não teriam qualquer poder sobre sua pessoa. Ela não sentia nenhuma conexão com esse seu eu mais jovem.

Forte e seguro de si, Alvis não deu muita importância ao histórico entre Debra e Ron, e disse a ela que, se quisesse, deveria aceitar o papel. Foi o que ela fez — e com sucesso. Mas, quando os ensaios começaram, Debra percebeu que Ron estabelecera uma conexão entre ele mesmo e o protagonista de Miller, Quentin. Na verdade, ele se enxergava como o *próprio* Arthur Miller, o gênio acossado por uma atriz fútil, jovem e mal-intencionada — e a atriz fútil, jovem e mal-intencionada, claro, era ela.

No teatro, Dee moveu as pernas até que elas não estivessem mais tocando as dele.

— Olhe, Ron, a respeito do que aconteceu entre nós...

— O que *aconteceu?* — interrompeu ele. — Você faz com que isso pareça um acidente de carro — completou, pousando a mão sobre a perna dela.

Algumas lembranças permanecem vívidas; você fecha os olhos e percebe que voltou a habitá-las. São as lembranças em primeira pessoa — *lembranças do eu*. Mas há lembranças em segunda pessoa também, *lembranças de você* distantes, e essas são mais complicadas: você assiste a si mesmo, sem acreditar — como a festa para comemorar o encerramento de *Muito barulho por nada* no velho Playhouse em 1961, quando você seduziu Ron. A simples lembrança daquilo é como assistir a um filme; você está na tela fazendo coisas horrorosas, nas quais não consegue realmente acreditar — a outra Debra, tão encantada pela atenção que ele lhe dá; Ron, que fuma cachimbos e que estudou em Nova York, atuando em espetáculos encenados em teatros de médio porte; você o encurrala na festa de encerramento, começa a falar sobre sua ambição estúpida (*Quero fazer tudo: teatro e cinema*), faz-se de difícil, depois mais agressiva, depois tímida outra vez, recitando suas falas impecavelmente (*Só por uma noite*), quase como se estivesse testando os limites dos seus poderes.

Mas agora, no teatro vazio, ela simplesmente afastava a mão de Ron.

— Ron, sou uma mulher casada agora.

— Quer dizer que, quando eu estava casado, não havia problemas. Mas os seus relacionamentos são o quê? Sagrados?

— Não. Mas é que... estamos mais velhos agora. Devíamos ser mais inteligentes, não é?

Ele mordeu o lábio e olhou para um ponto indefinido ao fundo do teatro.

— Dee, não quero que entenda isso da maneira errada, mas... um bêbado de quarenta e tantos anos? Um vendedor de carros usados? *Esse* é o amor da sua vida?

Ela hesitou. Alvis viera apanhá-la duas vezes ao fim dos ensaios, e, nas duas, parara no caminho para tomar uns drinques. Ela continuou:

— Ron, se você me colocou na peça porque acha que temos assuntos inacabados, tudo o que posso dizer é o seguinte: não temos. Acabou. Dormimos juntos quantas vezes? Duas? Você precisa deixar isso para trás se pretendemos trabalhar juntos.

— Deixar *para trás*? O que você *acha* que essa peça representa, Dee?

— É Debra. Meu nome agora é Debra. Não é Dee. E a peça não é sobre nós, Ron. É sobre Arthur Miller e Marilyn Monroe.

Ele tirou os óculos, voltou a colocá-los e passou a mão pelos cabelos. Respirou fundo, tentando dar significado àquele momento. Tiques de ator, tratando cada instante não somente como se houvesse sido escrito para ele, mas como se fosse a cena pivotal na produção de sua vida.

— Já lhe ocorreu que talvez seja por isso que você nunca conseguiu decolar como atriz? Porque, para os maiores, Dee... *Debra*... as obras *são* sobre eles! *Sempre* são sobre eles!

E foi engraçado perceber que ele tinha razão. Ela sabia. Viu os grandes de perto e eles viviam como Cleópatra e Marco Antônio, como Katherina e Petruchio, como se a cena terminasse quando eles a deixavam, como se o mundo parasse quando eles fechavam os olhos.

— Você nem percebe o que é — disse Ron. — Você usa as pessoas. Brinca com a vida delas e as trata como se não fossem nada.

Aquelas palavras tinham uma familiaridade que queimava, e Debra não conseguiu responder. Em seguida, Ron se virou e andou com passos furiosos em direção ao palco, deixando Debra sentada sozinha no banco de madeira.

— Por hoje chega! — gritou ele.

Ela ligou para casa. A babá, a filha dos vizinhos, Emma, disse que Pat arrancara o botão da televisão outra vez. Ela conseguia ouvi-lo batendo nas panelas na cozinha.

— Pat, estou ao telefone com a sua mãe.

O barulho ficou mais alto.

— Onde está o pai dele? — perguntou Debra.

Emma disse que Alvis telefonou da Bender Chevrolet e perguntou se ela poderia ficar com Pat até as dez, que fizera reservas para o jantar depois do trabalho e que, se Debra telefonasse, ela deveria encontrá-lo no Trader Vic's.

Dee verificou o relógio. Eram quase sete horas.

— A que horas ele telefonou, Emma?

— Por volta das quatro.

Três horas atrás? Provavelmente estava no mínimo no sexto coquetel — ou no quarto, se não tivesse ido direto para o bar. Até mesmo para Alvis, era um número bem alto.

— Obrigada, Emma. Estaremos em casa logo.

— Hum, sra. Bender, da última vez vocês voltaram para casa depois da meia-noite, e eu tinha aula no dia seguinte.

— Eu sei, Emma. Eu sinto muito. Prometo que chegaremos mais cedo desta vez.

Debra desligou o telefone, vestiu o casaco e saiu para enfrentar o ar frio de Seattle. Parecia que uma chuva leve estava molhando a calçada.

O carro de Ron ainda estava no estacionamento e ela correu para seu Corvair. Entrou e girou a chave. Nada. Tentou outra vez. Mais uma vez, nada.

Nos primeiros dois anos de casamento, Alvis lhe trazia um novo Chevy da concessionária a cada seis meses. Este ano, entretanto, ele disse que aquilo não seria necessário; ela simplesmente ficaria com o Corvair. E agora havia um problema na ignição, claro. Ela pensou em ligar para o Trader Vic's, mas o restaurante ficava apenas a dez ou doze quarteirões, quase uma linha reta pela Quinta Avenida. Poderia pegar o Monotrilho. Mas, quando saiu do carro, decidiu caminhar. Alvis ficaria irritado — uma coisa que ele odiava em Seattle era o "centro sujo", e ela teria de atravessar uma parte dele —, mas ela pensou que uma caminhada poderia ajudar a clarear a mente após aquela conversa horrível com Ron.

Andou a passos rápidos, com o guarda-chuva apontado para frente sob a inclemente garoa. Enquanto caminhava, imaginava todas as coisas que devia ter dito a Ron (*Sim, Alvis É o amor da minha vida*). Ela rememorou as palavras cortantes que ele usou (*Você usa as pessoas... trata-as como se não fossem nada*). Dee usou palavras similares em seu primeiro encontro com Alvis para descrever a indústria do cinema. Voltou a Seattle e descobriu que a cidade estava diferente, muito mais promissora do que na época em que saiu. Antigamente a cidade lhe parecia muito pequena, mas talvez ela tenha sido diminuída por tudo que aconteceu na Itália, retornando derrotada a uma cidade sob os efeitos do sucesso da Feira Mundial; até mesmo seus velhos amigos do teatro conseguiram uma nova casa de espetáculos no espaço da Feira. Dee ficou longe da feira e do teatro, pela maneira que evitou ver *Cleópatra* quando o filme estreou (lendo e sentindo-se bem, mesmo que sentisse um pouco de vergonha, com as críticas ruins). Foi morar com sua irmã para "curar as feridas", como Darlene descreveu a situação. Dee imaginou que entregaria o bebê para adoção, mas Darlene a convenceu a ficar com a criança. Dee disse à sua família que o pai do bebê era um hoteleiro italiano, e foi aquela mentira que lhe deu a ideia de batizar o bebê com o nome de Pasquale. Quando Pat tinha três meses, Debra voltou a trabalhar no magazine Frederick and Nelson, na lanchonete, e estava enchendo o copo de refrigerante de um dos clientes quando ergueu os olhos, certo dia, e viu um homem familiar — alto, magro e bonito, com os ombros levemente caídos e toques grisalhos nas têmporas. Demorou um minuto até conseguir reconhecê-lo: Alvis Bender, o amigo de Pasquale.

— Dee Moray — disse ele.

— Seu bigode sumiu — disse ela. Para logo em seguida emendar: — Meu nome é Debra agora. Debra Moore.

— Desculpe, Debra — disse Alvis, e sentou-se em frente ao balcão. Disse a ela que seu pai estava procurando uma concessionária que pudesse comprar em Seattle e enviou Alvis ao oeste para ver se conseguia encontrar alguma que estivesse à venda.

Era estranho esbarrar com Alvis em Seattle. A Itália, agora, lhe parecia uma espécie de sonho interrompido; ver alguém daquela época era como um *déjà-vu*, como encontrar um personagem fictício na rua. Mas ele era agradável e tinha boa conversa, e ela sentiu alívio por estar com alguém que conhecia a sua história toda. Percebeu que mentir para todo mundo sobre o que acontecera tinha sido como passar todo o ano anterior prendendo a respiração.

Eles jantaram e tomaram uns drinques. Alvis era divertido e ela se sentiu imediatamente confortável na presença dele. As concessionárias de seu pai estavam tendo bastante sucesso e isso também era bom — poder estar com um homem que, com certeza, sabia cuidar de si mesmo. Ele a beijou no rosto quando a levou até a porta do apartamento onde ela morava.

No dia seguinte, Alvis veio almoçar outra vez e disse que precisava admitir uma coisa: não foi por coincidência que ele a encontrara. Ela contara sua história naqueles últimos dias na Itália — haviam tomado um barco juntos para La Spezia e ele a acompanhara no trem até o aeroporto de Roma — e disse que talvez retornasse a Seattle. "Para fazer o quê?", perguntou Alvis. Ela deu de ombros e disse que trabalhara numa grande loja de departamentos de Seattle e que talvez voltasse ao antigo emprego. Assim, quando o pai de Alvis mencionou que estava procurando uma concessionária Chevrolet em Seattle, ele imaginou que aquela seria a oportunidade de encontrá-la.

Ele tentou ir a outras lojas de departamentos — a Bon Marché e a Rhodes de Seattle — antes que alguém no balcão de perfumes da Frederick and Nelson disse que havia uma garota alta e loira chamada Debra que já havia sido atriz.

— Quer dizer que você veio até Seattle... só para me encontrar?

— Nós *realmente* estamos buscando uma concessionária aqui. Mas, sim, eu tinha esperança de encontrá-la — disse ele, olhando para o balcão no qual estava exposto o *self-service* do almoço. — Lembra quando, na Itália, você disse que havia gostado do meu livro e eu disse que estava tendo problemas para terminá-lo? Lembra o que você disse? "Talvez já esteja terminado. Talvez aquela seja a história toda."

— Ah, eu não quis dizer...

— Não, não — disse ele, interrompendo-a. — Está tudo bem. Fazia cinco anos que eu não escrevia nada de novo, de qualquer maneira. Tudo o que eu fazia era reescrever o mesmo capítulo. Mas, quando você disse aquilo, foi como se me desse permissão para admitir que aquilo era tudo que eu tinha a dizer, aquele único capítulo, e que era hora de continuar com a minha vida. — Ele sorriu. — Não voltei à Itália este ano. Acho que isso está terminado para mim. Estou pronto para fazer outras coisas.

Alguma coisa na maneira como ele disse aquelas palavras — *pronto para fazer outras coisas* — pareceu intimamente familiar a Dee; ela dissera a mesma coisa a si mesma.

— O que você vai fazer?

— Bem — disse ele. — É sobre isso que eu quero falar com você. O que eu realmente gostaria de fazer, mais do que qualquer coisa, é... sair para ouvir jazz.

Ela sorriu.

— Jazz?

Sim, disse ele. O recepcionista do seu hotel falou sobre um lugar na rua Cherry, ao pé das colinas.

— O Penthouse — disse ela.

Ele levou a mão até o nariz.

— Esse é o lugar.

Ela riu.

— Está me convidando para sair, sr. Bender?

Ele abriu aquele meio-sorriso maroto.

— Isso vai depender da sua resposta, srta. Moore.

Ela observou Alvis com um olhar profundo e cuidadoso — postura em forma de ponto de interrogação, feições finas, uma cabeleira castanha com toques grisalhos — e pensou: *Claro, por que não?*

Aí está, Ron: Aí está o amor da minha vida.

Agora, a um quarteirão do Trader's Vic, ela viu o Biscayne de Alvis estacionado com um dos pneus parcialmente apoiado no meio-fio. Será que ele andou bebendo no trabalho? Ela olhou para dentro do carro, mas, com exceção de um cigarro quase intocado no cinzeiro, não havia nenhuma evidência indicando que aquele fora um de seus dias de bebedeira.

Entrou no Trader's Vic, passando por uma lufada de ar quente, os bambus, as estatuetas de madeira, os totens e uma canoa indígena que estava pendurada no teto. Procurou-o pelo saguão com seu carpete de palha trançada, mas as mesas estavam lotadas com casais que conversavam animadamente e cadeiras enormes e redondas, e não conseguiu vê-lo em nenhum lugar. Após um minuto, o gerente, Harry Wong, estava ao seu lado com um mai tai.

— Acho que você vai precisar chegar até o mesmo ponto onde ele está.

E indicou uma mesa nos fundos do salão e ela viu Alvis, com um enorme encosto de cadeira de vime ao redor da cabeça como uma auréola renascentista. Alvis estava fazendo o que sabia fazer melhor: bebendo e conversando, passando um sermão em um pobre garçom que tentava de todas as formas se afastar. Mas Alvis havia colocado uma de suas mãos enormes no braço do garçom, e o pobre rapaz estava preso.

Ela pegou o drinque das mãos de Harry Wong.

— Obrigada por mantê-lo em pé para mim, Harry.

Ela levou o copo à boca. A mistura adocicada de licor e rum encharcou-lhe a garganta e ela ficou surpresa ao perceber que já bebera metade do drinque. Olhou para o copo com olhos turvados pelas lágrimas. Certo dia, quando estava no ensino médio, alguém enfiou um bilhete no armário em que ela guardava os livros, com a mensagem "Sua puta". Ela ficou irritada durante aquele dia inteiro, até que chegou em casa à noite e viu sua mãe. E, naquele momento, inexplicavelmente, explodiu em lágrimas. Era assim que ela se sentia agora, a visão de Alvis — ou mesmo do *Dr. Alvis Beberrão*, seu alter-ego proselitista — era o bastante para que ela se sentisse quebrar por dentro. Enxugou os olhos cuidadosamente, levou o copo aos lábios e terminou de beber. Em seguida, entregou o soldado morto a Harry.

— Harry, pode nos trazer um pouco de água e talvez algo para o sr. Bender comer?

Harry assentiu.

Ela caminhou por entre as mesas e as pessoas que conversavam, atraindo olhares por toda a sala, e pegou o discurso do seu marido, *Bobby-consegue-ganhar-de-LBJ,* exatamente no auge.

— ... e eu diria que a única realização importante da administração Kennedy, a integração, pertence a Bobby de qualquer maneira... e dê uma olhada nessa mulher!

Alvis a estava observando fixamente, e seus olhos semicerrados pareciam se enrugar nos cantos. Com o braço livre, o garçom conseguiu escapar, agradecendo a Debra com um meneio de cabeça a chegada no momento certo. Alvis levantou-se como um guarda-sol que se abria. Puxou a cadeira para ela, o perfeito cavalheiro.

— Toda vez que a vejo, perco o fôlego.

Ela se sentou.

— Acho que esqueci que iríamos sair hoje.

— Nós sempre saímos às sextas-feiras.

— Hoje é quinta, Alvis.

— Você se prende demais à rotina.

Harry trouxe dois grandes copos d'água e um prato com bolinhos recheados. Alvis tomou um gole.

— Esse é o pior martíni que já tomei, Harry.

— Ordens da senhora, Alvis.

Debra arrancou o cigarro da mão de Alvis e o substituiu por um bolinho, o qual Alvis fingiu fumar.

— Suave — disse ele. Debra deu uma longa tragada no cigarro de Alvis.

Enquanto comia o bolinho, ele disse, por entre as mastigadas:

— E como estão as coisas com o *atorrr, queridinha?*

— Ron está me deixando louca.

— Ah, o diretor tarado. Se eu passar talco na sua bunda, vou ver as impressões digitais dele?

Aquela piada mascarava um pequeno toque de insegurança, a indicação de um ciúme fajuto. Ela ficou feliz por ambos — sua dose de ciúme e a maneira jocosa de lidar com o problema. É isso que ela devia ter dito a Ron, que seu marido era um homem que já havia deixado esses joguetes e a insegurança para trás. Dee contou a Alvis sobre como Ron a interrompia constantemente, forçando-a a interpretar Maggie como uma espécie de caricatura — cheia de suspiros e imbecilizada, como uma imitação de Marylin.

— Eu nunca deveria ter aceitado isso — disse ela, e esmagou o cigarro com força no cinzeiro, amassando o filtro completamente.

— Ah, o que é isso? — disse ele, acendendo outro cigarro. — Você tinha que aceitar essa peça, Debra. Quem sabe quantas oportunidades você tem na vida para fazer isso?

Alvis não estava falando apenas dela, é claro, mas de si mesmo também — Alvis, o escritor fracassado, desperdiçando sua vida vendendo Chevys, condenado para sempre a ser o cara mais esperto no meio dos outros.

— Ele disse coisas horríveis.

Debra não contou ao marido como Ron a bolinou (ela era capaz de lidar com isso por si mesma), ou que ele disse que Alvis era um velho bêbado. Mas falou sobre a outra coisa horrível que ele lhe disse — *Você usa as pessoas. Brinca com a vida delas e as trata como se não fossem nada* — e, assim que disse essas palavras, começou a chorar.

— Ah, *baby, baby* — disse ele, aproximando sua cadeira e colocando o braço ao redor dela. — Você vai me deixar preocupado se começar a agir como se valesse a pena chorar por causa desse palhaço.

— Não estou chorando por causa dele — disse Debra, enxugando os olhos. — Mas... e se ele tiver razão?

— Meu Deus, Dee.

Alvis chamou Harry Wong à sua mesa com um gesto.

— Harry. Está vendo essa pessoa triste na minha mesa?

Harry Wong sorriu e disse que sim.

— Você se sente usado por ela?

— Sempre que ela quiser — disse Harry.

— É por isso que sempre é bom pedir uma segunda opinião — disse Alvis. — Agora, dr. Wong, há alguma coisa que você pode prescrever para esse tipo de alucinação? E traga uma dose dupla, por favor.

Quando Harry se afastou, Alvis olhou para ela.

— Escute o que eu vou lhe dizer, sra. Bender: o Diretor Paspalho do Teatro não tem o direito de dizer quem você é. Está entendendo?

Ela olhou naqueles olhos tranquilos, de um castanho da cor do uísque, e fez que sim com a cabeça.

— Tudo que temos é a história que contamos. Tudo que fazemos, cada decisão que tomamos, nossa força, fraqueza, motivação, história e caráter, o que nós acreditamos, nada disso é *real*; tudo é parte da história que contamos. Mas aqui está o detalhe: *essa é a nossa maldita história!*

Debra enrubesceu com aquela agitação provocada pela embriaguez. Ela sabia que aquela era a voz do rum, mas, como tantos outros discursos etílicos de Alvis, até que fazia sentido.

— Seus pais não têm o direito de contar a sua história. Suas irmãs também não. Quando chegar a uma certa idade, nem mesmo Pat terá o direito de contar sua história. Eu sou seu marido e não tenho o direito de contá-la. Nem mesmo o desgraçado do Richard Burton tem o direito de contar *a sua* história!

Debra olhou ao redor, nervosa, um pouco atordoada. Eles nunca mencionavam aquele nome — mesmo quando estavam falando sobre se deveriam contar a verdade a Pat algum dia.

— Ninguém tem o direito de lhe dizer qual é o sentido da sua vida! Está me entendendo?

Ela o beijou com força, sentindo-se grata, mas, ao mesmo tempo, tentando fazer com que ele se calasse. Quando se afastou, outro mai tai os aguardava. *O amor da sua vida?* E se Alvis estivesse correto e aquela fosse a *sua* história? É claro. Por que não?

Dee estava ao lado da porta aberta do seu carro, tremendo de frio e olhando para a Space Needle escura, enquanto Alvis entrava no Corvair.

— Vamos ver qual é o problema. — Claro, o carro deu a partida imediatamente. Ele olhou para ela e deu de ombros. — Não sei o que dizer. Tem certeza de que virou a chave até o fim?

Ela levou um dedo aos lábios e fez sua voz de Marylin:

— Ah, sr. mecânico, ninguém me disse que era preciso *virar* a chave.

— Por que não entra aqui comigo, madame, e eu lhe mostro outra característica deste belo carro?

Ela se inclinou e o beijou. A mão de Alvis encontrou os botões da frente de seu vestido. Ele abriu um deles e enfiou a mão por dentro, deslizando-a pela barriga e pelo quadril, e forçou o polegar para entrar no elástico da meia-calça que ela usava. Ela se afastou e estendeu o braço para pegar a mão de Alvis.

— Meu Deus, você é um mecânico muito eficiente.

Ele saiu do carro e lhe deu um longo beijo, com uma mão por trás do pescoço de Dee e a outra em sua cintura.

— Vamos lá, que tal dez minutos no banco traseiro? É o que a garotada faz nos dias de hoje.

— E o que vamos fazer com a babá?

— Ora, por que não? Eu topo — disse ele. — Acha que conseguiremos convencê-la a vir conosco?

Ela sabia que ele faria aquela piada, mas mesmo assim ainda conseguia rir. Ela sempre sabia o que estava por vir com Alvis, e ainda conseguia rir.

— Ela vai querer quatro dólares por hora para fazer isso — disse Debra.

Ainda segurando-a nos braços, Alvis suspirou profundamente.

— *Baby*, você de bom humor é a coisa mais sensual que existe.

Ele fechou os olhos, inclinou a cabeça para trás e abriu o maior sorriso que seu rosto permitia.

— Às vezes desejo não sermos casados, apenas para poder pedi-la em casamento outra vez.

— Pode pedir a qualquer momento.

— E me arriscar a receber um não como resposta? — disse ele, beijando-a. Em seguida, Alvis se afastou, abriu o braço e se curvou.

— Sua carruagem.

Ela o cumprimentou segurando a barra da saia e entrou no Corvair frio. Ele fechou a porta e permaneceu ali, olhando para o carro. Ela ligou os limpadores de para-brisa e uma camada de sujeira úmida voou para o lado, quase acertando Alvis.

Ele se esquivou com um salto, e ela sorriu enquanto o observava andar até onde seu carro estava.

Debra sentia-se melhor, mas ainda estava confusa em relação à razão pela qual Ron a havia irritado tanto. Seria apenas por ele ser um idiota tarado? Ou havia algo familiar e cortante no que ele dissera — *o amor da sua vida?* Talvez não. Mas não tinha que ser assim, não é? Será que não é possível deixar para trás a fantasia dos tempos de menina? Será que o amor não pode ser algo mais gentil, menor, mais tranquilo, e não tão poderoso? Será que o que Ron a fez sentir — culpa (*Você usa as pessoas*), talvez porque, numa fase difícil da vida, ela trocou sua aparência pelo amor de um cara mais velho, por uma espécie de segurança e um Corvair novo em folha, e desistiu do amor em troca do seu próprio reflexo naqueles olhos apaixonados? Talvez ela *fosse* Maggie. Isso fez com que o choro começasse outra vez.

Ela seguiu o Biscayne, hipnotizada pelo piscar das luzes traseiras. A rua Denny estava quase vazia. Ela realmente odiava o carro de Alvis; era o típico sedã de gente velha. Ele poderia pegar qualquer Chevy direto da concessionária, mas foi escolher logo um Biscayne? No semáforo vermelho seguinte ela parou ao lado do carro dele e abriu a janela. Ele se inclinou por cima do assento e abriu a janela do lado do passageiro.

— Você precisa de um carro novo agora — disse ela. — Por que não pega outro Corvette?

— Não posso — disse ele, dando de ombros. — Tenho um filho agora.

— Crianças não gostam de Corvettes?

— Crianças adoram Corvettes — disse ele, agitando a mão por trás de si, como um mágico ou uma garota em uma exposição. — Mas não têm banco traseiro.

— Podemos deixá-lo no teto.

— Vamos colocar cinco filhos no teto?

— Vamos ter cinco?

— Ah, eu me esqueci de falar com você sobre isso?

Ela riu, e sentiu vontade de... o quê? Desculpar-se? Ou de simplesmente lhe dizer, pela milésima vez — talvez para garantir isso a si mesma — que o amava?

Alvis colocou um cigarro na boca e encostou o acendedor na ponta, o rosto iluminado pelo brilho amarelo.

— Chega de implicar com o meu carro — disse ele. Em seguida, piscou um dos olhos castanhos amortecidos e pisou no acelerador e no freio ao mesmo tempo. O motor enorme começou a roncar, os pneus cantaram e começaram a cuspir uma fumaça amarelada. Então ele calculou o tempo perfeitamente, de modo que, assim que o semáforo mudou para o verde, ele soltou o freio e o carro pareceu saltar para frente. E, na memória de Debra Bender, o ruído sempre precedia o que aconteceria depois: o Biscayne disparou pelo cruzamento no mesmo instante em que uma velha caminhonete preta — com os faróis apagados, acelerada no último segundo por outro bêbado tentando atravessar no final do sinal amarelo — surgiu pela esquerda, com um som forte como o de um trovão, esmagando a porta do carro de Alvis, destruindo o Biscayne e arrastando-o pelo cruzamento, num ruído infindável de aço e vidro. Debra gritava com a mesma intensidade, seu grito angustiado pairando no ar por um bom tempo depois que os carros estraçalhados pararam na sarjeta do lado oposto.

17

A batalha de Porto Vergogna

ABRIL DE 1962
PORTO VERGOGNA, ITÁLIA

Pasquale observou enquanto Richard Burton e Michael Deane corriam em direção à lancha alugada, com a tia Valeria no encalço deles, gritando e apontando-lhes o dedo encarquilhado:

— Matadores! Assassinos!

Inquieto, Pasquale se levantou. O mundo estava fraturado, quebrado de tantas maneiras que Pasquale mal conseguia imaginar qual estilhaço deveria pegar: seu pai e sua mãe mortos, Amedea e seu filho em Florença, sua tia vociferando contra as pessoas do cinema. Os fragmentos da sua vida despedaçada estavam no chão à sua frente, como um espelho que sempre o olhava de volta, mas que agora havia se quebrado para revelar a vida que existia por trás dele.

Valeria já estava dentro da água, gritando e xingando, com saliva escorrendo pelos velhos lábios acinzentados, quando Pasquale a alcançou. O barco se afastou do atracadouro. Pasquale pegou a tia pelos ombros magros e ossudos.

— Não, zia, deixe-os ir. Está tudo bem.

No barco, Michael Deane olhava para trás, mas Richard Burton olhava diretamente para frente, limpando o gargalo da garrafa de vinho na palma da mão conforme a lancha se aproximava do quebra-mar. Por trás deles, as esposas dos pescadores observavam a cena em silêncio. Será que sabiam o que Valeria fizera? Ela se deixou cair nos braços de Pasquale, chorando. Eles ficaram na orla juntos e observaram a lancha contornar a ponta dos rochedos, com a proa empinando-se orgulhosamente à medida que o piloto a acelerava. O barco rugiu, ergueu-se e disparou para longe.

Pasquale ajudou Valeria a voltar ao hotel e a colocou em seu quarto, onde ela se deitou, choramingando e murmurando.

— Fiz uma coisa horrível — disse ela.

— Não — disse Pasquale. E, embora Valeria *houvesse* feito uma coisa horrível, o pior pecado imaginável, Pasquale sabia o que sua mãe gostaria que ele dissesse, e, sendo assim, ele o fez. — Você foi muito gentil em ajudá-la.

Valeria o olhou nos olhos, fez um sinal afirmativo com a cabeça e virou o rosto. Pasquale tentou sentir a presença da sua mãe, mas o hotel parecia haver se esvaziado da presença dela, esvaziando-se de tudo. Deixou sua tia no quarto. De volta à *trattoria*, Alvis Bender estava sentado em uma mesa de ferro fundido, olhando pela janela, com uma garrafa aberta de vinho à sua frente. Ele ergueu o rosto.

— Sua tia está bem?

— Sim — disse Pasquale, mas estava pensando no que Michael Deane dissera, *Não é simples*, e em Dee Moray, desaparecendo na estação de trem em La Spezia naquela manhã. Alguns dias antes, quando saíram para andar pelas colinas, Pasquale lhe indicou as trilhas que levavam a Portovenere e La Spezia. Agora ele imaginava que ela estava se afastando de La Spezia, com os olhos fixos naquelas colinas.

— Vou dar uma caminhada, Alvis — disse ele.

Alvis assentiu e pegou seu vinho.

Pasquale saiu pela porta da frente, deixando que ela batesse atrás de si. Virou-se e passou pela casa de Lugo. Viu a esposa do herói, Bettina, observando-o pela porta da frente. Não disse nada a ela, mas subiu pela trilha atrás do vilarejo, com pedriscos rolando pelas rochas dos penhascos conforme caminhava. Subiu rapidamente pela velha trilha de mulas, acima dos barbantes que delimitavam a sua estúpida quadra de tênis, que se despedaçava por entre os rochedos mais abaixo.

Pasquale andou por entre os bosques de oliveiras enquanto subia pela face do penhasco atrás de Porto Vergogna, passando pelo grupo de laranjeiras. Finalmente chegou ao topo de um afloramento, desceu ate o próximo rochedo e continuou a subir. Após alguns minutos de caminhada, passou por cima da linha de rochedos e chegou até o velho *bunker* da Segunda Guerra Mundial — então percebeu que tinha razão. Ela viera a pé desde La Spezia. Os galhos e pedras foram afastados para revelar a abertura que ele cobrira novamente no dia em que estiveram ali.

Com o vento soprando no rosto, Pasquale passou por cima da fenda na pedra e chegou ao teto de concreto, descendo pela abertura para entrar no *bunker*.

Estava mais claro do lado de fora do que na última vez em que esteve ali, e o horário já estava avançado, o que fazia com que mais luz brilhasse por entre as três pequenas janelas para o posicionamento das metralhadoras. Ainda assim, demorou um momento até que os olhos de Pasquale se ajustassem. Em seguida, ele a viu. Ela estava sentada no canto do *bunker*, contra o paredão de pedra, enrodilhada ao redor de si, com a jaqueta em volta dos ombros e das pernas. Parecia muito frágil nas sombras do domo de concreto — muito diferente da criatura etérea que chegara à sua cidade alguns dias antes.

— Como você sabia que eu estava aqui? — perguntou ela.

— Eu não sabia — disse ele. — Só tinha esperança.

Sentou-se ao lado dela, na parede oposta às pinturas. Depois de um momento, Dee apoiou a cabeça contra o seu ombro. Pasquale colocou o braço ao redor dela, puxou-a ainda mais para perto, trazendo-lhe o rosto para repousar contra o seu peito. Na outra vez em que estiveram ali ainda era de manhã — a luz indireta do sol entrava pelas janelas e iluminava o chão. Mas agora, no cair da tarde, o sol havia mudado de posição e batia diretamente nas pinturas: três retângulos estreitos de luz iluminando as cores desbotadas dos retratos.

— Eu ia até seu hotel — disse ela. — Estava só esperando que a luz incidisse nas pinturas dessa maneira.

— É bonito — disse ele.

— No começo, tive a impressão de que era algo muito triste — ela completou. — Achei que ninguém iria ver essas imagens. Mas depois comecei a pensar: E se alguém tentasse tirar essa parede e colocá-la em uma galeria em algum lugar? Seriam simplesmente cinco pinturas desbotadas em uma galeria. E foi aí que me dei conta: talvez elas sejam tão incríveis simplesmente pelo fato de estarem aqui.

— Sim — disse ele outra vez. — Acho que sim.

Ficaram sentados em silêncio conforme o tempo passava. A luz que entrava pelas janelas lentamente se afastava da parede em que estavam as pinturas. Pasquale sentiu os olhos ficarem pesados e pensou que adormecer ao lado de alguém durante a tarde poderia ser a coisa mais íntima que pudesse existir.

Na parede do *bunker*, um dos retângulos de luz iluminou o rosto do segundo retrato da jovem, e foi como se ela tivesse virado o pescoço, num movimento muito curto, para observar a outra bela loira, a verdadeira, sentada junto do jovem italiano. Era algo que Pasquale havia percebido antes nos fins de tarde, o poder que a luz do sol tinha, ao se mover, de mudar as pinturas, quase como se as animasse.

— Você realmente acha que ele a viu outra vez? — sussurrou Dee.

— O pintor?

Pasquale já havia pensado naquilo — se o artista conseguira voltar à Alemanha, para a garota que aparecia nos retratos. Ele sabia, pelas histórias que os pescadores contavam, que os soldados alemães, em sua maioria, foram abandonados ali para ser capturados ou mortos pelos americanos conforme os inimigos varriam o interior. Ele se perguntava se a garota alemã chegou a saber que alguém a amara tanto a ponto de pintá-la duas vezes na fria parede de cimento de um *bunker* militar.

— Sim — disse Pasquale. — Eu acho.

— E eles se casaram? — perguntou Dee.

Pasquale conseguiu ver tudo aquilo à sua frente.

— Sim.

— Tiveram filhos?

— *Un bambino* — disse Pasquale. Um menino. Ele se surpreendeu ao dizer aquilo, e seu peito doeu da mesma forma que sua barriga às vezes doía após uma refeição farta; era simplesmente demais.

— Você me disse naquela noite que rastejaria de Roma até aqui para me ver — disse Dee, apertando o braço de Pasquale. — Foi uma das coisas mais bonitas que já ouvi.

— Sim — *Não é simples...*

Ela se acomodou no ombro dele outra vez. A luz que entrava pelas janelas do *bunker* estava subindo pelas paredes e havia quase se afastado completamente das pinturas, apenas um único retângulo no canto superior do último retrato da garcta — o sol já quase desaparecendo ao fim do dia após iluminar as galerias. Ela olhou para ele.

— Você realmente acha que o pintor conseguiu voltar para vê-la?

— Ah, sim — disse Pasquale, com a voz embargada pela emoção.

— Não está dizendo isso simplesmente para me agradar?

E, como ele sentia que estava prestes a explodir e não tinha a fluência em inglês para dizer tudo que estava pensando — de acordo com sua experiência, quanto mais você vivesse, maiores os arrependimentos e os desejos que sentia, transformando a vida numa gloriosa catástrofe —, Pasquale Tursi, simplesmente, disse:

— Sim.

O sol já estava se pondo quando eles voltaram ao vilarejo e Pasquale apresentou Dee Moray a Alvis Bender. Alvis estava lendo no terraço do Hotel Vista Adequada e levantou-se com um salto, deixando o livro cair na cadeira. Dee e Alvis apertaram as mãos desajeitadamente, e Bender, geralmente bastante comunicativo, não conseguia falar muito — talvez pela beleza da garota, talvez pelos acontecimentos estranhos do dia.

— É um prazer conhecê-lo — disse ela. — Espero que entenda se eu pedir licença para dormir um pouco. Foi uma caminhada longa e estou completamente exausta.

— Sim, claro — disse Alvis, e foi somente naquele momento que fez menção de tirar o chapéu, o qual segurou contra o peito.

Então Dee se lembrou de onde conhecia o nome dele.

— Ah, sr. Bender — disse ela, dando meia-volta. — O escritor?

Ele baixou os olhos, constrangido com aquela palavra.

— Ah, não. Não sou um escritor de verdade.

— Certamente é — disse ela. — Gostei muito do seu livro.

— Obrigado — disse Alvis Bender, e enrubesceu de uma forma que Pasquale nunca vira antes, e nunca imaginou que fosse possível acontecer com o americano alto e sofisticado. — Digo... ainda não está terminado, obviamente. Há mais coisas para contar.

— É claro.

Alvis deu uma rápida olhada para Pasquale e depois voltou a encarar a bela atriz. Ele riu.

— Embora, verdade seja dita, isso foi praticamente tudo que fui capaz de escrever.

Ela abriu um sorriso carinhoso e disse:

— Bem... talvez essa seja toda a história. Se for assim, acho que ela é maravilhosa.

E, com isso, pediu licença outra vez e desapareceu pela escada do hotel.

Pasquale e Alvis Bender permaneceram em pé no terraço, lado a lado, olhando para a porta fechada.

— Meu Deus... aquela é a garota de Burton? — perguntou Alvis. — Não era o que eu esperava.

— Não — foi tudo que Pasquale conseguiu dizer.

Valeria estava de volta à pequena cozinha, preparando a comida. Pasquale ficou por perto enquanto ela terminava outra panela de sopa. Quando ficou pronta, ele levou uma cumbuca até o quarto de Dee, mas ela já estava dormindo. Observou-a discretamente, certificando-se de que ainda estava respirando. Em seguida, deixou a sopa sobre a cômoda e voltou à *trattoria*, onde Alvis Bender tomava a sopa de Valeria e olhava pela janela.

— Este lugar ficou louco, Pasquale. O mundo inteiro está inundando essa vila.

Pasquale sentia-se cansado demais para conversar. Passou por Alvis e foi até a porta, olhando para o mar esverdeado. No atracadouro, os pescadores estavam terminando o trabalho do dia — fumando e rindo enquanto penduravam as redes e lavavam os barcos.

Pasquale abriu a porta, saiu para o terraço de madeira e fumou. Os pescadores subiram até o vilarejo, com os peixes que não haviam vendido naquele dia, e cumprimentaram Pasquale com um aceno ou um meneio de cabeça. Tomasso, o Velho, aproximou-se com um cordão do qual pendiam pequenos peixes e disse a Pasquale que guardara algumas das anchovas que oferecia aos restaurantes para turistas. Ele achava que Valeria gostaria de ficar com elas? Sim, disse Pasquale. Tomasso entrou e saiu alguns minutos depois, sem os peixes.

297

Alvis Bender tinha razão. Alguém resolveu abrir as torneiras e o mundo estava inundando seu vilarejo. Pasquale queria que sua pequena cidade despertasse, e agora... bem, olhe o que aconteceu.

Talvez aquela fosse a razão pela qual ele não ficou particularmente surpreso quando, alguns minutos depois, ouviu o som de outro motor e o belo barco de Gualfredo apontou na enseada — dessa vez, sem Orenzio ao leme. Gualfredo o pilotava e trazia o brutamontes Pelle a seu lado.

Pasquale achou que quebraria o próprio maxilar com a força que fazia nos dentes. Aquilo era a última indignidade, a última coisa que podia suportar. E, em meio à sua confusão, em sua tristeza, Gualfredo repentinamente parecia ser um maldito espinho enfiado em sua carne. Ele abriu a porta do hotel, entrou e pegou a velha bengala de sua mãe, que estava no porta-casacos. Alvis Bender tirou os olhos do vinho e perguntou:

— O que foi, Pasquale?

Mas Pasquale não respondeu. Simplesmente se virou e saiu do hotel, caminhando resoluto pela *strada* íngreme em direção aos dois homens, que estavam desembarcando. Os pedriscos da trilha caíam pela encosta conforme Pasquale marchava, as nuvens correndo pelo céu violeta acima — os últimos raios de sol iluminando a orla, e as ondas tamborilando contra as pedras lisas.

Os homens já estavam fora do barco, subindo pelo caminho, e Gualfredo sorria.

— A mulher americana passou três noites aqui, quando devia estar no meu hotel, Pasquale. Você me deve por essas noites.

Ainda separados por uma distância de quarenta metros, com o sol se pondo por trás deles, Pasquale não conseguiu discernir a expressão no rosto dos dois homens, apenas suas silhuetas. Não disse nada. Simplesmente caminhou, com a mente tomada pelas imagens de Richard Burton e Michael Deane, da tia envenenando sua mãe, de Amedea e seu bebê, da sua quadra de tênis impossível de ser construída, da sua impotência quando esteve frente a frente com Gualfredo da última vez, pela verdade sobre si mesmo que fora revelada: sua fraqueza intrínseca como homem.

— O britânico foi embora sem pagar a conta do bar também — disse Gualfredo, a vinte metros de distância agora. — Você pode pagar por isso também.

— Não — disse Pasquale, simplesmente.

— Não? — perguntou Gualfredo.

Atrás de si, ele ouviu Alvis Bender surgir no terraço.

— Está tudo bem por aí, Pasquale?

Gualfredo olhou na direção do hotel.

— E você está com outro hóspede americano? Que diabos está fazendo aqui, Tursi? Vou ter que dobrar a tarifa.

Pasquale os alcançou no ponto onde a trilha desembocava na *piazza*, onde a poeira da orla do mar se mesclava às primeiras pedras do calçamento. Gualfredo abriu a boca para dizer outra coisa, mas antes que pudesse fazê-lo, Pasquale o atacou com a bengala. Ela explodiu no pescoço grosso do brutamontes Pelle, que aparentemente não estava esperando por aquilo, talvez devido à reação acuada de Pasquale da última vez. O homem cambaleou para o lado e caiu na terra como uma árvore cortada. Pasquale levantou a bengala para golpear outra vez... mas descobriu que ela havia se quebrado contra o pescoço do grandalhão. Ele jogou o pedaço de madeira no chão e avançou sobre Gualfredo com os punhos.

Mas Gualfredo tinha experiência em brigas. Agachando-se para evitar o cruzado de direita de Pasquale, ele conseguiu encaixar dois golpes curtos e diretos — um no rosto de Pasquale, que ardeu, e outro na orelha dele, que zuniu e fez com que ele caísse por cima de Pelle, que ainda estava no chão. Percebendo que a própria fúria era um recurso limitado, Pasquale saltou novamente para atacar o corpo de Gualfredo, estufado como uma linguiça, até ultrapassar o alcance daqueles socos. Ele golpeava com toda a força a cabeça de Gualfredo, como se golpeasse um melão oco, e dava tapas não tão fortes: com as mãos, os punhos, os cotovelos.

Mas, nesse momento, a mão enorme de Pelle agarrou seu cabelo, e outra mão pesada o agarrou pelas costas. Pela primeira vez, Pasquale percebeu que as coisas poderiam não ocorrer da maneira que ele esperava, que precisaria de mais do que uma descarga de adrenalina e uma bengala quebrada para conseguir fazer o que queria. Logo depois, até mesmo a adrenalina havia desaparecido, e Pasquale exalou um ruído suave e lamentoso, como uma criança que havia se exaurido de tanto chorar. E, assim como um rolo compressor surgido do nada, Pelle acertou o punho na barriga de Pasquale, levantando-o no ar e levando-o ao chão, curvado sobre si mesmo, sem poder respirar.

O enorme Pelle ficou à sua frente, com uma expressão séria no rosto, emoldurada pelas manchas na visão de Pasquale enquanto ele arfava, esperando que o rolo compressor terminasse de lhe matar. Pasquale se curvou para frente e arranhou a terra abaixo de si, imaginando por que não conseguia sentir o cheiro da maresia, mas sabendo que não haveria cheiros enquanto não houvesse ar. Pelle fez um movimento curto em sua direção e, nesse momento, uma sombra surgiu à frente do sol. Pasquale levantou os olhos e viu Alvis Bender saltar da parede de rochas e cair sobre as costas imensas de Pelle, que hesitou por um momento (parecia um estudante com um estojo de guitarra jogado por cima do ombro) antes de levar as mãos às costas e livrar-se do americano alto e magro como se ele fosse um trapo molhado, jogando-o para longe e fazendo com que deslizasse sobre o piso de pedra.

Pasquale tentou se erguer, mas ainda não conseguia respirar. Pelle deu um passo em sua direção, e três coisas fantásticas ocorreram ao mesmo tempo: houve um *TUM* baixo à sua frente e um estampido forte por trás, e o enorme pé esquerdo do gigante Pelle explodiu em um jorro vermelho. O grandalhão gritou e se curvou para agarrar seu pé.

Respirando com dificuldade, Pasquale olhou por cima do ombro esquerdo. O velho Lugo estava caminhando pela trilha estreita em direção a eles, ainda com o avental que usava para limpar os peixes, ativando o mecanismo para encaixar outro cartucho no rifle, do qual pendia um galho verde no cano sujo, que devia ter arrancado da horta de sua mulher. O rifle estava apontado para Gualfredo.

— Eu atiraria no seu pau pequeno, Gualfredo, mas a minha mira não é tão boa quanto antigamente — disse Lugo. — Mesmo assim, até um cego conseguiria atingir essa sua pança.

— O velho acertou o meu pé, Gualfredo — disse o gigante Pelle, com a voz quase tranquila e formal.

No minuto seguinte houve muitos gemidos e passos arrastados, e alguém abriu as válvulas do ar para que Pasquale voltasse a respirar. Como crianças após uma brincadeira desorganizada, os homens estavam voltando a uma ordem simples e racional, do tipo que emerge quando uma pessoa num grupo está apontando uma arma para as outras. Alvis Bender se sentou, com um enorme calombo acima do olho; o ouvido de Pasquale ainda zunia e Gualfredo esfregava a cabeça, dolorida; mas Pelle havia levado a pior de todas, já que a bala atravessara-lhe o pé.

Lugo olhou para o ferimento de Pelle com certa decepção.

— Eu atirei nos seus pés para fazer com que parasse — disse ele. — Não tive a intenção de acertá-lo.

— Foi um tiro difícil — disse o gigante, demonstrando uma certa admiração.

O sol era apenas uma mancha no horizonte agora, e Valeria desceu do hotel com um lampião. Ela disse a Pasquale que a garota americana dormira durante todo o episódio e que devia estar exausta. Em seguida, enquanto Lugo estava a postos com o seu rifle, Valeria limpou o ferimento de Pelle e aplicou uma bandagem apertada feita com uma fronha rasgada e linha de pesca. O grandalhão gemeu quando ela deu os últimos nós na linha.

Alvis Bender parecia estar particularmente interessado no pé machucado de Pelle, e insistia em fazer perguntas. Doeu? Achava que podia caminhar? Qual foi a sensação?

— Vi muitos ferimentos durante a guerra — disse Valeria, com um estranho carinho em relação ao gigante que veio ao vilarejo para agredir seu sobrinho. — A bala atravessou seu pé. — Ela reposicionou o lampião e enxugou o suor da cabeça de Pelle, que mais parecia um barril de cerveja. — Você vai ficar bem.

— Obrigado — disse Pelle.

Pasquale foi conferir como Dee Moray estava. Como sua tia dissera, ela ainda estava dormindo. Não percebera nem mesmo o tiro que deu fim àquela pequena briga.

Quando Pasquale desceu, Gualfredo estava apoiado no muro da *piazza*. Ele falou mansamente com Pasquale, com os olhos ainda fixos na arma de Lugo.

— Você cometeu um erro enorme, Tursi. Está me entendendo? Um erro muito grande.

Pasquale não disse nada.

— Você sabe que eu vou voltar. E minhas armas não serão disparadas por pescadores velhos.

Pasquale não podia fazer nada além de dar ao maldito Gualfredo o seu olhar mais frio, até que, finalmente, este desviou o olhar.

Alguns minutos depois, Gualfredo e Pelle, mancando, desceram a ladeira até o barco. Lugo os acompanhou como se fossem velhos amigos, segurando o rifle nos braços como um bebê comprido e magricela. Na beira da água, o velho Lugo encarou Gualfredo, falou algumas frases, apontou para a vila, gesticulou com o rifle e depois caminhou de volta pela trilha até a *piazza*, onde Pasquale e Alvis Bender se recuperavam. O piloto deu a partida no barco e Gualfredo e Pelle desapareceram por entre a escuridão.

Na sacada do hotel, Pasquale serviu um copo de vinho ao velho pescador.

Lugo, o Herói de Guerra Promíscuo, tomou o vinho em um longo gole e depois olhou para Alvis Bender, cuja contribuição na luta fora ínfima.

— *Liberatore* — disse ele, com um toque de sarcasmo — Libertador. Alvis Bender simplesmente assentiu. Pasquale nunca se deu conta, mas uma geração inteira de homens fora definida pela guerra, incluindo seu pai, e, mesmo assim, eles raramente falavam a respeito, mesmo entre si. Pasquale sempre pensou que a guerra era uma coisa imensa e única, mas ouvira Alvis falar sobre a *sua guerra* como se cada combatente houvesse servido em uma guerra diferente, um milhão de guerras diferentes para um milhão de pessoas.

— O que você disse a Gualfredo? — perguntou Pasquale a Lugo.

Lugo desviou o olhar de Alvis Bender e olhou na direção do cais por cima do ombro.

— Eu disse a Gualfredo que sabia que ele tinha a reputação de ser um homem durão, mas que, na próxima vez em que viesse a Porto Vergogna, eu atiraria nas suas pernas e, enquanto ele estivesse se contorcendo na praia, arrancaria suas calças, enfiaria a minha haste de horta naquele rabo gordo e puxaria o gatilho. Disse que ele passaria o último segundo da sua vida miserável sentindo sua própria merda lhe sair pelo topo da cabeça.

Nem Pasquale nem Alvis Bender conseguiram pensar em algo para dizer. Eles observaram o velho Lugo terminar de tomar seu vinho, colocar o copo na mesa e voltar para onde sua mulher o esperava. Ela gentilmente pegou o rifle das mãos dele e os dois entraram na pequena casa.

18

O vocalista

DIAS ATUAIS
SANDPOINT, IDAHO

Às 11h14, a malfadada Comitiva Deane parte do Aeroporto Internacional de Los Angeles para a primeira fase de sua jornada épica, ocupando totalmente uma das filas da primeira classe do voo direto para Seattle da Virgin Airlines. Na poltrona 2A, Michael Deane olha pela janela e fantasia que essa atriz ainda tem exatamente a mesma aparência de cinquenta anos atrás (assim como ele), imagina que ela o perdoa instantaneamente (*Essa água já passou por baixo da ponte, querido*). Na 2B, Claire Silver levanta os olhos ocasionalmente do primeiro capítulo extirpado do livro de memórias de Michael Deane com um sussurro de espanto (*Não pode ser... o filho de Richard Burton?*). A história é tão perturbadora que deveria selar instantaneamente sua decisão de assumir o emprego no museu, mas sua repulsa cede à compulsão e depois à curiosidade. Ela folheia as páginas datilografadas cada vez mais rápido, sem perceber que Shane Wheeler está casualmente fazendo comentários nada sutis sobre a negociação de seu roteiro do outro lado do corredor, na 2C (*Não sei direito. Talvez fosse melhor apresentar* Donner! *a outras produtoras...*). Vendo Claire imersa num documento qualquer que Michael Deane lhe entregara, Shane começa a se preocupar com a possibilidade de ser outro roteiro, talvez um texto ainda mais bizarro que sua proposta para *Donner!*, e rapidamente abandona suas táticas de negociação baseadas em uma fajuta ingenuidade. Ele vira para o outro lado, para o velho Pasquale Tursi na 2D, e começa a puxar conversa (*"È sposato?"* É casado? *"Sì, ma mia moglie è morta."* Sim, mas minha esposa é falecida. *"Ah, mi dispiace. Figli?"* Ah, lamento. Tem filhos? *"Sì, tre figli e sei nipoti."* Três filhos e seis netos). Falar sobre a família faz com que Pasquale se sinta constrangido sobre o sentimentalismo tolo, digno de um velho da indulgência que ele se concedeu no fim da vida: agir como um garoto apaixonado que viaja para encontrar uma mulher com quem conversou durante três dias. Uma loucura.

Mas todas as grandes jornadas não são atos de loucura? A busca pelo El Dorado, a Fonte da Juventude e a busca por vida inteligente no cosmos — nós sabemos o que existe lá fora. O que *não está* é o que realmente nos impulsiona. A tecnologia pode ter encolhido a jornada épica e a transformado em duas viagens de carro e alguns trechos de companhias aéreas regionais — mas as verdadeiras jornadas não são medidas em tempo ou distância, mas em esperança. Há somente dois possíveis bons resultados para uma jornada como esta: a esperança do explorador bem-afortunado — velejar em direção à Ásia e aportar na América — e a esperança dos espantalhos e homens de lata: descobrir que aquilo que você procura há tanto tempo sempre esteve dentro de você.

Na Cidade Esmeralda, a malfadada Comitiva Deane troca de avião. Shane, casualmente, comenta que a distância que eles venceram em pouco mais de duas horas iria levar vários meses no caso de William Eddy.

— E não tivemos que comer ninguém — diz Michael Deane, acrescentando em seguida, com um tom mais sombrio do que desejava: —, ainda.

Para o trecho final da viagem, eles se amontoam em uma pequena aeronave com motores a hélice, um tubo de pasta de dente cheio de universitários voltando para a faculdade e vendedores regionais. Por sorte, o voo não demora muito: dez minutos taxeando pela pista, dez minutos subindo por cima de uma cordilheira escarpada de montanhas, mais dez por cima de um deserto, outros dez por cima de uma área rural que parece uma colcha de retalhos, até que eles fazem uma curva por sobre uma cidade cercada por pinheiros. A três mil pés, o piloto, com a voz ainda sonolenta e antes do que deveria, lhes dá as boas-vindas à cidade de Spokane, Washington, onde a temperatura em terra está em torno dos doze graus.

Quando as rodas tocam o chão, Claire percebe que seis das oito chamadas e mensagens de texto em seu telefone celular são de Daryl, que, após trinta e seis horas sem falar com sua namorada, finalmente começou a desconfiar que algo estava errado. A primeira mensagem é *vc esta brava*. A segunda: é por causa *do bar de strip*. Claire guarda o telefone sem ler o restante.

Eles desembarcam do avião e passam por um aeroporto organizado e bem iluminado que se parece com uma rodoviária limpa, passando por painéis eletrônicos que anunciam cassinos indígenas, fotos de riachos e velhas casas de tijolos e placas dando-lhes as boas-vindas a um lugar chamado de "o Interior do Noroeste". São um grupo bem estranho: o velho Pasquale usando um terno escuro, chapéu e uma bengala, como se houvesse saído de um filme preto e branco; Michael Deane, parecendo uma experiência diferente com viagens no tempo, um idoso com cara de bebê que caminha arrastando os pés; Shane, preocupado com a possibilidade de ter exagerado nos comentários que fizera durante a viagem, constantemente passando as mãos pelos cabelos e murmurando, "Tenho outras ideias também", embora ninguém lhe dirija a palavra. Somente Claire conseguiu emergir sem problemas da viagem, e isso faz com que Shane se lembre do Paradoxo de William Eddy: somente as mulheres conseguiram fazer a travessia com uma porção da sua força intacta.

Do lado de fora, o céu da tarde está esbranquiçado, o ar estalando. Nenhum sinal da cidade que sobrevoaram, apenas árvores e fragmentos de basalto cercando os estacionamentos do aeroporto.

Emmett, o homem com quem Michael entrara em contato, enviou um investigador particular para esperar por eles. Era um homem magro e calvo, com mais de cinquenta anos, encostado num Ford Expedition sujo. Estava usando um sobretudo pesado por cima do paletó e segurando uma placa que não inspirava muita confiança: MICHAEL DUNN.

Eles se aproximam e Claire pergunta:

— Michael *Deane*?

— É o caso da velha atriz, hein? — diz o investigador, sem nem olhar para o rosto estranho de Michael, como se houvesse sido avisado para não o encarar diretamente. Ele se apresenta como Alan, policial aposentado e investigador particular. Abre as portas do carro e coloca suas bagagens ali dentro. Claire senta-se no banco de trás, entre Michael e Pasquale, e Shane fica no banco da frente, ao lado do investigador.

Dentro do utilitário, Alan lhes entrega uma pasta.

— Me disseram que era um caso urgente. O trabalho ficou ótimo para um prazo de vinte e quatro horas, se é que posso me gabar.

A pasta vai para o banco traseiro e Claire a recebe, rapidamente folheando os papéis. Uma certidão de nascimento e um jornal de Cle Elum, Washington, com uma nota de nascimento.

— Você disse que ela tinha cerca de vinte anos em 1962 — diz o investigador para Michael, olhando-o nos olhos pelo retrovisor. — Mas a data de nascimento real da mulher é do final de 1939. Não foi surpresa. Há dois tipos de pessoas que sempre mentem sobre a idade: atrizes e jogadores de beisebol latino-americanos.

Claire passa para a segunda página da pasta — Michael está olhando por cima de um ombro e Pasquale do outro —, uma fotocópia de um livro de fotos da Cle Elum High School de 1956. É fácil identificá-la: a loira maravilhosa com as feições proeminentes de uma atriz nata. Ao seu lado, as duas páginas de fotos das turmas do último ano são um festival de óculos de aro preto e topetes lambidos, olhos saltados, orelhas de abano, cabelos cortados em estilo militar, acne e cabelos armados em penteados elaborados. Mesmo em preto e branco, Debra Moore se destaca, com olhos que são simplesmente grandes demais e intensos demais para uma escola pequena nessa cidade pequena. A legenda sob a foto é: "DEBRA 'DEE' MOORE: Membro das líderes de torcida do Esquadrão Warrior — 3 anos; Princesa do Festival do Condado de Kittitas, Teatro Musical — 3 anos; Exposição dos Alunos, com Honras — 2 anos". Cada aluno também escolheu uma citação famosa (Lincoln, Whitman, Nightingale, Jesus), mas Debra Moore escolheu uma frase de Émile Zola: "Estou aqui para viver intensamente".

— Ela está em Sandpoint agora — diz o investigador. — Fica a uma hora e meia daqui. O caminho até lá é bonito. Ela administra um pequeno teatro local. Vai haver uma peça esta noite. Consegui quatro ingressos para vocês e quatro quartos num hotel. Amanhã vou até lá para buscá-los.

O utilitário entra numa rodovia e desce por uma íngreme colina até chegar a Spokane: uma cidade central cheia de prédios baixos feitos de tijolos, pedra e vidro, pontilhada por placas de propaganda e estacionamentos e cortada ao meio pela rodovia elevada onde estavam.

Eles leram enquanto viajavam. A maior parte da pasta consistia de folhetos com a programação dos teatros e o elenco dos espetáculos: *Sonho de uma noite de verão*, promovido pelo departamento de arte dramática da Universidade de Washington em 1959, listando "Dee Anne Moore" como Helena. Ela salta em cada fotografia, como se todas as outras pessoas estivessem congeladas na década de 1950 e aqui, subitamente, estivesse uma mulher viva e moderna.

— Ela é bonita — diz Claire.

— Sim — diz Michael Deane sobre o ombro direito.

— *Sì* — diz Pasquale sobre o esquerdo.

Críticas teatrais recortadas do *Seattle Times* e do *Post-Intelligencer* elogiam "Debra Moore" brevemente em vários papéis que teve nos palcos em 1960 e 1961. O investigador marcou trechos sobre a "novata talentosa" e a "impressionante" Dee Moore com uma caneta marca-texto amarela. A seguir vêm dois artigos fotocopiados do *Seattle Times* de 1967; o primeiro fala sobre um acidente de carro que resultou em uma morte, e o segundo é um obituário que menciona o motorista, Alvis James Bender.

Antes que Claire seja capaz de descobrir a conexão com Dee Moray, Pasquale pega a página, inclina-se para frente e a coloca nas mãos de Shane Wheeler no banco dianteiro.

— Esta aqui? O que é?

Shane lê o pequeno obituário. Bender era veterano do exército que servira na Segunda Guerra Mundial e proprietário de uma concessionária Chevrolet na zona norte de Seattle. Ele se mudou para lá em 1963, quatro anos antes de morrer. Deixou os pais em Madison, Wisconsin, um irmão e uma irmã, vários sobrinhos e sobrinhas, a esposa, Debra Bender, e o filho, Pat Bender, em Seattle.

— Eles eram casados — diz Shane a Pasquale. — *Sposati*. Este era o marido de Dee Moray. *Il marito. Morto, incidente di macchina.*

Claire ergue o rosto. Pasquale empalideceu. Ele pergunta quando aquilo ocorreu.

— *Quando?*

— *Nel sessantasette.*

— *Tutto questo è pazzesco* — murmura Pasquale. Tudo isso é uma loucura. Ele não diz mais nada, apenas se recosta no assento, levando a mão à boca. Parece não ter mais nenhum interesse na pasta e simplesmente olha pela janela, observando os prédios e shoppings centers à beira da estrada, da mesma maneira que anteriormente olhava pela janela do avião.

Claire olha para Shane, para Pasquale e depois para a Shane novamente.

— Será que ele esperava que ela nunca houvesse se casado? Cinquenta anos... é pedir demais.

Pasquale não diz nada.

— Ei, já pensou num programa de TV em que as pessoas se encontram com os antigos colegas de escola por quem eram apaixonados? — Shane pergunta a Michael Deane, que ignora a questão.

As páginas seguintes na pasta são um anúncio de formatura da Universidade de Seattle (o diploma de bacharel em pedagogia e língua italiana), obituários dos pais de Debra Moore, testamentos, formulários fiscais para uma casa que ela vendeu em 1987. Um livro de fotografias escolares muito mais recente mostra uma foto em preto e branco de 1976 com os professores da Garfield High School, identificando-a como "sra. Moore-Bender: arte dramática e italiano". Ela parece ficar mais atraente a cada foto, suas feições cada vez mais definidas — ou talvez seja apenas a comparação com os outros professores, todos aqueles homens de olhos enfadados usando gravatas largas e costeletas enormes, mulheres gordas de cabelos curtos e olhos com armação de olho de gato. Na foto do clube de arte dramática ela está posando em meio a outros atores, um grupo expressivo de alunos com cabeleiras enormes — uma tulipa em meio a ervas daninhas.

A página seguinte na pasta é outro artigo fotocopiado de um jornal, o *Sandpoint Daily Bee*, uma edição de 1999, dizendo que "Debra Moore, uma respeitada professora de arte dramática e diretora de grupos de teatro comunitário de Seattle está assumindo o cargo de diretora artística do Grupo Theater Arts da região norte de Idaho", e que "espera ampliar o repertório usual de comédias e musicais com alguns espetáculos originais".

A pasta termina com algumas páginas sobre seu filho, Pasquale "Pat" Bender; essas páginas estão divididas em duas categorias: autuações criminais e de trânsito (dirigir embriagado e posse de entorpecentes, em sua maioria) e artigos de jornais e revistas sobre as várias bandas que comandou. Claire conta pelo menos cinco — os Garys, Filigree Handpipe, Go with Dog, os Oncelers e os Reticents. Esta última foi a formação de maior sucesso, contratada pela gravadora Sub Pop, de Seattle, e que os ajudou a produzir três álbuns na década de 1990. A maioria dos artigos foi recolhida de pequenos jornais alternativos, resenhas sobre álbuns e shows, reportagens sobre quando a banda fez o lançamento de um CD ou quando cancelou um show, mas há também uma resenha da revista *Spin* sobre um CD chamado *Manna*, um disco que recebeu apenas duas estrelas dos críticos, junto com a seguinte descrição: "... quando a intensa presença de palco de Pat Bender é levada para o estúdio, este trio de Seattle é capaz de produzir um som rico e poderoso. Mas, várias vezes neste álbum, ele parece estar desinteressado, como se aparecesse para as sessões de gravação bêbado ou — o que é ainda pior para essa banda cult — sóbrio".

As últimas páginas são listagens no *Willamette Weekly* e no *The Mercury* para os shows de Pat Bender, já em carreira solo, em vários clubes da região de Portland em 2007 e 2008 e uma curta nota do *Scotsman*, um jornal escocês, com uma crítica bastante ácida sobre algo chamado *Pat Bender: não consigo me aguentar!*

E isso é tudo. Eles leem folhas diferentes da pasta, trocam-nas entre si, e finalmente olham ao redor para descobrir que estão na periferia da cidade agora, grupos de novas casas erguidas por entre os terrenos cobertos por basalto e enormes árvores de lenha. Ter a vida reduzida daquele modo a algumas folhas soltas de papel: parece ser um pouco profano e um pouco estimulante. O investigador está tamborilando uma música que só ele consegue ouvir no volante.

— Estamos quase na divisa do estado.

A jornada épica da Comitiva Deane está quase no fim agora, tendo apenas mais uma fronteira para atravessar — quatro viajantes improváveis colocados em um veículo e impulsionados pelos vapores do combustível de uma vida desgastada. São capazes de avançar cem quilômetros por hora, cinquenta anos em um dia, e a velocidade parece ser sobrenatural, desagradável. Olham por suas respectivas janelas conforme o tempo passa desordenadamente, e, no decorrer de três quilômetros, por quase dois minutos, ficam em silêncio. Até que Shane diz:

— E o que acha de um programa sobre garotas com anorexia?

Michael Deane ignora o tradutor, inclina-se em direção ao banco dianteiro e diz:

— Motorista, há algo que você possa nos dizer sobre a peça a que vamos assistir?

O VOCALISTA
Parte IV do Ciclo de Seattle
Espetáculo em três atos
Autora: Lydia Parker

PERSONAGENS:
PAT, músico que está envelhecendo
LYDIA, teatróloga e namorada de Pat
MARLA, jovem garçonete
LYLE, padrasto de Lydia
JOE, promotor musical britânico
UMI, garota londrina, fã de música
LONDRINO, empresário

ELENCO:
PAT: Pat Bender
LYDIA: Bryn Pace
LYLE: Kevin Guest
MARLA/UMI: Shannon Curtis
JOE/LONDONER: Benny Giddons

A ação se passa entre 2005 e 2008, em Seattle, Londres e Sandpoint, Idaho.

ATO 1
Cena 1

[*Uma cama num pequeno apartamento. Duas figuras estão atracadas nos lençóis, Pat, 43 anos, e Marla, 22. Pouca luz; a plateia é capaz de ver as pessoas, mas não pode discernir seu rosto.*]

Marla: Ah.

Pat: Hummm. Foi ótimo. Obrigado.

Marla: Ah. Foi, sim. Claro.

Pat: Olhe, não quero parecer um calhorda, mas você acha que podemos nos vestir e ir embora daqui?

Marla: Ah. Então... vai ser assim?

Pat: O que você quer dizer?

Marla: Nada. É que...

Pat: [rindo] O quê?

Marla: Nada.

Pat: Diga.

Marla: É que... muitas garotas no bar falaram sobre dormir com você. Comecei a pensar que havia algo errado comigo por não ter ido para a cama com o grande Pat Bender. E então, nesta noite, quando você chegou sozinho, eu pensei, bem, aqui está a minha chance. Acho que eu esperava que fosse... sei lá... diferente.

Pat: Diferente... diferente do quê?

Marla: Não sei.

Pat: Porque aconteceu do mesmo jeito que sempre faço.

Marla: Não, foi legal.

Pat: Legal? Isso está ficando cada vez melhor.

Marla: Não, eu acho que acreditei de verdade na sua reputação de mulherengo. Imaginei que conhecesse algumas coisas.

Pat: O quê... que coisas?

Marla: Não sei explicar. Tipo... técnicas.

Pat: Técnicas? Como o quê? Levitação? Hipnose?

Marla: Não, não. É que, depois de tudo o que ouvi, imaginei que eu teria... você sabe... quatro ou cinco.

Pat: Quatro ou cinco o quê?

Marla: [ficando encabulada] Você sabe.

Pat: Ah. Bem. Quantos você teve?

Marla: Até agora, nenhum.

Pat: Bem, vamos fazer um trato: eu fico lhe devendo uns dois. Mas, por ora, você acha que podemos nos vestir antes que...

[*Uma porta se fecha fora do palco. Toda a cena ocorreu quase na escuridão, a única luz vem de uma porta aberta. Agora, ainda visto em silhueta, Pat puxa os lençóis por cima da cabeça de Marla.*]

Pat: Ah, merda.

[*Lydia, trinta e poucos anos, cabelos curtos, calças cargo com estampa camuflada e uma boina estilo Lênin, ENTRA EM CENA. Ela para sob o batente da porta, com o rosto iluminado pela luz que vem do outro quarto.*]

Pat: Achei que você estivesse no ensaio.

Lydia: Saí mais cedo. Pat, precisamos conversar.

[*Ela entra no quarto e estende a mão sobre o criado-mudo para acender a luz.*]

Pat: Bem... não pode deixar a luz apagada?

Lydia: Crise de enxaqueca de novo?

Pat: Está horrível.

Lydia: Tudo bem. Olhe, eu só queria me desculpar por gritar e ir embora do restaurante esta noite. Você tem razão. Eu às vezes ainda tento forçá-lo a mudar.

Pat: Lydia...

Lydia: Não, me deixe terminar, Pat. É importante.

[*Lydia vai até a janela e olha para fora. A luz de um poste da rua brilha contra o seu rosto.*]

Lydia: Passei muito tempo tentando "consertar" você, e mesmo assim eu não lhe dou crédito pelo caminho que você já percorreu. Aqui está você, limpo há quase dois anos, e eu estou tão atenta procurando problemas que às vezes é tudo que consigo ver. Mesmo quando não existe problema nenhum.

Pat: Lydia...

Lydia: [virando-se para ele] Por favor, Pat. Apenas escute. Estive pensando. Acho que devíamos nos mudar para outro lugar. Sair definitivamente de Seattle. Ir para Idaho. Ficar mais perto da sua mãe. Eu sei que eu disse que não podemos viver fugindo dos nossos problemas, mas talvez faça sentido agora. Começar do zero. Fugir dos nossos passados... de toda essa merda que aconteceu com as suas bandas, com a minha mãe e o meu padrasto.

Pat: Lydia...

Lydia: Eu sei o que você vai dizer.

Pat: Não sei se você realmente sabe...

Lydia: Você vai dizer: Por que não Nova York? Eu sei que erramos nesse ponto. Mas éramos muito jovens na época, Pat. E você ainda estava usando drogas. Que chances nós tínhamos? Naquele dia em que voltei ao apartamento e vi que você havia vendido todas as nossas coisas, foi quase um alívio. Aqui, eu estou esperando que o fundo da caixa desabe. E isso finalmente aconteceu.

[*Lydia se vira novamente em direção à janela.*]

Lydia: Depois daquilo, eu disse à sua mãe que, se tivesse conseguido controlar seus vícios, você podia ter sido famoso. Ela disse uma coisa que eu nunca vou esquecer: "Lydia, minha querida. Esse É o vício dele".

Pat: Meu Deus, Lydia...

Lydia: Pat, eu saí mais cedo do ensaio hoje porque sua mãe me ligou de Idaho. Não sei como dizer isso, então vou simplesmente deixar fluir. O câncer que ela tinha voltou.

[*Lydia vai até a cama e se senta ao lado de Pat.*]

Lydia: Os médicos não acham que seja possível operar. Ela pode ter alguns meses, ou anos, mas não vão conseguir removê-lo. Ela vai tentar a quimioterapia outra vez, mas os médicos já esgotaram todas as possibilidades com a radiação. Então, tudo que podem fazer é tentar controlar o tumor. Mas ela parecia estar bem, Pat. Ela queria que eu lhe contasse. Ela não seria capaz de contar. Estava com medo que você começasse a se drogar de novo. Eu disse a ela que você estava mais forte agora...

Pat: [sussurrando] Lydia, por favor...

Lydia: É isso, Pat. Vamos nos mudar. O que acha? Largar tudo e ir embora? Por favor... Olhe... temos a impressão de que esses ciclos são intermináveis. A gente briga, se separa, faz as pazes, a nossa vida dá voltas e voltas, mas... e se a vida não girar em círculos? E se for um ralo pelo qual estamos escorrendo? E se olharmos para trás e percebermos que nunca fizemos nenhum esforço para nos livrar disso?

[*Ao lado da cama, Lydia estende a mão por baixo das cobertas para tocar o braço de Pat. Mas toca em alguma outra coisa, ela recua, se afasta da cama com um salto e acende a luz, jogando um brilho forte sobre Pat e a outra pessoa coberta na cama. Ela puxa os lençóis. É somente neste momento que vemos os atores por inteiro. Marla segura o lençol sobre o peito e acena levemente. Lydia recua, indo até o outro lado do quarto. Pat simplesmente desvia o olhar.*]

Lydia: Ah.

[*Pat se levanta lentamente para vestir as roupas, mas se detém. Fica em pé, nu, como se percebesse a si mesmo pela primeira vez. Olha para baixo, surpreso por ter ficado tão gordo e chegado à meia-idade. Finalmente, olha para Lydia. O silêncio parece durar uma eternidade.*]

Pat: Bem... acho que está fora de questão propor uma transa a três.

AS CORTINAS SE FECHAM.

Ouve-se um suspiro generalizado em meio ao teatro, que está com cerca de metade dos assentos ocupados, seguido por risos agitados e constrangidos. Conforme o palco escurece, Claire percebeu que prendeu a respiração durante toda a breve cena de abertura do espetáculo. Agora que soltou o fôlego, juntamente com todo o restante da plateia, uma liberação súbita do riso tenso e culpado com a visão daquele mulherengo em pé, nu, no palco — com a virilha oculta por um cobertor aos pés da cama, de forma sutil e artística.

Na escuridão da mudança de cenário, fantasmas pairam em frente aos olhos de Claire. Ela percebe a inteligência por trás da cenografia: mostrada, em sua maioria, à meia-luz, forçando a plateia a procurar pelos atores em meio à escuridão quase total. Assim, quando as luzes finalmente se acendem, o rosto torturado de Lydia e a frouxidão branca de Pat estão impressas em suas retinas como chapas de raio x — aquela pobre garota olhando para o seu namorado nu, outra mulher deitada em sua cama, um lampejo de traição e arrependimento.

Não era isso que Claire estava esperando (um teatro comunitário? Em Idaho?) quando seu grupo chegou a Sandpoint, uma interessante cidade do Velho Oeste transformada em estação de esqui às margens de um enorme lago entre as montanhas. Como não havia tempo de levá-los ao hotel, o investigador os levou diretamente ao Panida Theater, com seu belo letreiro vertical enfeitando uma fachada bucólica na área central da cidade em forma de L, com uma bilheteria em estilo clássico que se abria em um teatro com arquitetura *art déco* — grande demais para essa peça pequena e intimista, mas, mesmo assim, um salão impressionante, cuidadosamente restaurado para que ficasse o mais próximo possível da decoração que tinha na década de 1920, quando era um cinema. O fundo do teatro estava vazio, mas os assentos mais próximos do palco tinham uma boa variedade de *hipsters* vestidos de preto típicos de cidades pequenas, algumas pessoas mais velhas usando sandálias de couro e loiras oxigenadas com roupas de esquiador. Havia até mesmo alguns casais idosos e endinheirados, os quais — se a intuição de Claire estivesse certa sobre o teatro daquela cidade pequena — seriam os *patronos* desse grupo de teatro. Acomodada no assento com encosto de madeira, Claire olhou para a capa fotocopiada do livreto com o programa: O VOCALISTA — PRÉ-ESTREIA — GRUPO THEATHER ARTS DA REGIÃO NORTE DE IDAHO. Lá vamos nós, pensou ela: é a noite dos amadores.

Mas, em seguida, o espetáculo recomeça e Claire fica chocada. Shane também:

— Uau — sussurra ele. Claire lança um olhar rápido para Pasquale Tursi, e ele parece estar bastante envolvido com a cena, embora seja difícil desvendar a expressão em seu rosto — se é a admiração pelo espetáculo ou simplesmente um sentimento de confusão em relação ao que o homem nu estava fazendo no palco.

Claire olha para a sua direita, para Michael, e seu rosto parece estar chocado de algum modo. Sua mão está sobre o peito.

— Meu Deus, Claire. Você viu aquilo? Você deu uma boa olhada *nele*?

Sim. Há esse detalhe, também. É inegável. Pat Bender representa uma espécie de força no palco. Não tem certeza se isso ocorre porque ela sabe quem é o pai dele, ou talvez porque esteja interpretando a si mesmo — mas, por um momento fugaz e ilusório, ela imagina se aquele pode ser o maior ator que ela já viu.

E, logo em seguida, as luzes se acendem outra vez.

É um espetáculo simples. A partir daquela cena de abertura, a história segue com Pat e Lydia em jornadas paralelas. De um lado, Pat passa três anos embriagado em meio a uma região selvagem, tentando controlar seus demônios. Ele faz um monólogo, uma comédia musical sobre as bandas em que já tocou, e sobre ter falhado com Lydia — um show que, após algum tempo, o arrasta para Londres e à Escócia por um jovem e exuberante produtor musical irlandês. Para Pat, a viagem tem um tom de desespero, uma última e fracassada tentativa de se tornar famoso. E tudo explode quando Pat trai Joe e dorme com Umi, a garota que o seu jovem amigo ama. Joe foge com o dinheiro de Pat, e Pat fica sozinho e arruinado em Londres.

Na história paralela de Lydia, sua mãe morre subitamente e ela se vê obrigada a cuidar de seu padrasto senil, Lyle, um homem com o qual ela nunca conseguiu se dar bem. Lyle propicia um pouco de alívio cômico, constantemente esquecendo que sua esposa morreu, perguntando a Lydia, agora com trinta e cinco anos, por que não está na escola. Lydia quer interná-lo em uma casa de repouso, mas Lyle luta para ficar com ela, e

Lydia não é capaz de levar seus planos adiante. Em uma estratégia narrativa que funciona melhor do que Claire espera, Lydia amarra as pontas soltas e marca a passagem do tempo conversando ao telefone com Debra, a mãe de Pat, que mora em Idaho. Ela nunca aparece no palco, mas é uma presença invisível e inaudível do outro lado do telefone.

— Lyle urinou na cama hoje — diz Lydia, fazendo uma pausa e aguardando pela resposta de Debra, ausente do palco (ou Dee, como ela às vezes a chama). — Sim, Dee, *seria* natural... se não fosse na *minha* cama! Eu levantei os olhos e ele estava em pé na minha cama, mijando um jato quente e gritando, "Onde estão as toalhas?"

Finalmente, Lyle se queima no fogão enquanto Lydia está trabalhando, e ela não tem escolha a não ser levá-lo a uma casa de repouso. Lyle chora quando ela lhe conta sua decisão.

— Você vai ficar bem — insiste ela. — Eu garanto.

— Não estou preocupado comigo — diz Lyle. — É que... bem, eu prometi à sua mãe. Não sei quem é que vai cuidar de você agora.

Depois de perceber aquilo — que Lyle acredita que é ele quem estava cuidando *dela* —, Lydia entende que se sente mais viva quando está cuidando de alguém, e vai para Idaho para cuidar da mãe doente de Pat. Então, certa noite, ela está dormindo na sala de estar da casa de Debra quando o telefone toca. As luzes se acendem do outro lado do palco — revelando Pat, dentro de uma cabine telefônica vermelha, ligando para a sua mãe para pedir ajuda. No início, Lydia fica contente por receber notícias dele. Mas a única coisa com que Pat parece se importar é de ter ficado sem dinheiro e de precisar de ajuda para sair de Londres e voltar aos Estados Unidos. Ele nem mesmo pergunta por sua mãe.

Lydia fica muda do outro lado da ligação.

— Espere. Que horas são aí? — pergunta ele.

— Três da manhã — sussurra Lydia. E Pat abaixa a cabeça até o peito, exatamente como na primeira cena.

— Quem é, querida? — diz uma voz que vem de fora do palco — as primeiras palavras que a mãe de Pat falou em toda a peça. Na cabine telefônica em Londres, Pat sussurra:

— Faça, Lydia.

Lydia respira fundo e diz:

— Não é ninguém, Dee — e desliga o telefone. A luz que ilumina a cabine telefônica se apaga.

Pat é reduzido a um mendigo em Londres — esfarrapado, sentado em uma esquina, bêbado e tocando o seu violão. Está com o estojo aberto para receber gorjeta, tentando conseguir dinheiro para voltar para casa. Um londrino que passa por ali para e oferece uma nota de vinte euros a Pat caso ele toque uma canção romântica. Pat começa a tocar a música "Lydia", mas para. Não consegue.

De volta a Idaho, com a neve acumulada na janela da casa marcando a passagem do tempo, Lydia recebe outra ligação. Seu avô morreu na casa de repouso. Ela agradece à pessoa que lhe telefonou e volta a preparar o chá para a mãe de Pat, mas não consegue. Apenas olha para as suas mãos. Parece estar completamente sozinha na cena, no mundo. Nesse momento, ouve uma batida na porta. Ela atende. É Pat Bender, emoldurado no mesmo batente sob o qual Lydia estava no início do espetáculo. Lydia olha para o namorado desaparecido há muito tempo, aquele Odisseu maltratado que estava vagando pelo mundo, tentando voltar para casa. É a primeira vez que os dois estão juntos no palco desde aquele momento horrível em que ele ficou em frente a ela, nu, no início da peça. Outro longo silêncio entre os dois surge, ecoando o primeiro, estendendo-se até o máximo que uma plateia pode aguentar (*Alguém diga alguma coisa!*). Então Pat Bender estremece ligeiramente no palco e sussurra:

— Cheguei tarde demais? — diz, indicando uma nudez ainda mais forte do que na primeira cena.

Lydia nega com um movimento de cabeça: sua mãe ainda está viva. Os ombros de Pat relaxam com o alívio, a exaustão e a humilhação, e ele estende as mãos — um ato de rendição. A voz de Dee vem novamente de fora do palco:

— Quem é, querida?

Lydia olha rapidamente por cima do ombro e, de algum modo, o momento se estende ainda mais.

— Não é ninguém — responde Pat. Sua voz soa rouca, estraçalhada. Lydia estende os braços para ele, e, no momento em que suas mãos se tocam, as luzes se apagam. A peça terminou.

Claire suspira, exalando o que parecem ser noventa minutos de ar. Todos os viajantes sentem o mesmo — um tipo de sensação de que algo se completou —, e, numa onda de aplausos, eles também sentem o paradoxo do explorador: a descoberta acidental e catártica de si mesmos. Em meio àquela sensação libertadora, Michael se aproxima de Claire e sussurra outra vez:

— Você viu aquilo?

Do outro lado, Pasquale Tursi está pressionando a mão sobre o coração como se estivesse sofrendo um ataque.

— *Bravo* — diz ele, e em seguida: —, é *troppo tardi?*

Claire precisa adivinhar o que ele está dizendo, pois aquele que outrora era o tradutor do italiano parece estar inalcançável, com a cabeça nas mãos.

— Mas que merda — diz Shane. — Acho que joguei toda a minha vida no lixo.

Claire, igualmente, sentia uma certa introspecção depois do que acabara de ver. No início daquele dia ela disse a Shane que seu relacionamento com Daryl era algo "sem esperança". Agora ela percebe que, durante toda a peça, estava pensando em Daryl, o ator sem esperança, o indefectível Daryl, o namorado de quem não consegue se afastar. *Talvez todos os amores sejam algo sem esperança*. Talvez a regra de Michael Deane seja mais sábia do que ele mesmo pensa: Nós queremos aquilo que queremos — *nós amamos aqueles a quem amamos*. Claire pega o telefone e o liga. Vê a última mensagem que recebeu de Daryl: "Prfavr diga que vc está bem".

Ela digita "Estou bem" e envia a mensagem.

Ao seu lado, Michael Deane toca seu braço.

— Vou comprar isso — diz ele.

Claire ergue os olhos, pensando por um momento que Michael está falando sobre Daryl. Logo depois, ela compreende. Imagina se o seu acordo com o Destino ainda está valendo. Se *O vocalista* é o grande filme que lhe permitirá continuar na indústria do cinema.

— Você quer comprar esse espetáculo? — pergunta ela.

— Quero comprar tudo — diz Michael Deane. — A peça, as músicas dele, tudo. — Ele se levanta e olha ao redor de todo o teatro. — Vou comprar absolutamente tudo.

Brandindo o seu cartão de visitas (*Hollywood? Está falando sério?*), Claire consegue um convite entusiasmado para a festa que acontecerá após a estreia com um porteiro chamado Keith, que tem um cavanhaque e vários *piercings* pelo corpo. Seguindo suas instruções, eles saem do teatro e andam por um quarteirão até uma loja com uma fachada de tijolos, que se abre em uma escadaria larga. O prédio ficou intencionalmente inacabado, cheio de canos e tijolos expostos. Faz com que Claire se lembre de inúmeras festas na época em que estava na faculdade. Mas há alguma coisa fora da escala na largura dos corredores e na altura dos tetos — todo aquele espaço desperdiçado de maneira tão extravagante nessas antigas cidades fundadas no tempo da conquista do oeste.

Pasquale para ao chegar à porta.

— *È qui, lei?* — Ela está aqui?

Talvez, diz Shane, tirando os olhos do seu telefone. — *C'è una festa, per gli attori.* — É uma festa para os atores. Shane volta a se ocupar com o seu celular e manda uma mensagem para Saundra: "Podemos conversar? Por favor? Agora eu percebo o quanto fui idiota".

Pasquale olha para o prédio onde Dee pode estar, tira o chapéu, alisa o cabelo e começa a subir as escadas. No andar de cima, Claire ajuda o ofegante Michael Deane a vencer os últimos degraus. Há três portas que levam a três apartamentos no segundo andar, e eles vão até os fundos do prédio, até a única porta que está aberta, escorada por um garrafão de vinho.

O último apartamento é enorme e belo da mesma maneira primitiva que o resto do prédio. Leva um momento até que eles consigam se ajustar à luz de velas — é um *loft* imenso, com o pé-direito equivalente a dois andares. A própria sala, em si, é uma obra de arte, ou uma pilha de lixo — está preenchida com velhos armários escolares, tacos de hóquei e caixas de jornal — tudo isso cercando uma escadaria curva feita de velhos troncos, que parece flutuar em pleno ar. Após a inspecionar mais de perto, eles percebem que a escadaria é sustentada por três cabos de aço trançados.

— Todo esse apartamento foi mobiliado com objetos encontrados — diz Keith, o porteiro do teatro, que chega logo depois deles. Ele tem cabelos ralos espetados, e dolorosos *percings* enfiados nos lábios, no pescoço, na parte superior das orelhas e no nariz, além de enormes brincos de argola no lóbulo das orelhas. Já atuou em algumas produções do grupo de teatro, mas também é poeta, pintor e videasta. (*Só isso?*, pergunta Claire a si mesma. *Dançarino performático? Escultor em areia?*)

— Videasta? — pergunta Michael, intrigado. — E a sua câmera está por perto?

— Sempre trago minha câmera comigo — diz Keith, e saca uma câmera digital simples do bolso. — Minha vida é o meu documentário.

Pasquale observa as pessoas da festa, procurando entre elas, mas não há nenhum sinal de Dee. Ele se aproxima de Shane para pedir ajuda, mas seu tradutor está olhando desconsolado para a mensagem que Saundra acabou de enviar: *Foi só AGORA que você percebeu que é um idiota? Me deixe em paz.*

Keith percebe que Pasquale e Michael estão olhando ao redor, confunde aquilo com um sentimento de curiosidade e se aproxima para explicar. O idealizador do apartamento, diz ele, é um antigo veterano da guerra do Vietnã, que apareceu no mês passado em uma matéria da revista *Dwell*.

— De maneira geral, o conceito dele é que toda forma de *design* tem uma maturidade inata junto com sua natureza juvenil, e que nós frequentemente dispensamos as formas mais interessantes exatamente quando elas estão começando a se transformar e assumir uma segunda natureza mais madura e mais interessante. Dois velhos tacos de hóquei... quem se importa? Mas tacos de hóquei transformados em uma cadeira? Aí sim as coisas ficam interessantes.

— Tudo isso é maravilhoso — diz Michael, em tom sério, observando a sala.

O elenco e a equipe de apoio ainda não chegaram à festa; até agora o lugar contém apenas quinze ou vinte membros da plateia, os *hipsters* de óculos de aro preto e sandálias de couro, com suas conversas em voz baixa, risadas discretas, todos eles inspecionando alternadamente os viajantes da malfadada Comitiva Deane. A multidão é familiar, pelo que Claire percebe: menor, um pouco menos sofisticada, mas não tão diferente de qualquer outra festa após a estreia de uma peça de teatro. Vinho e petiscos estão alinhados sobre uma mesa metálica feita com a porta de um velho elevador de casa; uma pequena caçamba de escavadeira está cheia de gelo e cerveja. Claire fica aliviada quando vai ao banheiro e descobre que o vaso sanitário realmente é um vaso sanitário, não um velho motor de barco.

Finalmente, o elenco e a equipe de produção começam a chegar. A notícia sobre a presença do grande Michael Deane parece estar se espalhando pela multidão, e os mais ambiciosos se aproximam, mencionando casualmente que atuaram em filmes produzidos em Spokane que foram lançados diretamente em vídeo, atuando junto com as irmãs de Cuba Gooding Jr., Antonio Banderas e John Travolta. Todas as pessoas com quem Claire conversa parecem ser artistas de algum tipo — atores, músicos, pintores, artistas gráficos, professores de balé, escritores, escultores e mais ceramistas do que uma cidade daquele porte teria condições de suportar. Até os professores e advogados são também atores, tocam em bandas ou fazem esculturas com blocos de gelo — Michael está fascinado por todos eles. Claire fica impressionada com a energia e a curiosidade genuína que ele demonstra. Ele também já está na sua terceira taça de vinho — mais do que ela já o viu beber.

Uma mulher atraente e mais velha, usando um vestido leve, com rugas profundas após anos de exposição ao sol (exatamente o oposto da pele de Michael), aproxima-se dele e chega a tocar na sua testa.

— Meu Deus — diz ela. — Eu adoro o seu rosto — como se fosse uma obra de arte criada por ele.

— Obrigado — diz Michael, porque realmente é a sua obra de arte.

A mulher se apresenta como Fantom "com F", e explica que faz pequenas esculturas em sabonete, as quais vende em exposições de artesanato e feiras de troca.

— Eu adoraria poder vê-las — diz Michael. — Todo mundo aqui é artista?

— Eu sei — diz Fantom enquanto remexe o interior da sua bolsa. — A sensação é de que tudo acaba envelhecendo, não é?

Enquanto Michael observa a pequena escultura em sabonete, o resto da Comitiva Deane está ficando ansioso. Pasquale observa a porta nervosamente enquanto seu tradutor apaixonado, ainda magoado pela rejeição de Saundra expressa em texto, enche um copo alto com uísque canadense e Claire pergunta a Keith sobre a peça.

— Aquela merda foi intensa, hein? — diz Keith. — Debra geralmente monta espetáculos infantis, musicais, peças comemorativas para os feriados... qualquer coisa que seja capaz de arrancar os esquiadores das montanhas por algumas horas. Mas, uma vez por ano, ela e Lydia conseguem fazer algo original como a peça de hoje. Ela ouve um monte de merda da diretoria do teatro, às vezes, especialmente daqueles cristãos rabugentos, mas essa foi a condição que ela estabeleceu. Venha para manter os turistas felizes, e, uma vez por ano, você pode colocar uma coisa como aquela em cartaz.

Nesse momento, todo o elenco e a equipe já haviam chegado à festa — com exceção de Pat e Lydia. Claire se apanha conversando com Shannon, a atriz que fez o papel da garota que estava na cama com Pat no início da peça.

— Fiquei sabendo que você veio de... — Shannon engole em seco, mal consegue pronunciar a palavra. — Hollywood? — diz ela, piscando os olhos rapidamente, duas vezes. — Como são as coisas por lá?

Depois de dois copos de vinho, Claire sente o desgaste das últimas quarenta e oito horas e sorri, parando para pensar na pergunta. Sim, como *são* as coisas lá? Certamente não são como ela sonhara. Mas, talvez, isso não seja um problema. Nós queremos aquilo que queremos. Em casa, ela quase arranca os cabelos, preocupando-se com o que não é — e, talvez, perde a noção do lugar onde está. Ela olha ao redor por um momento — para aquele apartamento construído com sucata em uma ilha maluca cheia de artistas no meio da montanha, onde Michael está alegremente distribuindo seus cartões para fabricantes de sabonete e atores, dizendo-lhes que "pode ter alguma coisa" para eles, onde Pasquale está nervosamente observando a porta, esperando uma mulher que não vê há cinquenta anos, onde Shane, que não demorou a se embriagar, arregaçou a manga para explicar a origem da sua tatuagem para Keith, que o ouve impressionado — e é nessa hora que Claire percebe que Pat Bender, sua mãe e sua namorada não virão para a festa.

— O quê? Ah, sim — diz Keith, confirmando suas suspeitas. — Eles nunca vêm para as festas após uma estreia. Ficar perto de toda essa bebida e maconha acabaria matando Pat.

— Onde eles estão? — pergunta Michael.

323

— Provavelmente na casa de campo — diz Keith. — Relaxando ao lado de Dee.

Michael Deane agarra o braço de Keith.

— Pode nos levar até lá?

Claire o interrompe.

— Talvez fosse melhor esperar até amanhã de manhã, Michael.

— Não — diz o líder da Comitiva Deane, embriagado pela esperança. Ele olha para o velho e paciente Pasquale e toma uma última decisão: — Já faz quase cinquenta anos. Chega de esperar.

19

O réquiem

ABRIL DE 1962
PORTO VERGOGNA, ITÁLIA

Pasquale acordou no escuro. Sentou-se e buscou o relógio. Quatro e meia. Ouviu as vozes baixas dos pescadores e o som dos barcos sendo arrastados até a beira-mar. Levantou-se, vestiu-se rapidamente e correu até o embarcadouro em meio à escuridão que tomava conta do céu antes do nascer do sol, onde Tomasso, o Comunista, estava prendendo o equipamento que levaria dentro do barco.

— O que você está fazendo aqui? — perguntou Tomasso.

Pasquale pediu a Tomasso se ele poderia levá-lo a La Spezia mais tarde para a missa do réquiem de sua mãe.

Tomasso tocou o peito.

— É claro — disse. Iria pescar por algumas horas e depois voltaria para buscar Pasquale antes do almoço. Que tal assim?

— Sim, perfeito — disse Pasquale. — Obrigado.

Seu velho amigo tocou a aba da boina, subiu em seu barco e puxou o cordão que daria a partida no motor, que ligou após tossir algumas vezes. Pasquale observou Tomasso se juntar aos outros pescadores, com os barcos flutuando pelo mar tranquilo.

No verão, às vezes, seus pais costumavam levá-lo para a praia em Chiavari. Certa vez ele estava cavando na areia quando viu uma mulher bonita bronzeando-se sobre um cobertor. Sua pele brilhava. Pasquale não conseguia parar de olhar. Quando finalmente guardou suas coisas e foi embora, ela acenou para ele, mas o jovem Pasquale estava encantado demais para conseguir retribuir o aceno. Logo depois, viu alguma coisa cair da bolsa da mulher. Correu até lá e pegou o objeto na areia. Era um anel, incrustado com algum tipo de pedra avermelhada. Pasquale o segurou na mão por um momento enquanto a mulher se afastava. Depois, levantou o rosto e viu que sua mãe o observava, esperando para ver o que ele iria fazer.

— *Signora!* — gritou ele para a mulher, e foi atrás dela na praia. A mulher parou, pegou o anel de volta, agradeceu, deu-lhe tapinhas amistosos na cabeça e uma moeda de cinquenta liras. Quando retornou, a mãe de Pasquale lhe disse:

— Espero que isso seja o que você faria mesmo que eu não estivesse olhando.

Pasquale não tinha certeza do que ela queria dizer.

— Às vezes, o que queremos fazer e aquilo que devemos fazer não são as mesmas coisas — e colocou uma mão sobre seu ombro. E disse: — Pasqo, quanto menor for a distância entre aquilo que você deseja e aquilo que é certo, mais feliz você será.

Ele não podia contar à sua mãe por que motivo não havia devolvido o anel imediatamente. Imaginava que, se desse um anel a uma garota, eles estariam casados e ele teria que sair da casa dos seus pais. E, aos sete anos de idade, embora não fosse capaz de assimilar completamente a lição de moral que sua mãe lhe deu, Pasquale percebia agora o que ela queria dizer — como a vida seria mais fácil se nossas intenções e nossos desejos pudessem coincidir.

Quando o sol finalmente surgiu por cima dos rochedos, Pasquale se lavou na bacia e vestiu o seu terno velho e engomado. No térreo, encontrou sua tia Valeria acordada na cozinha, sentada em sua cadeira favorita. Ela olhou para o terno que ele usava com o canto dos olhos.

— Não posso ir à missa fúnebre — disse a tia com um suspiro. — Não vou conseguir olhar na cara do padre.

Pasquale disse que entendia e saiu para fumar no terraço. Com os pescadores no mar, a cidade dava a sensação de estar vazia, e as únicas coisas que se moviam na *piazza* eram os gatos vadios do ancoradouro. Havia uma leve névoa; o sol ainda não havia afastado a neblina da manhã e as ondas estavam batendo desanimadamente contra as pedras que ladeavam a enseada.

Ele ouviu passos na escada. Quanto tempo esperara para ter um hóspede americano? E agora tinha dois. Os passos soavam pesados nas tábuas do terraço e não demorou até que Alvis Bender estivesse ao seu lado. Alvis acendeu seu cachimbo, inclinou o pescoço para um lado e depois para o outro. Esfregou o hematoma leve que lhe marcava o olho.

— Meus dias de briga acabaram, Pasquale.

— Está ferido? — perguntou ele.

— Só o meu orgulho — disse Alvis, dando uma tragada no cachimbo. — É engraçado — disse ele, exalando a fumaça —, eu costumava vir até aqui porque era um lugar tranquilo, e achava que podia evitar o resto do mundo por tempo suficiente para escrever. Acho que isso não é mais possível, hein, Pasquale?

Pasquale considerou o rosto do seu amigo. Tinha uma qualidade muito franca, e era claramente um rosto americano — assim como o rosto de Dee, assim como o rosto de Michael Deane. Ele acreditava que podia identificar um americano em qualquer lugar ao perceber aquela qualidade — aquela franqueza, aquela crença intransigente na *possibilidade*, uma qualidade que, de acordo com suas estimativas, nem mesmo os italianos mais jovens tinham. Talvez fosse a diferença de idade entre os países — a América com sua juventude expansiva, construindo todos aqueles cinemas *drive-in* e restaurantes decorados à moda dos caubóis; italianos vivendo em uma contração infindável, em meio aos artefatos de muitas gerações, nas carcaças de impérios.

Isso o fez se lembrar do comentário de Alvis Bender de que histórias eram como nações — a Itália era um grandioso poema épico; a Grã-Bretanha era como um romance volumoso, e a América era um filme de ação em Technicolor — e ele se lembrava, também, de quando Dee Moray falou que passou vários anos "esperando seu filme começar", e que quase deixou a vida passar enquanto esperava por isso.

Alvis acendeu seu cachimbo outra vez.

— *Lei è molto bella* — disse ele. Ela é muito bonita.

Pasquale olhou para Alvis. O escritor se referia a Dee Moray, é claro, mas, naquele momento, Pasquale estava pensando em Amedea.

— *Sì* — disse Pasquale. Em seguida disse, em inglês: — Alvis, hoje é o dia da missa de réquiem para a minha mãe.

Aqueles homens eram tão corteses consigo mesmos, gostavam tanto de desfrutar daquela companhia que, às vezes, tinham conversas inteiras em que um falava no idioma do outro.

— *Sì, Pasquale. Dispiace. Devo venire?*

— Não, obrigado. Vou sozinho.

— *Posso fare qualcosa?*

Sim. Havia uma coisa que ele podia fazer, disse Pasquale. E desviou o olhar para ver Tomasso, o Comunista, trazendo seu barco para a enseada.

Estava quase na hora. Pasquale voltou a encarar Alvis e voltou a falar em italiano para ter certeza de que diria aquilo da maneira certa.

— Se eu não voltar esta noite, preciso que você faça algo para mim.

É claro, disse Alvis.

— Pode cuidar de Dee Moray? Certificar-se de que ela voltará sã e salva para a América?

— Por quê? Você vai a algum lugar, Pasquale?

Pasquale enfiou a mão no bolso e entregou o dinheiro de Michael Deane a Alvis.

— E dê isto a ela.

— É claro — disse Alvis, e perguntou outra vez: — Mas para onde você vai?

— Obrigado — disse Pasquale, negando-se a responder àquela pergunta, temendo que, se dissesse em voz alta o que pretendia fazer, poderia perder a força para ir até o fim.

O barco de Tomasso já estava bem perto do ancoradouro. Pasquale deu um tapinha amistoso no braço do amigo americano, olhou ao redor do pequeno vilarejo e, sem dizer mais nada, entrou no hotel. Na cozinha, Valeria estava preparando o café da manhã. Sua tia nunca preparava o café da manhã, embora Carlo tenha passado anos insistindo que um hotel que esperava atrair franceses e americanos devia oferecer o café da manhã (*É uma refeição de preguiçosos*, respondia ela toda vez que Carlo tocava no assunto. *Que tipo de vagabundo precisa comer antes de trabalhar?*). Mas, naquela manhã, ela estava fazendo um brioche francês e preparando café expresso.

— A prostituta americana vai descer para tomar café?

Ali ele descobriu quem viria a ser. Respirou fundo e subiu as escadas para ver se Dee Moray estava com fome. Percebeu pela luz que surgia sob a porta que as venezianas da janela estavam abertas. Respirou fundo para se firmar e bateu levemente à porta.

— Entre.

Ela estava sentada na cama, amarrando seus longos cabelos em um rabo de cavalo.

— Não consigo acreditar que dormi esse tempo todo — disse ela. — Você não percebe o quanto está cansado até passar doze horas dormindo. — Ela sorriu para ele, e, naquele momento, Pasquale duvidava que seria capaz de encurtar a distância que separava suas intenções dos seus desejos. — Você está bonito, Pasquale — disse ela, e olhou para as próprias roupas, as mesmas que vestira para ir até a estação de trem: calças pretas justas, uma blusa e um suéter de lã. Ela riu. — Acho que todas as minhas coisas ainda estão na estação de La Spezia.

Pasquale olhou para baixo, tentando não a encarar diretamente.

— Está tudo bem, Pasquale?

— Sim — disse ele, e levantou o rosto, olhando-a nos olhos. Quando não estava no quarto com ela, sabia o que era certo, mas, quando olhava naqueles olhos... — Você desce para o café da manhã agora? Tem brioche. E *caffè*.

— Sim — disse ela. — Desço em um minuto.

Ele não conseguiu dizer o restante. Então assentiu discretamente e virou-se para ir embora.

— Obrigada, Pasquale — disse ela.

Ouvir seu nome fez com que ele se virasse outra vez. Olhar naqueles olhos era como ficar em frente a uma porta que estava ligeiramente entreaberta. Como seria possível *não* abrir a porta, não ver o que havia ali dentro?

Ela sorriu para ele.

— Lembra-se da minha primeira noite aqui, quando concordamos que poderíamos dizer qualquer coisa um ao outro? Que não guardaríamos nenhum segredo?

— Sim — Pasquale conseguiu dizer.

Ela riu, um pouco inquieta.

— Bem, é estranho. Eu acordei esta manhã e percebi que não tenho a menor ideia em relação ao que vou fazer agora. Se eu quiser ter este bebê... se vou continuar a trabalhar como atriz... se irei à Suíça... ou voltarei aos Estados Unidos. Honestamente, não faço a menor ideia. Mas, quando acordei, eu me senti bem. Sabe por quê?

Pasquale agarrou a maçaneta da porta e balançou a cabeça negativamente.

— Fiquei feliz porque iria ver você outra vez.

— Sim. Eu também — disse ele, e a porta pareceu se abrir um pouco. E o vislumbre que ele teve do que havia além daquela porta o torturava. Ele queria dizer mais, dizer tudo que pensava, mas não podia. Não era um problema de linguagem; ele duvidava que aquelas palavras existissem, de qualquer maneira, em qualquer idioma.

— Bem — disse Dee. — Não demoro a descer.

E então, quando ele estava se virando para descer, ela acrescentou suavemente, as palavras parecendo simplesmente brotar dos seus belos lábios, fluindo como água:

— E então, talvez, poderemos falar do que vai acontecer depois.

Depois. Sim. Pasquale não sabia ao certo como conseguiu sair do quarto, mas ele o fez. Fechou a porta atrás de si e permaneceu com a mão estendida contra ela, respirando fundo. Finalmente, se afastou, foi até as escadas e chegou até o seu quarto. Pegou o paletó, o chapéu e a mala que estava pronta sobre a cama. Saiu do quarto e desceu as escadas. No térreo, Valeria esperava por ele.

— Pasqo — disse ela. — Pode pedir ao padre que faça uma oração por mim?

Ele disse que pediria. Em seguida, beijou a tia no rosto e saiu.

Alvis Bender estava no terraço, em pé, fumando seu cachimbo. Pasquale tocou o amigo americano no braço e seguiu a trilha que o levaria até o ancoradouro, até onde Tomasso, o Comunista, o aguardava. Tomasso deixou seu cigarro cair ao chão e o esmagou contra a pedra.

— Você está elegante, Pasquale. Sua mãe ficaria orgulhosa.

Pasquale subiu no barco manchado pelas entranhas de peixe e sentou-se na proa, com os joelhos unidos como um garoto na carteira da escola. Não foi capaz de impedir que seus olhos se fixassem na fachada do hotel, onde Dee Moray havia acabado de surgir na varanda, ficando em pé ao lado de Alvis Bender. Ela protegeu os olhos do sol e olhou em sua direção, curiosamente.

Mais uma vez, Pasquale sentiu os impulsos diferentes de sua mente e de seu corpo — e, naquele momento, honestamente, ele não sabia o que fazer. Ficaria no barco? Ou voltaria correndo ao hotel para a tomar nos braços? E qual seria a reação dela se Pasquale realmente fizesse isso? Não havia nada explícito entre eles, nada além daquela porta ligeiramente entreaberta. Ainda assim... o que poderia ser mais atraente?

Naquele instante, Pasquale Tursi finalmente se sentiu rasgado em dois. Sua vida, agora, eram duas: a que teria e a vida com a qual passaria o resto dos seus dias sonhando.

— Por favor — disse Pasquale a Tomasso, com a voz embargada. — Vamos embora.

O velho pescador puxou o cordão de partida, mas o motor não ligou. E Dee Moray gritou do terraço do hotel:

— Pasquale! Aonde você está indo?

— Por favor — sussurrou Pasquale a Tomasso, com as pernas tremendo agora.

Finalmente, o motor ligou. Tomasso sentou-se na traseira do barco, segurou o leme e começou a conduzi-los para longe do cais, para fora da enseada. No terraço, Dee Moray olhou para Alvis Bender em busca de uma explicação. Alvis deve ter contado a Dee que a mãe de Pasquale havia falecido, porque ela cobriu a boca com a mão.

E foi então que Pasquale forçou-se a virar o rosto. Era como arrancar um ímã de uma chapa de aço, mas ele conseguiu: virou-se para frente no barco, fechou os olhos, ainda enxergando-a naquele lugar em sua memória. Ele tremia com o esforço de não olhar para trás até que passassem pelo quebra-mar. Ao chegarem ao mar aberto, Pasquale suspirou e baixou a cabeça até seu queixo tocar o peito.

— Você é estranho — disse Tomasso, o Comunista.

Em La Spezia, Pasquale agradeceu a seu velho amigo e o observou conduzindo seu pequeno barco pesqueiro para longe do porto, de volta ao canal entre Portovenere e Isola Palmaria.

Em seguida, foi até a pequena capela perto do cemitério onde o padre o aguardava. Seus cabelos ralos estavam marcados pelos dentes do pente. Duas velhas carpideiras e um coroinha de aparência agressiva estavam ali para a ocasião. A capela era escura, cheirava a bolor e estava vazia, iluminada pelas velas. A missa de réquiem parecia não ter nada a ver com sua mãe, e Pasquale ficou momentaneamente chocado quando ouviu o nome da mãe em meio à cantilena em latim do padre (*Antonia, requiem aeternam dona eis, Domine*). *Certo*, pensou ele, *ela se foi*. E, ao perceber aquilo, desfez-se em lágrimas. Após o funeral, o padre concordou em fazer uma prece por Valeria e celebrar o *trigesimo* dentro de algumas semanas, e Pasquale pagou o homem outra vez. O padre ergueu a mão para o abençoar, mas ele já havia lhe dado as costas para ir embora.

Exausto, Pasquale foi até a estação de trem para verificar a bagagem de Dee Moray. Estava esperando por ela. Pasquale pagou o agente e disse que ela viria buscar suas malas no dia seguinte. Depois, contratou um táxi aquático para ir buscar Dee Moray e Alvis Bender. E comprou uma passagem de trem até Florença para si mesmo.

Acomodou-se em seu assento e dormiu imediatamente, acordando com um sobressalto quando o trem entrou na estação de Florença. Hospedou-se em um quarto a três quarteirões da *piazza* Massimo d'Azeglio, tomou um banho e vestiu o terno novamente. Em meio às últimas luzes do entardecer daquele dia que parecia não ter fim, ficou fumando sob a sombra das árvores até que viu a família de Amedea voltar do passeio costumeiro após o jantar, enfileirada como uma família de codornas.

E quando a bela Amedea levantou Bruno do carrinho, Pasquale pensou novamente em sua mãe na praia naquele dia — o medo de que, quando ela não estivesse por perto, ele não seria capaz de diminuir a distância entre aquilo que queria e aquilo que era certo. Ele desejava poder mostrar à sua mãe que ela não precisava temer aquilo: um homem quer muitas coisas na vida, mas, quando uma delas também é a coisa certa, ele seria um tolo se decidisse não fazê-la.

Pasquale esperou até que os Montelupo desaparecessem dentro de casa. Em seguida, esmagou o cigarro contra o cascalho, atravessou a *piazza* e foi até a imensa porta negra. Tocou a campainha.

O som de passos surgiu do outro lado e o pai de Amedea atendeu a porta, com sua enorme cabeça calva inclinada para trás, os olhos severos avaliando Pasquale como se estivesse examinando uma refeição inaceitável em uma cafeteria. Atrás do pai, a irmã de Amedea, Donata, viu Pasquale e cobriu a boca com a mão. Ela se virou e saiu gritando pelas escadas:

— Amedea!

Bruno se virou para olhar para a filha, e, em seguida, lançou um olhar severo sobre Pasquale, que tirou cuidadosamente o chapéu.

— Sim? — perguntou Bruno Montelupo. — O que deseja?

Por trás de seu pai, na escada, a bela e formosa Amedea apareceu, balançando levemente a cabeça, como se ainda tentasse dissuadi-lo... mas Pasquale também achava que estava vendo, por baixo da mão que cobria a boca de Amedea, um sorriso.

— Senhor — disse ele. — Meu nome é Pasquale Tursi, de Porto Vergogna. Estou aqui para pedir a mão de sua filha, Amedea, em casamento. — Ele pigarreou e limpou a garganta antes de concluir: — Vim buscar meu filho.

20
O incêndio infinito

DIAS ATUAIS
SANDPOINT, IDAHO

Debra acorda no escuro, no quintal da sua casa de campo, perto das árvores, de onde gosta de observar as estrelas. O ar está frio, o céu está limpo e os pontos de luz brilham intensamente esta noite. Insistentes. Eles não piscam, mas queimam. A parte da frente da casa fica de frente para o lago glacial cercado pelas montanhas, e é essa a vista que faz com que a maioria dos visitantes perca o fôlego. Mas ela prefere ficar aqui atrás, à sombra da casa, em uma pequena clareira arredondada de pinheiros e abetos, na qual existem apenas ela e o céu, onde pode enxergar através de cinquenta trilhões de quilômetros, através de um bilhão de anos. Ela nunca teve muito interesse em observar o céu até se casar com Alvis, que gostava de ir até as montanhas Cascades e procurar por lugares limpos e escuros, longe da poluição e da luz. Ele achava vergonhoso que as pessoas não fossem capazes de compreender o infinito — um fracasso não somente da imaginação, mas, unicamente, da visão.

Ela ouve o ranger do cascalho: provavelmente foi isso que a despertou — o jipe de Pat chegando pelo longo caminho. Estão em casa após a peça. Quanto tempo ela dormiu? Ela estende a mão para tocar sua xícara de chá, já fria. Algum tempo. Sente-se confortavelmente aquecida, exceto por um dos pés que saiu por baixo do cobertor. Pat instalou dois aquecedores em forma de lareira ao redor de sua poltrona favorita para que ela pudesse dormir ali. No início, ela resmungou ao perceber aquele desperdício de eletricidade; podia simplesmente esperar até que o verão chegasse. Mas Pat prometeu desligar todas as luzes sempre que saísse de um cômodo "pelo resto da vida", se ela lhe permitisse aquela pequena indulgência. E ela tem que admitir que é muito bom poder dormir ali fora; é a sua coisa favorita, acordar do lado de fora de casa no frio, aninhada na pequena incubadora que o filho construiu para ela. Ela desliga os aquecedores, verifica a fralda horrível com a qual precisa dormir agora — está seca, graças a Deus —, ajusta o blusão ao redor de si e vai em direção à casa, ainda cambaleando um pouco. Ali dentro, ouve a porta da garagem se fechar, mais abaixo.

A casa foi construída em uma península elevada, sessenta metros acima de uma baía desse profundo lago entre as montanhas. A estrutura é predominantemente vertical, projetada por ela e construída com o dinheiro que conseguiu com a venda da casa que tinham em Seattle: quatro andares com uma planta aberta e espaçosa e uma garagem para dois carros no nível inferior. Pat e Lydia tinham o segundo andar para eles, o terceiro era uma área de convivência comum — uma combinação entre sala de estar/cozinha/sala de jantar — e o piso mais alto pertencia a Dee: uma suíte com banheira de hidromassagem e uma sala de leitura. Quando a casa estava sendo construída, é claro, ela não fazia ideia de que passaria virtualmente todo o seu tempo ali como paciente de câncer, e, mais tarde — quando todos os tratamentos estavam esgotados e ela decidiu deixar a doença seguir seu curso — naquela fase final e enfraquecida da vida. Se soubesse, talvez preferisse uma casa de fazenda, com menos escadas.

— Mãe? Chegamos!

Ele grita pelo vão da escadaria toda vez que chega em casa e ela finge que não sabe por quê. "Ainda estou viva", ela sente vontade de dizer, mas pareceria um pouco ríspido. Ela não se sente tão amargurada, mas acha engraçado como as pessoas tratam aqueles que estão com os dias contados como se fossem seres de outro planeta.

Ela começa a descer as escadas.

— Como foi hoje? Tiveram um bom público?

— Pequeno, mas feliz — diz Lydia no vão da escada. — O final ficou melhor esta noite.

— Estão com fome? — pergunta Debra. Pat sempre está com fome depois de uma apresentação, e ele esteve particularmente faminto desde que começou a atuar nessa peça. Assim que Lydia terminou de escrevê--la, ela mostrou o texto a Debra, que ficou impressionada. Era a melhor coisa que Lydia já escrevera, o ponto crucial do ciclo de textos autobiográficos que Lydia começou a elaborar há alguns anos com uma peça sobre o divórcio dos seus pais. E Debra acreditou plenamente que ela não conseguiria terminar o ciclo sem escrever sobre Pat. O verdadeiro problema com *O vocalista* era o fato de haver somente uma pessoa que ela podia imaginar no papel de Pat — e essa pessoa era Pat. Ela e Lydia se preocuparam com a possibilidade de que ele poderia ter uma recaída se tivesse que reviver aqueles dias — mas Debra disse a Lydia que deveriam deixar que Pat lesse o texto. Ele levou as páginas para o seu quarto e voltou três horas depois. Beijou Lydia e insistiu que deveriam encenar o texto — e que ele interpretaria a si mesmo. Seria mais difícil, pensou ele, observar alguém interpretando-o no ponto mais forte do seu egoísmo do que passar por tudo aquilo novamente no palco. Ele estava atuando com o Theater Arts da região norte de Idaho há mais de um ano; era uma ótima oportunidade para conseguir se apresentar em público — não da forma narcisista que acontecia quando ele estava com suas bandas, mas em um ambiente mais controlado, disciplinado e colaborativo. E ele tinha um talento natural, é claro.

Debra está preparando uma omelete quando Pat aparece ao redor do pilar da cozinha e a beija no rosto. O garoto ainda é capaz de alegrar uma sala inteira.

— Ted e Isola mandaram lembranças.

— É mesmo? — diz ela, despejando os ovos numa frigideira. — E como eles estão?

— Ainda são os mesmos malucos de extrema-direita.

Ela corta queijo para acrescentar à omelete, e Pat come uma de cada duas fatias.

— Espero que tenha dito isso a eles, porque estou ficando farta de receber os cheques deles para custear os gastos com o teatro.

— Eles querem que apresentemos *Positivamente Millie*. Ted quer estar em cena. Disse que eu ficaria ótimo na produção, também. Dá para imaginar? Ted e eu juntos em um espetáculo?

— Não tenho certeza de que você tem o talento necessário para estar no mesmo palco que Ted.

— É porque sou péssimo professor — diz ele. Em seguida: — Como está se sentindo?

— Bem.

— Tomou Dilaudid?

— Não — diz ela. Debra detesta medicamentos para a dor. Não quer passar o tempo todo dormindo. — Estou me sentindo bem.

Pat leva a mão à testa de Debra.

— Você está quente.

— Estou bem. Você acabou de chegar da rua, e está frio lá fora.

— Você também estava lá fora.

— Eu estava naquele forno que você construiu para mim. Provavelmente estou cozida.

Ele pega a tábua de corte.

— Deixe que termino isto aqui. Sei fazer uma omelete.

— Desde quando?

— Vou mandar Lydia fazer. Ela é boa com essas coisas de mulher.

Debra para de cortar as cebolas e brande a faca na direção dele.

— É o corte menos gentil de todos — diz ele.

É como um pequeno dom, a maneira como ele às vezes a surpreende com as coisas das quais se lembra.

— Eu costumava mencionar essa peça aos meus alunos — diz ela. Sem pensar, recita sua fala favorita: — "Os covardes muitas vezes morrem antes da morte. Os valentes nunca sentem o gosto da morte mais de uma vez".

Pat se senta diante do balcão.

— Isso dói mais do que a faca.

Lydia sobe as escadas, secando os cabelos com uma toalha após o banho. Ela conta novamente a Debra que Ted e Isola estavam no teatro e que perguntaram por ela.

Debra já sabe de cor qual é a inflexão da frase que exprime a preocupação que eles sentem: *Como é que ela ESTÁ?*

Ainda está viva. Ah, as coisas que ela diria se pudesse — mas morrer é um campo minado de cortesias e bons modos. As pessoas descoladas desse lugar vivem lhe oferecendo remédios homeopáticos: ímãs, ervas e pomadas para cavalos. Outras lhe dão livros — livros de autoajuda, obras sobre o luto, volumes sobre como morrer. *Estou além de qualquer possibilidade de ajuda, seja a autoajuda ou outras*, ela tem vontade de dizer, e *Esses livros sobre o luto não são mais indicados para as pessoas que continuam a viver?* Ou então *Obrigada pelo livro que fala sobre morrer, mas acho que essa parte já está garantida.* Eles perguntam a Pat, *Como é que ela ESTÁ*, e perguntam a ela, *Como é que você ESTÁ?* Mas ninguém quer ouvi-la dizer que se sente cansada o tempo todo, que não consegue mais controlar sua bexiga, que está esperando para ver quais dos seus órgãos estão prestes a parar de funcionar. Eles querem ouvi-la dizer que está em paz, que teve uma vida ótima, que está feliz por seu filho ter voltado — e, assim, isso é o que ela lhes diz. E a verdade é que, na maior parte do tempo, ela ESTÁ feliz, TEVE uma ótima vida e ESTÁ feliz por seu filho ter voltado. Ela sabe em qual gaveta está guardado o número do telefone do hospital especializado em cuidados terminais, da empresa dona do leito hospitalar e do fornecedor dos frascos de morfina em gotas. Certos dias, ela desperta lentamente da sua soneca e acha que seria melhor continuar dormindo — que aquilo não seria realmente tão assustador. Pat e Lydia estão tão bem quanto ela poderia esperar, e a diretoria concordou em permitir que Lydia assuma a direção artística do teatro. A casa já está totalmente paga e sobrou uma boa soma no banco para os impostos e outras despesas, de modo que Pat pode passar o resto da vida cuidando de seus pequenos afazeres no início da manhã, do jeito que ele gosta — cuidar do jardim, pintar e envernizar, podar árvores, alinhar a trilha que liga a garagem à calçada e nos muros, qualquer coisa que o faça mover as mãos. Às vezes, agora, quando ela vê o quanto Pat e Lydia estão contentes, ela se sente como um salmão exausto: seu trabalho aqui está feito. Mas, outras vezes, honestamente, a ideia de estar em paz simplesmente a irrita. Em paz? Quem, a não ser os loucos, conseguem estar em paz? Que tipo de pessoa que desfrutou da vida poderia pensar que uma vida só é o suficiente? Quem poderia viver, mesmo que somente por um dia, e não sentir a doce dor do arrependimento?

Às vezes, durante as várias sessões de quimioterapia, ela queria que a dor e o desconforto chegassem ao fim com tanta veemência que até podia imaginar-se reconfortada pela própria morte. Essa foi uma das razões pelas quais ela decidiu — depois de todos os fármacos, irradiações e cirurgias, depois da dupla mastectomia, depois que os médicos tentaram todo tipo de armamento convencional e nuclear contra o seu corpo cada vez mais frágil, e depois de ainda encontrarem resquícios de câncer em seus ossos pélvicos — simplesmente deixar que as coisas seguissem seu caminho. Deixar que a doença a levasse. Os médicos disseram que talvez ainda houvesse algo que pudesse ser feito, mas ela lhes disse que aquilo não importava mais. Pat voltara para casa e ela preferia seis meses de paz a três anos de agulhadas e náuseas. E teve sorte: já conseguira vencer quase dois anos, sentindo-se bem na maior parte do tempo, embora ainda fique atordoada ao vislumbrar-se no espelho: *Quem é essa relíquia, essa mulher velha, alta, magra e sem seios com cabelos brancos dignos de um porco-espinho?*

Debra ajusta o blusão ao redor de si e aquece seu chá. Ela se apoia na pia e sorri enquanto observa o filho comer a segunda porção de ovos, Lydia estendendo a mão para pegar um cogumelo coberto de queijo que está por cima. Pat olha para a mãe, para ver se ela percebeu aquele roubo escandaloso.

— Não vai tentar esfaqueá-la também?

E é nesse momento que um carro anuncia sua presença sobre o cascalho em frente à casa. Pat ouve o ruído, também, e olha para o relógio. Ele dá de ombros.

— Não faço ideia de quem seja.

Pat vai até a janela, leva as mãos ao vidro e olha para baixo, na direção do brilho suave dos faróis.

— É o carro de Keith — diz, afastando-se da janela. — A festa após a estreia. Provavelmente está caindo de bêbado. Deixe que eu cuido dele.

E desce as escadas correndo, como um menino.

— Como ele se saiu hoje? — pergunta Debra discretamente depois que ele desce.

Lydia mordisca algumas das cebolas e cogumelos que sobraram no prato de Pat.

— Ótimo. Era impossível tirar os olhos dele. Meu Deus... bem, mesmo assim, vou ficar contente quando essa peça acabar. Há algumas noites em que ele simplesmente fica sentado no palco depois que as cortinas se fecham, e fica olhando para o nada com... aquele olhar distante. Durante quinze minutos, ele fica imóvel. Sinto como se estivesse prendendo a respiração desde que terminei essa maldita peça.

— Você está prendendo a respiração há muito mais tempo — diz Debra, e as duas sorriem. — É um texto maravilhoso, Lydia. Você deveria simplesmente relaxar e aproveitar o sucesso.

Lydia bebe o suco de laranja de Pat.

— Não sei.

Debra estende o braço por cima da mesa para segurar a mão de Lydia.

— Você tinha que escrever, e ele tinha que atuar nessa peça, e fico muito grata por poder ver tudo isso.

Lydia inclina a cabeça e sua testa se enruga, lutando para não chorar.

— Que diabos, Dee. Por que você faz isso?

Em seguida, três andares abaixo, escutam vozes nas escadas. Pat, Keith e mais alguém, e depois um trovejar subindo pelas escadas, cinco, talvez seis pares de pés.

Pat é o primeiro a surgir, dando de ombros.

— Acho que havia uns velhos amigos seus no teatro esta noite, mãe. Keith os trouxe até aqui. Espero que não seja um problema...

Pat é seguido por Keith. Ele não parece estar bêbado, mas está empunhando sua pequena câmera de vídeo, que geralmente usa para registrar... que inferno, Debra não tem certeza do que exatamente Keith registra.

— Ei, Dee. Desculpe incomodá-la tão tarde, mas essas pessoas realmente queriam vê-la.

— Tudo bem, Keith — diz ela, e as outras pessoas aparecem na escada, uma de cada vez: uma mulher jovem e atraente com cabelos ruivos encaracolados, depois um rapaz magro e com uma farta cabeleira que *realmente* parece estar bêbado. Dee não reconhece nenhum dos dois. E então uma estranha criatura, um homem com uma leve corcunda vestindo paletó, tão magro quanto ela, estranho e familiar ao mesmo tempo; tem um rosto muito estranho, sem nenhuma ruga, como uma simulação em computador do envelhecimento de um rosto, mas feita de trás para frente, o rosto de um garoto enxertado no pescoço de um velho. E, finalmente, outro cavalheiro idoso num terno cinza-escuro. Esse último atrai sua atenção quando se afasta dos outros, indo até o balcão que separa a cozinha da sala de estar. Ele tira o chapéu e a fita com um par de olhos de um azul tão pálido que parecem quase transparentes — olhos que a enxergam com uma mistura de carinho e pena, olhos que carregam Dee Moray cinquenta anos em direção ao passado, a outra vida...

Ele diz:

— Olá, Dee.

A xícara de chá de Debra cai sobre o balcão.

— Pasquale?

Houve momentos, é claro, anos atrás, em que ela pensava que o veria novamente. Naquele último dia na Itália, quando o observou partindo do hotel no barco, ela não poderia imaginar que *não* o veria outra vez. Não que os dois houvessem verbalizado qualquer acordo, mas havia algo implícito, um quê de atração e antecipação. Quando Alvis lhe disse que a mãe de Pasquale havia morrido, que ele iria ao funeral e poderia não voltar mais, Dee ficou atordoada; por que Pasquale não lhe falou nada? E, quando o barco chegou com a bagagem dela, e Alvis disse que Pasquale lhe pediu que se certificasse de que ela voltaria aos Estados Unidos em segurança, ela pensou que Pasquale devia estar precisando passar algum tempo sozinho. Assim, ela voltou para casa para ter o bebê. Ela lhe enviou um cartão-postal, pensando que, *talvez...* mas não recebeu resposta. Depois disso, pensou em Pasquale algumas vezes, embora não tantas conforme os anos foram se passando; ela e Alvis falavam sobre voltar à Itália nas férias, voltar a Porto Vergogna, mas nunca chegaram a levar a ideia adiante. Mais tarde, depois que Alvis morreu e ela conseguiu seu diploma de pedagoga, com especialização em italiano, ela pensou em viajar com Pat até lá; chegou até a ligar para uma agência de viagem, que disse que não somente "não havia qualquer registro de um hotel chamado Vista Adequada", mas também que não foi capaz de encontrar a cidade que ela mencionara, Porto Vergogna. Será que estaria se referindo a Portovenere?

Nessa época, Debra quase começou a imaginar que tudo aquilo — Pasquale, os pescadores, as pinturas no *bunker*, o pequeno vilarejo entre os penhascos — havia sido uma espécie de ilusão, outra de suas fantasias, uma cena de um filme a que ela assistiu.

Mas não, aqui está ele, Pasquale Tursi. Mais velho, é claro — os cabelos negros clarearam até ficarem cinzentos, aquelas rugas profundas em seu rosto, uma pequena papada emoldurando a parte de baixo do queixo... mas com aqueles olhos, ainda os mesmos olhos. É ele. Ele dá um passo à frente, até que a única coisa que os separa é o balcão da cozinha.

Ela sente uma onda de timidez, e a vaidade dos seus vinte e dois anos ressurge: meu Deus, sua aparência deve estar assustadora. Por vários segundos os dois ficam ali, um velho manco e uma velha doente, a pouco mais de um metro de distância um do outro agora, mas ainda separados por um grosso balcão de granito, por cinquenta anos e duas vidas vividas plenamente. Ninguém fala. Ninguém respira.

Finalmente, é Dee Moray quem quebra o silêncio, sorrindo para o velho amigo:

— *Perchè hai perso così tanto tempo?* — Por que demorou tanto?

Aquele sorriso ainda é grande demais para o seu belo rosto. Mas o que realmente o toca é aquele fato: ela aprendeu a falar italiano. Pasquale retribui o sorriso e diz, em voz baixa:

— *Mi dispiace. Avevo fare qualcosa di importante.* — Desculpe. Havia algo importante que eu tinha que fazer.

Das seis outras pessoas que estão ao redor deles, somente uma entende o que foi dito: Shane Wheeler, que, mesmo depois de beber quatro copos de uísque de maneira rápida e desesperada, fica emocionado pelo elo que os tradutores frequentemente desenvolvem com seus clientes. O dia foi bem intenso para ele: acordar ao lado de Claire, descobrir que sua proposta para um filme não era nada além de uma distração, tentar negociar valores melhores sem sucesso durante a longa viagem, e depois a catarse no teatro, identificando-se com a vida arruinada de Pat Bender, entrando em contato e sendo rejeitado definitivamente por sua ex; e, depois de tudo aquilo e dos uísques, a emoção da reunião de Pasquale com Dee quase chega a ser mais do que Shane consegue suportar. Ele suspira profundamente, um pequeno sopro de ar que traz os outros de volta à sala.

Todos observam Pasquale e Dee atentamente. Michael Deane agarra o braço de Claire; ela cobre a boca com a outra mão; Lydia olha para Pat (mesmo agora, não consegue evitar a preocupação). Pat olha para a mãe e para aquele senhor gentil: — *Ela o chamou de Pasquale?* — E depois seus olhos se fixam em Keith, empoleirado no alto da escada, andando para o outro lado com aquela maldita câmera que ele leva para todos os lugares, enquadrando a cena, inexplicavelmente filmando o momento.

— O que você está fazendo? — pergunta ele. — Desligue essa câmera.

Keith dá de ombros e indica Michael Deane com um movimento de cabeça, o homem que está lhe pagando para fazer isso.

Debra percebe as outras pessoas que estão à sua volta também. Ela olha para aqueles rostos cheios de expectativas até que seus olhos se detêm no outro velho, com seu estranho rosto de plástico. Meu Deus. Ela o conhece, também...

— Michael Deane.

Ele abre os lábios e deixa os dentes brancos e brilhantes à mostra.

— Olá, Dee.

Mesmo agora, ela sente pavor ao dizer o nome dele, e ouvi-lo dizer o seu; Deane percebe aquilo, pois desvia o olhar. Ela leu artigos e reportagens sobre ele no decorrer dos anos, é claro. Conhece sua longa história de sucessos. Por um tempo, chegou até mesmo a parar de ler os créditos dos filmes simplesmente pelo medo de ver aquele nome: uma produção de Michael Deane.

— Mãe? — diz Pat, dando mais um passo em sua direção. — Você está bem?

— Estou — diz ela. Mas ela olha diretamente para Michael, e todos os olhos na cozinha seguem os dela.

Michael Deane sente os olhares de todos ao seu redor e ele sabe o que está havendo: esta é a sua sala agora. *A Sala é tudo. Quando você está na Sala, não existe nada fora dela. As pessoas que estiverem ouvindo sua proposta não podem sair da Sala, assim como...*

Michael começa, olhando primeiro para Lydia, todo sorrisos, todo encantos.

— E você deve ser a autora da obra magistral a que acabamos de assistir — diz ele, estendendo a mão. — Sinceramente, foi uma peça maravilhosa. Muito emocionante.

— Obrigada — diz Lydia, apertando-lhe a mão.

Agora, Deane se vira na direção de Debra: *Sempre fale primeiro com a pessoa mais inclemente na Sala.*

— Dee, como eu disse a seu filho quando cheguei, a atuação dele foi impressionante. Teve a quem puxar, como dizem por aí.

Pat se esquiva do elogio, baixa os olhos e coça a cabeça, sentindo-se desconfortável, como um garoto que acaba de quebrar uma luminária com uma bola de futebol.

Teve a quem puxar. Debra estremece ao ouvir aquela descrição, a ameaça que ela pressente, mas ainda não consegue identificar completamente *(O que é que ele quer, exatamente?)*, e, ao perceber a maneira pela qual Michael Deane está dominando a sala, observando seu filho com aquele velho olhar de peixe morto que esconde propósitos escusos, aquela fome, um meio-sorriso torto em seu rosto cirurgicamente implacável.

Pasquale percebe seu desconforto.

— *Mi dispiace* — diz ele, e estende a mão por cima do balcão entre eles. — *Era il modo unico.* — Era a única maneira de encontrá-la.

Debra sente-se tensa, como um urso protegendo um filhote. Ela se concentra em Michael Deane, dirigindo-se de maneira tão tranquila quanto possível, tentando afastar a agressividade da voz, sem conseguir totalmente.

— Por que está aqui, Michael?

Michael Deane trata a pergunta como se fosse um questionamento honesto sobre suas intenções, um convite para abrir a maleta de vendedor itinerante.

— Sim, eu devia ir direto ao ponto, depois de incomodá-la a essa hora da noite. Obrigado, Dee.

Transformando a acusação de Dee num convite, ele agora olha para Lydia e Pat.

— Não sei se sua mãe já falou a meu respeito, mas sou produtor de cinema — diz ele, sorrindo humildemente com o eufemismo. — Com um bom histórico, suponho.

Claire se aproxima e o pega pelo braço.

— Michael... — *(Não agora. Não destrua a coisa boa que está fazendo, tentando produzir isso aqui.)*

Mas deter Michael é tão impossível quanto parar um tornado. Ele usa o gesto de Claire para trazê-la para perto de si, dando tapinhas amistosos em sua mão como se ela estivesse simplesmente lembrando-o de que deve ter bons modos.

— É claro. Perdoe-me. Esta é Claire Silver, minha executiva-chefe de desenvolvimento.

Executiva de desenvolvimento? Ele não pode estar falando sério. Ainda assim, ela fica sem palavras — tempo o bastante para levantar o rosto silenciosamente, perceber que todos estão olhando para ela, especialmente Lydia, sentada na ponta do balcão. Claire não tem escolha a não ser repetir o que Michael disse:

— Realmente, foi uma peça excelente.

— Obrigada — diz Lydia outra vez, enrubescendo com gratidão.

— Sim — diz Michael Deane. — Foi ótima, e A Sala é toda sua agora. Esta casa de campo rústica não é diferente do que qualquer sala de reuniões onde ele já apresentou uma proposta. — E é por essa razão que Claire e eu estávamos pensando... se você estaria interessada em vender os direitos sobre a obra para o cinema.

Lydia ri nervosamente, sentindo-se quase atordoada. Ela olha rapidamente para Pat, e volta a se concentrar em Michael Deane.

— Você quer comprar a minha peça?

— A peça, talvez o ciclo inteiro, talvez tudo — diz Michael Deane, fazendo uma pausa para deixar a frase no ar.

— Gostaria de propor um pré-contrato de compra para tudo — diz ele, esforçando-se para parecer casual. — Toda a sua história — diz, sutilmente se virando para incluir Pat. — Vocês dois — completa, evitando o olhar de Dee. — Eu gostaria de comprar os seus... — e faz uma pausa, como se o que vem a seguir fosse somente um detalhe: — ... direitos totais e irrestritos.

Nós queremos aquilo que queremos.

— Direitos totais e irrestritos? — pergunta Pat. Ele está feliz por sua namorada, mas desconfia desse velho. — O que isso quer dizer?

Claire sabe. Livros, filmes, *reality shows*, qualquer coisa que possam vender que envolva o desastre que é a vida do filho de Richard Burton. Dee também sabe. Ela cobre a boca e consegue dizer somente uma única palavra:

— Espere — diz ela, antes de sentir os joelhos fraquejarem e precisar se apoiar no balcão para não cair.

— Mãe?

Pat corre para trás do balcão, chegando até ela ao mesmo tempo em que Pasquale, conforme ela desfalece, cada um deles agarrando-lhe um braço.

— Abra espaço para ela! — grita Pat.

Pasquale não entende aquela frase (*Abrir espaço?*), e olha por cima do balcão para seu tradutor, mas Shane está um pouco bêbado, um pouco desesperado e decide traduzir a oferta que Michael Deane fez a Lydia.

— Tenha cuidado — diz ele, inclinando-se para frente e falando em voz baixa. — Às vezes, ele somente *finge* que gosta do que você escreve.

Ainda chocada com sua promoção súbita, Claire pega seu chefe pelo braço e o leva até a sala de estar.

— Michael, o que você está fazendo? — pergunta ela, sussurrando.

Ele olha por cima dos ombros de Claire, na direção de Dee e do garoto.

— Estou fazendo o que vim fazer aqui.

— Achei que você tivesse vindo até aqui para consertar as coisas.

— Consertar as coisas? — diz Michael Deane, olhando para Claire sem compreender. — Como assim?

— Meu Deus, Michael. Você fodeu completamente com a vida dessas pessoas. Por que veio até aqui se não pretende se desculpar?

— Me desculpar? — Novamente, Michael não entende realmente o que ela está dizendo. — Eu vim até aqui pela história, Claire. Pela *minha história*.

Atrás do balcão, Dee recuperou o equilíbrio. Ela olha para o outro lado da sala, na direção de Michael Deane e sua assistente; eles parecem estar discutindo a respeito de alguma coisa. Pat deu a volta ao redor do balcão e está amparando seu peso. Ela aperta sua mão.

— Estou bem agora — diz ela. Pasquale segura sua outra mão. Ela sorri novamente para ele.

Há somente três pessoas em todo o mundo que conhecem o segredo que ela traz consigo há quarenta e oito anos, um segredo que a definiu desde que saiu da Itália, uma coisa que cresceu a cada ano até que, agora, preenche toda aquela sala — uma sala que contém as duas outras pessoas que sabem. Havia muitos motivos para manter o segredo naquela época — Dick e Liz, a reação que sua família teria, o medo de um escândalo nos tabloides, e, acima de tudo (e ela é capaz de admitir isso) seu próprio orgulho, o desejo de não deixar que um canalha como Michael Deane vencesse — mas essas razões acabaram se dissolvendo com o passar dos anos, e o único motivo pelo qual ela continuou a guardar o segredo é... Pat. Ela achava que aquilo seria demais para ele. Qual foi o filho de um astro do cinema que conseguiu ter a chance de fazer sucesso? Especialmente alguém como Pat, com seu enorme apetite. Quando estava se drogando ele era muito vulnerável, e, quando estava limpo, sua salvação parecia demasiadamente frágil. Ela o estava protegendo, e agora ela sabe do quê: daquele homem que desprezou por quase cinquenta anos, que entrou em sua casa e ameaçava destruir tudo com a tentativa de comprar a vida deles.

Mesmo assim, ela sabe que não estará viva para proteger Pat para sempre. E ali está a verdadeira culpa de ter escondido algo tão importante, junto com o medo de que ele passará a odiá-la por isso. Dee olha para Lydia. Isso vai afetá-la também. Em seguida, a olha para Pasquale, e finalmente para o seu filho, que a encara com uma preocupação tão profunda que ela sabe que não tem mais escolha.

— Pat, eu devia... você precisa... tem algo que...

E então, mesmo estando prestes a contar a ele, ela sente o primeiro jorro de liberdade, esperança, o peso que carrega nos ombros já começando a ficar mais leve...

— Sobre seu pai...

Os olhos de Pat se erguem na direção de Pasquale, mas Dee balança a cabeça negativamente.

— Não — diz ela, lacônica. E olha para Michael Deane na sala de estar e sente o desejo de tomar o controle das coisas mais uma vez, um pequeno ato de rebelião. Não vai deixar aquele abutre velho ver isso.

— Podemos subir um pouco?

— É claro — diz Pat.

Debra olha para Lydia.

— Você deveria vir conosco também.

E assim, a malfadada Comitiva Deane não vai testemunhar o final da sua jornada; tudo que podem fazer é observar enquanto Lydia, Dee e Pat sobem lentamente as escadas que os tiram da cozinha. Michael Deane faz um curto gesto afirmativo com a cabeça para Keith, que começa a segui--los com sua pequena câmera. Os avanços na tecnologia e na miniaturização lhe causam estranheza — aquele pequeno aparelho, do tamanho de um maço de cigarros, consegue fazer muito mais coisas do que as câmeras de cinquenta quilos em frente às quais Dee Moray interpretava seus papéis — e, na pequena tela da câmera, Lydia está amparando Debra enquanto os três se dirigem para as escadas. No início Pat as acompanha — mas, em seguida, para e vira-se para trás, sentindo que as pessoas o observam — como se esperassem que ele fizesse alguma coisa louca — e, imediatamente, uma sensação familiar toma conta de si, como costumava sentir quando estava no palco. Pat sente-se arder, e gira sobre os calcanhares para encarar Keith.

— Eu lhe disse para desligar essa porra de câmera! — diz Pat, e a agarra com força. A lente agora grava o último filme digital que conseguirá produzir, as linhas profundas das mãos de um homem enquanto Pat atravessa a sala de estar, passando pelo velho produtor com sua cara estranha, a garota ruiva e o cara bêbado de cabelo esquisito. Ele abre a porta da varanda, sai por ela e atira a câmera com toda a força, soltando um grunhido quando ela deixa sua mão, girando no ar. Pat espera, espera, até que eles ouvem o som distante de algo batendo na água. Então ele volta para dentro da sala, satisfeito.

— Porra, você é o meu herói — diz o cara com o cabelo esquisito quando ele passa, e Pat se desculpa com Keith, dando de ombros. Em seguida, sobe as escadas para descobrir que até aquele momento toda a sua vida não tinha passado de uma doce mentira.

21
Ruínas do tempo

> Não há nada mais óbvio, mais tangível,
> do que o presente. E, mesmo assim,
> ele nos ilude completamente. Toda
> a tristeza da vida se concentra nesse fato.
> — MILAN KUNDERA

Esta é uma história de amor, diz Michael Deane.

Mas, realmente, qual história não é? O detetive não ama o mistério, ou a perseguição, ou a jornalista enxerida, que, neste exato momento, está presa contra a sua vontade num depósito vazio do porto? Com certeza o *serial killer* ama suas vítimas, o espião ama suas engenhocas, seu país ou a contraespiã exótica. O caminhoneiro que dirige sobre o gelo está dividido entre o seu amor pelo gelo e pelo caminhão, os cozinheiros na competição ficam loucos pelos mariscos, e os caras da loja de penhor adoram suas bugigangas, assim como a razão de viver das *Desperate Housewives* é conseguir enxergar o próprio rosto cheio de Botox em espelhos com molduras finamente trabalhadas, e o roqueiro bombado quer destruir o rabo da garota tatuada no *Hookbook*, e, como isso é a realidade, todos eles estão apaixonados — loucamente, verdadeiramente — pelo microfone plugado na presilha que levam às costas, enquanto o produtor sugere casualmente apenas mais um ângulo, mais uma cena com a embalagem de gelatina. E o robô ama seu mestre, o alienígena ama sua nave espacial, o Super-Homem ama Lois, Lex, e Lana, Luke ama Leia (até descobrir que ela é sua irmã) e o exorcista ama o demônio, mesmo quando pula pela janela com ele, em um abraço apertado; assim como Leonardo ama Kate e os dois amam o navio que está afundando; e o tubarão — meu Deus, o tubarão ama comer, e é isso que o mafioso ama também — comer, dinheiro, Paulie e a *omertà* —, assim como o caubói ama seu cavalo, ama a garota que usa um corpete e está atrás do balcão do bar, e às vezes ama outro caubói também; assim como o vampiro ama as noites e os pescoços, e o zumbi — ah, poupe-me do zumbi, aquele idiota sentimental; será que alguém já esteve mais apaixonado do que um zumbi, aquela metáfora pálida e modorrenta para o amor, todos aqueles passos animalescos e desejosos, com braços abertos, sua própria existência um soneto sobre o quanto ele quer aquele cérebro para si? Esta, também, é uma história de amor.

E, naquela sala, os financiadores holandeses com os quarenta milhões para gastar esperam que Michael Deane elabore o projeto, mas ele simplesmente fica sentado com os dedos indicadores em riste, apoiados contra os lábios. Uma história de amor. Ele falará quando estiver pronto. Esta é a sua sala, afinal de contas; o único arrependimento que sente é não poder assistir ao seu próprio funeral, pois ele sairia daquela maldita sala com um contrato para o episódio-piloto de uma minissérie e um *reality show* ambientado no inferno. Depois da apresentação da proposta de *Donner!* (por trinta mil; aquele garoto vendeu muito bem o seu peixe), Michael conseguiu se livrar do contrato restritivo com o estúdio. Agora ele está produzindo as coisas por conta própria outra vez — seis programas baseados na fórmula moderna de gravação sem roteiro que já estão em algum estágio de produção — sobrevivendo ao mundo pós-estúdio muito bem, obrigado, e ganhando mais dinheiro do que sequer imaginava ser possível. Agora são os caras endinheirados que vêm até *ele*. Sente-se como se tivesse trinta anos novamente. Assim, os financiadores holandeses aguardam, e aguardam, até que os indicadores se afastam da boca artificialmente lisa de Michael Deane e ele fala:

— A ideia é produzir um programa secundário de imersão nos moldes de um *reality show*, chamado *Coroa rica, coroa pobre*. E, como eu disse, acima de tudo, é uma história de amor...

É claro que é. E, em Gênova, na Itália, uma velha prostituta espera até que a porta se feche e pega o dinheiro que o americano deixou sobre os lençóis cinzentos — quase temendo que as notas desapareçam. Ela olha ao redor, prende a respiração e escuta atentamente enquanto os passos dele se afastam pelo corredor. Ela se apoia contra a cabeceira da cama, feita em ferro fundido, e conta — cinquenta vezes o valor que ela normalmente recebe por enfiar um pau na boca; não consegue acreditar na sorte que teve. Ela dobra as notas e as coloca dentro da cinta-liga de modo que Enzo não peça sua porcentagem, vai até a janela e olha para baixo, e ali está ele, em pé na calçada, parecendo perdido: Wisconsin. Queria escrever um livro. E, naquele instante, os dois momentos que eles compartilharam são perfeitos, e ela o ama mais do que a qualquer outro homem que já conheceu — e talvez essa seja a razão pela qual ela fingiu não o conhecer, para não arruinar o sentimento, para poupá-lo do constrangimento de ter chorado. Mas não — havia algo mais, algo para o qual ela não tem um nome, e quando ele olha em sua direção, ainda na rua em frente ao bar, qualquer que seja o sentimento faz com que Maria toque o lugar em seu peito em que ele encostou a cabeça naquela noite. Em seguida, ela se afasta da janela...

Na Califórnia, William Eddy está na varanda de sua pequena casa de madeira, desfrutando da fumaça do tabaco em seu cachimbo e do peso que seu café da manhã lhe causa no estômago. É uma refeição incrivelmente decadente e coberta de culpa. William Eddy gosta de todas as refeições, mas ele decididamente *ama* o café da manhã. Durante um ano ele fica na região de Yerba Buena, consegue bastante trabalho, mas comete o erro de contar sua história aos jornalistas e escritores de livros populares — e todos eles exageram na linguagem e nos relatos, como abutres atacando os restos da sua vida em busca de escândalos. Quando algumas pessoas o acusam de exagerar em seus relatos para tentar conseguir uma reputação melhor, Eddy os manda às favas e muda-se para o sul, para um lugar chamado Gilroy. *Uma reputação melhor* — Deus do céu, quem é que quer ficar *melhor* depois de passar pelo que ele passou? Com o início da Corrida do Ouro em 1849, não falta trabalho para um construtor de carrinhos de mineração, e William consegue viver bem por algum tempo. Casa-se novamente e tem três filhos, mas não demora a sentir-se sozinho e perdido outra vez; abandona sua segunda família e vai para Petaluma. Às vezes ele se sente como se fosse uma camisa pendurada no varal que o vento soprou para longe. Sua segunda esposa diz que há algo errado com ele, "algo que eu imagino ser doente e inalcançável dentro de você". Sua terceira esposa, uma professora primária de St. Louis, está descobrindo a mesma coisa. Ocasionalmente recebe notícias dos outros: Donners e Reeds que sobreviveram à travessia, as crianças que ele resgatou; seu velho amigo e inimigo Foster tem um *saloon* em algum lugar. Fica imaginando se eles também se sentem à deriva. Talvez somente Keseburg entenderia — Keseburg, que, pelo que Eddy ficou sabendo, aceitou sua infâmia e abriu um restaurante em Sacramento City. Nesta manhã, Eddy sente um pouco de febre e fraqueza, e, embora só venha a saber nos próximos dias, ele está morrendo, aos quarenta e três anos, e somente treze anos depois da sua travessia árdua pelas montanhas. É claro, essa travessia é apenas temporária. Em sua varanda, William tosse, e as tábuas do piso sob seus pés rangem quando ele olha para o leste, como faz todas as manhãs, com saudade do sol avermelhado sobre o horizonte e da sua família, que continua até hoje em meio ao frio...

Durante a noite toda, o pintor caminha para o norte, passando por colinas escuras, na direção em que os boatos indicavam ser a fronteira com a Suíça. Ele evita as estradas principais, revistando os escombros de outro vilarejo italiano em busca dos remanescentes da sua antiga unidade, um grupamento de americanos para os quais possa se render — qualquer coisa. Pensa em abandonar seu uniforme, mas ainda pensa na possibilidade de ser alvejado como um desertor. Ao amanhecer, com o ecoar do *ra-ta-ta-ta* distante de tiros trocados atrás de si, ele se refugia no que restou de uma gráfica incendiada, deixa sua mochila e seu rifle encostados na parede mais sólida e se enfia embaixo de uma velha mesa de desenhos, usando sacas de cereal como travesseiro. Antes de cair no sono, o pintor faz seu ritual noturno, visualizando em sua mente o homem que ele ama e que ficou em Stuttgart, seu velho instrutor de piano. *Volte para casa em segurança*, implora o pianista, e o pintor lhe garante que o fará. Nada além disso, uma amizade tão casta quanto os dois homens podem ter, mas aquela mera possibilidade o manteve vivo — em sua imaginação, o momento em que ele retorna, são e salvo — e, assim, o pintor pensa no professor de piano todas as noites antes de dormir, como faz agora, adormecendo sob a luz que surge antes do sol nascer, e dormindo tranquilamente antes que uma dupla de soldados italianos rebeldes o encontram e arrebentam o seu crânio com uma pá. Depois do primeiro golpe, o trabalho foi feito; o pintor não voltará para a Alemanha, para o seu professor de piano ou sua irmã — afinal, ela já estava morta há uma semana, no incêndio ocorrido na fábrica de munições onde trabalhava. Aquela irmã mimada cuja fotografia ele levou para a guerra e cujo retrato ele pintou duas vezes na parede de um *bunker* no litoral italiano. Um dos rebeldes ri enquanto o corpo do pintor alemão sofre convulsões e cospe sangue como algum tipo de morto-vivo, mas o mais decente deles se aproxima para lhe dar um fim definitivo...

Joe e Umi se mudam para a região oeste de Cork e se casam; sem filhos, divorciam-se quatro anos depois, culpando um ao outro por suas vidas envelhecidas e tristes. Depois de passar alguns anos separados, eles se veem em um show de música e agem de maneira mais compreensiva; dividem uma taça de vinho, riem da perspectiva que lhes faltava naquela época e vão para a cama juntos. Essa reconciliação dura apenas alguns meses antes de se separarem outra vez, felizes por haverem se perdoado mutuamente. O mesmo acontece com Dick e Liz: um casamento turbulento de dez anos e somente um filme verdadeiramente fenomenal juntos, *Quem tem medo de Virgínia Woolf?* (ela ironicamente ganhou o Oscar), seguido por um divórcio e uma curta reprise (mais desastrosa que a que ocorreu entre Joe e Umi) antes de seguirem seus próprios caminhos: Liz com mais casamentos, Dick com mais bebidas, até que, aos cinquenta e oito anos de idade, não conseguem acordá-lo em seu quarto de hotel e ele morre naquele mesmo dia, com hemorragia cerebral e uma das falas de *A tempestade* deixada apocrifamente sobre a mesinha de cabeceira: "Nossos festejos agora estão terminados". Orenzio exagera na bebida durante um inverno e se afoga, e Valeria passa os últimos anos de sua vida feliz ao lado de Tomasso, o Viúvo; o brutamontes Pelle se recupera do ferimento à bala no pé, mas, perdendo o gosto pela vida de capanga, trabalha no açougue de seu irmão e casa-se com uma garota muda. Gualfredo contrai sífilis e fica cego. Richards, o filho do amigo de Alvis, é ferido no Vietnã e volta para casa para trabalhar como advogado previdenciário para os veteranos de guerra. Após alguns anos, é eleito para o senado estadual de Iowa. O jovem Bruno Tursi se forma em história da arte e restauração, trabalha para uma empresa privada em Roma catalogando artefatos e encontra a medicação perfeita para equilibrar sua leve e silenciosa depressão. E. F. Steve volta a se casar — uma mulher meiga e bonita, mãe de uma das meninas que joga no mesmo time de softball de sua filha — e assim as coisas acontecem, em milhares de direções, em uma grande tempestade do presente, do agora...

... todas essas vidas lindamente destruídas...

... e, em Universal City, na Califórnia, Claire Silver ameaça pedir demissão a menos que Michael Deane deixe Debra "Dee" Moore e seu filho em paz e concorde em produzir apenas um projeto baseado na viagem que fizeram a Sandpoint: um filme centrado unicamente na peça *O vocalista*, de Lydia Parker, a história emocionante de um músico viciado em drogas que se perde pelo mundo e, depois de anos, volta para junto da mãe e da namorada que fez sofrer durante muito tempo. O orçamento do filme é de apenas quatro milhões de dólares, e, depois de ser rejeitado por todos os financiadores e estúdios de Hollywood, é custeado inteiramente pelo próprio Michael Deane, embora ele não revele isso a Claire. O filme é dirigido por um jovem quadrinista e escritor sérvio, que escreve o roteiro novamente, baseando-se um pouco na peça que Lydia escreveu, ou, pelo menos, na parte que ele leu. O escritor faz com que o músico seja mais jovem e, de maneira geral, mais simpático. E, em vez de ter problemas com a mãe, nessa versão o músico tem problemas com o pai — de modo que o jovem diretor possa explorar seus próprios sentimentos em relação ao pai, uma pessoa distante e que desaprova a carreira que o filho escolheu. E, em vez de fazer com que sua namorada seja uma autora de peças de teatro que mora no noroeste dos Estados Unidos e que cuida do padrasto, a garota do filme se torna professora de artes que trabalha com crianças negras e pobres em Detroit, para que possam conseguir músicas melhores na trilha sonora e também aproveitar a enorme isenção de impostos proporcionada pela campanha "Faça seus filmes em Michigan". Na versão final do roteiro, o personagem Pat — cujo nome é trocado para Slade — não rouba dinheiro da mãe nem trai a namorada repetidamente; afunda-se unicamente no vício, que também foi mudado da cocaína para o álcool (é preciso fazer com que o público se identifique com ele, dizem Michael e o diretor em uníssono). Essas mudanças ocorrem lentamente, uma de cada vez, como se estivessem acrescentando água quente a uma banheira cheia. A cada passo, Claire convence a si mesma de que estão se mantendo fiéis às partes importantes da história — "à sua essência" — e, no final, ela sente orgulho do filme, juntamente com o seu primeiro crédito de coprodutora. Seu pai diz que o filme lhe fez chorar. Mas a pessoa tocada mais profundamente por *O vocalista* é Daryl, que ainda está aproveitando a última chance que Claire lhe deu ao levá-lo para a pré-estreia. No final do filme (depois que Penny, a namorada de Slade, confronta os membros da gangue que ameaçam a escola onde ela leciona), Slade envia a Penny uma mensagem de texto de seu celular, de Londres: "Por favor, diga que você está bem". Daryl respira fundo e se aproxima de Claire, dizendo-lhe:

— Fui eu que enviei aquela mensagem.

Claire faz que sim com a cabeça. Foi ela quem sugeriu o detalhe ao diretor. O filme termina com Slade sendo redescoberto pelo executivo de uma gravadora que está passando férias no Reino Unido e segue rumo ao sucesso — de acordo com *seus* termos. Enquanto Slade retira sua guitarra do estojo depois de um show, ele ouve a voz de uma mulher.

— Eu *estou* bem — diz ela, e Slade se vira para ver Penny, finalmente respondendo à sua mensagem. No cinema, Daryl começa a chorar, pois o filme é claramente uma carta de amor sobre o seu vício em pornografia, para o qual ele concorda em procurar tratamento. E, de fato, o tratamento de Daryl é um sucesso sem precedentes: quando para de acordar depois do meio-dia para visitar sites pornográficos na internet e sair para bares de *striptease* à noite, ele consegue redirecionar sua energia e paixão pela vida para o seu relacionamento com Claire, e também para uma loja que abre em Brentwood junto com outro ex-cenógrafo, construindo móveis personalizados para as pessoas da indústria do cinema. *O vocalista* é exibido em diversos festivais, vence o prêmio de melhor filme em Toronto por escolha do público e recebe várias e generosas críticas favoráveis. Com os lucros das bilheterias no exterior, chega até a render um lucro decente para Michael...

— Às vezes, é como se eu fosse capaz de cagar dinheiro — diz ele a um repórter do *The New Yorker*. Claire sabe que o filme está longe de ser perfeito, mas, com o sucesso que obteve, Michael permite que ela compre dois outros roteiros para desenvolver. Claire finalmente está feliz por não ter mais que esperar a perfeição morta das artes de museu, e abraça o doce e alegre tumulto que é a sua verdadeira vida. Depois de alguns rumores iniciais, *O vocalista* não é incluído na lista de indicados ao Oscar, mas recebe três indicações do festival Independent Spirit. Michael não pode comparecer à cerimônia (está passando algumas semanas no México para se recuperar do divórcio e recebendo um tratamento controverso à base de hormônios de crescimento humano), mas Claire fica feliz em representar os produtores do filme. Daryl está ao seu lado, acompanhando-a em um *smoking* cor de berinjela que ela lhe comprou em um brechó. Ele ficou muito bonito, é claro. Infelizmente, *O vocalista* não vence em nenhuma das três categorias do Indie Spirit, mas, mesmo assim, Claire se sente incrivelmente satisfeita com suas conquistas (e com as duas garrafas de Dom Perignon, safra de 88, que Michael generosamente reservou para a sua mesa). Ela e Daryl fazem sexo dentro da limusine. Em seguida, ela convence o motorista a passar por um *drive-thru* do KFC para comprarem um balde de frango frito extra crocante, e Daryl dedilha nervosamente o anel de noivado que está no bolso das suas calças roxas...

Shane Wheeler usa o dinheiro do pré-contrato de *Donner!* para alugar um pequeno apartamento na região de Silver Lake em Los Angeles. Michael Deane lhe consegue um emprego em um *reality show* que vende para o Biography Channel baseado na sugestão de Shane, chamado *Fome*, sobre uma casa cheia de bulímicos e anoréxicos. Entretanto, o programa é triste demais até mesmo para Shane, e particularmente para os espectadores. Assim, ele recebe uma oferta para escrever o roteiro de outro programa, chamado *Battle Royale*, no qual batalhas famosas são recriadas em computação gráfica, fazendo com que aprender mais sobre história seja similar a uma partida de *Call of Duty*. Tudo é acompanhado por uma narrativa agitada feita por William Shatner. Os roteiros são escritos por Shane e dois outros roteiristas em linguagem moderna ("Restritos por seu próprio código de honra, os espartanos estavam prestes a ser atropelados pelo inimigo..."). Ele continua a trabalhar em *Donner!* no seu tempo livre, até que um projeto rival sobre a Comitiva Donner chega às telas primeiro — no qual William Eddy é retratado como um homem covarde e mentiroso — e é nesse momento que Shane finalmente desiste de escrever sobre canibais. Ele também tenta outra vez estabelecer um relacionamento com Claire, mas ela parece estar feliz com seu namorado, e, quando Shane conhece o cara, ele compreende o motivo: o namorado de Claire é muito mais bonito do que Shane. Ele paga a Saundra o que lhe deve pelo carro e acrescenta um pouco mais por haver sujado o crédito dela, mas ela continua a agir com frieza. Certa noite após o trabalho, entretanto, ele se envolve com uma assistente de produção chamada Wylie, que tem vinte e dois anos e acha que ele é brilhante. Não demora muito até ela conquistar o coração de Shane ao tatuar a palavra AJA nas costas, na altura do cós...

Em Sandpoint, Idaho, Pat Bender acorda às quatro da manhã, faz o primeiro de três bules de café, e passa as horas antes do amanhecer com os afazeres da casa. Ele gosta de começar a trabalhar antes de acordar realmente; aquilo faz o dia começar bem, e faz com que seu trabalho renda. Desde que tenha algo para fazer, ele se sente bem. Assim, ele limpa o mato ao redor da casa, ou corta lenha, ou desmonta, lixa e enverniza a varanda da frente da casa, ou a de trás, ou as estruturas ao redor da casa, ou começa todo o processo novamente pela varanda da frente: desmontar, lixar e envernizar. Dez anos atrás ele pensaria que isso seria algum tipo de tortura digna de Sísifo, mas agora ele mal consegue esperar até calçar suas botas de trabalho, fazer o café e sair de casa para encarar a manhã escura. Ele gosta mais do mundo quando está sozinho, na escuridão e no silêncio que precedem a alvorada. Depois, vai ao centro da cidade com Lydia para trabalhar nos cenários para as produções tradicionais que são encenadas para as crianças no verão. Dee ensinou a Lydia o truque para conseguir dinheiro para o teatro comunitário: escale tantas crianças fofas quanto puder para atuar nas peças e observe seus pais, os esquiadores ricos, juntamente com o pessoal que mora perto do lago e que anda de chinelos o dia inteiro, comprar todos os ingressos. Depois, use o dinheiro para financiar as produções mais artísticas. Deixando o capitalismo de lado, as peças são o que outras pessoas descreveriam como "adorável", e Pat secretamente as acha melhores do que as produções mais sérias voltadas para os adultos. Ele assume um papel de destaque por ano, geralmente em alguma peça que Lydia escolhe para ele; Keith e ele estarão juntos em *O verdadeiro oeste* em seguida. Nunca viu Lydia tão feliz. Depois de dizer ao produtor maluco de filmes de zumbi que não está interessado em vender seus "direitos vitalícios" — da maneira mais educada possível — e mandá-lo parar de perturbar sua família, o cara ainda consegue comprar os direitos do espetáculo de Lydia. Quando *O vocalista* estreia, Pat não tem o menor interesse em assistir ao filme, mas, quando as pessoas lhe dizem que a história foi mudada radicalmente e quase não tem qualquer relação com a vida dele, ele fica imensamente grato. Ele prefere ser um *desconhecido* a um *fracassado* nesse ponto da vida. Com uma parte do dinheiro do contrato de cessão de direitos, Lydia quer viajar — e talvez eles o farão, mas Pat também imagina a possibilidade de nunca mais sair do norte de Idaho. Ele tem seu café e seu ritual, seu trabalho com os afazeres da casa, e, com a nova antena parabólica que Lydia lhe deu de presente de aniversário, ele tem novecentos canais para escolher e também o Netflix, que usa para acompanhar cronologicamente a vida do seu pai — já chegou em 1967 agora, com *Os farsantes* —, e acaba desenvolvendo um prazer perverso quando vê fragmentos de si mesmo em seu pai, embora não se sinta particularmente atraído pela inevitável decadência. Lydia gosta de assistir a esses filmes também — ela brinca com Pat, dizendo que ele tem o mesmo tipo físico do pai (*Da última vez em que vi pernas como essas, havia um bilhete amarrado nelas*). A doce Lydia que faz com que todos os outros fragmentos estranhos se transformem em algo vivo. E, nos dias em que Lydia, o lago, o café, os trabalhos de carpintaria e a filmografia de Richard Burton não são o bastante, ou naquelas noites em que sente vontade — *uma puta vontade* — de ouvir os velhos barulhos, ter uma garota no colo e uma linha de cocaína sobre a mesa, quando lembra o sorriso que a barista lhe deu na cafeteria em frente ao teatro, ou mesmo quando pensa no cartão de Michael Deane naquela gaveta da cozinha, um desejo de perguntar exatamente "Como isso iria acontecer, exatamente" — nos dias em que ele imagina usar alguma coisa para ficar só um pouco mais doido (*Perceba: todos os dias)*, Pat Bender se concentra nos degraus. Ele se lembra da fé que a mãe depositou nele, e no que ela lhe disse na noite em que descobriu quem era seu verdadeiro pai (*Não deixe isso mudar nada*), a noite em que ele a perdoou e lhe agradeceu — Pat trabalha: ele desmonta, ele lixa, ele enverniza — desmonta, lixa e enverniza, desmonta-lixa-enverniza, como se sua vida dependesse disso. E, obviamente, depende. E, todos os dias, antes de amanhecer, ele acorda limpo outra vez, resignado. A única coisa da qual ele realmente sente saudades é...

... Dee Moray, que está sentada com uma perna cruzada sobre a outra no banco traseiro de um barco, o sol aquecendo seus antebraços conforme o barco contorna o litoral escarpado da Ligúria, na região da Riviera di Levante. Ela usa um vestido cor de creme e, quando o vento sopra, levanta as mãos e segura o chapéu da mesma cor contra a cabeça. Isso faz com que Pasquale Tursi, ao seu lado, vestindo seu costumeiro paletó, apesar do calor (afinal, eles têm reservas para um jantar mais tarde), quase se curve com a nostalgia e a saudade daqueles tempos. Ele tem um de seus pensamentos belos e fantasiosos — e retirou da mente não apenas uma lembrança de cinquenta anos do momento no qual viu essa mulher pela primeira vez, mas do momento em si. Afinal, não é o mesmo mar, o mesmo sol, os mesmos penhascos, *eles mesmos*? E, se um momento existe somente na percepção de uma pessoa, então talvez a onda de emoções que ele sente agora seja O MOMENTO, e não somente a sua sombra. Talvez todos os momentos ocorram ao mesmo tempo, e eles sempre terão vinte e dois anos de idade, com toda a vida pela frente. Dee percebe Pasquale perdido em seus pensamentos, toca em seu braço e pergunta:

— *Che cos'è?*

Embora seus anos como professora de italiano permitam que eles se comuniquem sem muitos problemas, o sentimento dentro de Pasquale, mais uma vez, está além de qualquer linguagem. Assim, ele não diz nada. Simplesmente sorri para ela, levanta-se e vai até a parte dianteira do barco. Ele indica a enseada para o piloto, que parece não ter certeza do caminho que está seguindo, mas, mesmo assim, atravessa cuidadosamente as ondas e contorna um cabo rochoso em direção a uma pequena baía abandonada. O atracadouro simples não existe mais. Restam apenas alguns resquícios de alicerces, como pedaços de ossos fincados na grama. É tudo que resta de um improvável vilarejo que outrora existiu em uma fenda naqueles penhascos. Pasquale explica a ela como fechou o Vista Adequada e mudou-se para Florença, como o último pescador morreu em 1973 e como o velho vilarejo foi abandonado e incorporado ao Parque

Nacional de Cinque Terre, que pagou uma pequena indenização às famílias por suas pequenas propriedades. Durante o jantar em Portovenere, em um terraço com vista para o mar, Pasquale explica outras coisas também, a narrativa suave dos eventos depois de deixá-la naquele dia em seu hotel, o ritmo doce e contente da vida que teve depois daquele episódio. Não, não é a animação estranha da vida que imaginava ter com ela; em vez disso, Pasquale descreve o que sente como sendo a *sua* vida: casou-se com a bela Amedea e ela foi uma esposa formidável para ele, alegre e carinhosa, uma companheira tão boa quanto ele pudesse querer. Eles criaram o pequeno Bruno e, pouco tempo depois, suas filhas Francesca e Anna. Pasquale conseguiu um bom emprego no grupo de imobiliárias do seu sogro, administrando e reformando os prédios do velho Bruno. Após um bom tempo, ele assumiu o posto de patriarca e os negócios do clã Montelupo, dando empregos, boas heranças e conselhos para os seus filhos e um exército de sobrinhas e sobrinhos, nunca imaginando que um homem pudesse se sentir tão querido, tão pleno. E é uma vida em que não faltam momentos memoráveis, uma vida que ganha velocidade como uma pedra rolando pela encosta de uma montanha, tranquila, natural e confortável, e, de algum modo, fora de controle; tudo acontece rápido demais. Você acorda jovem, chega à meia-idade na hora do almoço e, na hora do jantar, começa a imaginar a sua morte. *E você foi feliz?*, pergunta Dee, e ele responde, *Ah, sim*, sem hesitar. Em seguida, pensa um pouco e acrescenta: *Nem sempre, é claro, mas acho que fui mais feliz do que a maioria das pessoas.* Ele realmente amou sua esposa, e, se às vezes sonhava com outras vidas e outras mulheres — com Dee Moray, geralmente —, ele também nunca duvida de que fez a escolha certa. Seu maior arrependimento é o fato de nunca chegarem a viajar juntos depois que seus filhos estavam crescidos e saíram de casa, antes de Amedea ficar doente, antes que seu comportamento ficasse cada vez mais errático — variações de humor e desorientação que levaram a um diagnóstico precoce do mal de Alzheimer. Mesmo assim eles ainda tiveram alguns bons anos, mas sua última década foi perdida, desaparecendo por baixo deles como a areia que se afasta sob seus pés.

No início, Amedea simplesmente se esquece de fazer compras ou de trancar a porta. Em seguida, esquece-se de onde deixou o carro, e começa também a esquecer números, nomes e os usos das coisas do dia a dia. Ele entra em casa e a vê segurando o telefone — sem fazer ideia da pessoa para a qual iria ligar, ou, mais tarde, de como aquilo funciona. Ele a deixa trancada em casa por um tempo, e, depois, os dois simplesmente deixam de sair. O pior é a sensação de estar desaparecendo aos olhos dela, e Pasquale sente-se perdido em meio à névoa da identidade (*será que ele deixará de existir quando sua esposa parar de reconhecê-lo?*). O último ano de Amedea é quase insuportável. Cuidar de alguém que não faz a menor ideia de quem é você é uma sensação infernal — o peso da responsabilidade, de dar banho, alimentar, e... *tudo*, o peso ficando cada vez maior conforme seu raciocínio se desfaz, até que ela se torna uma *coisa* da qual ele cuida, uma coisa *muito pesada* que ele tem que empurrar morro acima durante a última parte da sua vida juntos. E, quando seus filhos finalmente o convencem a interná-la em uma casa de repouso perto do lugar onde moram, Pasquale chora com a tristeza e a culpa, mas também com o alívio, e a culpa por sentir alívio e a tristeza por sentir culpa. Quando a enfermeira pergunta quais medidas eles devem tomar para sustentar a vida da sua esposa, Pasquale nem consegue falar. Assim, é Bruno, o querido Bruno, que segura a mão de seu pai e diz à enfermeira: *Estamos prontos para deixá-la partir agora*. E ela realmente parte. Pasquale a visita todos os dias e conversa com aquele rosto sem expressão, até que, certo dia, uma enfermeira liga para Pasquale quando ele está se preparando para visitar sua esposa e diz que ela faleceu. Aquela notícia o deixa mais arrasado do que ele imaginava que ficaria. Sua ausência definitiva é como uma brincadeira cruel, como se, de alguma forma, depois de morrer, a velha Amedea pudesse retornar; em vez disso, tudo que existe é o buraco que ficou dentro dele. Um ano se passa e Pasquale finalmente entende a tristeza que sua mãe sentia depois que Carlo morreu — ele existiu por tanto tempo sob os olhos da sua esposa e sua família e, agora, sente-se como se fosse um nada. E é o corajoso Bruno que reconhece em seu pai as suas próprias batalhas contra a depressão; ele convida o velho a lembrar-se do último momento em que se sentiu vivo, sem contar sua relação com a querida Amedea, seu último momento de felicidade individual ou desejo. E Pasquale responde sem hesitação: *Dee Moray*. Bruno retruca: *Quem?*, pois nunca chegou a ouvir aquela história, é claro. Pasquale conta tudo ao filho naquele momento, e novamente é Bruno quem insiste que o pai vá a Hollywood para descobrir o que aconteceu com a mulher da velha fotografia, e para lhe agradecer...

Para me agradecer?, pergunta Debra Bender, e, em resposta, Pasquale escolhe cuidadosamente as palavras, escolhendo-as conforme o tempo passa, esperando que ela compreenda: *Eu estava vivendo os meus sonhos quando nos conhecemos. E, quando conheci o homem que você amava, vi minha própria fraqueza nele. É uma grande ironia. Como eu poderia ser um homem digno de seu amor quando eu havia dado as costas para o meu próprio filho? É por isso que eu voltei. E foi a melhor coisa que fiz.*

Ela compreende. Ela começou a lecionar como uma espécie de autossacrifício, subvertendo seus próprios desejos e ambições pelas ambições dos seus alunos. *Mas, depois, você descobre que isso não é tão ruim e que realmente ameniza a solidão*, e é por essa razão que seus últimos anos, na administração do teatro em Idaho, lhe proporcionaram uma experiência tão rica. E há também o aspecto do qual ela mais gostava na peça de Lydia: a sugestão de que o verdadeiro sacrifício é indolor.

Eles ficam no terraço e conversam assim por mais três horas após o jantar, até que ela se sente fraca e os dois voltam ao hotel. Eles dormem em quartos separados — não sabem exatamente o que está acontecendo, se realmente há alguma coisa, ou se tal coisa é possível nesse momento de suas vidas. Pela manhã, tomam café e conversam sobre Alvis (Pasquale: *Ele tinha razão. Os turistas realmente iriam arruinar este lugar,* Dee: *Ele era como uma ilha na qual eu vivi por algum tempo*). E, na calçada à beira--mar em Portovenere, eles decidem caminhar pelas montanhas, mas, primeiro, planejam o restante das três semanas de férias de Dee: em seguida irão para o sul, para Roma, depois para Nápoles e a Calábria; depois, novamente para o norte, para Veneza e o lago Como, enquanto ela tiver forças para suportar a viagem — antes de voltar à Florença, onde Pasquale lhe mostra a enorme casa onde vive e a apresenta a seus filhos, netos, sobrinhas e sobrinhos. Dee sente uma certa inveja a princípio, mas conforme as pessoas vão entrando pela porta, ela se sente tomada pela alegria — *são tantos!* — e acaba enrubescendo, aceitando que teve um papel em tudo aquilo, se for possível acreditar no que Pasquale lhe diz. Segura um bebê nos braços pisca para afastar as lágrimas enquanto observa Pasquale puxar uma moeda da orelha do neto (*Ele é o belo, agora*). E talvez ainda demore um dia ou dois — que diabos a memória tem a ver com o tempo — antes que ela sinta a escuridão e a tontura tomarem conta dela, e mais um antes que esteja fraca demais para sair da cama, e mais um antes que a pontada cruel em seu estômago seja mais forte do que o Dilaudid, e depois...

Eles terminam o café da manhã em Portovenere, voltam ao hotel e calçam as botas de trilha. Dee garante a Pasquale que tem condições de fazer isso, e eles tomam um táxi até o fim da estrada, que agora está cheia de carros, pessoas caminhando e bicicletas de turistas. Em um retorno, ele a ajuda a descer do táxi, paga o motorista e eles começam outra vez a seguir o caminho ao longo de um vinhedo que leva para dentro do parque, subindo pelas colinas estriadas que servem de pano de fundo para os penhascos castigados pelo mar. Eles não fazem ideia se as pinturas desbotaram, ou se foram cobertas pelo spray dos pichadores, ou se o *bunker* ainda existe — ou se realmente chegou a existir —, mas eles são jovens e a trilha é longa, mas fácil de percorrer. E ainda que não encontrem o que procuram, não é o bastante simplesmente poder caminhar juntos sob a luz do sol?

Agradecimentos

Meus mais profundos agradecimentos a Natasha De Bernardi e Olga Gardner Galvin pela ajuda com meu *brutto italiano*; a Sam Ligon, Jim Lynch, Mary Windishar, Anne Walter e Dan Butterworth por analisarem o livro em vários estágios; a Anne e Dan por resistirem aos caminhos pelas montanhas de Cinque Terre; a Jonathan Burnham, Michael Morrison e todos na HarperCollins; e, acima de tudo, ao meu editor, Cal Morgan, e meu agente, Warren Frazier, pelo trabalho generoso, apoio e orientação.